湖北省文联重点文艺扶持项目

晓山文艺评论选粹

邹明山　著

版 武汉出版社

(鄂)新登字 08 号

图书在版编目(CIP)数据

晓山文艺评论选粹 / 邹明山著. –– 武汉：武汉出版社,2018.5（2021.5重印）
ISBN 978–7–5582–2189–7

Ⅰ.①晓… Ⅱ.①邹… Ⅲ.①文艺评论–中国–文集 Ⅳ.①I206–53

中国版本图书馆 CIP 数据核字(2018)第 108334 号

著　　者:邹明山
责任编辑:万小平
封面设计:邹明山　黄晓姝
出　　版:武汉出版社
社　　址:武汉市江汉区新华路 490 号　　邮　编:430015
电　　话:(027)85606403　85600625
http://www.whcbs.com　E–mail:zbs@whcbs.com
印　　刷:武汉立信邦和彩色印刷有限公司　　经　销:新华书店
开　　本:787×1092mm　1/16
印　　张:23.5　字　数:336 千字
版　　次:2018年5月第1版　2021年5月第2次印刷
定　　价:58.00 元

自 序

　　1965 年 8 月下旬,一个金风送爽的夜晚,我挑着简单土旧的行李,走下从大别山南麓的黄冈县团风镇开回汉口的小火轮,登上武昌中华路码头,乘上华中师范学院迎接新生的大卡车,来到了鸟语花香的桂子山上。从此,我便成了火炉江城风光如画的东湖畔的永久居民。

　　转眼间半个多世纪过去了!其间因工作需要,组织调遣,我几度变更工作单位,先后任职于华中师范大学中文系、中共湖北省委宣传部和湖北省文联。我的居住地也随之不断改变,由桂子山到昙华林近邻的华中村,由华中村到水果湖,由水果湖到东湖翠柳街。居地虽几度变迁,但从未离开东湖之滨,而且越迁靠东湖越近。数十年来,我与东湖结下了不解之缘。

　　青年时代,忧愤于国事多劫,"四害"横行,常与同学好友,登珞珈山头,游行吟阁畔,赏碧波万顷,听涛声澎湃,借春风碧水融化胸中块垒……

　　步入中年,因忙于教学科研和家庭生活琐事,很少有时间光顾东湖的湖光山色。偶有闲暇,或携妻带子,骑上自行车,来到东湖景区内长天楼外、行吟阁畔的草坡上席地而坐,看子女嬉戏笑闹、蹒跚学步,观绿柳飘舞,赏碧波荡漾,听莺画歌唱……享受一回天伦之乐;或独自漫步湖边岸柳之下,遥望湖上浩淼烟波,任思绪的翅膀自由飞翔……

　　特别是调省委宣传部工作后,天天生活在东湖岸边,东湖更成了我释疑解惑、驱烦消闷,伴我共度良辰静夜的好去处。东湖不仅以她如画的山光水色、楼台亭阁、翠柳画舫、连天绿荷红花使我赏心悦目,而且以她的博大胸怀、浩瀚波涛,吞纳连绵峻秀的群山和鳞次栉比的高楼的宏大气势,励我淡泊明志、奋斗进取,尤其是她那雄伟丰厚的人文景观、文化资源,更促我勤奋工作、不倦耕耘……

　　正因如此,中国文联出版社 2004 年 11 月出版的我的第一本文艺评论集,我将其命名为《湖畔走笔》。这也许不太切题,重在表达这些文章都是在湖畔写出来的一片心意。

《晓山文艺评论选粹》一书除选辑了《湖畔走笔》的部分文章外,还选录了该书出版前、后我撰写、发表、出版的未编入文集的文艺评论、理论研究、读书、看戏、观影视剧和重要文体赛事、重大新闻等活动后写的札记、观感、日志、文艺杂谈、管见和点赞领袖人物、名贤人士的文章、短论。列入本书目录的共有67篇文章和6组短文,如算上这6组短文的篇数则共有134篇。这些文章分为"鉴赏""点赞""管见""探讨"四大篇。这样划分只是大致而言,彼此并没有截然界限。从严格意义上讲,其中部分短论、观感等短文,算不上正宗的文艺评论,但它们与其他文艺评论文章一样,都是我数十年来结合自身从事文艺教学、科研,文艺组织、联络、指导、服务工作和进行业余文艺创作与评论实践的工作需要,有感而发的心得和体会,是我的汗水和心血的结晶。因此,我不顾已过古稀之年的力不从心,不惜夜以继日,费时、费力将它们整理打印出来,结集出版,既有敝帚自珍之意,也想为繁荣我省的文艺事业献点余热,更是为了就教于专家和广大读者,恳望得到广大专家和读者的批评指正。

余言不赘,是为序。

邹明山

2017年11月10日 于武昌东湖路翠柳街1号·景苏斋

目录
CONTENTS

自序

| 鉴赏篇 |

| 探讨篇 |

| 附录 |

| 后记 |

鉴赏篇

鉴 赏 篇 JIANSHANGPIAN

一部弘扬长征精神的形象教科书

——评电视剧《长征》

长征是古今中外战争史上的奇观，是人类精神史上的绝唱。毛泽东同志说："长征是宣言书，长征是宣传队，长征是播种机，长征是以敌人失败、我们胜利的结果而告结束的。"对这一伟大历史事件，过去有不少文艺作品反映过，仅影视作品就有《万水千山》《大渡河》《四渡赤水》等。但以往的作品不是侧重反映红军与敌人的斗争，便是重在表现红军与险恶自然环境的斗争，而电视剧《长征》则以 24 集的鸿篇巨制，全景式、多角度、大范围、真实而艺术地再现了中国共产党及其率领的工农红军，突破敌人的围追堵截，纠正党内的错误思想和军事路线，战胜险恶的自然环境，迎难而进，坚决向前，最终走向胜利的历史事件全貌，热情讴歌了创造这历史奇迹的中国共产党人和红军身上饱含的长征精神和伟大诗情。它是一部气壮山河的史诗绝唱，是一部弘扬长征精神、撼人心魄的形象教科书，是对广大人民群众进行爱国主义和革命英雄主义教育的好教材。

首先，《长征》全方位、多角度、真实清晰、引人入胜、形象生动地展现了红军进行艰苦卓绝长征的全过程，用铁的事实和生动的艺术形象，深刻揭示出毛泽东成为中国革命的领袖，是全党全军经过反复思考、比较后作出的唯一正确的历史选择；长征的胜利是以毛泽东为代表的中国共产党人坚持把马列主义普遍真理同中国革命具体实践相结合的胜利。

长征历时一年多，行程二万五千里，经历了数以百计的大小战斗，跨越了万水千山，牺牲了十数万优秀红军指战员，其间发生的事情是极其丰富而又错综复杂的。《长征》没被这浩繁的史实所困扰，高屋建瓴地精心选取苏区突围、血战湘江、过老山界、通道会议、遵义会议、土城激战、四渡赤水、巧渡金沙江、飞夺泸定桥、翻越雪山、跋涉草地、攻克天险腊子口、突破重围大会师等意义深远、富有表现力的重大事件的史实，在力求大气磅礴、荡气回肠的美学追求下,编、导、演等主创人员紧密合作,以磅礴的气势、逼真的场景、震撼人心的故事情节和人物形象,艺术地再现了上述一幅幅惊心动魄的历史画卷。该剧对史实的表现既严格地忠于历史真实,又依据艺术创作需要加进必要的艺术想象,使这些史诗般的历史画卷,不仅气势宏大,而且有非常细腻、富有情趣的生动细节,具有撼人魂魄的艺术感染力。如告别苏区这场戏,电视剧锁定于都河浮桥及其两岸,既以较长篇幅描绘红军浩浩荡荡过浮桥、依依不舍地撤离中央苏区的悲壮场面,又插入何叔衡、瞿秋白等遭"左"倾路线迫害、被迫留在苏区的党的重要领导人,满怀深情地给红军、给林伯渠、徐特立、董必武、邓颖超等送别、赠物的感人镜头,使告别苏区的悲壮气氛更浓烈、更真实。特别是红军周团长的妻子、游击队长阿玉,举着火把站在山坡上同毛主席道别的对话和她深情高唱《十送红军》,为毛主席和红军送行的催人泪下的情景,使这场戏达到了高潮,迸发出震撼人心的艺术魅力。在血战湘江后的行军途中,毛主席得知中央苏区遭到敌人的血腥洗劫,阿玉也被敌人残忍杀害的消息时,强忍悲痛,令胡班长吹奏《十送红军》。那如泣如诉的曲调,配上叠映出的阿玉革命生涯中的感人画面、红军血战湘江的惨烈场景和她高呼红军万岁等口号,英勇赴死的镜头,具有惊魂摄魄的艺术穿透力;那曲调,既是对革命军民的血肉深情和以阿玉为代表的苏区人民坚贞不屈的革命气节和牺牲精神的颂赞,也是对敌人的滔天罪行和党内"左"倾军事路线对革命造成的巨大危害的血泪控诉。该剧正是采用这样的艺术表现手法,把对红军长征及其战斗的壮阔画面、恢宏气势的宏观展现,同对剧中主要人物的活动及其思想性格发展的生动故事情节和细节的微观描绘紧密结合起来,使长征的历史全貌、所经历的重要事件和活跃在其中的重要人物的思想情感、性格特征得到了全面、真实、准确而又形象、生动的反映,给观众留下了完整、清晰、具体、深刻的印象。

《长征》还围绕党和红军的命运,准确、深刻地揭示了当时错综复杂的社会矛盾和党内矛盾:剧中既写了日本侵略者与中国人民的矛盾、国民党同共产党的矛盾、国民党内蒋介石嫡系与地方军阀的矛盾,又写了共产党内正确路线和"左"倾冒险主义路线的矛盾,还写了红军与恶劣自然条件的矛盾……这些矛盾对党和红军的命运有着极大的制约作用,谁能正确认识和驾驭这些矛盾,谁就能引导红军走出困境,引导中国革命走向胜利,否则，只能把红军和革命引向失败的深渊。该剧正是立足于如何正确认识和驾驭这些矛盾而展开剧情冲突的。通观全剧，明显感到以遵义会议为界，红军的命运、处境呈现出前后迥然不同的状况。遵义会议前，红军由于处在"左"倾冒险主义军事路线控制下，一直处于被动挨打地位。李德、博古等人既不能正确认识上述矛盾，更不能正确驾驭这些矛盾，死抱住"左"倾教条主义军事理论，盲人骑瞎马地指挥红军行军作战，甚至不顾客观条件变化，不听毛泽东等同志的反复劝告，按照教条主义既定思路，愚蠢地往敌人布好的口袋里钻，导致血战湘江悲剧发生，使红军遭受惨重损失。血的教训并没有使李德、博古等人猛醒，他们仍坚持"左"倾冒险主义路线，命令疲劳弱小的中央红军与强大的敌人硬拼，杀开一条血路去与湘西的二、六军团会合，使中央红军面临更为险恶的处境。这种形势下，党和红军高级指挥员中许多同志，对"左"倾冒险主义军事路线的巨大危害认识越来越清楚，对毛泽东的正确领导越来越怀念。毛泽东在洛甫、王稼祥、朱德、周恩来等大多数同志支持下，在遵义会议上被重新推上领导岗位。遵义会议后，由于有了毛泽东等同志的正确领导和指挥，中央红军在行军作战中尽管也偶有挫折和损失，但很快变被动挨打为主动袭进。毛泽东等中革军委领导正确分析、巧妙驾驭当时面临的各种矛盾，出其不意，攻其不备，搞得敌人晕头转向，夺取了一次又一次重大胜利，最终突破敌人的围追堵截，战胜恶劣自然条件的阻碍和党内新的错误路线干扰，胜利到达陕北，完成了举世瞩目、彪炳千秋的二万五千里长征。《长征》就是这样用铁的事实和生动的艺术形象告诉观众，是历史、是中国革命实践的需要选择了毛泽东，毛泽东成为中国革命的领袖，是全党全军从挫折和失败的教训中经过反复思考、比较，作出的惟一正确的选择；长征的胜利是以毛泽东为代表的中国共产党人把马克思主义普遍真理同中国革命的具体实际相结合、战胜强大的敌人和党内"左"、右倾错误思想及军事路线的胜利。

其次，《长征》十分注重营造特定环境的历史氛围，揭示长征艰苦卓绝，胜利来之不易，凸现、弘扬中国共产党人和红军身上坚忍不拔、勇于牺牲、敢于胜利，对革命充满豪情、激情，对同志、亲人满怀真情和柔情的深沉、悲壮的长征精神。

长征的艰苦卓绝是普通人不可想象和无法承受的。《长征》剧组以长征精神拍《长征》,沿着当年红军走过的道路进行拍摄。为真切地展现血战湘江惨烈的历史画面,演职员们忘我地战斗在湘江浮桥上,用鲜血浸红了滚滚流去的江水;为真实地再现"大渡桥横铁索寒"的激战场面和红军的大无畏气概,演员们像当年红军那样跋涉在嶙峋的山石中,攀爬在湍湍急流上空火海中的根根铁索上……更使人感动的是,为了再现红军爬雪山过草地的艰难情景,摄制组不仅三上海拔近五千米的雪山顶实地拍戏,而且在已达冰点的草地上安营扎寨工作了 50 多个日夜!不少演职员在拍摄中战胜了生命极限,创造出电视拍摄史上一个又一个奇迹!

不仅如此,电视剧还对长征这一伟大历史事件发生发展的时代背景做了精心展现。一方面,通过国民党中央通讯社的广播和蒋介石同其谋士杨厅长的对话等情节和细节,传递日本帝国主义侵入东三省后全国人民要求抗日的情绪高涨、民族矛盾上升、中国共产党和红军发表北上抗日宣言等信息;另一方面,正面描写了蒋介石及其国民党军队在"先安内后攘外"的反动口号下,对日本侵略者实行不抵抗主义,对共产党领导的红军进行疯狂围剿和镇压,以及蒋介石嫡系与地方军阀间的勾心斗角。同时,侧重以党内正确路线与"左"倾冒险主义军事路线的斗争为主线展开剧情矛盾冲突。长征开始后,由于"左"倾路线未得到纠正,红军被动挨打的局面不仅未得到改变,反而进一步加剧。一路上,天上有敌人的飞机狂轰滥炸,地上有数十万装备精良的敌人围追堵截,加上对阻隔红军前进的险山恶水的实景展现,使长征发生、发展的时代背景、历史氛围、自然环境显得格外真实、浓烈、逼真,使观众对长征的艰苦卓绝有了身临其境的感受。

《长征》精心营造这样的历史氛围,不只是为了凸现长征的艰苦卓绝,更是为了表现中国共产党人和红军面对这险恶环境所迸发出的革命豪情、激情和同志亲人间的真情、柔情,凸现他们身上坚忍不拔、勇于牺牲、敢于胜利、乐观友爱、深沉悲壮的长征精神。

毛泽东从长征一开始,不仅被排斥在红军领导班子之外,而且身患重病,常常躺在担架上行军。但他身处逆境毫不气馁,时时关注、思考着红军的命运和前途;他不畏李德等人的压制打击,坚持提出自己的正确意见和建议,并注意向其他同志宣传自己的主张;在原则问题上与李德等人发生争论时,他甚至会发一通火,当面痛斥"左"倾冒险主义军事决策的错误;在行军宿营时,他常常谈笑风生,有时还伫立山巅或骑在马上,凝望如海苍山诵词吟诗……这些都有力地表现了毛泽东伟大政治家、军事家的远见卓识、大无畏斗争精神和杰出诗人的革命豪情、激情。同时,毛泽东作为人父人夫,其情感流露又是那样真挚、温柔。当毛泽东奉命拖着病体赶回瑞金,回到家中时,爱子毛毛一见面就要骑"大马",他尽管身子虚弱,仍毫不犹豫地蹲下身来,让儿子骑到自己背上;当他在忙碌的于都河浮桥工地得知贺子珍要他回瑞金安置儿子时,他不放心架桥工作,派警卫员胡班长代劳,并反复叮嘱胡班长用他们的伙食尾子给毛毛买一包糖……舐犊之情何等真切!长征途中,身怀六甲的贺子珍,为调养丈夫重病的身体,趁毛泽东专心起草文稿时,把分给自己的鸡汤倒进了丈夫的碗里,毛泽东见自己的鸡汤越喝越多,便立即将鸡汤捧到妻子面前,伸手摸着贺凸起的腹部,深情地说:"子珍,为了我们的孩子,你一定要把这鸡汤喝下去……"那柔情是多么深挚、悲壮!

朱德作为毛泽东的"老伙计"、红军总司令,尽管受"左"倾军事路线压制,被排斥在"军事指挥三人团"之外,失去了军事决策权,但他处险不惊,苦难不愁;危急关头,身先士卒,亲赴前沿阵地与红军官兵并肩战斗;行军宿营,英武乐观,平易近人,既保持着红军统帅威严沉着的风范,又不失忠厚长者慈祥质朴的本色。特别是遵义会议后的第一仗——土城激战之际,朱老总为减少这场因情报失误而变得格外激烈的战斗中红军的损失,主动为毛泽东分忧,力拒毛泽东、周恩来的再三劝阻,深情地对毛泽东说:"老伙计,个人安危算得了什么,为了红军的胜利,我区区一个朱德又何足惜!"毅然亲赴前沿阵地指挥作战……在朱老总身上,红军那种坚忍不拔、勇于牺牲、敢于胜利,对革命满怀豪情、激情,对同志、亲人充满真情、柔情的深沉、悲壮的长征精神表现得尤为突出。这种精神在周恩来、邓颖超夫妇身上,在贺子珍、阿玉、甘人、胡班长和抢渡大渡河、飞夺泸定桥的勇士们身上,都表现得很突出。大力弘扬这种精神,对今天的观众来说尤为必要和重要。

再次,《长征》成功塑造了一组个性鲜明、品格高尚、情感丰富、真实感人的历史人物形象,拉近了革命领袖与观众的距离,使历史伟人的光辉风范、人格魅力和共产党人为革命勇于牺牲一切、战胜一切的伟大精神、英雄气概和崇高品德深入人心。

《长征》主创人员以对历史高度负责的精神,在人物塑造中很好地解决了历史真实与艺术真实的结合问题，使出现在剧中的历史人物高度真实，表现出红军时期特定文化语境和历史环境下红军领导人的特有情怀。不论是代表"左"倾教条主义路线的李德、博古，还是与之抗衡的正确路线代表毛泽东、朱德，以及处于其间的周恩来、洛甫等，都没有人为贬损或拔高的痕迹，突出的是实事求是的历史唯物主义精神。人物的故事流程和性格展现，既以人物在大的历史事件中的言行史实为戏骨，又以大量戏剧性的细节构成血肉，使人物形象骨架刚健，血肉丰满，真实感人。对毛泽东、周恩来、朱德等一代伟人，该剧不但找准了人物各自的思想主导面和性格基点，而且调动一切艺术手段，以细腻的笔触，传神地凸现了毛泽东伟大政治家、军事家的大智大勇、高瞻远瞩的战略眼光、高明的斗争策略和杰出诗人的澎湃、丰富的感情，周恩来虚怀若谷、忍辱负重、顾全大局的高贵品德和儒雅、内敛的性格特征，朱德坚忍不拔、坚定果断的精神境界和沉着英武、慈祥质朴的气质。无论是主演毛泽东、周恩来的演员唐国强、刘劲，还是主演朱德的专业特型演员王伍福，心底都深怀着一种"长征情结"，对各自扮演的领袖人物的思想脉搏和性格基点的认识、把握都相当全面、准确，表演中不仅追求形似，更着力追求神似，演得非常投入、非常到位、非常传神，使人物的个性、魅力和情感都充分展示出来了。比如唐国强在表演毛泽东同洛甫、王稼祥商议遵义会议如何开一场戏时，洛甫提出，除了博古等人要作主报告检查五次反围剿以来的错误军事路线外，老毛应作个主体发言，批判错误的军事路线。毛泽东听了，略一沉思，说，不妥，"还是由洛甫同志作主体发言好，你是政治局常委，同样的话，由你讲出来，分量不一样。对我老毛，他们有成见，就算我老毛讲的话都是真理，人家未必听得进去，不利于争取大多数。"洛甫虽然接受了建议，仍感底气不足，说："到时候你老毛也要发言……"毛泽东笑着将手一挥说："你放心，该讲的话我一定会讲！"并抬眼望着王稼祥说："而且，我相信稼祥他……"说着故意一停顿，王稼祥立即接着说："该讲的我也一定要讲！"唐国强的表演十分自然、到位、传神，那一沉思、一笑、一挥手、一抬眼，及其配合这些动作、表情讲出的一番话，生动有力地凸现了毛泽东深谋远虑的高明斗争策略和善于做工作的领导艺术。又比如刘劲为凸现周恩来忍辱负重的内敛性格，采取了心理活动外化的手法，如遵义会议召开前的深夜，周恩来正在为如何实事求是地检讨自己执行最高"三人团"的"左"倾军事路线错误而苦恼时，在楼上走廊里碰到了朱德，当朱德设身处地、推心置腹地开导和安慰他时，周说："老总啊，每件事我都想把它做好，可是结果却适得其反，这是我最痛苦的啊……"边说边泪流满面。这一哭，就把他内心所有的委屈、压力都哭了出来，使观众真切地体会到伟人当时的复杂心情。王伍福更是怀着无比崇敬的心情在饰演朱老总。据有关报道称："王为了成功演好朱老总，拍摄前还特意到八宝山拜谒老总"，并暗暗发誓：就是掉几斤肉，扒几层皮，也要演好老总！表演中，他不满足于自己作为特型演员的形似，着意凸现朱老总的精神气质，追求栩栩如生的神似。为凸现老总的英武形象，剧中他不但表演了朱老总挺胸昂首远望的"立马"动作，还拍了"飞马""打马"等一系列高难动作，据说，为此他还摔折了大拇指！功夫不负有心人，王伍福虽然已是第40次扮演朱德，但在电视剧《长征》中的表演确实不同凡响，更令人感受到他艺术上的成熟。他在吃透剧本和导演意图基础上精心塑造出的沉着威严、横刀立马而又透着慈祥质朴的老总形象，英气逼人，熠熠生辉，非同凡俗。

此外，该剧对洛甫、王稼祥、彭德怀、陈赓、贺子珍、博古、李德，以及蒋介石、薛岳等历史人物的塑造也是颇下工夫的，不但剧本给演员的创造提供了广阔天地，而且导演和演员的二度创作使这些人物各自的个性特征都很鲜明，给观众留下了很深刻的印象。

总之，电视剧《长征》对历史人物、特别是对革命领袖人物形象的塑造是很成功的，与以往描写长征题材的影视作品相比，艺术上有很大突破，人物的思想轨迹更清晰，个性特征更真切鲜明，形象更活灵活现、丰满传神，给人以如见其人、如闻其声之感。这不但大大增强了《长征》的吸引力和艺术感染力，而且大大拉近了历史伟人与普通观众的距离，消除了伟人们的神秘感、陌生感，以历史伟人的光辉榜样和人格魅力升华了当代观众的精神境界，使共产党人为革命勇于牺牲一切、战胜一切的伟大精神、英雄气概和崇高品德深入人心，使广大观众从中受到深深的熏陶和教益，灵魂得到净化和升华。这也许是这部电视剧将传之久远的重要原因之一。

2001 年 7 月 24 日　于武昌东湖滨
《戏剧之家》　2001 年第 4 期

植根生活超越现实的英雄壮歌

——评电视剧《DA师》

　　22集电视剧《DA师》以其深广的思想内蕴、引人入胜的故事情节、恢宏的气势、个性鲜明的人物形象,唱响了一曲讴歌中国未来军人的英雄壮歌。该剧讲述的是我军为适应"未来战争"需要,组建新型的数字化合成部队王牌师的故事。它的热播重要一点在于它展现的许多故事情节、生活场景,刻画的不少人物形象,贴近生活,贴近群众,深深植根在现实生活的沃土之中。《DA师》描写的虽然是我军未来的军旅生活,但它展现的故事情节、生活场景,有许多是丰富多彩的现实生活的形象再现。那人才交流中心摊位挨着摊位、求职者挤进挤出、人头攒动、吵吵嚷嚷的场景,那通过赵梓明拿着简历表、硬着头皮一个摊位一个摊位地推销自己、终以失败告终而反映出来的复转军人艰难的求职历程,那鹭湾镇数百名农民,为争水而发生激烈械斗的场面,那装甲大队官兵身着戏装拍摄电视剧,女制片人手拿某老首长的亲笔信狐假虎威、胡搅蛮缠及林晓燕装模作样打电话唬住乔制片等情节和细节,乃至围绕龙凯峰与林晓燕的"生活作风"问题引起的是是非非……这些,在现实生活中已司空见惯,即使是以高科技为先导的数字化部队实战演习场面,人们在海湾战争、科索沃战争中也局部见识过,并不陌生。

　　《DA师》刻画的人物尽管主要是未来的军人形象,但他们身上也不乏普通人的七情六欲。龙凯峰对老连长赵梓明一往情深,当他发现赵的竞争对手吴义文做秀时,为暗中帮老连长便故意使绊子,使吴义文前功尽弃;赵梓明赢了实兵对抗演习而被排除在师长人选之外时的想不通、喝闷酒、生闷气,直至找钟元年理论;吴义文被免去DA师代师长职务后的苦闷和迷失;装甲大队长包尔达夫对龙凯峰任DA师代师长的不服气和带头发难;特别是桂科长的心术不正、弄虚作假、拨弄是非、传播流言……这些都是普通人常有的情感和言行,广大观众也都十分熟悉。正因为如此,《DA 师》讲述的故事和塑造的人物才使广大观众感到熟悉和亲切,受到他们的欢迎和喜爱。

《DA 师》的成功更在于它所表现的主旨、描绘的故事、塑造的人物超越了现实,闪耀着理想的光华,给观众以耳目一新的冲击力。DA 师在人民解放军的系列里还没有它的编制,是编导者们精心创造的一支理想化部队。与其它反映当代军旅生活的电视剧相比,《DA 师》具有明显的超前性。剧中着力表现的是一种未来战争理念。未来战争是什么样的?为适应这种战争应建成怎样的军队?对此,电视剧作了形象的探索,给予了明确回答。通过电视剧围绕挑选 DA 师师长而设计、展现的气势恢宏、精彩独特的战争场面和曲折奇特、引人入胜的故事情节、细节,以及剧中展示的一系列现代化武器和仿真数字化作战指挥中心——E5W 系统等高科技装备,我们了解到,未来战争将是一场以数字化技术为先导、统一指挥的,以合成军、兵种为作战梯队的,以各种现代化武器为攻击手段的新式战争。而信息化数字技术在这场战争中将起关键作用。由此可见,以信息化数字技术武装部队,努力实现我军现代化的跨越式发展,既是争取未来战场上主动权的需要,又是变革时代科技强军的呼唤。当今世界,信息化优势已成为战斗力的核心优势,非接触、非线式作战已逐渐成为主要作战方式,体系对抗已成为战场对抗的主要特征。因此,我军的跨越式发展必须以世界军事变革的主要趋势为参照,实现由机械化军队向信息化军队的转型,建立起一支具有信息化数字技术优势、能打赢未来战争的理想化军队。《DA 师》调动一切艺术手段凸现的这一新鲜深刻的创作主旨、描绘的许多新奇生动的故事情节和细节,既源于现实生活,又超越了现实生活,是对科技强军和强化国防意识的呼唤,对观众产生了强烈的冲击力和感染力,使人耳目一新。

组建具有信息化数字化技术优势的理想化军队关键在人才。为此,《DA 师》编导者精心塑造了龙凯峰、林晓燕、赵梓明、钟元年等具有鲜明现代化时代特色的军人形象。师长龙凯峰的超前思维、过人胆识、出格言行、犀利语言、超群技艺和一切从实战出发的战争理念,雷厉风行、敢作敢当的工作作风,不拘世俗、我行我素的生活态度……无一不显示出他是个不同于其他普通师长的"另类"。信息大队长林晓燕的机智精明、果断干练、泼辣坚韧、敢说敢干及其对未来战争中许多问题的超前思考、卓越见解和对研究开发 E5W 系统的高度责任感与敬业精神等等,使她理所当然地步入了"另类"行列,成为龙凯峰志同道合的"红颜知己"。参谋长赵梓明三十年修炼而成的忠于祖国、忠于人民、一心为公、迎难而进、开拓实干、始终如一的军人情结,使他即使转业到了地方,也始终生活在军人的冲天豪气里。战区副司令员钟元年的雄才大略、多谋善断、民主务实、平易近人、尊才重德、疾恶如仇等优良素质和性格特征,使人们从他身上既可以感受到我人民军队精神的传承、又能感受到新时代我军高级将领的新素质。在 DA 师中,从副司令员到警卫战士,上上下下,各个层次的人物,都具有不同于当代普通军人的素质和风采;所有上下级关系,不再是唯唯诺诺,而是上下有序,平等交流,敢说真话,直抒己见。申述意见时,不怕被上级批评为"强词夺理",而是"有理就要夺"!剧中着力张扬和表现的这种新型军事人才观及新型军队内部关系,剧中活跃着的这群个性鲜明、血肉丰满的现代化时代军人形象,对观众的冲击力、感染力更强烈,成为《DA 师》中最亮丽动人的风景。

《DA 师》吸引人感动人还在于它对创作主旨的揭示、对现实的超越和理想的放飞是在艺术化的表现中实现的。《DA 师》的全部创作基点都汇聚在一个与"未来战争"接轨的历史定位上。编导者们围绕这一历史定位,对剧情和剧中人物形象进行了精心设计,作了艺术化的表现。前几集,剧情紧紧围绕着组建 DA 师、选拔师长这一中心事件层层展开,通过作战部长王强启动指挥中心的监控,向东南战区副司令员钟元年——介绍十多个参建作战大队有序地从各自原驻地向东南前沿集结隆隆开进的情况,龙凯峰对钟元年为挑选师长人选而组织的实兵对抗演习不屑一顾,并将其视为"小儿科"等情节和细节,不只形象地告诉我们新组建的 DA 师是一支什么样的部队,还尖锐地提出了"选人用人"标准等关键问题。选人用人问题解决后,随着剧情的发展和人物的塑造,特别是通过钟元年在 DA 师指挥中心的网上演习中一举将龙凯峰击败和龙凯峰在刚走马上任的赵副市长办公室里就大国防与大经济辩证关系同赵梓明展开的激烈论战等生动情节和细节,不仅自然地引出了"大国防"与"大经济"关系的重大课题,使全剧的思想内涵得到进一步深化,而且形象而又令人信服地将《DA 师》深刻的创作主旨揭示了出来。

《DA 师》中的军人形象大多是现实生活中罕见的,是寄托着编导者的理想、闪耀着理想主义光华的未来军人形象。他们是超现实的,但他们又是有血有肉、有情有义、个性鲜明、生机勃勃、可亲、可爱、可信的真正军人的艺术化典型。龙凯峰虽然言行出格,被冠上“另类”称号,但他不是不食人间烟火的外星人。恰恰相反,他不仅具备现代化时代军人超前的思维、过人的胆识、超群的技艺、雷厉风行的作风、开拓创新的精神,而且有着敢想敢说、桀骜不驯、不拘世俗的性格和丰富复杂的情感。剧中编导者们不但通过龙凯峰在莽莽丛林中迅猛擒拿偷偷拍照的敌情报员、驾着宝马车奔驰在军营、违规进行实弹演习、与林晓燕斗智斗勇、化名孤独剑与喀秋莎在网上厮杀、与赵梓明争夺蓝旗、与包尔达夫比赛驾驶坦克、任 DA 师代师长后的沉浮等情节和细节,对龙凯峰的思想、胆识、才干和一切着眼于实战的超前理念等素质作了形象化的描绘、展示,还通过描述龙凯峰与韩雪、林晓燕、赵楚楚的“超三角”感情纠葛,与钟元年、桂平原等的交锋和矛盾冲突等故事情节,将龙凯峰丰富的情感、桀骜的性格生动鲜明地揭示了出来,使龙凯峰的形象既鲜明闪亮、又可信可爱。

《DA 师》对林晓燕形象的塑造也是颇下工夫的。林晓燕的闪亮出镜不是因为她的美丽,而是因为她的才华和智慧。她率信息大队的姑娘们藏在箱子里乘飞机暗度陈仓,与龙凯峰斗智斗勇,找钟元年为“兵败”的龙凯峰鸣不平,智唬乔制片,发现、争夺并特招电脑奇才景晓书入伍,打恋爱报告消除“绯闻”影响,还在拳吧给免职后产生动摇情绪的龙凯峰打气鼓劲……这一切既形象、艺术地揭示了林晓燕对未来战争中许多问题的超前思考、深刻见解和为组建新型部队、开发现代化的 E5W 指挥系统争分夺秒、开拓拼搏、忍辱负重、无私奉献的敬业精神和高尚情怀,又生动有力地展现了她机智果断、精明干练、泼辣坚韧、敢想敢说、敢作敢当的素质、性格和巾帼英雄形象。

赵梓明是《DA 师》中另一个具有独特光彩的人物。他竞争师长落选后毅然决定转业的勇敢选择及其对龙凯峰说的为什么决心离开 DA 师那段掏心窝子的话,他出任天宝大酒店副总经理,上班第一天就因赶走三陪小姐、打了老板肖总而被开除的壮举,身为副市长在风雨交加之夜为救遇险民工牺牲在水库工地的情景……赵梓明的这些富有深刻内涵和个性特色的言行,不仅使观众的心灵被深深震撼,而且让观众牢牢记住了他高大威武、豪气逼人的光辉形象。

尤其是钟元年,他以中将副司令之尊,化名喀秋莎与化名孤独剑的龙凯峰在网上厮杀,听到龙凯峰对他出的考题的非议后,不但不恼火,反而勇于正视自身不足,及时调整考核方案;到 DA 师视察时,住澡堂子,吃山鼠、蝙蝠、野菜,他也和大家一样乐在其中;在观察龙、林对抗的海训中看到智勇过人、意气风发的龙凯峰,脑中突然萌生启用这匹"黑马"的大胆想法;在 DA 师的模拟指挥中心,目睹自己与蒙哥马利等人一起被当作分析对象,听到景晓书说出"随便调出一个都比钟元年强"的"狂"言后也不生气;可发现龙凯峰给他"送礼"后却怒不可遏!这些看似轻松随意道出的新奇有趣而又带有火药味的故事情节与细节,实际上是编导者精心设计并被赋予了深广的思想内蕴的,它们多侧面地展现了钟元年良好的素养与鲜明的个性,使钟元年多谋善断、民主务实、平易近人、爱憎分明、可敬可亲的伟丈夫形象在观众面前鲜活地矗立起来。

《DA 师》中精心塑造的这组军人形象,是理想化的未来军人形象,又是生活化、艺术化的未来军人形象。主创人员在塑造和刻画他们时分寸把握是好的,定位是准确的。比如龙凯峰与林晓燕,二人确有互相赏识、甚至暗生情愫的微妙感应。但无论是龙凯峰还是林晓燕,终究只是发乎情,止乎礼,把对方看做是志同道合的亲密战友,未敢越雷池一步。又比如,编导者几乎赋予龙凯峰、钟元年等人物无所不知、无所不能、近乎"全知全能"的识艺素质,这似乎太理想化。但从适应未来战争需要来讲,多一些这样的"通才"军人是时势使然。

毋庸讳言,《DA 师》也有美中不足。在我看来,剧中对赵梓明形象的塑造粗放了些,编导者只顾凸现他军人豪气、军人情结的一面,忽略了他作为人父、人夫、人之常情的另一面,他与妻子杨芬芬究竟为何感情破裂,剧中始终未对观众作必要交代。又如林晓燕与龙凯峰斗智斗勇时,为了打败龙凯峰,林晓燕利用信息大队的优势,截断龙凯峰的指挥台与海上编队的所有通讯联络,然后模拟龙凯峰的声音,发出错误的命令,以扰乱特种大队的海上编队。这本是作战中常用的无可非议的斗争手段之一。可惜的是林晓燕竟利用现代化设备,模拟发出了"我们特种大队不是信息大队的对手,我龙凯峰甘愿拜倒在林晓燕的石榴裙下"这样庸俗的命令！这就是恶作剧了，与剧情及其承载的严肃内涵格格不入。当然，这些小疵与这部气势恢弘、惊心动魄的鸿篇巨制相比，是微不足道的，《DA 师》不愧为一曲植根生活、超越现实、热情讴歌中国未来军人的英雄壮歌。

2003 年 2 月 6 日　于武昌东湖之滨

《戏剧之家》　2003 年第 1 期

平民本色 时代英雄

——浅谈电视剧《钢铁是怎样炼成的》保尔形象的塑造

时代需要英雄,人民呼唤英雄;英雄是时代的产儿、人民的儿子,又是照耀时代前进的灯塔、激励人民奋进的火炬。"用优秀作品鼓舞人",是党的召唤,也是时代的需要,人民的呼声。我们的作家、艺术家要写出能鼓舞人的优秀作品,一个重要途径就是要在自己的作品中塑造出血肉丰满、真实感人、能激励人们前进的英雄形象来。

由中国人策划、投资、编导、拍摄的二十集电视剧《钢铁是怎样炼成的》(以下简称《钢》剧)在中央电视台播出后之所以受到亿万观众的热烈欢迎,产生强烈的社会反响,就因为编导者们站在新的历史高度,运用新的艺术视角和手段,成功地重塑了保尔·柯察金这一既符合原著真实、又具有新的时代特征和艺术感觉的英雄形象,深深扣动了广大老中青观众的心弦。《钢》剧塑造保尔形象成功的原因是多方面的。

一是简练而又生动地展示了保尔成长的历程,突出了他"平民英雄"的本色。少年保尔,家境贫穷,母亲长年累月给人做工,月工钱仅二三个卢布。他既无钱读书,也无工作可干,还要忍受富家子女的无端欺侮……过多的苦难和不平,造就了保尔鲜明的个性:他既有孩童的淘气、恶作剧,又遇事冲动、疾恶如仇,富有男子汉的正义感、自尊心和反抗性。这样的个性又使保尔常常受到伤害。《钢》剧一、二集通过跳河、打架、拒扛面粉包等情节,集中展示了保尔童年的苦难经历和性格特征,使一个既平凡普通,又正直自尊、敢作敢为的少年保尔形象,活生生地刻入了我们的脑海中。

随着年龄增长,形势恶化,保尔的叛逆性格不断强化。当德军入侵他的家乡后,保尔的反抗立即转向了侵略者及其帮凶:他在献给侵略军头目的面包里加进烟丝,偷藏敌军官的手枪,救下被德军追杀的地下党员……直至闯入红军营地参加革命,公开与敌人展开殊死斗争。参加红军后,保尔如鱼得水,斗志高昂,一次又一次胜利完成艰巨的战斗任务,是一名屡建战功的优秀战士。而他疾恶如仇的个性又使他见不得不平之事,以致误杀了破坏军纪的安德列,怒打了骚扰丽达的团政委丘然宁……他又是一个屡犯军纪的莽汉。这种莽撞的性格,既反映了他的不够成熟,又是他的可爱之处。正是经历了多次这样的教训,特别是在无数次出生入死的战斗洗礼中,在皑皑雪原上抢修铁路的艰苦卓绝搏斗中,在战胜病魔重返工作岗位后与官僚主义、盗窃国家财产等腐败行为的尖锐斗争中,保尔才逐渐锻炼得成熟起来,才由一个与黑暗势力不相容、有着不自觉的叛逆意识的青年,逐步成长为一个具有自觉的革命意识和崇高的共产主义理想、誓死为全人类的解放贡献一切的忠诚战士。《钢》剧用精心创作的感人故事、生动的情节和细节,浓缩而又形象地展现了保尔的成长历程,使我们清楚地看到,是那个风雷激荡的时代造就了保尔这位可敬可佩可信可爱的英雄,保尔既是伟大的无产阶级革命英雄,又是深深植根在革命队伍中具有常人爱憎的可亲可爱的普通一兵。

二是多层面地展现了保尔情感的丰富性,写出了他作为平凡而又伟大、真实的人的情感和追求。同千千万万热血青年一样,保尔也是个感情丰富、追求执著的人。《钢》剧着力表现了保尔情感世界的这种丰富性。

保尔非常爱他母亲。为挣来三个卢布,帮母亲缓解家中困境,他强忍富家恶少的侮辱嘲笑,冒险从桥头的屋顶上跳入河中;为了不让母亲担忧,他将弄来的枪支悄悄埋在野外,以逃避敌人的搜查;为了不使母亲伤心,他拖着被敌人打得遍体鳞伤的身子,强装笑脸,没事儿般回到家中……即使在紧张的战斗间歇里,只要有机会,他也不忘抽空回家看看母亲。战争结束后,他拖着病残身躯回家看望母亲,像健康人一样紧紧拥抱着母亲,端祥着母亲,安慰着母亲,那浓厚的母子亲情深深地感染着我们。

保尔也非常珍惜同志间的友情。对指引他走上革命道路的引路人朱赫来,他始终充满信赖和尊敬;对战友谢廖沙有如亲兄弟,当谢廖沙在执行侦察任务中为掩护他而引爆手榴弹与敌人同归于尽时,他撕心裂肺般呼唤着谢廖沙的名字,几乎痛不欲生;在红军中、在筑路队伍里,保尔像一团火,熊熊燃烧着,温暖着同志们的心。

保尔对爱情也不乏向往和追求。《钢》剧以各个阶段围绕在保尔身边的四个女人作为贯穿全剧的爱情线,集中展现了保尔的这种向往和追求。参加红军前,保尔与清纯、可爱、明丽的冬尼娅甜蜜的初恋;参加红军后,保尔与丽达在出生入死的战斗中凝成的生死恋;来到工厂仓库工作时,对记者安娜向他表白的炽热爱慕的冷拒;面对陪伴他残疾的身躯日夜操劳,以真挚的倾慕和崇敬之情激励他艰辛笔耕,帮助他实现了写书梦想的纯情少女达雅,保尔的爱终于有了归属。这条爱情线的建立,不仅使观众和主人公一起品尝了人生的欢乐、苦涩与幸福,使得全剧在血与火中充溢着温馨、浪漫的生命气息。同时,多层面地揭示了主人公性格的丰富内涵,缩短了保尔与观众的心理距离,使保尔形象更丰满,更真实,更有艺术感染力。

三是高扬爱国主义和革命英雄主义主旋律,凸现了保尔作为无产阶级革命英雄最可宝贵的品格和精神。《钢》剧以浑厚的画外音读出保尔的"一个人的一生应当这样度过……"这段名言,作为每一集的开头语,配上皑皑白雪覆盖下乌克兰广袤的原野、阳光照耀下挺拔的白桦林和那从雪原上迎着我们雄赳赳走来的筑路大军,一下子就把观众带入了那个澎湃着革命激情的年代,那个充满血与火战斗的国度,心灵便在无形中得到了净化与升华。而每一集的结尾又运用"布琼尼军歌"那撼人心魄的歌声和旋律,配上富有油画质感的典型的乌克兰景物和行军战斗场面,与剧情开头遥相呼应,使《钢》剧爱国主义和革命英雄主义的主旋律贯穿始终。

展开剧情时,《钢》剧忠实于原著,又不囿于原著,站在今天的历史高度,弥补作者因时代和自身认识的局限所带来的某种缺憾,根据电视剧创作的要求,对原著作了精心提炼和取舍,着力发掘和表现那些被岁月掩盖了的有价值的充满人性激情和美好情感的素材,以丰富的戏剧情节,富有动感、表现力的战斗场景和生活、工作画面,突出了保尔的斗争性格和感情色彩,生动表现了保尔对祖国对人民对革命事业无限忠诚、无私奉献、百折不挠、身残志坚、生命不息、奋斗不止等宝贵品质和崇高精神。《钢》剧前几集中的保尔,原本是同常人一样的平凡少年,但他面对压迫和苦难却有着非凡的斗志和勇气,他不仅用拳头教训了维克多等恶少,而且对凶残的德国侵略者充满仇恨,自发地与之作坚决的斗争。参军后,他舍生忘死,赴汤蹈火,勇敢杀敌;修铁路时,他以身作则,顶风冒雪,忍饥挨冻,冲锋在前;当工厂仓库保管员时,面对内外勾结的盗窃团伙疯狂盗窃国家财产的犯罪行为,他深恶痛绝,单枪匹马闯入盗贼的巢穴,与犯罪分子展开了殊死搏斗……这些将保尔对侵略者和人民的敌人的刻骨仇恨、对祖国对人民对革命的无比忠诚和无私奉献,充分展示了出来。

《钢》剧不仅在对敌斗争的枪林弹雨中,在率队修筑铁路时与风雪严寒饥饿和匪患的殊死搏斗中,在与革命队伍中的违纪犯罪行为的坚决斗争中,生动地展现了保尔·柯察金是如何百炼成钢的,而且通过再现保尔在契卡工作的三天中的见闻、思考及言行和在共青团全俄代表大会期间围绕审查团中央委员丽达的问题与有关部门发生激烈争论等情节、细节,有力地揭示了保尔·柯察金勇于抵制错误路线、敢于坚持真理的革命情怀和英雄本色。编导者这样塑造保尔,不只是真实地再现了环境的险恶、斗争的残酷和英雄成长的不易,同时在保尔对革命的痛苦思考中也注入了中国人对历史的反思,使《钢》剧具有了历史厚重感和现实启迪意义。加上饰演保尔的乌克兰演员安德列·萨米宁表演十分到位、非常出色,使保尔·柯察金的个性更加鲜明,血肉更加丰满,形象更加完整、感人,更能震撼今天的广大观众的心灵,引起他们的共鸣和崇敬。

2000 年 3 月 23 日　于武昌东湖滨

《戏剧之家》 2000 年第 2 期

观剧随感二则

2004．5．29．（甲申年四月十一）　周六　多云晴

今晚我看完了《最后的骑兵》最后两集(18、19集)。这是一部难得的歌颂革命英雄主义的电视剧。剧中着力表现的中国人民解放军骑兵第一连的战马那忠诚、勇猛、奋蹄嘶鸣、渴望战斗、狂飙烈焰、奔腾向前的风采和骑兵官兵那忠于祖国、迎难而进、顶风冒雪、执着坚守、冲锋陷阵、奋勇杀敌、排山倒海、所向披靡的革命英雄主义精神，是永远值得讴歌和崇敬的。这风采和精神，又集中体现在作品精心塑造的天马和它的主人——骑兵连连长常问天这两个艺术典型身上。他们为中华文化艺术画廊增添了新的光彩。

2005．8．8．（七月初四）　周一　　晴

今晚看完了电视剧《冼星海》最后两集(19、20集)。这部作品虽然写的是音乐题材，但作品的思想性和艺术性都是上乘的，不但故事情节生动、好看，人物形象塑造得比较丰满，艺术构思严谨，更重要的是，其思想主旨表现得非常充分：这一方面从冼星海的求学之路、择业之路和坎坷的艺术创作之路中，表现了冼星海将音乐视为自己的生命，将弘扬民族音乐艺术作为自己终身为之献身的崇高使命和人生追求的可贵品格；另一方面表现在冼星海所创作的一系列不朽音乐作品，有力地弘扬了中华民族不屈抗争、敢于斗争、不怕牺牲、勇于夺取一个又一个胜利的伟大精神。这些作品及其表现的伟大精神，极大地鼓舞和激发了全国军民抗日救亡的斗志，表达了他们的心声，受到了广大人民群众最热烈的欢迎和喜爱，对夺取抗日战争和中华民族的独立与解放事业的胜利，起了巨大的促进作用，作出了不可磨灭的贡献。冼星海不愧为伟大的人民音乐家！

精构博蕴　以大见长

——影片《世纪之梦》观感

　　由湖北电影制片厂、湖北经济电视台出品,湖北电影制片厂、湖北经济电视台、湖北电视台联合摄制的建国五十周年献礼片《世纪之梦》,即将公开与观众见面。春节前夕我有幸应邀观看了这部影片,并为该片的摄制成功和产生的巨大艺术感染力而由衷高兴。

　　影片先声夺人,以《世纪之梦》命名,既超凡脱俗,振聋发聩,又引人深思,切中题旨。影片从近百年来中华优秀儿女为兴建三峡工程不断追求、不倦探索、不懈奋斗的历史长河中,精心选取具有丰富蕴涵和生动表现力的历史镜头、生活素材,精心谋篇结构,精巧描绘表述,谱写了一部气势雄伟的银幕史诗,一曲大气磅礴的时代交响乐。这部影片给我最突出的印象是一个“大”字:一是大题材;二是大制作;三是大容量;四是大效应。

　　三峡工程举世无双,华夏瞩目,世界震撼。三峡工程的兴建,凝聚着中华民族几代仁人志士的心血和智慧,寄托着亿万华夏儿女的百年梦想和期盼,其间有多少可歌可泣的事迹值得抒写,有多少动人心魄的故事需要讲述。一部文艺作品,特别是电影这样篇幅受到严格限制的艺术作品,要在有限的篇幅内,生动形象地反映这样宏伟壮丽的工程建设面貌,确实颇不容易。《世纪之梦》的编剧张笑天和导演李前宽、肖桂云,以“思接千载”“视通万里”的博大胸怀和高阔眼界,站在历史和时代的高度,高屋建瓴,统观全局,开宗明义,推出《世纪之梦》片名,正面切入题旨,带着观众一起追溯三峡工程建设的来龙去脉,一同沐浴三峡工程经历的风风雨雨,一道感受三峡工程动工和大江截流成功的巨大喜悦……影片不囿于反映三峡工程建设的一点一线、一枝一叶,从百年圆梦的历史长河中,从举世关注的广阔舞台上,多侧面地撷取一组组动人心魄的镜头和一朵朵感人肺腑的浪花,组成一幅完整的画卷,全方位地形象再现了三峡工程建设的历史风貌,使这一无与伦比的宏伟工程建设的动人情景，深深印入了观众心中。《世纪之梦》表现的既是重大的工业题材，又是重大的革命历史题材，它以独特的艺术构思，巧妙地让三代领导核心毛泽东、邓小平、江泽民先后出现在这部故事片中，使这部影片的题材更有不同凡响的意义。

《世纪之梦》作为建国 50 周年献礼巨片堪称大制作。这不仅因为 100 分钟的影片花了一千多万元的巨额投资，更重要的是它在取材、结构和艺术表现等方面具有大作风范。在取材上，影片不限于一时一地、一个国家、一个民族，只要是有益于影片题旨表现的素材，编导者便果断地"拿来"，融进影片的故事情节之中。影片从引述孙中山先生本世纪初提出兴建三峡工程的语录，到再现江泽民本世纪末亲临三峡一期工程工地长江胜利截流的现场，时间跨度近百年；从展示气势雄浑的长江三峡工地，到描绘风光壮美的美国西部大峡谷，空间跨度数万里。在如此广阔的背景上编导者纵横驰骋，大笔挥写，取舍材料招之即来，挥之即去，干净利落，组接精巧。影片采用散点透视的结构方法，打破一部故事片讲述一个完整故事的传统模式，讲故事，但不追求完整的故事，既讲述了孙中山对兴建三峡工程的梦想，又讲了抗战时期中美合作组成以萨凡奇为首的考察组对三峡坝址的考察；既讲了毛泽东、周恩来建国后对三峡的踏勘，又讲了邓小平、江泽民到三峡的视察；既讲了老一代知识分子为兴建三峡工程孜孜不倦的探索追求，又讲了中青年知识分子为圆"世纪之梦"舍生忘死的奋斗奉献……编导者紧紧围绕兴建三峡工程，圆"世纪之梦"这一主线，浓墨重彩塑造了以老专家陶晋川、郭正罡，中年专家、三峡建设领导者赵西陵、伍青黎，青年学者归国女博士秦时月等为代表的三代知识分子形象，使我国知识分子为兴建三峡工程所付出的艰辛和他们热爱祖国、报效祖国、献身事业的崇高情怀、感人形象得到了凸现，同时，影片对新中国三代领导人的描写和再现，使影片的艺术构思更具有历史和民族的厚重感。

在艺术表现上，影片以突现三峡工程的宏伟气势和三峡建设者爱国敬业、无私奉献精神为着眼点，主要运用长焦扫描、俯瞰和近距离特写相结合的摄制方法，既将长江三峡的壮丽风光、三峡工程的宏伟场面、美国都市的繁华景象尽收眼底，又将三峡建设者的风采英姿、感人形象鲜明地矗立在观众面前。影片还采用对比、象征等表现手法，使事物的蕴涵、人物的境界

2002 年夏作者参加"中国戏剧家三峡行"采风团赴三峡采风时，
在三峡大坝前的工地上留影。

揭示得更为深刻。对人物的刻画，编导者更有独到的视角，不重在表现他们
的辛劳、业绩，而着重展示他们的人格、情怀。特别是围绕三峡工程上与不
上问题，国内外有激烈争论。敢不敢反映这场争论？如何反映这场争论？这
既是观众关注的焦点，也是影片创作的难点。影片冲破以往文艺作品中矛
盾对立面往往是敌与我、正确与错误、先进与落后等几种关系的旧框框，以
全新视角反映赞成与反对上三峡工程这对矛盾，塑造了一个以对国家和民
族高度负责的精神，坚决反对马上兴建三峡工程的老专家陶晋川的形象，
还通过赵西陵之口，盛赞陶对三峡工程的巨大贡献。这不只是因为陶为研
究论证三峡工程几十年如一日呕心沥血，更重要的是由于有陶晋川等权威
学者的反对，才使三峡工程的设计方案更完善、更科学、更能经受实践和历
史的检验。影片以雄辩的事实说明，赞成和反对上三峡工程的都是功臣。这
在影视创作中是一种创新、一种突破。

《世纪之梦》的大容量是显而易见的。这不仅因为它所描写的题材时空

背景十分广阔,是浓缩的形象化银幕史诗,更在于它包含的内容特别丰富:那深沉的川江号子、赤身的纤夫、沉重的绞盘,诉说着三峡的沧桑,呈现出中华民族的历史重负;那国父的壮语,青年学者陶晋川、郭正罡跟随美国坝工专家萨凡奇借少年赵西陵的一叶轻舟,对三峡坝址的考察,伟大领袖对三峡的踏勘,显示着中华民族几代人的追求,昭示出中国水利建设走向辉煌的曙光;那人民大会堂前记者对人民代表的采访、古稀专家陶晋川在家中沉重的思考、美国都市中为三峡工程召开的记者招待会上唇枪舌剑的交锋,使三峡工程经历的风风雨雨和国内外围绕三峡工程上不上的激烈争论历历在目;那古朴祠堂中赵西陵领着即将离开故土的乡亲们对祖宗的虔诚叩拜,那弯弯山道上拖家带口延绵不绝的搬迁车队和人群,那伍青黎夫妇日夜并肩为三峡工程操劳的身影和他拖着不久于人世的病躯在山坡上同妻子张佐边憧憬三峡美好的未来、边迎着火红的夕阳栽下一棵桔树的感人情景,那将无人照看的儿子藏在驾驶室里,泥一身汗一身地开着巨型卡车在工地上不停地奔驰的连指导员和他的战友们,那远在北京年老体衰深深思念儿子的赵母, 还有那通过赵西陵的口告诉观众的每度电费中提取的 7 厘钱的三峡工程建设专款,等等,无一不折射出全国人民对三峡工程的大力支持和无私奉献;特别是对人们的情感世界,影片作了多层面反映,既写了师生、同事、朋友间的深厚友情,又写了夫妻间炽烈的爱情,还写了父子、母子之间浓厚的亲情,同时,对三峡移民故土难离的乡情也作了传神的反映。不仅如此,影片还通过对赵西陵等抵制在三峡工程项目招投标和购置工程设备过程中的不正之风,对当今社会的一些时弊也进行了鞭挞。可以说,《世纪之梦》是一部描写三峡工程的《清明上河图》。

《世纪之梦》追求的是大效应。它不是小桥流水式的小夜曲,而是气势恢宏的时代交响乐。它所展示的长江三峡的壮丽风光,三峡工程的雄伟气势, 在美国召开的记者招待会上三峡工程开发总公司副总经理赵西陵,面对西方记者刁钻的提问对答如流、语惊四座的非凡才华和凛然正气,尤其是三峡一期工程——大江截流成功动人心魄的场面, 看后使观众激动不已,深感中华民族的伟大、社会主义祖国的可爱,深为做一个中国人感到骄傲和自豪。影片再次雄辩地证明:中国人民站起来了!十几亿中华儿女扬眉吐气的日子来到了! 可以断言,这部影片将会成为对炎黄子孙进行爱国主义和社会主义教育的好教材。

《世纪之梦》的社会效应还体现在它对中华民族传统美德的弘扬上。三峡工程上马的决议在全国人大通过后，赵西陵带着礼品登门拜访恩师陶晋川的情节和他背老母到寺庙中拜佛的细节，生动地折射出中华民族尊师重教、敬老尽孝等美德；而陶晋川给赵西陵"如履薄冰"的送别题词和赵母对瞒着她去建三峡工程的儿子责怪的话语，又体现出长辈爱幼惜小，顾大局、识大体的优秀品格；特别是几代知识分子和广大三峡建设者为建三峡工程夜以继日、舍身忘命、奋斗不息的敬业和奉献精神，给观众以深深激励和强烈感染，使我们在欣赏感人故事情节的同时，受到传统美德和民族精神的熏陶。

总之，《世纪之梦》的社会效应是多方面的，既有洪钟大吕的绝响，又有绕梁三日的余韵，它以大见长，但大而不虚。如果影片对在美国召开的记者招待会、游览大峡谷和感化小偷等情节组接更缜密些，收到的艺术效果也许会更好。尽管如此，《世纪之梦》仍不失为内容精深、制作精致、艺术精湛的鸿篇巨制。

《戏剧之家》 1999年第2期

看《霓虹灯下的哨兵》有感

　　上午同邢福义、陈中英、陈合宜三同志到武汉军区大礼堂看《霓虹灯下的哨兵》。这部电影被"四人帮"关了上十年的"禁闭"，现在看到该片的确使人感到心情舒畅。大家议论说，这样的片子"四人帮"是搞不出来的。它不但思想性好，艺术性尤其好，人物性格鲜明、突出，连长、老炊事班长、班长、春妮等人物形象，塑造得血肉丰满、活灵活现、栩栩如生，给观众留下了十分深刻的印象；故事情节发生、发展既曲折、生动，又朴实、自然，富有浓郁的时代生活气息；影片的语言明快质朴，雅俗共赏，准确、鲜明、生动地刻画和展现了人物形象的思想感情和性格特征。影片取得这样好的表达效果和艺术感染力，首先要感谢编剧沈西蒙精心创作了一个好剧本，剧本剧本，一剧之本，这是不言而喻的；其次要感谢导演王苹和南京部队"前线"文工团的演职人员的努力再创作，没有他们全身心投入的再创造，就不可能拍出这样受广大观众热烈欢迎和深深喜爱的好影片来。

　　令人稍感不足的是，影片对上海不法资产阶级如何用"糖衣炮弹"向南京路上好八连官兵猖狂进攻，以及好八连指战员如何打退其进攻的戏弱了些，对南京路上没有硝烟、惊心动魄的阶级斗争的表现还不够充分。但瑕不掩瑜，《霓虹灯下的哨兵》不愧为好评如潮的优秀佳作。

1977 年 3 月 27 日　于武昌昙华林·华中村

影片《茶馆》观感

中午,我到武昌电影院看了影片《茶馆》。这是根据著名作家老舍先生的代表作之一同名话剧改编摄制的。作者在剧中通过描绘北京城里有60多年历史的裕泰茶馆的兴衰过程,形象生动地反映了旧中国政治腐败、民不聊生,人民处于水深火热之中的黑暗社会现实生活。该剧不但思想主题极为深刻,艺术成就也很高。首先,它具有高度的艺术概括力。上下五十年,人物七十余个,通过一个茶馆作"窗口",集中反映了旧中国这段历史风云和社会现实生活的变迁。其次,在人物形象的刻画上极见功夫。剧中王利发、常四爷、秦忠义三个人物贯穿始终,其他人物招之即来,挥之即去。还有一类是反面人物。这三类人物组成了如蛛网般的结构,互相衬托,互为呼应,刻画出了各色各样的人物形象和性格特征。尤其是王、常、秦这三个主要人物,各自代表了一个社会阶层:善于应酬的茶馆老板王利发,虽然当了一生顺民,谁也不敢得罪,但最后还是逃不脱上吊的命运;正直、刚勇,好打抱不平的常四爷,虽然敢怒、敢言、敢作、敢为,但终因星火萤光,敌不过冰冻三尺之寒;雄心勃勃的民族资本家秦忠义,本想倾尽资财、大办工厂,为实业救国大干一番事业,可在中外反动派的相互勾结和挤压下,最后也只落得个彻底破产的命运。三个人走的三条不同的路,但殊途同归。相反,那些给帝国主义者当奴才的狗男女们,个个都横行霸道,气壮如牛。这鲜明的对比,有力地揭露和谴责了旧中国社会的黑暗和罪恶,给观众以深深的教益和启迪。

1983年1月1日 于武昌华中村18号

观美国巨片《泰坦尼克号》漫议

下午到汉口新华电影院看美国最佳新故事巨片《泰坦尼克号》。该片也译作《铁达尼号》，原名叫《冰海沉船》。据说摄制此片花了 2.5 亿美元! 现在该片的票房收入已超过 10 亿美元!

该片共放映了 3 小时 14 分。不仅放映时间长，内容丰富厚重，容量大，而且场面宏大，情节惊险，故事一气呵成，十分感人，看后印象十分深刻。该片编导者与演职人员同心协力，把金钱与爱情的关系、贫与富的关系，在危难中各种人物的表现，描绘、刻画得淋漓尽致，入木三分。

号称"梦之船"的泰坦尼克号豪华旅游船，于 1912 年 4 月 11 日中午离开英国南安普顿码头，载着 2223 名乘客，向美国纽约驶去。尽管一路上"泰坦尼克号"不断接到冰山警报，但这艘当时最大、最豪华的巨轮还是不可避免地在 1912 年 4 月 14 日与冰山相撞，造成了 1500 多名男女老少一步步走向死亡。在这起历史上最大的海难事件发生发展的过程中，年轻美貌的贵族少女罗丝，随母亲和未婚夫卡尔乘上了豪华舒适的巨轮。为博得罗丝的欢心，卡尔不仅许诺满足罗丝的一切要求，而且将一条镶着 56 克拉蓝钻石的项链送给了罗丝。但罗丝仍不快乐，感到精神上十分孤独寂寞。

与之相比，同船三等舱的年轻画家杰克显得兴高采烈……

闷闷不乐的罗丝无法忍受生活的无奈，面对着滚滚的海浪欲结束自己的宝贵生命。杰克的出现，不仅挽救了罗丝的生命，更挽救了她的灵魂。在与杰克的交往中，罗丝感受到了爱情的美妙和生命的活力，她冲破世俗观念，不顾贪图虚荣的母亲的反对，不受卡尔财富的诱惑，毅然选择了自己的真爱，与杰克沉浸在爱情的喜悦之中。但遗憾的是，随着泰坦尼克号的沉没，这段浪漫炽烈的情感溶入了大西洋冰冷广阔的滔滔海水中……尽管如此，罗丝对爱情的深切感受和勇敢选择，不仅使自己拥有和尽情享受了炽热、甜蜜的真爱,也给观众以深切的感染和启迪。

八十四年后,寻宝探险家布克在"泰坦尼克号"残骸中找到了一幅完好无损的少女裸身素描画,画中人正是已年逾百岁的沉船幸存者罗丝。面对这张熟悉的画像,饱经沧桑的老人,不禁陷入了对往事的追忆之中……

该影片好看、耐看、值得看,它获得 11 项奥斯卡大奖当之无愧。

1998 年 3 月 31 日　于武昌水果湖畔

观影日志十则

1977．6．12．（丁巳年四月廿六）　周日　晴　暴雨

下午,我去武昌电影院看了影片《特快列车》。该片以情节紧凑生动见长。影片围绕抢救为救护502次列车而负重伤的人民解放军李连长的生命,把502次普通列车改为快车,又由快车改为"特快列车"的事展开故事情节,故事讲述惊心动魄、扣人心弦。由于沿线铁路职工和人民群众的大力支持和502次列车全体乘务员及旅客的共同努力,502次从通集站开出,在走了一半旅程后才开始抢点运行的情况下,竟提前两个多小时到达终点江城市,为抢救李连长的生命赢得极宝贵的时间。

李连长为抢救人民列车而英勇负伤,人民列车为抢救阶级兄弟的生命而共同努力奋斗。这是一曲讴歌共产主义精神的嘹亮赞歌。影片塑造了列车长裴兰英、老司机周师傅、不知名的农民大爷和抢救李连长生命的医生等有血有肉、活灵活现的英雄人物形象,给观众留下了深刻印象。该片立意高远,故事情节扣人心弦,抓人、感人,的确好看、耐看。

1978．4．2．（戊午年二月廿五）　周日

昨晚看了北京电视台播的电影《草原雄鹰》。这是一部思想内容积极健康、催人向上的影片。作品成功地塑造了天山养马场中专毕业的兽医卡尔德同牧民们紧紧结合在一起,全心全意为牧民服务,成了矫健的草原雄鹰的模范形象;作品批判了大学毕业生阿利一心想成名成家的资产阶级个人主义思想和理论脱离实际的坏毛病;作品对女大学生阿利娜着墨虽然不多,但她的形象刻画得很可爱,她单纯、质朴,有一颗火热的心,虽然也有旧式大学生那种理论脱离实际、醉心成名成家的毛病,但一经碰了钉子,受到卡尔德模范行为感染后,就毅然选定了正确的人生之路,并勇敢地同她的

未婚夫阿利的错误思想展开了毫不留情的斗争,促使阿利的思想发生了显著变化。

不过,影片写阿利的思想转变是让他骑着马,从后面追上卡尔德、阿利娜等人的马队,以象征手法表明阿利的思想已跟上了革命队伍。这样结尾虽然简单了点,但寓意是深刻的。

1981. 12. 29.（辛酉年腊月初四） 周二 阴风雪

晚上下起了今年的第一场雪。我一边偶尔抬眼观赏一下窗外满天飘舞的鹅毛大雪,一边认真观看着电视机上播放的意大利喜剧片《女店主》。该剧辛辣地挞伐了欧洲贵族、骑士阶级的庸俗、卑污、愚蠢和无能。他们一个个以上等人自居,傲视一切,但又卑微地拜倒在女店主的石榴裙下;女店主要弄他们,让他们出丑,而她却钟爱着她的仆人。影片创作者对欧洲贵族的嘲笑、对女店主等下等人——普通劳动者的赞美倾向是很明确的。该片有较强的积极教育意义,值得一看。

1985. 3. 26.（乙丑年二月初六） 周二 阴雨

晚上到省电影公司看故事片《"老板哥"和"电妹子"》《肖尔布拉克》。这两部影片都不错。第一部影片中,老板哥、电妹子、老倌、杨支书及其女儿等人物都塑造得有各自的性格特征,其中电妹子精明干练、泼辣可爱的形象给人印象最深。

根据张贤亮原著改编摄制的故事片《肖尔布拉克》中,男主人公李司机形象塑造得深沉、感人,是个有鲜明性格而又心灵很美的艺术典型。女主人公上海知青——女教师肖尔布拉克,是个纯洁、可爱而又感情深蕴的人,她给人的印象非常深刻。那位老司机的话更发人深思——开车"如果老从反光镜里向后看,非翻车不可!开车应该向前看,只能偶尔看看反光镜。"人生之路又何尝不是如此!

1985. 11. 22.（乙丑年十月十一） 周五 阴雨

下午到省电影制片厂看该厂与北影合作新摄制的故事片《奇迹的再现》和该厂独立摄制的风光片《神农架》《鄂西森林珍奇》。

《奇迹的再现》再现了《编钟乐舞》这台经典舞剧的艰难创作过程。主人公夏颖(浙江舞蹈演员周洁主演)形象塑造得很可爱,很感人。她的未婚夫王聪、父亲夏教授、同事李鸣等人物,也塑造得较丰满鲜明。故事情节生活气息较浓。对《编钟乐舞》几个主体节目——"采桑舞""慷慨歌""国殇""长袖舞"等的创作过程表现得比较清晰、生动,也较感人。片子很有教育意义,能扣动观众的心弦。

1986. 5. 2.(丙寅年三月廿四) 周五 阴多云

晚上同素菊去电影院看了苏联故事片《战地浪漫曲》。该片名"浪漫曲",但基调是健康向上的。女主人公柳芭和男主人公萨沙的爱情尽管落得个悲剧结局,但却给人留下很深的启示。柳芭虽然爱得有些粗俗,但她仍是可爱的,她不但容貌美,而且心灵也美,她尽管深深地爱着萨沙,但当她认识了萨沙的爱人薇娜,感到薇娜确实是个可信赖的好人后,她不愿因为自己的爱而伤害这位善良的女人,于是毅然决断,将自己嫁给她并不爱的区执委副主席。这样的选择并不是最妥当的,但这样的出发点和道德观无可非议,甚至是值得称颂的。当然,她这样选择后是谈不上幸福的。影片结尾用柳芭流着眼泪追萨沙的长镜头向人们昭示:对所爱的人过份体贴和尊重,常常不会给所爱的人带来真正幸福,反而会给自己和所爱的人带来莫大痛苦。

2000. 8. 22.(庚辰年七月廿三) 周二 晴

下午到省委洪山礼堂观看电影《生死抉择》,接受反腐倡廉警示教育。这部根据作家张平的长篇小说《抉择》改编的电影,是中纪委、中组部、中宣部联合发文向全党、全国推荐的,特别要求领导干部都要看,高级领导干部还要带家属子女、秘书、司机看。影片的改编和拍摄的确不错,剧本忠于原著,说教色彩不浓;影片故事情节抓人,故事集中在揭、捂中阳纺织厂领导班子集体腐败盖子上;人物形象的塑造也下工夫较深,市长李高成、市委书记杨诚、省委副书记严阵及纺织厂厂长郭宗尧等人物都刻画得比较鲜明、生动。一部影片中,把基层工厂领导班子集体腐败的根子,直接追溯到省委副书记身上,且省委严副书记还赤膊上阵……这在警示教育片中是很少见的。影片受到中纪委、中组部的肯定和推荐,这是不同寻常的举动。既显示了中央反腐倡廉的决心,又说明中央正视当前腐败问题的严重性。

2003. 1. 9.（壬午年腊月初七） 周四 晴

上午,我们全家人到洪山礼堂三楼小厅看电影《英雄》和《隔世情缘》。两部影片都好看。尤其是张艺谋导演的大型古装片《英雄》,气势恢宏,艺术精湛,人物鲜活,故事情节紧凑;思想意蕴也不错,赵国刺客亭长无名,最终受赵人刺客残剑启迪,以"天下"大局为重,不刺秦王,并以身殉义,颇能发人深思。可以说影片中大力塑造的秦始皇、刺客无名、残剑及长空、飞雪、如月等人物,都是好样的英雄。

2005. 11. 2.（乙酉年十月初一） 周三 阴小雨

前天晚上,我看了专题片《故宫》第5集《家国之间》。该集主要讲明清王朝朱家和爱新觉罗家的家国故事,着重讲了皇帝的寝宫乾清宫、皇后的寝宫坤宁宫和代表男女阴阳交媾、象征生儿育女的宫殿交泰殿的功用,据说皇帝皇后大婚时要在此殿中住三天。还讲了老佛爷慈禧"垂帘听政"、把持朝政、谋杀光绪皇帝爱妃珍妃的故事。

昨晚看了《故宫》第6集《故宫藏瓷》。片中对故宫藏的35万件瓷器珍品摘要做了介绍,着重介绍了宋代古均瓷、明代青花瓷和清代的"三秋彩瓷"(据介绍绝品三秋彩酒杯全球现仅存一对)、康熙、雍正、乾隆亲自督造并参与创作研制的珐琅彩和仿宋青瓷。康熙督造的珐琅彩色彩艳丽,花卉造型华贵;雍正督造的珐琅彩造型淡雅、蕴藉,颇得中华山水画风韵,色彩和谐素雅,颇有宋瓷古风韵;乾隆时代更把珐琅彩瓷的研制推进到顶峰,瓷都景德镇常居人口达百万,多是从全国各地征去制瓷的能工巧匠及家人、商人,仅官窑就有23家以上。著名督窑官唐英对珐琅彩瓷的研制起了关键作用。

今晚看了《故宫》第7集《故宫书画》。该集着重介绍了乾隆皇帝弘毅特别欣赏的《三希堂》法帖和明代黄公望画的《春雪山居图》及名画《清明上河图》。这些可说是古书画中的极品。还介绍了对收藏古名书画珍品作出贡献的康熙、雍正、乾隆及大臣高士奇等收藏名画的生动故事。这部专题片看后不仅让我增加了不少历史知识,更重要的是使我对博大精深的中华古文明有了更具体、更深切的了解和认知。此片很值得一看。

2012. 10. 15.（壬辰年九月初一）周一 阴小雨

前几天看了央视播放的专题片《玄奘之路》的 3、4、5 集,今晚又看了第 6 集。玄奘违背唐太宗圣旨,于公元 627 年逃离长安,经千辛万苦、九死一生,于 636 年前后来到他日思夜想的佛国圣地——那烂陀寺百岁圣僧戒贤主持的万人佛学院,并在此潜心钻研佛经 5 年,成为戒贤圣僧最器重的“十大圣僧”之一,同时,他还成为公元 641 年戒日帝国国王在其国都主办的规模最宏大（共有 300 多位印度高僧和东印度国王及其他 18 个小国国王参加)的全印度“辩经会”的“论主”。戒日皇帝将玄奘的论点高悬在论坛前,请全印度及其他国家的高僧上坛来批驳。玄奘端坐讲经坛上 18 天,没有 1 人敢站出来与他公开论战。由此足见玄奘在佛国印度的威望之高,影响之大!连国王信小乘教的妹妹也归依玄奘,改信了大乘教! 玄奘自此成为享誉全印度的佛法大师,是德高望重、众望所归的佛国领袖、大唐圣僧。

公元 641 年,玄奘法师在戒日皇帝支持下,开始了返回祖国的征程。他历时 3 年,于公元 644 年来到了西域佛国——现新疆一带的于阗。此前,他从一高昌商人口中得知他的义兄高昌国王麴文泰,与突厥人结盟对抗大唐,遭大唐铁骑压境,高昌国在国王惊吓而亡后即被征灭,变为大唐的西州了。玄奘不敢贸然回长安,就在于阗的寺庙中住了下来,并给唐太宗写了封言词十分恳切的认错信,信中不仅检讨了自己违旨私出长安的错误,还把他赴西天取经获得巨大成功的功绩归功于唐太宗……这封信派人送到长安半年后,唐太宗派使臣携圣旨来到于阗迎接玄奘归国。玄奘于公元 645 年回到了他阔别 19 年的故国首都长安。

唐太宗李世民以最高规格礼仪隆重迎接这位违旨出走西域的高僧胜利归来! 玄奘带回了在西域千方百计搜集到的 657 部佛经典籍和不少异邦珍宝文物,并奉旨及时撰写了反映他 5 万里艰难行程中亲历过的 110 个西域国家的地理风貌、历史文化和风俗人情的奇书《大唐西域记》。这是正决心举兵西征、一统西域、重建平安通西域的丝绸之路的唐太宗急需读到的宝书。这位具有雄才大略、开创了光耀古今中外的“贞观盛世”的圣君,对玄奖信任器重有加，不仅亲自批准玄奘主持卷帙浩繁的翻译梵文佛经工程，还亲自为玄奘主持翻译的佛经出版撰写序文，这就是著名的 700 多字的《圣教序》。公元 664 年 2 月 5 日，玄奘大师在李唐皇家寺庙玉华寺圆寂升天，享年 63 岁（注：玄奘，河南堰师人，姓陈名祎，生于公元 602 年）。同年 4 月 4 日，玄奘圣体下葬在长安东面的白鹿原，后又移葬至长安南面。陪他葬在一起的还有他的两位弟子：窥某和圆测。

看过此片，我清晰地感觉到唐僧玄奘成就的佛门伟业和他的坚定信仰、非凡阅历及卓越才智，堪称前无古人、后无来者，在古今中外无与伦比！央视的这部纪实专题片令我深深震撼，它比我读名著《西游记》和观看电视剧《西游记》所受的教益多得多。

新时期湖北戏剧漫议

　　自上世纪 80 年代以来,湖北在中国剧坛备受关注,声名鹊起,有着"戏剧大省"的美誉。这不是没有原因的。

　　二十多年来,湖北剧苑一直以百花争艳、丰富多彩著称,不仅剧种繁多,品类齐全,而且名剧纷呈,名家辈出。湖北不但有国剧——京剧和影响广泛的话、歌、舞、豫等剧种,还有特色鲜明、群众喜爱的楚、汉、花、黄、南、曲、灯、采茶、提琴、荆河、山二黄等十几个地方剧种。这众多剧种将湖北剧苑打扮得流光溢彩、姹紫嫣红。

　　新中国成立后,在传统剧目改编、新剧目创作和表导演,戏剧名家的锻造和推介等方面,湖北剧苑成绩斐然。上世纪 50 年代,汉剧《宇宙锋》《二度梅》《柜中缘》,楚剧《葛麻》《打金枝》《百日缘》等改编剧目唱红大江南北,轰动京城;上世纪 50 年代末、60 年代初,歌剧《洪湖赤卫队》成为征服荆楚大地、长城内外乃至海外的绝唱! 同时也造就了陈伯华、吴天保、李罗克、沈云陔、关啸彬、关正明、熊剑啸、李雅樵、钟惠然、高百岁、高盛麟、王玉珍、龚啸岚、梅少山、张敬安等新中国戏剧史上具有举足轻重地位的著名戏剧表演艺术家和剧作家。这些奠定了湖北在中国剧坛的地位。

　　特别是进入新时期以来,湖北剧苑沐浴着党的十一届三中全会的春风雨露,迎来阳光明媚、百花盛开的春天,出现了佳作纷呈、新秀辈出的新局面。京剧《徐九经升官记》《膏药章》《洪荒大裂变》《法门众生相》《岳飞夫人》《小凤》,话剧《五(二)班日志》《寻找山泉》《同船过渡》《春夏秋冬》《母亲》,歌剧《樱花》,舞剧《编钟乐舞》《楚韵》《土里巴人》《荷花赋》《山水谣》,音乐诗剧《洪湖的女儿》,楚剧《狱卒平冤》《虎将军》《养命的儿子》《中原突围》,汉剧《弹吉他的姑娘》,豫剧《风流女人》《丑嫂》,黄梅戏《於老四与张二女》《银锁怨》《未了情》,荆州花鼓戏《家庭公案》《原野情仇》《闹龙舟》,曲剧《刘秀还乡》,儿童剧《春雨沙沙》等好戏连台,在文化部的调演、汇演和全国五个一工程奖、文华奖、程长庚戏剧奖、曹禺戏剧文学奖等权威评奖中纷纷夺魁获奖,为湖北争得了荣誉。与此同时,余笑予、刘明保、胡庆树、肖慧芳、朱世慧、杨至芳、李春芳、程彩萍、胡和颜、张巧珍、于盛乐、李祝华、杨俊、胡新中、李春华、刘丹丽、强音、沈虹光、谢鲁、胡应明、赵瑞泰等一大批在省内外享有盛誉的名导演、名演员、名剧作家如雨后春笋般涌现出来,分别夺得文华奖优秀导演奖、优秀演员奖、白玉兰奖、梅兰芳金奖、梅花奖、文华奖优秀创作奖和湖北省屈原文艺创作奖等权威奖项。著名导演余笑予荣任中国剧协副主席、全国人大代表;著名京剧表演艺术家朱世慧被誉为京剧第一丑,集梅花奖、梅兰芳金奖、白玉兰奖于一身,还获得"二度梅"殊荣。可以毫不夸张地说,湖北剧界几乎囊括了新时期以来举办过的全国性权威戏剧大奖的所有奖项!这一切为湖北赢得了"戏剧大省"的美誉。

尤其可喜的是,湖北有关文化艺术部门和单位十分重视少儿戏剧艺术新苗的培养,近几年来百余名极有发展前途的少儿艺术新苗破土而出,茁壮成长。其中,仅中国剧协、中央电视台等单位联合于 2002 年 7 月在扬州举办的第六届中国少儿戏曲小梅花奖评选中,湖北就选了近 60 人的队伍前去参赛,一举夺得三金二银的优异成绩。三名小梅花金奖获得者是荆州小梅花业余艺术学校的李佩青、彭颖和武汉市艺术学校的陆艺君;两名小梅花银奖获得者是武汉市艺术学校的吴阳和武汉市永红幼儿园的佘宇萱。在颁奖晚会上,荆州小梅花业余艺术学校演出的《新梅万点红》成为整台晚会的压轴戏,这些五、六岁小演员们的精彩表演,赢得了阵阵掌声,满堂喝彩。这从另一侧面说明湖北戏剧队伍后继有人。

湖北戏剧不但成果丰硕、人才济济,而且风格独具,特色鲜明。

一是源远流长,兼容并包,丰富多样。湖北位居荆楚腹地,东临吴越,西接巴蜀,南连湘黔,北通豫陕,省会武汉初建于汉末三国之时,明成化年间形成三镇之势,地处江汉平原东部,长江和汉水交汇处,极具舟楫之便,早有"九省通衢"之称。优越的地理位置,悠久的人文历史,使湖北的舞台艺术既承接了楚文化艺术的优良传统,又接受了吴越文化、巴蜀文化、岭南文化、中原文化的影响,积淀深远,兼容并包,多姿多彩。就戏剧唱腔而言,湖北现有剧种历史最久远的是汉剧,历时已 300 多年。在长期的营造发展过程中,它西取源于梆子腔的"西皮",东接源于弋阳腔的"二黄",通过兼容整合,使得"皮黄合奏"的局面首先在湖北出现,形成了新的汉剧声腔体系,并为京剧的形成奠定了基础。从表现风格来讲,湖北戏剧既承接了楚艺术强烈鲜明、想象奇绝等特点,又吸收了中原文化、江南文化厚重、淡雅等特色。楚剧中那种大悲大喜的情感跌宕,话剧中那种大开大合鲜明的舞台处理,京剧中那种无拘无束的大胆探索,歌舞诗乐剧中那种奇幻的构思、编排,等等,都或强或弱地体现出楚艺术中那"强烈鲜明""想象奇绝""灵动自由"等特色。而陈伯华谨严典雅的声腔,高盛麟凝练沉实的表演,不又或多或少地蕴含着中原文化、江南文化规整、厚重、淡雅的特点吗? 从戏剧品种看,仅武汉地区就曾先后拥有京剧、汉剧、楚剧、豫剧、越剧、评剧、歌剧、舞剧、话剧、儿童剧、木偶剧、歌舞等品种。既有民族的,又有外来的;既有古典的,又有近现代的;既有全国性的,又有地方性的。呈现出兼收并存、丰富多彩的局面。

二是锐意改革,勇于创新。湖北戏剧具有改革创新的优良传统。以汉剧表演艺术大师陈伯华为代表的老一代艺术家就是锐意改革、勇于创新的先驱。陈伯华继承了汉剧名旦董瑶阶和李彩云的艺术,在这一基础上又有新的发展。同时,她对梅兰芳、程砚秋的艺术也作了有益的吸收,用以丰富自己的创造。《宇宙锋》是陈伯华表演艺术的经典之作。这出戏的表演改变了传统汉剧"真疯"的戏路,又有别于京剧的表演,给人以面目一新之感。上世纪50年代初,梅兰芳先生就热情、真诚地赞扬陈的表演艺术说:"你是陈派。"

进入新时期以来,这神传统得到了继承和发扬。不论是戏剧剧本、音乐的创作,还是戏剧的表导演,都作了大胆的探索,取得了可喜的成绩。《狱卒平冤》摒弃了原剧《武昌奇案》扬善惩恶的老套路,将笔墨重心移到对正直聪慧的小人物狱卒吴明的塑造上,有力地鞭挞了封建官场的黑暗和肮脏。《法门众生相》脱胎于传统名剧《法门寺》,基本情节不变,具体表现手法则大相径庭。作者精心勾勒上至太后下至民女等各色人物,深刻剖析内臣和宵小贪婪懒惰、欺上瞒下、挟嫌报复的个性特征。特别对贾贵这个介于奴上奴与奴下奴两者间的特殊奴才的变态心理,刻画入木三分,用神来之笔轻轻点破了"心为形役"的最大人生悲剧。这些新编历史剧的文学剧本重在塑造人物形象和开掘内涵,清除了传统戏曲剧目一味叙述故事的说唱文学痕迹。现代戏的剧本创作这方面更为突出。《虎将军》的文学剧本打磨多年,数易其稿,浓墨重彩地抒写徐海东大将的情感世界,将一个虎虎生风、大智大勇且又多情多义的我军高级将领的丰满形象立于舞台上,成为一个同时代创作的真实英雄形象典型。《丑嫂》的文学剧本历经三年研磨,投排前已修改多次,搬上舞台后又七易其稿,终于成功塑造出丑嫂这个具有鲜明个性和时代生活气息的典型人物及大赖、大凤、枣花等几个活生生的人物形象。这两台戏先后都夺得中宣部五个一工程奖和文华奖。

戏曲音乐的改革创新也作了有益尝试。汉剧《弹吉他的姑娘》对古老汉剧音乐的大胆改革,曾在湖北艺术界掀起"汉剧是否姓汉"的激烈争论;荆州花鼓戏《家庭公案》,将江汉平原妇女的"哭丧调"及民间流行的"讲善书调",融进荆州花鼓戏传统的"叹更调"中,既有传统戏曲格调,又有朴实、通俗、亲切的乡音,极富表现力,博得广大观众和听众的喜爱。

戏剧表导演的改革创新力度更大。省京剧团在全国首创京剧丑生的新行当,正剧丑演,在《徐九经升官记》《膏药章》《法门众生相》中,率先推出小花脸挑大梁。著名丑角演员朱世慧主演的这几台戏,吸收了麒派老生的唱做功以表现人物。说白口齿清晰脆亮,唱功字正腔圆,节奏明快,表演极富幽默感,妙趣横生。《弹吉他的姑娘》中的"电话舞"、《风流女人》中的"自行车舞"等表演,表现方法是戏曲的,舞蹈动作却是从当代生活中提炼出来的。这些新的戏曲舞蹈,既生动表现了现代社会丰富多彩的生活,也展示了民族戏曲表现现代生活的特殊魅力和创新潜力。

导演艺术改革创新集大成者首推余笑予。他导演的《徐九经升官记》,在北京公演时引起轰动。荒诞不经的戏剧情节,肆意放浪的喜剧导演手法,为京剧剧坛洞开了别样的灵动。剧中巧用的"歪脖树",既具有舞台造型的美感,又象征着人物的风骨与品性,寓意隽永。刘明保导演的《狱卒平冤》,表现下层狱卒的爱情纠葛,剧中运用"一碗水""一张椅"的戏曲手法,传递出人物隐秘的恋情,细腻而传神。

三是植根生活,贴近群众。湖北新时期以来走红全国、蜚声海内外的剧目,不论是《徐九经升官记》《法门众生相》《狱卒平冤》等新编历史剧,还是《同船过渡》《春夏秋冬》《虎将军》《养命的儿子》《闹龙舟》《风流女人》《丑嫂》等现代戏,大多具有浓郁的生活气息,故事情节跌宕起伏,生动感人,剧中人物形象性格鲜明,血肉丰满,表现了普通人的悲欢离合、喜怒哀乐等复杂情感,歌颂了真善美,鞭挞了假恶丑,反映了时代的风貌和前进的方向,表达了广大人民群众的愿望和心声,因而受到观众的欢迎和喜爱。

不同的剧种由于产生的生活土壤、人文背景不一样,它们的观众也不大相同。武汉人口来源多途,结构多元,其戏剧欣赏趣味呈多样性,不仅喜爱"土生土长"的汉剧、楚剧,对京、话、歌、舞等全国性和外来剧种也都能接纳,尤其作为大工业区的青山区更是如此。据武汉有关部门1990年对观众的调查,发现青山区观众对京、汉、楚、歌、舞、话剧的选择均居武汉其他所有城区之上。湖北其他各地的观众,艺术欣赏趣味则各有所爱。鄂东钟情楚剧、黄梅戏,鄂南喜看采茶戏、提琴戏,鄂北、鄂西北偏爱豫剧、山二黄,鄂西乐观南剧、灯戏,鄂中江汉平原则迷恋荆州花鼓戏,有"听了哟喂哟,害病不吃药"之说。这些地方剧种不仅用精美的作品满足了各自观众群的精神文化生活需求,而且在与观众的艺术交流中吸取了营养,丰富提高了自身。

总之,新时期以来湖北戏剧的成就是巨大的,特色是鲜明的。在满足广大人民群众精神文化生活需求,弘扬优秀民族文化,繁荣文艺,建设先进文化等方面作出了突出贡献。虽然近几年来因种种原因戏剧观众出现下滑趋势,戏剧人才流失也比较严重,但这种"不景气"现象并不表明戏剧不受欢迎。事实上真正植根于生活沃土之中,反映了人民群众情感和心声的艺术佳作,广大观众仍是十分喜爱和欢迎的。每年春季,省、市及各地的楚剧院团和黄冈、荆州、襄樊、十堰等地的黄梅戏、花鼓戏、豫剧等剧团,演出活动十分活跃,不少地方每天日夜两场连轴转,场场观众爆满,还供不应求!工矿企业的广大职工对精美的戏剧艺术同样具有很高的兴趣和热情,笔者两次随我省和来自全国的戏剧艺术家到三峡工地采风慰问,目睹工地职工兴高采烈地观看艺术家的精彩表演的情景就深有此感。即使是大、中城市,喜爱戏剧的观众仍然不少,汉口的和平剧场常年演出不断,特别是双休演出,观众十分踊跃;武汉大学、华中科技大学等高等院校还开办了戏剧专业,成立了业余戏剧社、团;校园、企业、街头、广场,活跃着众多的戏剧票友,经常有业余演出活动。更重要的是,全省有一支以省京剧院、省歌舞剧院、省地方戏剧院、武汉话剧院、武汉市楚剧团、武汉市歌舞剧院、省黄梅戏剧团、省荆州花鼓戏剧团、省豫剧团等院团为骨干的宏大的专业戏剧队伍,他们中的许多人,几十年如一日辛勤耕耘在戏剧园地中,乐于奉献,自强不息,源源不断地奉献出一批批为人民群众喜爱的戏剧佳作精品,为湖北剧苑增色添彩。这一切有力地说明,湖北戏剧不仅再创辉煌有望,而且必将成为城乡社区文化和精神文明建设的重要组成内容。

2003 年 1 月 18 日　于武昌东湖滨

《文艺新观察》 2003 年第 3 辑

《今日湖北》 2003 年 2 月号

百花竞艳　异彩纷呈
——第四届中国戏剧节观摩琐谈

　　金秋十月，锦城满目青翠、满街鲜花，人们沉浸在节日的喜庆之中。由中国戏剧家协会和四川省人民政府共同举办的第四届中国戏剧节正在这里举行。这届戏剧节以弘扬民族优秀文化、繁荣中国戏剧艺术、振奋中华民族精神为宗旨，从全国各地遴选调集了二十多台优秀剧目来此展演，荟萃了近三年来我国戏剧艺术创作的精华，是一次百花竞艳、异彩纷呈、高水平、高品位的戏剧艺术盛会。我有幸应邀观摩了戏剧节演出，感到受益匪浅。

　　这届戏剧节一个突出特色是参演的剧目大都立意深远，闪烁着时代精神的光芒，能给人以新的启迪。话剧《国魂》，展现了抗战时期成都"国魂"剧社一批电影和戏剧明星，围绕上演郭沫若的名剧《屈原》，同国民党顽固派展开的一场尖锐曲折的斗争，展现了在我党教育和影响下的这批进步文艺工作者崇高的爱国主义精神和民族气节。话剧《春秋魂》，通过再现屈原奉楚怀王旨意制订《宪令》，实施改革图强，而遭到楚国权贵靳尚、南后之流的反对和秦使张仪的离间中伤，终被楚王逐出郢都，留下"路漫漫其修远兮，吾将上下而求索"的千古绝唱，直至闻秦兵攻破郢都后毅然沉汩罗江以身殉国的悲壮历史，为后世树起了一座爱国主义的精神丰碑！湘剧《铸剑悲歌》中诸健等志士炼铁铸中华倚天剑而血沃神州的悲壮，京剧《神马赋》中神马使封闭的山庄死水复活后的生机，无不寄托着编导者深深的寓意，折射着时代精神的光芒。即使是移植于日本民间传说故事的昆曲剧《夕鹤》，编导者也赋予它新的涵义：善良纯情的舆平一旦受到金钱的诱惑，成为金钱的奴隶，也变得贪心不足，不惜一再违背诺言，逼着心爱的阿慈暗里忍痛用自己的羽毛替他织锦衣卖钱……看到这里观众的心也紧紧揪了起来。

　　群芳斗艳，绝艺争辉，戏剧人物形象塑造得亮丽多彩，个性鲜明，血肉丰满是其又一突出特色。戏剧节开幕式文艺晚会编导者独具匠心地将其定名为《梅花百花颂》，让二十多位新老梅花奖获得者同台献艺，各吐芬芳，充分展示了我国戏剧事业的人才济济，繁荣兴旺，为戏剧节揭开了精彩序幕。参演剧目的展演更是异彩纷呈。梅花奖二度获得者白淑贤在龙江剧《木兰传奇》中精心塑造的花弧（木兰父名）形象，上马杀敌斩将，下马读经著文，文韬武略，也不乏佳丽柔情，光彩照人。尤其是得胜班师时，皇上下旨要花将军金殿领赏，木兰却当众书写"荣辱得失身外事，兴国安邦赤子情"的谢恩表，请传旨人转交皇上谢恩的情节，可谓神来之笔，使花木兰巾帼英雄的形象熠熠生辉，深深映入了观众的心田。由著名表演艺术家裴艳玲主演的河北梆子《武松》，使观众的情绪兴奋到了极点，武松那疾恶如仇、气吞山河的英雄气概被刻画得活灵活现，达到了乱真的境界。本届梅花奖获得者梁凤一在昆曲《夕鹤》中塑造的喜良、纯情的美女阿慈，川剧《中国公主杜兰朵》中的杜兰朵、无名少年和柳儿等艺术形象，也给观众和专家们留下了美好的记忆。特别是那只注重沉鱼落雁的外貌之美，而忽视仁爱万物、情重千

1995年第四届中国戏剧节期间，作者于10月24日在成都四川人民艺术剧院门前留影。

秋的心灵之美的无名少年和那位尊贵而孤癖、美貌而冷酷的公主杜兰朵，一旦被爱心和真情所彻悟，便从外貌美透心灵，终于弃权势回归自然，升入至善至美的境界。痴男骄女的彻悟给世人以深刻警醒。

第三个特色是参演剧目都很注重抒写人间浓炽的真情，以情感人。由我省著名表演艺术家胡庆树、肖慧芳共同主演的话剧《同船过渡》，给观众情感的震撼是极为强烈的。胡饰演的高爷爷，是一位久经人生风浪的老船长，他以其宽阔的襟怀、深切的人生感受，启迪人们重新思索人生的真谛："百年修得同船渡，千年修得共枕眠"，使人们懂得人的一生中哪些是最值得珍惜的，哪些是不值得计较的。他所以能征服一生未嫁、脾气古怪的退休教师方奶奶(肖慧芳饰演)，化解刘强、米玲小夫妻间出现的情感烦恼，靠的就是洋溢在他身上的那真挚炽烈的人生情感力量。《中国公主杜兰朵》中的烧火丫头柳儿对其主人无名少年安危的牵肠挂肚，直至舍生对其保护的那种刻骨铭心的恋情，彩调剧《哪嗬咿嗬嗨》中"飞彩班"那群调子客面对机枪，无畏地唱起调子，从容赴死，让不灭的灵魂飞向家园、飞向苦苦企盼他们的家乡女人的思乡情，无一不给观众的心灵以强烈的震撼。特别是话剧《巴山情》叙述的发生在大巴山中那棵大黄桷树下的那幕感人至深、催人泪下的故事，山区姑娘田小香对知青云天翔忠贞不二、为其忍辱负重的深情，曾小云对生母田小香和养父曾保山的挚爱及其对生父云天翔的憎恶，转业军人曾保山的善良和宽容，都拨动着大巴山的真情和奉献，使观众的心灵得到洗涤，受到感染。

第四届中国戏剧艺术节在锦城艺术宫盛开的百花中降下了帷幕，但她展示的中国戏剧艺术百花斗艳、万紫千红的美好前景仍清晰地呈现在我们面前。

《戏剧之家》 1995 年 3、4 期合刊

人有追求自风流

——漫谈新编豫剧《风流女人》

十堰市豫剧团上演的新创作剧目《风流女人》，叙述了 80 年代初鄂北某乡镇上一个叫杨花的年轻漂亮寡妇，因不甘忍受贫穷和不幸婚姻的煎熬，应聘去广州打工接受新生活的熏陶后，回到家乡办起服装厂，为乡亲们脱贫致富开辟新路，勇敢地追求美好新生活的故事。该剧以扣人心弦的戏剧情节，鲜明生动的人物形象，朴实诙谐、富有生活气息的戏剧语言，优美、激昂的唱腔旋律，谱写了一曲 80 年代中国农村新女性的嘹亮赞歌。

杨花是不幸的，年纪轻轻就死了丈夫，与年迈的公爹相依为命。尽管她苦撑苦熬，仍然无济于事，贫穷逼得她走投无路。

杨花又是幸运的，她毕竟生活在 80 年代，改革的春风终于吹到了闭塞的山乡小镇。一趟广州之行，不仅使她绝处逢生，而且大开眼界，点燃了她奋斗、追求理想的火种。她要做生活的强者，事业的主人。一回到小镇，她就信心十足地宣布，要办个服装厂，干一番事业，给乡亲们闯出一条治穷致富的路。然而，小镇终究不是广州，穷根未除，世俗尚存。

办厂需要资金，资金哪里来？惟一的指望就是靠贷款。掌握贷款的又是那个作风不好、对她早已心怀鬼胎的王主任。而且，王主任已放出话来：要贷款非得杨花夜里亲自到小河边找他不可！不去吧，钱难拿，厂办不成；去吧，年轻寡妇夜会"采花贼"，毁了名誉，岂不要害她一生！怎么办？她犹豫彷徨，深思熟虑，权衡利害，为了干事业，她不怕成为众矢之的、担"风流"的罪名。她乘夜色，只身来到郊外，与王连奎巧妙周旋，不媚不俗，不卑不亢，及时拿到了贷款，解决了资金不足的困难，终于使办服装厂的理想得以实现。编导们匠心独运的剧情设计，演员绘形传神的精湛表演，使杨花这一艺术形象身上的勇于为事业献身的精神气质，鲜明地凸现出来。

该剧就是这样围绕杨花筹款办起服装厂这一中心事件，层层深入地展开矛盾冲突,成功地塑造出了一个思想解放,勇于开拓,敢于向旧观念、旧道德宣战,泼辣、善良、精明、能干的农村新女性形象。杨花的确是 80 年代中国农村妇女中名副其实的风流人物。

《湖北日报》 1989 年 11 月 12 日

一台撼人心魄的戏

——观加拿大名剧《纪念碑》

3月上旬我到北京参加《"当代文艺论坛"2001年年会暨中国文联2000年度文艺评论奖颁奖会》，有幸到北京人民艺术剧院小剧场观看了中央实验话剧院演出的加拿大名剧《纪念碑》。

8日晚7时左右，当我们走进北京人艺小剧场时，立即被剧场内那奇特的舞台布景所吸引，展现在我眼前的是一片战争的废墟：那被战火烧焦留下的高大粗木头屋架和光秃秃的树木，那简陋的供人栖身的矮小窝棚，那仍在飘散着硝烟的不见寸绿的荒野和山岗……

突然，场内灯光熄灭，沉入黑暗中的剧场表演区内，随着红黄两色聚光灯的照射，打开了一扇门，门洞内一个带着脚镣手铐、被绑在行刑车上的罪犯，正歇斯底里地发泄着对这个即将告别的世界的仇恨，他一面开着车冲出门洞外来回奔驰，一面高叫：这个世界不关心我，我也跟它没关系……这时，一位母亲出现在门洞中，她静静地逼视着罪犯，沉默着。剧场中静静的，静静的，静得叫人浑身发紧，就像一场激战即将爆发前那样。罪犯受不住了，他仇恨而又带有几分畏怯地问道：你就是那个行刑的人吗？母亲没有正面回答，她冷冷地说，我是来挽救你的，但你必须说真话，必须说出犯罪的真相。罪犯粗暴地质问：你为什么要救我？于是，在母亲同罪犯之间，一场竭力改造、挽救战争罪犯，罪犯拼命抗拒改造和挽救的激烈搏斗展开了……

这位母亲就是剧中人梅加。这个罪犯便是剧中因在战争中奉命奸淫、枪杀了23位妇女(包括未成年的少女)而受到审判的死囚斯特科。剧情紧紧围绕梅加同斯特科的肉体和心灵的激烈搏斗而展开。梅加是被斯特科杀害的少女的母亲。她出于怜悯，决心宽容、原谅并挽救这个心灵已被战争摧残成无形废墟的罪犯斯特科，声明只要他服从她，并讲真话，说出犯罪的真相，就可以恢复他的自由。而斯特科则以自己是奉命行事，时间久了，记不清了为借口,拒不说出犯罪真相。梅加为了改造和挽救斯特科,费力地从法官那里争来了给斯特科"行刑"的权力,把他带到了他曾经犯下不可饶恕罪行的险恶荒野之中。她在对斯特科的灵魂和肉体进行严厉鞭挞的同时,辅之以母爱和关怀,逼斯特科终于讲出了自己犯罪的真相,并掘出了他亲自强奸、枪杀后掩埋的 23 具女尸,还一一讲出了她们的名字、大致年龄或音容特征,使失去爱女、妻子的母亲、丈夫,终于找到了他们被害亲人的下落。剧的结尾将 23 件笔挺的白色丝绸睡衣连接起来,吊升到空中,立起一座高高耸立的战争纪念碑,给人以震撼心灵的强烈效果。在斯特科说出犯罪真相并真心忏悔之后,梅加再也不追究斯特科的罪行了,不仅宽恕和原谅了他,而且给他自由,要他离去。可斯特科泯灭的人性此刻复活了,他不愿将年迈的梅加一个人孤零零地留在这险恶的荒野之中,坚决地留了下来……

全剧以有形的战争废墟为背景,以梅加改造、挽救罪犯斯特科被战争摧残成无形废墟的心灵,罪犯力图抗拒改造和挽救为剧情矛盾冲突的主线,以灯光暗转为场次转换手段,一气呵成,紧凑扣人,看来虽然感到恐怖、压抑,甚至有的少年和老年观众看到中途就退场了,但该剧的内容和主题的确具有震撼人心的强烈冲击力。正如《温尼伯格自由报》的评论所说:"这部由两个人物构成的戏,生动而撼人心魄,成功地让观众面对了战争的悲苦,感同身受。"西方学者理查德·罗斯也评论说:《纪念碑》是我所见的最具震撼力的新剧本之一。它激发我的思考和研究残酷战争中怜悯的本质。对我而言,《纪念碑》一剧探索了一个背负可怕历史的世界可能有的种种未来。"这些论述是发人深思的。

需要指出的是,导演查明哲执导该剧是很下了一番工夫的,从灯光、布景、音响的整体设计和综合运用,到人物服装、表演及舞蹈、打斗动作的设计,都力求为表现人物、渲染剧情、展示主题服务。特别是将原剧结尾规定用 23 具女尸连接起来,立起一座战争纪念碑,以刻下战争的罪恶,改成用 23 件笔挺的白色睡衣连接起来,立起战争纪念碑,是很高明的,它不但调整和增强了纪念碑的视觉效果,削弱了恐怖气氛,而且赋予了这座特殊纪念碑更深的寓意。著名剧作家苏叔阳看后在返回宾馆途中的交通车上发表评论说:"查导演这样改,好!高明。"

还要指出的是,凯丽和邢佳栋分别饰演剧中人梅加和斯特科,二人都演得非常投入，非常到位，非常称职。两个小时的演出中，他们一直在残垣断壁中、泥沙荒野里斗嘴、斗智、斗力，奔跑、劳作和撕斗，滚得满身灰沙，扒得两手沙泥，生动传神地展现了特定的剧情，有力地展示了剧中人物的性格特征和内心世界，深刻地揭示了该剧的主题。可以说，这是我看到的演员饰演的最辛苦、最脏、最累的舞台人物的戏。他们的敬业精神是令人钦佩的。

《纪念碑》是加拿大剧作家考琳·魏格纳于 1993 年创作的，1995 年首演于加拿大。1996 年荣获加拿大总督文学奖。该剧近年来在欧美各国上演，引起强烈反响。这次北京人艺小剧场力邀中央实验话剧院再度公演《纪念碑》，受到首都戏剧界和观众的热情肯定，不少观众看后由衷地感叹说："这台戏值得一看。"

2001 年 3 月 14 日　于武昌东湖滨

《戏剧之家》　2001 年第 2 期

看戏日志五则

1986．3．23．（丙寅年二月十四） 周日 晴

晚上陪部领导到湖滨剧院看河南省话剧院演出的七场话剧《十五的月亮》。该剧以对越自卫还击战为背景，围绕解放军某部指导员方华、连长袁少林等上前线后，他们的女友田静、方小妹对爱情的不同态度展开矛盾冲突，其中，方华的女友田静对其恋人的态度来了个180度大转弯！而田静堕落成一个官迷心窍的伪君子，又是与她的舅妈——某市马市长的夫人叶慈副主任的教唆分不开的。全剧采用强烈对比的手法，把前方将士为国捐躯的英雄主义，同后方官吏小人钻营拍马、不择手段地营私谋利的丑恶现实进行强烈对比，热情歌颂了新一代最可爱的人和那些对最可爱的人充满纯真爱情的方小妹们，无情地鞭笞了那些满嘴豪言壮语、满脑名利地位的势利小人。

这台戏对话剧艺术进行了大胆革新，有歌有舞，节奏紧凑，思想内涵丰富，矛盾冲突尖锐，演员演技也很不错，能抓住观众，剧场反响热烈，掌声不断。剧中塑造得最可爱、最感人、最成功的人物是方小妹。饰演方小妹的是在《少林寺》中饰演牧羊女、《十三妹》中饰演十三妹的名演员丁岚。她的演技很出色，表演流畅、自然、真挚，很到位。

1986．11．6．（丙寅年十月初五） 周四 阴雨

晚上到武汉剧院观看苏联乌克兰维尔斯基舞蹈团的演出。这个舞蹈团演员阵容很整齐，演员们的脚下功夫很厉害，跳起舞来真是精彩纷呈，使观众看得眼花缭乱，惊叹不已。演出的节目粗犷、奔放、健康、活泼、欢快，给人以欢乐和美感享受，全场观众气氛活跃，反响热烈，场上笑声不断，掌声不绝。表演的节目中以男演员表演的矮人舞和女演员表演的纺织工人舞给我

留下的印象最深。这个舞蹈团真正称得上能代表国家水平。

1996．10．17．（丙子年九月初六）　周四　晴

今晚到湖北剧场看了上海京剧团演出的新编历史剧《曹操与杨修》。这台戏好极了！不但剧本好，导演好，演员表演好，而且舞美、音乐也好，品位高，雅俗共赏，发人深思，是我近年来看到的最好的一台戏。饰演曹操的尚长荣先生的唱、念、做、打、舞，功夫十分到位，韵味悠长，技艺精湛。他真不愧为中国京剧舞台上杰出的表演艺术大家！看他的精彩表演，确实是难得的艺术享受。饰演杨修的何澍先生，唱功、表演功也非常精湛。特别是该剧的思想内涵开掘得很深，能给治国安邦者以深深的启迪。编剧、导演、演员及其他演职人员共同精心塑造的曹操、杨修这两个杰出的历史人物，性格非常复杂丰富，形象极为丰满鲜明，看后使人久久难忘。这样的戏堪称艺术精品，是可以传之后世的经典之作。

2004．7．29．（甲申年六月十三）　周四　晴

晚上到湖北剧院看了大型原生态歌舞剧《云南映象》。该剧由云南著名舞蹈家杨丽萍率团领衔主演，从晚 7 时 50 分左右开演，到 10 时左右结束，全剧从序幕"混沌初开"始，到第一场"太阳·月光"、第二场"土地"、第三场"家园"、第四场"火祭"、第五场"朝圣"，直至尾声"雀之灵"，两个多小时的歌舞演出，一气呵成，气势恢宏，高潮迭起，荡气回肠，既有对生命、婚恋、家园的礼赞，又有对神灵、土地、黄牛的崇拜。那震天撼地的鼓声、冉冉升起的巨大的火红太阳，那皎洁的巨月中杨丽萍婀娜多姿、柔软似波、美妙绝伦的独舞，那"女儿国"里杨丽萍领舞领唱的对女人的责任和情怀的倾诉，那"火祭"中对黄牛的崇敬与虔诚，那"朝圣"中对神灵的顶礼膜拜，无一不显出这台大型原生态民间舞蹈的与众不同。特别是尾声"雀之灵"中由杨丽萍表演的独舞和领演的群舞，更是轻快活泼、多彩多姿、赏心悦目，显示出杨丽萍的确是一位舞艺高超、出类拔萃、超凡脱俗的大舞蹈家。

该剧最令我难忘的有如下几点：一是灯光、道具、布景用了大智慧、花了大本钱，尤其是各种型号的鼓，使人大开眼界；另外，那三个巨大的转经筒，我在西藏都没见过；还有山坡背景，不仅能在灯光作用下变幻出各种颜

色的景物,而且能承受住几十个演员在上面跑跳,还能自由开合!二是杨丽萍的舞技造诣深厚、美妙绝伦,身为一团之长、赫赫有名的大舞蹈家,竟如此投入地亲自主演,这在重点大型文艺表演团体中的确不多见,其敬业精神令人钦佩。三是结尾的那由台下飞起、翱翔在舞台上空的巨型孔雀及其美丽无比、覆盖整个舞台及其背景山坡的彩屏,使人叹为观止。这台戏票价480—600元一张,虽然有点贵,但值!

2007．7．30．(丁亥年六月十七) 周一 晴

晚上看了央视直播的《庆祝中国人民解放军建军80周年文艺晚会》。晚会共8章:一、星火燎原;二、万水千山;三、铁壁铜墙;四、百万雄师;五、激情岁月;六、精兵之路;七、跨越发展;八、神圣使命。最后是尾声。

晚会清晰地勾勒和描绘出了我军光辉的战斗历程,揭示了我军的性质、宗旨及神圣使命,热情讴歌了我军一切听从党指挥,全心全意为人民,英勇善战、勇于奉献、无私无畏的崇高精神和可贵品质。晚会既有精彩的舞台表演,又运用声、光、电、影像等高科技手段,生动、具体、形象地再现了我军成长、发展道路上广阔的历史背景,艰苦卓绝的战斗历程及其建立的丰功伟绩,气势磅礴,形象感人。特别是艺术家们演唱的那些脍炙人口、感人肺腑的革命历史歌曲,更令人心潮澎湃,热血沸腾,使我们为伟大的人民军队而自豪!

心底无私天地宽

——浅谈《沉重的翅膀》中的陈咏明形象

　　获第二届茅盾文学奖的长篇小说《沉重的翅膀》,是著名女作家张洁描写国有工业企业改革题材的一部力作。作者围绕重工业部在企业管理的整顿和改革、政治思想工作科学化、以及领导权等问题上改革力量与守旧势力的分歧和交锋,把笔触深入到政治斗争、经济管理、党内生活、人事关系、伦理道德、爱情婚姻及两代人的隔阂等领域,以较高的艺术概括力和独特的表现手法,对七八十年代之交的中国社会生活进行了广视角的描写,较深刻地再现了这一时期我国四化建设中的矛盾和斗争,热情歌颂了社会主义实干家和排头兵,塑造了一组自觉按党的十一届三中全会精神办事,勇为四化献身的理想人物形象,曙光汽车厂厂长陈咏明就是其中突出的一个。

　　陈咏明的形象闪耀着新时期社会主义新人的光华,是可敬的。他坚毅、忘我,敏锐、果断,勇开拓,善管理,实事求是,联系群众,重人才,关心人、爱护人,善于最大限度地调动人的积极性和主动性。他高尚的政治品质,良好的思想素质,卓越的管理才干和踏实的工作作风,集中体现了一个勇为四化披荆斩棘的共产党人最宝贵的品格。他不仅用自己的言行,而且用他到任后创造的业绩,证明了他对四化事业和人民利益的忠诚。因此,他赢得了曙光汽车厂绝大多数职工的真心拥护和爱戴。提起陈咏明,他们不能不佩服,"他说过的话,提倡过的事",连最捣蛋的小青工也"愿意捧场";看到原先那个乱摊子、散摊子、烂摊子汽车厂,经过短短两三年大刀阔斧的整顿和改革所发生的巨大变化,连被扣了两个月工资、对陈满肚子怨气的原车间党支部书记李瑞林也不得不惊叹,从而有了一种全新的尺度"来衡量、回顾陈咏明所做的一切"。

　　陈咏明靠什么"魔法"妙手回春,使工厂起死回生,使离心离德者良知复归呢？作品通过坦露人物的心声揭开了奥秘,他靠的是共产党员那颗全心全意为党干事业、为人民谋福利的红心。这是陈咏明冲破阻力、战胜困难、夺取胜利的力量源泉,也是他性格的灵魂。

心底无私天地宽。陈咏明说话办事从不以个人得失为轴心,考虑的是党的四化事业和工厂生产的发展。他多次声明:自己所做的一切,目的就是为了把生产搞上去。为了这个目的,他未上任就向上级要"厂长的权力";上了任就快刀斩乱麻,充分行使厂长的权力,对工厂的领导班子、管理体制、人事安排、规章制度等进行大力整顿,不怕触犯"天条"、戴"路线性的错误"的大帽子,不怕告状、查账、背"拉拢人心""福利厂长"的"恶名",凡阻碍生产发展的旧框框、旧偏见坚决破掉,凡有利于生产发展的新制度、新办法大胆建立、采用,凡有助于调动职工生产积极性的事毫不动摇地干下去。他行得正,坐得直,襟怀坦荡,"像淬火的钢材",坚韧、锋利,任你上压下挤,明枪暗箭,造谣诬陷,腰不弯,志不移,表现了一个共产党员"舍得一身剐也要把困难克服掉的勇气"。正因如此,他才能在"一步一个陷阱"的矛盾漩涡中左推右挡,破浪前进,使工厂的生产蒸蒸日上,改革的路越走越宽。

陈咏明的形象深深植根在我国工业战线整顿、改革,建设四化的火热现实生活沃土中,又是可信的。他不是无根的绿叶、行空的天马,他的坎坷经历和生活环境孕育了他的坚强性格。他的胆识、勇气、力量、才干和办法,凝聚着各方面的营养:党的正确路线的指引,长期革命经历的磨砺陶冶,上级领导的引导教育,群众亲友的支持帮助。他不是无瑕碧玉,有时过于严格,态度较生硬,方法较简单,民主作风较差,别人有不同意见不能耐心说服;他也有过短暂的畏怯,怕自己承受不了压力和阻力的挤压,"感到茫然的惶惑和短暂地丧失信心";在知己面前也会发发牢骚,吐吐胸中的怨气。他也不是没有七情六欲、不食人间烟火的外星人,他体察群众的忧乐,替群众分忧,与群众同乐,对生活充满希望和热情;他有充实的爱情和家庭生活,会在天伦之乐中寻求安慰。作者多视角地摄取陈咏明在不同时间、地点的言行和生活片断及其在各种人物心目中的投影、反馈,较生动形象地揭示了陈咏明性格的层次和成长历程,使读者看到了一个有胆有识、无私无畏、敢说敢干、才干出众、活灵活现、血肉丰满的社会主义实业家形象。陈咏明的性格特征是丰富、复杂的,又是可敬、可信的,称他为社会主义实业家的艺术典型是当之无愧的。从他身上不难看见改革洪流中涌现的千百个社会主义实业家的身影。

陈咏明形象的意义不止于他的时代性、真实性,更在于他的深刻性。他与同行乔光朴(蒋子龙:《乔厂长上任记》)等艺术典型相比,其性格具有更深刻的思想内涵和更鲜明的时代特色。乔光朴不愧为打倒"四人帮"后工业战线上的开拓者,称得上是一个英雄。他的精神面貌,所作所为,使许久以来已经变得相当陌生的我党在革命战争时期那种革命精神、革命干劲、革命情操又复活了。但他却有点像个救世主。他重回电机厂工作后采取的以全面大考核为中心的一系列整顿措施,并没有多少新套套,还是在老框框里跳舞。他习惯于从理论概念上理解工人,对现实环境中的复杂矛盾缺乏足够的应变力,因而免不了碰壁。他的优点和缺点,都明显带着新旧交替之际的开拓者的时代特点。陈咏明虽然同属于打倒"四人帮"后新旧交替时期工业战线上的拓荒者,但他的思想因受到党的十一届三中全会精神的照耀和启迪,比乔光朴则具有更鲜明的时代精神,他的改革精神更强,改革步子更大,办法也更为灵活。他搞"自由组阁",对职工同样是一场全面大考核,却比乔光朴的大考核能收到更积极的效果,能为绝大多数职工所理解和拥护。尤其可贵的是,他注意在管理中引进社会学、心理学和行为科学,积极关心和切实解决职工的工作、生活上的困难,懂得从根本上调动职工的生产积极性和主动性,加上制定了严格的生产计划和科学的奖励标准,探索出了一套用经济手段管理企业的办法,因而他的改革更符合基本的经济规律,更有成效。乔光朴、陈咏明都不愧为社会主义实干家,都有高度的事业心和责任感,都有一股无私无畏、勇为四化献身的朝气,出发点都是为了把生产尽快搞上去,但两人凭借的动力、追求的目标却大不相同。前者主要凭借自己的"铁腕",后者主要依靠全厂的"人心",前者力求恢复被"四人帮"破坏殆尽的社会主义企业优良管理传统和生产秩序,后者努力探索新形势下符合基本经济规律的社会主义企业的科学管理方法,因而前者的改革带有更多的传统复归色彩,思维导向尚未挣脱旧的模式,后者的改革则更带有开辟新路的特色,思想更趋于时代高度。陈咏明称得上是社会主义文学英雄人物画廊中真正带有开拓意义的新人形象。

陈咏明形象的意义远不止于文学本身,还在于这一形象对现实生活产生的积极、能动的影响。当前,工业战线的改革方兴未艾,一大批勇于开拓、敢说敢干的改革者正在各自的岗位上为四化奋力拼搏。但由于旧的管理体制积弊甚重,加上党风不正、社会风气不正的现象还大量存在,原有的人际关系、习惯势力盘根错节,这一切使他们奋飞的翅膀也像陈咏明的一样,格外沉重。这种形势下,陈咏明就成为一面镜子,如果我们的实业家能从陈咏明身上吸取力量,都能像他那样无私无畏,大胆探索,勇闯新路,我们的改革就会更有成效,四化建设的步伐就会大大加快。

1986 年 2 月 1 日　于武昌水果湖畔

《长江文艺》 1986 年第 4 期

公仆的赞歌
——评长篇小说《官场一杆旗》

建党 80 年来，我党涌现了数以万计全心全意为人民服务的好党员、好公仆，原中共湖北省委第一书记、省长张体学就是其中的突出代表。鲁力的长篇小说《官场一杆旗》，以鲜明深刻的主题、生动感人的故事情节和细节、朴实流畅的语言，形象传神地再现了张省长"没掺一点假的'社会公仆'"形象，谱写了一曲人民公仆楷模的赞歌。

首先，作品浓墨重彩地展现了张体学爱憎分明、疾恶如仇，镇邪恶，扬正气，张公理，一心为人民，深深爱人民的铁面包公形象。

叶青夜访省长，送来了 C 城大饥荒的信息。省长闻信赶赴 C 城"微服私访"，看到劳模关十升家无粒粮靠野菜度日、魏公被活活饿死、何店 100 多人拦车跪诉没有瞒产的冤情等骇人听闻的事实，看清了 C 城问题的严重性。调查结果表明，造成 C 城饥荒的主要原因是县长陈才文想"在上缴粮食统购任务上放个'大卫星'"，对抗省委、省政府指示，拼命"反瞒产"、逼购过头粮造成的。而陈县长恰好是省长夫人的亲表弟，县委书记周修阳又是战争年代跟着省长出生入死的老部下。省长没因此而手软，而是"大义灭亲"，果断地改组了 C 城县委，责令陈、周停职反省，并由 C 城问题举一反三，想到其它受灾县可能隐藏着更严重的问题，于是立即赶回省城，同省委书记王任重商定，马上召开省委扩大会，传达讨论毛主席给六级干部的信，要陈才文在会上作检讨，以坚决煞住"五风"，端正干部的思想作风。他还连夜亲自进京向中央领导"请罪"、求援，找周总理、毛主席要来了三亿斤救命粮！这一切有力地揭示了张体学一心为人民，爱民如子的强烈责任感和崇高情怀。

作品着力描绘了张省长力排众议，带着地县干部二上阴森高峻的老爷岭，用事实教育和促进思想僵化、官僚主义作风严重的干部改变观点，赞成为吴保山冤案平反昭雪的故事。这不仅表现了张省长对漠不关心人民疾苦的官僚主义作风的痛恨,还展现了省长体察民情、勇为群众排难解忧的高尚襟怀。

尤其是为死囚黄燕、"双开"教师王良生等冤案的平反和对杀害王良生的主谋、大贪污犯周常山的坚决追查及处决等故事情节,深刻地展示了张体学疾恶如仇、执法如山、勇于为民作主的英雄性格和高尚品德,使铁面无私、一心为民、深爱人民的好省长形象呼之欲出。

其次,作者还着力表现了张体学身先士卒,以身作则,做勤政廉政带头人的高风亮节。

作品不仅传神地描绘了张体学一行步行数百里,跋山涉水,进深山老林调查研究、访贫问苦的故事,还绘声绘色地描叙了他独访闹市,为市民解决餐馆不收粮票和火柴、卫生纸、发卡供应以及提高三轮车工人的口粮标准、改革其工资分配办法等实际问题的言行,甚至还写了省长亲自种棉花试验田的故事,这对一位肩负几千万人生计重任、日理万机的一省之长来说,的确有点不可思议。但张省长当年也许就是这样工作的,他不愧为勤政为民的领导干部的"一杆旗"。

不止如此,张对自己的嘴管得很严,每到一地,他在抓大事的同时,还常过问乃至亲自检查住地食堂准备饭食的情况,凡严格按省委当时规定的"两菜一汤"标准准备的,他既表扬又吃得高兴,凡不按标准的,既批评又必须撤换,实在不好令其撤换的,便"饿着肚子逃宴"。在一个地方调研结束离开时,省长还亲自"净车",发现车上有行李之外的东西,就毫不留情地令其撤下!这似乎有点过分。但他不这么看,他说:"走哪儿吃哪儿,慷国家之慨,油自己的嘴,就是蜕化变质、腐败堕落的开始。"因此,他把管住自己的嘴,看得特别重要。为了制止下级单位巧立名目向上级行贿,他亲自责成省委组织部以省委名义起草专门文件,"严禁各级领导干部要下面的东西"。作品中再现的张省长又是一位廉洁奉公的模范。

再次,作品着重刻画和表现了张体学解放思想、求真务实,千方百计为人民办实事、求实效,做广大人民群众根本利益忠实代表的可贵精神和显著业绩。

张省长肩负的责任是十分重大的。不仅要正确地贯彻执行中央的路线方针政策,还要根据本省实际作出有利于发展本地经济,提高人民生活水平的重大决策。解放思想,实事求是,是马克思主义、毛泽东思想的精髓和最根本的思想路线。能不能自觉坚持这一思想路线,是衡量一个干部、特别是党的高级领导干部党性、作风和水平、能力的重要标志。作品在刻画张体学求真务实的思想和工作作风方面是颇下工夫的。在采纳推广关劳模提出的"借田度荒"办法和给吴保山犯"天条"支持高山社员分队、批准偏远高山农民搞"户学经济"的冤案平反等问题上,张体学没有教条地固守某些政策条文,而是从实际出发,从有利于发展生产和满足群众迫切要求着想,大胆突破"天条",作出了受群众热烈拥护的果断决策。这是颇需要胆识的。在对待种试验田问题上,张省长不仅身体力行,亲历试验田种植全过程,而且赋诗一针见血地对京山县委马书记搞"大马铁"试验畈"不求增产求好看"的形式主义歪风提出了尖锐批评。两相对照,可见其求真务实作风之一斑。

作为省长,日夜焦心的是如何有效地发展生产、早日解决山区人民的吃饭和脱贫,如何有效地抵御自然灾害、夺取全省农业丰收等大问题。为此,他在深入调研基础上作出了一系列重大决策:一是责成有关地区领导认真总结推广长阳火二大队建"当家地"的经验,要求全区两年内一人建一亩"当家田";二是带头捐款,想方设法筹资给山区人民修路;三是亲自挑选精兵强将、争取各方支持,促进丹江水利工程立即上马。作品对这些重大决策实施进程中的艰难困苦、感人事迹作了精彩描述,入木三分地展现了张体学为人民办实事,靠人民群策群力搞建设、求实效,废寝忘食、呕心沥血、日夜操劳的崇高精神和可贵品质。

正确的决策是靠人来实施的。张体学用干部知人善任、胆识独到。他常说:"共产党的干部,'不要你屙金尿银,只要你一心为民'。"凡一心为民的干部他都视如珍宝,发现一个,重用一个:何店支书郑天喜被破格提拔为 C 城县委书记是这样,H 县县长张可喜被提升为副专员也是这样,S 县农工部长吴保山犯"天条"冤案平反后连升几级被任命为省农委主任更是这样,还有叶青、黄孝民、庞正等的提拔重用莫不如此。在用干部上张体学不仅不折不扣地执行了毛主席倡导的"任人唯贤"路线,而且思想相当解放,具有远见卓识。

在全党全军全国人民深入学习江泽民"七·一"重要讲话,认真领会和实践"三个代表"重要思想的热潮中,深刻认识长篇小说《官场一杆旗》塑造的张体学这一"没掺一点假的'社会公仆'"形象的丰富内涵具有深远意义,不论是代表先进生产力的发展要求,还是代表最广大人民的根本利益,亦或是加强勤政廉政建设,张省长堪称忠实实践"三个代表"重要思想的先驱者,是值得我们永远学习的全心全意为人民服务的人民公仆的楷模。

2001 年 9 月 11 日　于武昌东湖滨

《湖北宣传》　2001 年第 10 期

传奇而不失本真

——读《月上昆仑》

《今古传奇》2000 年单月号第 5 期发表的《月上昆仑》，是该刊近年来不可多得的当代现实题材长篇小说。作品讲述的老区女儿应征戍边后血泪交流、悲喜交加的爱情婚姻故事，精心塑造的活跃在故事中的蓝灯草、郑月儿、李二秀和梅馨等沂蒙女儿的鲜活形象，留给我的印象是久久难忘的。其中使我印象最深的是，作品曲折生动的故事情节中呈现的那传奇而不失生活本真的风格特色。这主要表现在两个方面。

一是故事情节跌宕起伏、一波三折，既具有较强的传奇性，又不失生活的原汤原味。作品开门见山，从金银湾农场一连官兵们欢天喜地准备迎接山东女兵的到来切入故事。而手拿彩旗、神情兴奋的官兵们迎来的却是女兵们的一片哭声和"快送俺们回家！俺们不呆在这个鬼地方"的吼声，使故事情节一开篇就面临着白热化的矛盾冲突，将读者紧紧吸引住了。

接着是郑月儿深夜逃跑，一连官兵通宵达旦寻找，向英的拉郎配及蓝灯草的逃婚，向协理员乱点鸳鸯谱造成的周福贵与梅馨的登记结婚与离婚，李二秀的毛遂自荐及其与周福贵的风雨情缘等故事情节依次展开。这一组组故事的发生、发展，矛盾的激化、解决，看似有些突兀、奇巧，出人意料，有的甚至有悖于常人、常情、常理，有点为传奇而传奇的痕迹，但置身此时此地，体验此境此情，又感到在情理之中，符合生活发展和人物性格成长的规律，较好地体现了传奇而不失生活本真的传奇文学风格。

蓝灯草的爱情婚姻故事和所经历的磨难、痛苦与不幸是最突出的，也是最富传奇色彩的，同时，也较好地反映了生活真实，最具典型性。灯草刚到部队就被往日的冤家、现在的园林连连长熊北虎认了出来，由此而导致向协理员的拉郎配和灯草的逃婚。本来逃婚后蓝、熊纠葛可以了断，可灯草偏偏爱种树，分配工作时她又自愿选择了园林连，这就给熊北虎又提供了可乘之机。当熊北虎欲对灯草进行猥亵和强暴时,是林杨赶来给她解了围。正是这种特殊的志趣、特殊的经历和特殊的生存环境,使灯草暗恋上了既是受管制的劳改释放犯、又是舍身忘命钻研种树技术的园艺家的"两栖"怪人林杨。而林杨在风沙肆虐的黑夜举着火把冲散狼群,把灯草从恶狼的团团包围中救出来的义举,则进一步加快了这种暗恋的步伐。正当灯草和林杨心心相印、彼此吸引时,向英又打上了灯草的主意,想把她介绍给场长朱子祥。向英所以如此,是因为看中了灯草是个善良本分而又能干的好姑娘,觉得在所有山东姑娘中,"只有灯草最适合朱子祥,或者说朱子祥的家庭"。向英确实没有看错。正因为灯草本分善良,所以当她得知向英给她重新调整的所谓工作是到场长家帮忙料理家务时,她虽然"压根没有想到",仍欣然接受了,而且尽心尽职地去干,即使受了委屈、欺侮,也能忍辱负重,坚守岗位。直到朱场长从上海出差回来,经过观察,看上了她,明确提出希望她"永远留下,做这个家庭的女主人"时,她才如梦初醒,"心里七上八下",急得"眼泪汪汪地"去找春娥帮忙拿主意,并告诉春娥自己恋上了林杨。偏偏春娥又是个革命性很强的人,且不留情面,她尖锐地质问:"咱革命老区来的姑娘总不能嫁给人民的敌人吧?""上次你逃了婚,这次和朱场长又不干,咋说得过去呢?"几句话把灯草逼进了死胡同。灯草只得违心地答应嫁给朱场长。这也是灯草善良本分性格所导致的必然结果,她一个弱女子,是无法与一个老革命、大场长抗衡的。从此,灯草便跳入了苦海。尤其在朱子祥成为贪污犯坐牢后,灯草婚姻的不幸和经受的痛苦磨难便没有尽头。随着熊北虎对灯草迫害的加剧,灯草过的几乎是非人的生活,直至被熊北虎指使的歹徒残害,导致双目失明。灯草的人生经历中,先后与熊北虎、林杨和朱子祥这三个男人发生过婚姻或者爱情的纠葛:蓝、熊的纠葛贯穿作品始终,由老家山东到戍边农场,由园林连至面粉厂,断断续续纠缠了十几年。是朱子祥亲自提拔熊北虎当八一面粉厂厂长的。朱被捕入狱,照理说熊厂长应该对提拔他的恩人的眷属予以关照的,然而熊北虎却不,他记着另一本账——是朱子祥夺去了自己朝思暮想的灯草,因而对朱的妻子灯草,不但不心存恻隐,反而丧心病狂地予以欺侮、迫害和摧残。看起来蓝、熊之间的纠葛似乎有点人为编造,但大千世界丰富复杂得很,现实生活中无奇不有,蓝、熊这样的人际关系,灯草这样的人生经历,熊北虎这样披着人皮的禽

2000 年 8 月到乌鲁木齐参加《月上昆仑》作品研讨会暨赴天山等地采风期间作者在天山天池边留影

兽,生活中并不罕见。至于灯草与林杨的生死之恋,虽然颇具传奇色彩,但不失生活本真,尤其发生在这对有共同志趣、生性善良的有情人身上,更真实可信。而灯草与朱子祥的结合及其所承受的磨难,既是灯草的性格使然,也是特殊的生存环境逼迫所致,同样具有深厚的生活基础。

二是作品塑造的人物形象具有很强的传奇色彩,特别是郑月儿、李二秀、梅馨等人物的性格发展更具传奇特色,她们身上既有常人所缺少的勇气、胆识、决断,又不失老区女儿的纯真、善良、质朴,同时又具有各不相同的性格和弱点。

郑月儿从小跟着养母在戏园子里长大,既能歌善舞、口齿伶俐、聪明漂亮,又胆大任性、莽撞娇气、嫉妒自私。这样的人生经历和秉性,使她一到部队便与众不同,既娇媚出众,又屡生事端,故事颇多。刚到金银湾,她便带头大吵大闹,鼓动女兵们"回山东去"!甚至面对朱场长威严的弹压都"毫无惧色";住下来后,她又趁人不备,深夜逃跑,差点把小命丢掉;住进地窝子营房后,她又疯闹不止,直至打翻小煤油灯,燃起大火,烧毁了战士们辛辛苦苦刚为她们盖起来的营房；为在宋指导员面前表现自己，一大早她就主动拦住接替梅馨挑水的宋长河，要他看看她的练功表演，可表演到精彩处时，又不慎勾翻了梅馨分来的两桶供姐妹们洗漱的贵如油的水……赵春娥在心里骂她是"惹祸精"！可以说是道出了众姐妹的心声。郑月儿不但胆大、任性、莽撞，而且娇气、自私、嫉妒。在生活中，她吃苦精神最差，分洗脚水，她每天都要比别人多舀半缸子，有时连洗脚水都要别的姐妹帮她倒。在感情上，她没有成人之美之心，进攻意识很强，只要能达到目的，有时甚至不择手段；她嫉妒宋长河对梅馨的关注，常给梅馨出难题，有时还出语讽刺；为讨得宋的好感，她不仅主动在宋长河面前卖弄技艺，展示花容，而且17岁小小年龄就敢大胆地对宋祖露"如果非要我嫁人就嫁给你这样的人"的心声！为得到宋长河，她时时留心观察宋与其他姐妹的动向，一次次主动接近宋，还娇声娇气地撒娇："没事就不能来呀？""人家想陪陪你嘛！"为扫清障碍，她还不惜伤害稳重厚道、暗恋着老乡宋长河的赵春娥，说她喜欢宋"是瞎子点灯白费蜡"！中伤梅馨是个"不清不白的离婚女人"！直到跟踪宋长河，在路边的草棚里"像一团火"一样主动扑进宋的怀里，用细软的身子将宋俘虏……郑月儿的军旅生活及其性格成长经历是传奇的，形象是鲜活的，性格是独特的，她的娇媚而又颇受非议的身姿及其音容笑貌又是现实生活中不难发现的。

李二秀的军垦生活及其性格发展历史传奇色彩更浓。她投身边疆建设、积极要求上进的愿望很迫切，连地主父亲的来信都感到是给自己脸上抹黑。她特别崇拜英雄。当她亲手为周福贵缝上了脚后跟上的大血口子，感到周连长"是个了不起的人"后，她的芳心震颤了。当陈政委在大会上宣布场党委决定解除周、梅二人的婚姻，指出我们的周连长战功累累，是条真正的汉子，相信总会有一位好姑娘真心实意地去爱他时，二秀战胜短暂的"心神不定"情绪后，竟"呼"地站起，毛遂自荐，结结巴巴地问陈政委："您看俺行不？"这不亚于给渴望爱情的荒原投下了一枚情感炸弹，使人们在震惊之后，报以"雷鸣般经久不息的掌声"。从此，二秀与周福贵的爱情传奇便故事不断，二秀的性格也愈来愈闪耀出夺目的光辉。在周带队去青海收购牦牛期间，二秀不仅纳制了10双鞋垫，还每天去打扫他们准备结婚的新房，走时还不忘往门后的小红布袋里放一粒黄豆，以寄托对周的思念。当袋里装了456粒黄豆时，周的购牛队回来了，可她看遍了每个角落，却没发现周的身影。情急的二秀找到了师医院,当她弄清周是因为冻伤了面部肌肉、毁了容不愿见她时,她哭了,还边哭边说:"你是为了咱场里才这样的,我不嫌你!我李二秀不是那号人!走,福贵,咱这就……回去结婚……"说着,背一弓,抓住周的双手,就将病床上的他背了起来。这掷地有声的话语,配上非同寻常的动作,一下子就将一个深明大义、敢作敢为的巾帼奇女子形象立了起来。

"风波又起"一章中,对二秀传奇性格的刻画更是入木三分。当周福贵与从河南找来的前妻山丹和儿子虎娃相认时,二秀"火冒三丈",责骂周是不是"还想要两个老婆"?并掀翻了饭桌,抱着被子冲出了家门,还瞪着丈夫咬牙切齿地说,"咱们离婚"!当她在寒冷的窝棚里经过两夜的激烈斗争和思考,作出决定,来到卫生队准奋把腹中的那团耻辱连根挖掉,"跟周福贵一刀两断"时,她意外地发现山丹带着重病的虎娃也来看病了,而且排在队尾。她先是不理主动与她打招呼的山丹,后见虎娃抽搐,于心不忍,又主动站出来请大家让山丹母子先看病,并为虎娃交了药费。当她得知山丹因听信周死在抗日战场的传言,曾改嫁时,"二秀顿时松了口气",并立即向山丹道歉,急急赶回家给虎娃母子做好吃的。虎娃出院后,又是二秀将虎娃母子从返回老家的路上拦了回来,她对山丹说:"大姐,从今以后,咱一连就是你们的家,有我二秀的饭吃,就有你娘儿俩的饭吃……"这些发自肺腑的言行,活脱脱画出了二秀耿直刚烈、敢作敢为、敢恨敢爱、心地善良、知错即改的巾帼英雄形象。二秀这样的奇女子现实生活中也并不陌生。

梅馨是烈士的女儿,有文化,有头脑,有魄力,也有能力,勤奋好学,爱岗敬业,敢于直言,勇于负责,聪明漂亮,稳重端庄,且能忍辱负重,宽容又自尊。作为妇女工作队长,她尽职尽责,工作抓得有声有色,既是向英的得力助手,又是姐妹们的主心骨。作为青年知识女性,她对爱情和事业都有强烈的追求。她深深爱恋着宋长河,时常在日记中倾诉爱的心语,但碍于姑娘家的矜持和自尊,难于当面向恋人祖露爱的心声。这就给情敌郑月儿等提供了可乘之机,也给向英乱点鸳鸯谱留下了空隙。她与宋长河情浓意密,心靠得很近,但又忍不住要彼此试探,谁也不愿先撩开那层薄薄的面纱。这就使他们的爱情呈现出若即若离状态,进而出现一波三折,直到梅馨成为乱点鸳鸯谱的牺牲品。梅馨是个感情专一的姑娘,她虽然两次面对宋长河咬牙切齿地发出"我恨你"的呼喊,可她一直忘不了他,还常设身处地为宋着想,替他开脱,并一次次主动出击,续他们之间的红线。为了这份情,她默默承受着姐妹们的猜疑和来自各方面的流言蜚语,还顶着非议收养捡来的女婴,作为精神寄托,甚至忍受着郑月儿对她的辱骂和殴打……但世事难料,阳错阴差,他们一次次续缘,又一次次失之交臂,使这对有情人终未成眷属。

梅馨在感情上是个失败者,但在事业上却是个成功者。她不仅医术高明,工作出色,受到草原牧民的欢迎和爱戴,而且攻克了"蜱回归热"这种我国西部草原上流行的传染病,"第一次证实了中国'蜱回归热'的存在",为牧区人民作出了一大贡献,受到了上级的表彰。从梅馨身上我们不难看出现实生活中那些有胆识、有追求、有个性、有品位的高雅知识女性的身影。可以说梅馨是作者精心塑造的戍边老区女儿中知识女性的优秀典型。

《月上昆仑》取材于新疆建设兵团屯垦戍边的艰苦战斗生活,着力描写的是 1952 年党中央为解决屯垦官兵的婚姻问题,经毛主席特批,从山东招收 8000 女兵开赴新疆而上演的一出出悲喜交加的爱情婚姻故事,塑造了一组血肉丰满、栩栩如生的铁血男儿、巾帼女杰形象,热情讴歌了中华优秀儿女卫国戍边,扎根边疆,建设第二故乡,无私奉献的崇高精神和可贵品

2000 年 8 月在新疆采风期间作者在天山天池与东小天池间的泻水河边留影

质。作品不但题材重大新颖,故事曲折生动真实,具有很强的纪实性和可读性,而且主题鲜明深刻,洋溢着军垦官兵的阳刚之气,闪耀着时代精神的光芒,高扬着时代主旋律。作品描写的虽然主要是发生在不同人物身上的爱情婚姻故事,但透过这些故事,我们强烈地感到军垦农场就像一座革命熔炉,那些来自沂蒙老区的女儿,经过这座熔炉的冶炼,一个个不仅在边疆扎了根,茁壮成长,变得成熟起来,而且有不少已成家立业,开花结果。特别是李二秀,她不仅成长为建设兵团的二级劳模和植棉能手,将代表山东女兵在家乡亲人参加的慰问大会上作重点发言,而且在关键时刻,为堵水渠缺口,抢救绿色棉苗,英勇献出了年轻宝贵的生命,成为真正的巾帼英雄。即使是郑月儿这样毛病较多、遇事替自己打算的姑娘,后来也变得遇事能替他人着想。她忍痛割爱,将自己失而复得的女儿晓朵留给辛辛苦苦抚养她的梅馨,并说:"你才是晓朵真正的母亲,我没有权力夺走她。"这不只是普通的一句话,它展示了郑月儿现在的善良心地、高尚境界。正像陈光照政委说的那样,"山东姑娘个个都是好样的"!金银湾能有今天,新疆生产建设兵团能有今天,离不开她们,这片绿洲凝聚着她们的青春血汗,甚至生命!从这个意义上讲,这部作品正是侧重为这些"好样的"山东姑娘精心立传塑像的。

当然,作品在塑造人物方面也还有不尽人意之处,比如对场长朱子祥的蜕化变质过程就缺乏必要的铺垫,更没有对他的犯罪心理和思想斗争的描述、揭示,过于草率了些。对向英这个人物的刻画也有些简单化,她的有些言行和工作方法,与她女八路的革命经历和作为与陈政委风雨同舟十几年的革命伴侣的身份不大相符。尽管如此,这些缺陷毕竟只是一部精彩长篇小说中的几个无伤大雅的疵点,《月上昆仑》以其厚实的洋溢着时代气息的生活、思想内容,曲折生动、富于传奇色彩的故事情节,丰满鲜活、个性鲜明的人物形象,质朴流畅的描叙语言和富有地方特色与性格特征的人物对话,谱写了一曲人民子弟兵和革命老区女儿扎根边疆、艰苦创业、无私奉献、挥洒青春热血、同铸爱情诗章、共建美丽边疆的英雄赞歌和胜利凯歌,赢得了广大读者的欢迎和喜爱。

2000 年 7 月 27 日　于武昌东湖滨

《今古传奇》 2000 年第 11 期

书海品读拾贝

——读文艺作品、人文著作札记精选

读长篇小说《铜墙铁壁》随感

今天读完了著名作家柳青的长篇小说《铜墙铁壁》。这部作品以 1947 年沙家店战役为题材，通过描写主人公、共产党员石得富带领群众大办支前粮站等活动，热情歌颂了毛主席的人民战争思想。作品塑造了石得富、疤虎、银凤、兰英、二木匠、金树旺等鲜明人物形象，给读者留下了较深刻印象。特别是作品后半部分对石得富形象的刻画感人至深。年轻的共产党员石得富，在敌人的严刑拷打面前，顽强不屈，机智勇敢地与敌人斗争，最后逃离虎口，身带重伤，给我军送情报、当向导、筹粮食，置个人生死于度外，为沙家店战役的胜利作出了重要贡献。正如我军一位团长赞扬的，石得富的确是"党和人民的好干部"。

作品生活气息浓郁，银凤与石得富的爱情发展写得有声有色，曲折健康，他们真正是一对全心全意为革命的好战友、好情侣。

1978 年 3 月 26 日　于武昌昙华林·华中村

读长篇小说《山雨》漫议

著名作家魏巍的长篇小说《山雨》（1977 年第 12 期《人民文学》发表）是其长篇巨著《东方》的第一部。该作品前十章写得很好，读来给人以别开生面之感。这不但表现在作品立意新颖、深刻，概括地反映了 1950 年抗美援朝战争爆发前中国农村各阶级、各阶层人们的精神风貌——写出了朝鲜战争的"山雨"给中国农村社会及广大人民群众带来的巨大影响,更重要的是作品成功塑造了许多个性鲜明、血肉丰满、形象感人的鲜活人物形象,那热情、干练、泼辣、诙谐、沉着、机敏的杨大妈,那机智、勇敢、活泼而又老练的嘎子郭祥,那活泼、热情、伶俐、勇敢而又带点幼稚的杨雪,那文静、纯朴、柔弱中带着刚强的金丝嫂子等,一个个给读者的印象都非常深刻。尤其是杨大妈的形象更是作者精心塑造的,作品先概括地叙述了杨大妈对革命的贡献,为她立了传,接着用杨大妈自己一系列个性鲜明、感人至深的言行,为上文立的传做了注解,使杨大妈的形象在读者面前矗立起来。

作品生活气息浓郁,人物语言个性鲜明,特别是对人物的性格、心理活动的刻画入木三分。例如《消息》一章中,描写郭祥在见到小雪后,在十里长沟中送杨雪的那段心理活动描写,读来引人入胜,扣人心弦。它传神地绘出了初堕情海的小伙子的神态、心理,给了读者一个永难磨灭的特写镜头。

此外,作品的结构也别具一格,一个人物一章,既分别给各种人物画了相、立了传,又串成了完整的故事情节,写得集中突出,脉络清楚,读来如观画卷,卷卷不同,印象深刻。

1978 年 3 月 27 日　于武昌昙华林·华中村

读 1978 年《人民文学》刊发的小说作品感言

半个月来,我把 1978 年 1~12 期《人民文学》上发表的小说(包括童话、寓言等)都浏览了一遍,颇受教益。这些作品,绝大部分是写在"四害"横行的日子里,我国各条战线上的革命者同"四人帮"及其爪牙作斗争的故事,也有一些作品写的是粉碎"四人帮"后的斗争故事,此外,还有一些作品写的是其他题材。这批作品是粉碎"四人帮"后我国文学战线的新收获。它们不仅比较真实、生动地反映了我国人民同祸国殃民的"四害"作斗争的战斗风貌,而且较成功地塑造了一大批有血有肉的艺术典型,从他们的斗争经历中,我们既重睹了我国人民在"四害"血腥统治下所遭受的浩劫,又看到了中华民族赖以生存和发展的脊梁与希望。虽然少数作品中有尚未磨掉的模式化、图解化创作的痕迹,但大多数作品中都散发着较浓厚的时代生活气息,有较深厚的生活土壤滋养,读来颇能打动读者的心灵。其中,给我印象最深的要数莫伸的《窗口》、王亚平的《神圣的使命》、周立波的《湘江一夜》、童恩正的《珊瑚岛上的死光》、张承志的《骑手为什么歌唱母亲》、陆文夫的《献身》、陆柱国的《不灭的篝火》等十多篇作品。韩玉楠、王公伯、董千司令员、马太博士(胡明理教授)、额吉大妈、卢一民、老王班长等人物形象已刻进我脑中。这些作品的新巧构思、生动情节和洗练的语言,也都给我留下了较深的印象。

1979 年 7 月 21 日　于武昌昙华林·华中村

读《唐宋传奇集》点赞

近几天我读完了鲁迅先生校录的《唐宋传奇集》。这部古代文言小说集是我国古典传奇小说的瑰宝之一。它不但思想内容健康,故事情节生动、曲折,人物形象塑造得很鲜活,而且叙事的简洁、传神使人惊叹。这些传奇小说都是短篇,很多篇目的内容同现当代短篇小说比起来,其容量还要丰富,但篇幅却短得多。传奇作者们在作品中几乎全是用叙述和白描手法,色彩浓艳的形容词之类很难见到,用的几乎全是口头语,寥寥数语就生动地勾画出了生动的故事情节和鲜明的人物形象。古代作者们这种白描本领值得我们认真学习。

该传奇集留给我印象最深的篇目有:《古镜记》《枕中记》《任氏传》《南柯太守传》《谢小娥》《李娃传》《长恨传》《绿珠传》《赵飞燕别传》《李师师外传》等。这些作品既好读又耐读,读后还能给人教益和启迪。

1979 年 8 月 20 日　于武昌昙华林·华中村

读中篇小说《高山下的花环》漫评

下午读李存葆的中篇小说《高山下的花环》。这部作品中的人物形象塑造得有血有肉、有感情，真实可信，读后使人透过书中人物形象，可看到现实生活中许多类似的真实人物的身影。梁三喜、靳开来、梁大娘、韩玉秀、赵蒙生、段雨国、雷军长，以及赵蒙生的妈妈吴大姐等人物，都能给人留下很深的印象，使读者觉得他们好像都似曾相识。作品内蕴丰富，背景广阔，较深刻地反映了我们时代的社会生活风貌。更难能可贵的是，作者勇于将自己笔下主人公身上的严重缺点，淋漓尽致而又入木三分地袒露在读者面前，并追根溯源，把导致主人公走上这种极端利己主义邪路的祸根，与我党一些高级干部的特权思想联系起来，这就使作品的主题具有更深广的社会意义。赵蒙生在神圣的"自卫还击战"前差点当了逃兵，而当他在战友们的愤怒斥责声中奋起，毅然冲上战场之后，战争的烈火立刻陶冶了他的体魄和灵魂，使他变成了真正的战士，并且成了名符其实的战斗英雄。这一切充分说明，革命部队和正义战争，的确是冶炼人的熔炉，一块废铁进了这样的熔炉也会炼成好钢的。

作品中还倾注了作者对我国八亿农民的无限深情和赞美。像梁大娘这样的老一代农民，像韩玉秀这样的新一代农村妇女，在我国农村何止成千成万！可惜我们有些作家、艺术家却没有或者不情愿认真地去描写和表现他们，有的甚至对他们根本不感兴趣，他们总是津津有味地去描绘那些花前月下的卿卿我我、想啊……爱呀……之类的布尔乔亚人物和情感，这与我们时代提倡的主旋律确实不大合拍。

1983 年 3 月 16 日　于武昌昙华林·华中村 18 号

读长篇小说《夜与昼》札记

今天我读完了柯云路的长篇小说《新星》的续篇《京都》第一部《夜与

昼》的上集(载《当代》1986 年第 1 期)。这部作品写的生活时间跨度虽然很短,只写了作品主人公李向南回北京后头一天一夜中,与他有直接或间接联系的各种人物的生活片断,但作品的生活容量却不小,写了好几个家庭的生活情景和人物形象及其言行。其中,有省委书记顾恒一家,妻子景立贞,儿子顾小鹰,女儿顾小莉;有东方艺术协会主席、80 岁老头儿黄公愚一家,长女黄春平,女婿曾立波,老二黄夏平,老三黄秋平,三女婿梁志祥,老四黄冬平,五女黄平平,记者、大哥黄卫华,嫂子赵世芬等;有中纪委副书记、原某部部长李海山一家,儿子李向南,其姐李文静,其妹李文敏,其弟李向东等;有历史学家范书鸿一家,妻子吴凤珠,女儿范丹妮,儿子范丹林等;有免职将军凌汉光一家,妻子,儿子凌海,儿媳小兰等;还有工人王满成一家,妻子张海花和两个儿子等;此外,还写了其他不少人物。这些人物代表着各自不同的职业和社会阶层,涉及社会生活的许多方面、许多行业,有些人物形象颇有性格特征和思想文化涵养,作品寄寓着较大的政治、文化和社会生活内涵。

1986 年 3 月 21 日　于武昌水果湖张家垴 70 号

读长篇小说《战争风云》札记

　　今年一月二十日前后我读完了美国作家赫尔曼·沃克著,石韧译,人民文学出版社 1975 年出版的长篇小说《战争风云》的第一部。《战争风云》是美国 1971 年出版的一部以描写、反映第二次世界大战生活为题材的长篇小说。该书主要描写从希特勒率军入侵波兰,到日寇偷袭珍珠港、引爆太平洋战争这一时期的欧洲战场、太平洋战场的社会生活状况。作者站在资产阶级立场上,企图从美英法苏和德意等交战国的政府关系上,从政治、军事、外交等各个方面,来描写和反映这次世界大战,刻画一些重要历史人物如斯大林、罗斯福、邱吉尔、希特勒、墨索里尼等的形象,并企图通过对一些重大事件的分析,来总结第二次世界大战的历史经验,为今天美帝国主义谋求世界霸权提供借鉴。

这部书通过描叙外交官维克多·亨利（注：亨利爱称：帕格。亨利·帕格在该书第一部中是美国驻柏林海军武官，先是中校，后晋升为上校）一家人的生活状况及其言行，巧妙地反映了第二次世界大战爆发时欧洲战场的情况，初步刻画了法西斯头子希特勒的歇斯底里形象：希特勒是个善于撒谎，厚颜无耻而演技拙劣的演员，不过他的思想从书中看来还是比较敏捷的。小说第一部中的罗斯福，虽然作者尽量美化他，但仍然掩饰不住他的狡诈。

亨利·帕格是个禄蠹、官迷，是资产阶级的忠顺奴仆和工具。他对资产阶级的美国政府忠心耿耿，工作兢兢业业。而他的夫人罗达·亨利则是典型的资产阶级臭妖婆。她已四、五十岁了，整天讲究穿戴，专门找人调情，卖弄风情，一刻也不能安静！亨利对她这样的品行不但不加干涉，反而暗中加以鼓励，给她提供各种便利条件，因为这样她就容易替他搞到有用的情报，便于他更快地向上爬！从这里不难看出资产阶级政客、间谍的灵魂是多么卑鄙腐朽！

亨利的长子华伦也是个资产阶级的忠实继承人，他不但很年轻时就开始继承资产阶级的糜烂生活作风，头脑中也灌满了升官发财的利己主义毒汁。次子拜伦有点像个不肖子弟，升官发财的心不那样重，勇于急人所难，勇敢、乐观、散漫，不拘小节，但能应对十分复杂的险境，有点可爱。他追起娜塔丽来也很疯狂，生活也是花天酒地，不久也被其父逐渐拖入资产阶级官场轨道。亨利的女儿梅德琳比较单纯，勇于追求自由生活，并能接受马克思主义新思潮的影响。但基于其阶级属性，她很快也在资产阶级的大染缸里被同化。

三月十日左右我读完了《战争风云》的第二部。第二部写的是法国投降德国后英德开战之后的情况。作品主要围绕美国总统罗斯福同英国首相邱吉尔就美国如何"援助"和"参战"问题所做的政治交易来展开故事情节，以罗斯福的忠实奴仆和工具、经常作为罗的特使行使其密秘使命的亨利·帕格上校（该书末尾罗斯福还面告帕格，要把他提升为海军少将）的行踪为主线，扼要而较生动地描叙了罗斯福就"援英"和"参战"问题所玩弄的种种阴谋诡计。罗斯福是个杰出的骗子，他为了争夺世界霸权，一心在窥测时机，怂恿同伙与希特勒血战，要尽阴谋诡计，公开虚假地宣称，为捍卫美国安全,他将严守中立政策,以缓和美国人民的反战情绪,而暗里则假借"租借""演习"等种种名义,向英国出售大批武器,大发横财,还秘密地多方积极准备参与瓜分世界的大战,以便一旦时机成熟,他就全力投入战争,坐收渔人之利。这部书结尾暗示:罗斯福已作好了"参战"的一切准备,马上就要出面争夺世界霸权了。罗的阴谋活动中,亨利上校是个重要角色。

书中还大量描绘了资产阶级各色人物的下流生活、腐朽灵魂。帕格·亨利的老婆罗达·亨利已近 50 岁了,她却在帕格短期外出的间隙中,与年近 60 岁的科学家巴穆·柯比乱搞,直至发展到想抛弃几个已婚的儿女,准备与帕格离婚、与老柯比结婚! 而帕格也在这期间狂热地恋着一个比他年轻一半的英国姑娘帕米拉,两人已亲热到如胶似漆的地步,只差那么一点特别关系没有发生! 马、恩的著作中曾经说过,资产者以互相引诱对方的妻子、女儿为乐事。这部作品给出了很具体、很形象的注释,使我们进一步看清了资产者灵魂的没落腐朽和道德的败坏沦丧。

这部作品中描写拜伦同娜塔丽在罗马的里斯本结婚时,娜塔丽原来的情夫斯鲁特,主动将自己定下的高级房间让给拜伦作新婚洞房的情节离奇而特别。斯鲁特的一位同僚曾责问他说:"你这人犯被虐狂啦!?"斯鲁特的毫无自尊心及其令人难于理解的宽容、大度,使人难以置信。这大约是美国资产阶级道德中很值得赞美的一点吧!

近几天,我认真阅读了《战争风云》第三部。这部书主要描写 1941 年 6 月 22 日德国鬼子大举进攻苏联,到同年 12 月 7 日日本强盗疯狂偷袭美国太平洋舰队的海军基地珍珠港及其太平洋沿岸的基地这段时间的苏联战场和太平洋战场的战争风云。故事情节仍以维克多·亨利一家人的行踪、特别是帕格·亨利本人的行踪为线索来展开。作者站在资产阶级反动立场上,百般贬低伟大的马克思列宁主义者斯大林的崇高形象,贬低伟大的苏联红军的光辉形象(当然,书中作者也作了少量较公正的描写),把第二次世界大战取得胜利的转折点,说成是美国这个"巨人"的"参战"所至,根本否认这场反法西斯战争的胜利是由于以斯大林领导的苏联红军的英勇奋战及以中国人民在共产党和毛泽东领导下组成奋勇抗日的民族统一战线为代表的全世界革命人民结成了反法西斯战争统一战线后,坚决与法西斯强盗作殊死斗争取得的真理。这是作者资产阶级反动立场的大暴露。

当然,这本书中对美国这个"巨人"在珍珠港事变中不堪一击的纸老虎本相也作了些真实的描写,但这种描写不是意在揭露罗斯福统治集团损人利己,掠夺成性,一心想充当军火商,坐收渔人之利的侵略政策的失败,相反,还想用来美化罗斯福,企图以此证明罗斯福的机敏、远见,善于利用敌人的错误,善于等待时机并加以利用。从这本书的字里行间,我们进一步读出并懂得了什么叫强盗逻辑!

作者在书中露骨地写道:"在历史上,凡是取得成效的事情,就是合乎道德的事情。黑格尔教导说,上帝的意志只有在历史的结局中才显示出来。"(《战争风云》第三部第 1117 页)在本书的结尾部分作者更露骨地写道:"世界历史上从没有道义可言。只有依靠暴力和死亡来造成潮流的演变。胜利者写下历史,宣布判决,把失败者绞死或者枪决。"(《战争风云》第三部第 1221 页)

这些话虽然在一定程度上道出了某些历史史实的真实性,但因此而否定人类社会历史上公认的"道德""道义"的存在,鼓吹强权政治,鼓吹暴力和杀戮,崇尚"胜者为王、败者为寇",那就是道地的强盗理论。

1977 年 3 月 23 日 于武昌昙华林·华中村

读《毛主席的伟大革命实践活动》札记

从本月 7 日领到《毛主席的伟大革命实践活动》这本书,我就天天挤时间读它,今晚已把这 30 万字的书全部读完。这本书虽是报刊摘选文章的结集,但读来十分感人,尤其是毛主席的许多警卫战士写的回忆录和悼念文章,读来更感人肺腑。这些文章把我也带到了毛主席身边,使我似乎也亲历了那幸福的日日夜夜,也亲耳聆听了毛主席的谆谆教诲,亲眼目睹了老人家简朴的生活和崇高的形象。主席对自己的生活和工作要求都很严——生活越简朴越好,工作越紧张越好。但他老人家对警卫战士们却非常关怀爱护,关心战士们的学习、进步,关心他们的成长,体谅他们的心情,及时解决他们的困难和问题，满足身边每个同志的合理要求……李银桥同志写的《在毛主席身边的时侯》一文，读后使我们进一步具体形象地看到了伟大领袖是如何时刻同人民群众的心连在一起的。毛主席教导李银桥讲的那些话我是含着热泪读完的！

1977 年 4 月 12 日　于武昌县华林·华中村

读《伟大的道路——朱德的生平与时代》札记

近二十天来，由于天气暴热，头昏脑胀，读书效率很低，只把美国女作家艾格妮丝·史沫特莱著的《伟大的道路——朱德的生平和时代》一书精读了一遍后又浏览了一遍，还做了少量摘记。这是一本写得很好的书，给我教益颇多。通过读这本书，我不仅看到了伟大的无产阶级革命家、军事家朱德总司令战斗的一生中前六十年所走过的不平凡道路和光辉革命业绩，而且透过他的漫长生活道路和革命生涯，看到了中国革命所经历的艰难历程。从 1906 年朱德在四川家乡仪陇县进入他自己和同事们创办的"新学"，开始"反对封建主义的真正斗争"以来，他就毅然地把自己献给了中华民族的解放事业。从 1911 年的辛亥革命起，他几乎参加了席卷中华的每一场革命运动，而且在许多运动中作出了卓越贡献。尤其是 1922 年在柏林由周恩来介绍加入中国共产党后，他把自己的一切毫无保留地献给了党的共产主义事业。1927 年 8 月 1 日他参加领导了八·一南昌起义，打响了向国民党反动派进攻的第一枪。从那时起，他南征北战，尝尽人间甘苦，足迹踏遍了祖国的山山水水，为创建人民军队，拯救苦难的中华民族，百折不挠，奋斗不息，立下了不朽功勋，被人民尊为"红军之父"。他的赫赫威名，使内外反动派闻之胆寒！"四人帮"一伙篡改历史，妄图一笔勾销以朱德为代表的老一辈无产阶级革命家在创建人民军队、夺取革命胜利的伟大事业中所建立的丰功伟绩，完全是徒劳的，这本书就给了这帮阴谋家一记响亮耳光。

这本书真实、生动、形象地记载了中国人民解放军光荣的建军史、斗争史,记载了中国革命斗争史,还了中国无产阶级革命斗争史的真面目,使我们耳目一新,学到了多年以来在变了形的宣传、记载中所学不到的东西。读完这本书,再回顾一下十多年来林彪、"四人帮"搞现代个人迷信所制造的那些神话、谎话,我们更看清了这帮人的狼子野心。

当然,这本书中也记载了林彪的不少战斗故事和事迹,这也是不容抹杀的历史事实,它表明林彪在中国人民解放军的建军史、斗争史上确实占有较重要的一席之地。但他毕竟是毛泽东、朱德的下属,是受他们的领导和指挥去作战的,这也是不容抹煞的历史事实。至于毛主席在中国人民解放军的建军史、斗争史中的崇高地位更是彪炳千秋的。从这个意义上讲,这本书可以说是中国革命斗争史册中的一部珍贵的历史文献。

这部作品不但思想内容好,而且艺术构思上也很有特色,有较高的文学价值。全书分为道路的起点、走向革命之路、灾难深重、探索、在大革命的岁月里、土地革命开始、《上杭之歌》、反围剿、长征、历史重演、"我们的秘密武器"、"伟大的道路"十二篇,这既是朱德同志战斗一生中前六十年革命春秋的生动缩写,也是他所处时代政治、历史及社会风貌的精炼概括,不仅生活内容容量大,而且结构剪裁眉目十分清楚。此外,作品在勾勒人物形象、动作,描绘人物神态、语言等方面也很有功力,往往寥寥几笔,就能收到历历在目、栩栩如生的效果。在正、反材料集中对比、数据的巧妙运用,典型情节、细节的详尽描绘等方面,都有很多值得学习的长处。

1979 年 8 月 12 日　于武昌昙华林·华中村

读报告文学《无声的浩歌》感言

昨天,我把今年第 8 期《人民文学》上任斌武的报告文学《无声的浩歌》连读了两遍。范熊熊是宁波海洋渔业公司机关党支部的纪检委员。她用 23 岁的宝贵生命作代价,向党内的邪恶势力作坚决斗争的可歌可泣事迹,读后使我激动得热泪盈眶,也怒不可遏!

　　这是怎样的悲哀呵！一个"每一根神经，都沸腾着对党的热爱，对祖国、对我们伟大事业的责任"的童稚未尽的年轻新党员，为捍卫党和人民的利益，勇敢而又理智地按党的组织原则，向上级党的纪律检查机关揭发了本单位一群党龄比她的年龄也许还长的领导者"欺上瞒下""弄虚作假"，为其子女、亲属谋取私利的卑劣行为，并且得到了上级党委和下级广大群众的大力支持，调查材料和处理意见不仅在党内发了通报，还在党报上公之于众了。不只如此，这场斗争还是在全党刚刚大张旗鼓地学习、贯彻《党的政治生活的若干准则》的关键时刻进行的。应该说这场斗争的胜利是毋庸置疑的。然而不幸的是，这"胜利"是加引号的。正义只在报纸上得到了伸张，邪恶并没有得到实际的惩处。

　　海洋渔业公司那些被揭发出来的"老党员"——书记、经理、科长们，不但毫无悔改之意，反而凭借手中毫发未损的权力，有恃无恐，变本加厉，更加疯狂地作威作福起来！在他们的独立王国里，党中央制定的神圣《准则》、法规，上级党委作出的决议、指示，发挥不了任何作用，变成了一张走江湖、卖膏药人手中的告示；他们公开与上级党委唱起了对台戏——追查起揭发人来！围攻报复起主持正义的同志来！在这里，挺身揭发者，重新被揭发；主持正义者，秘密被围攻追查；胜利者成了"失败者"的锅中鱼、砧上肉，任他们煎煮、宰割！这一切终于使年轻的女纪检委员明白：这不是真理的胜利，正义的胜利，而是斗争更趋白热化。面对无情的现实，范熊熊义无反顾地采取了"最高的斗争形式"——用自己艳如桃花的宝贵生命作炮弹，向邪恶势力作了最后一击！

　　多么令人痛心啊，一位灵魂比水晶还晶莹透亮的美丽少女，为捍卫正义就这样被邪恶势力无声地虐杀了，而且事隔近一年，那些对范熊熊事件应负直接责任的人员，至今还逍遥法外！这是我们能够容忍的吗？我们的宪法上不是赫然写着，"中华人民共和国的一切权力属于人民"吗？不是明确规定"国家机关工作人员必须接受群众监督，模范地遵守宪法和法律"，"不得弄虚作假，不得利用职权谋取私利"吗？但人民群众究竟掌握了多少权力呢？那些做官当老爷的掌权者又接受了群众多少监督呢？难道无数革命先烈抛头颅、洒热血，用千百万人的宝贵生命作代价换来的新中国是这个样子吗？这是为什么？任斌武说得好啊，这是因为那种"我中有你，你中有我，彼此互利互惠",官官相卫的关系筑成的堤坝"已经有几千年的历史了"。权力若不真正交给广大党员和人民群众,广大党员和人民群众"若不能真正掌握选举权和罢免权,这种堤坝是冲不垮的"!这番话可谓一语中的,一针见血,揭出了范熊熊事件的最重要的病根。

1980 年 9 月 6 日　于武昌昙华林·华中村 18 号

读《鲁迅杂文选读》随感

几天来我把湖北人民出版社出版发行的《鲁迅杂文选读》一书翻阅了几篇,主要选读鲁迅原著。这几篇杂文是《未有天才之前》《论'费厄泼赖'应该缓行》《写在〈坟〉后面》《文学和出汗》《对于左翼作家联盟的意见》《'丧家的''资本家的乏走狗'》等。这是几篇我多次读过的杂文,每读一次都有新的收获,使我不禁为伟大的共产主义战士鲁迅的彻底革命精神所鼓舞,为他深刻的思想、犀利的战笔所折服。《未有天才之前》一文,对旧世界、旧势力的攻击是那样勇猛、坚决,对年轻一代又是那样热情、关怀,充满着希望。鲁迅针对现时中国要求"天才"的呼声日高的现状,尖锐地指出,中国现今不但没有天才,就是能使天才生长的土壤也没有!这就把中国当时社会的黑暗一笔给揭露无余了!接着鲁迅分析了造成这种现状的原因,是因为中国有一股恶势力在捣鬼,他们有的是高喊"整理国故"的古董,有的是"崇拜创作"的阴谋家,有的则是惯于"在嫩苗的地上驰马"的恶棍。鲁迅把希望寄托在新的一代身上,号召他们做促使天才生长的泥土。《论'费厄泼赖'应该缓行》一文提出的"打落水狗"的主张,表现了鲁迅的彻底革命精神,他的这种精神是建立在对"狗性"永远不会改变的真理有极彻底的认识基础上的。"痛打落水狗"的精神今天已成为无产阶级和革命人民对付一切反动派行之有效的锐利武器和克敌制胜的法宝。《写在〈坟〉后面》一文,给我教育最深的是鲁迅先生严于解剖自己的精神。《文学和出汗》一文只有几百字,鲁迅却用极通俗的比喻,深刻地论证了文学的阶级性,文字十分精炼,说理非常透辟,他手中拿的真是神来之笔!《对于左翼作家联盟的意见》一文,是鲁迅先生深入思考和剖析当时中国社会思想文化战线两个阶级、两条路线斗争的产物,是一篇向"左"倾机会主义路线宣战的战斗檄文,是当时无产阶级"革命文学"运动唯一正确的战斗纲领。在这篇光辉著作中,鲁迅用极其简练、通俗的语言,阐明了他对"革命"一词所包含的实际内容的深刻见解。这些闪耀着真理光辉的见解,对今天的青年一代仍具有重要的教育意义。《'丧家的''资本家的乏走狗'》一文,更是嘻笑怒骂、火药味浓,旗帜鲜明、文笔犀利,层层剖析、分析透辟的论战雄文,彻底撕去了蒋介石匪帮豢养的文化特务、帮凶文人的画皮,打得他们丢盔弃甲、狼狈不堪。这些杂文,对人民的敌人的确是致命的投枪匕首,对人民大众则是奋起自卫,进而向敌人发起攻击的锐利武器。

1976 年 5 月 26 日　于武昌昙华林·华中村

读《安徒生童话选集》札记

昨晚读完了著名作家叶君健译的《安徒生童活选集》。今天挤时间将我的阅读印象和感受追记如下。

安徒生 1805 年生于丹麦中部富恩岛上一个名叫奥登塞的小镇上。他是在拿破仑战争时期长大的。他家饱受了这场战争带来的一切灾难。其父是镇上的一个鞋匠。家里连一张睡床也没有。祖母在街头求乞,母亲为人洗衣。安的童年十分凄惨,唯一的玩具是父亲做的木偶。演木偶戏和编木偶剧就是他的游戏。其父死时,安只 11 岁。两年后,安的母亲也改嫁了。母亲要 13 岁的安去学裁缝,安却要当艺术家——做歌剧演员。母亲拗不过他,第二年就让他去了,祖母在奥登塞镇外亲自送他坐上一辆公共马车,从此他们再没有相见。14 岁的安徒生跑到贵族、官僚和大地主集中的京城哥本哈根,天天去找各剧院的经理和老板,希望在其舞台上谋一个职位。其中,一个经理干脆对他说:"你太瘦了,上不了舞台。"安徒生天真地回答说:"如果你给我一百块钱一月的薪水,我马上就会胖起来的。"

他决心要奋斗下去。他的毅力和坚忍不拔的精神,终于获得了一位意大利教授——当时哥本哈根皇家歌剧院音乐指导西博尼(注:教授也是从困境中奋斗过来的人)的同情和支持,教授决心帮助他学习声乐。剧院长约那斯·古林因此也对安感兴趣,协助他进入皇家歌剧院舞蹈班。不久他的声音变了,不适合歌唱;他的身体也因为已经定型,也不适合学习舞蹈。当歌剧演员没有希望了,他只得去当一个短时期的木匠学徒。但他对艺术始终没有失去信心,一有空余时间就写,不仅写剧本,还写诗。1822 年 17 岁的他,终于发表了第一部作品——诗剧《阿尔芙索尔》。他把剧本送给皇家歌剧院,无疑是不会上演的。但这已显露出他的天才。朋友认为他应该好好学习一下丹麦语言。

院长约那斯·古林为他弄到一笔助学金,使他得以进入哥本哈根大学学习深造。在这儿他不仅系统地读了北欧的古典文艺作品,还学习了拉丁文,进一步阅读了世界古典名著。他更有信心地走上了文艺创作之路。1829 年,他发表了第二部作品《从霍尔曼运河到阿玛加东部步行记》。这部书受到读者的欢迎和喜爱,很快就印了第二版。

1833 年他得到一笔旅行奖学金。因此,他得以到欧洲大陆去漫游。这是他一系列国外旅行的开端。这次旅行扩大了他的眼界。

1835 年元旦,他在给一位朋友的信中说:"我现在要开始写为孩子们看的童话了,你要知道,我要争取未来的一代!"不久,他在另一封信中谈到他的童话时说:"这才是我的不朽的工作呢!"这时他刚刚 30 岁。此后,每年圣诞节的时候,他总是出版一小本讲给孩子们听的故事集,一直到他去世前两年的 1873 年为止,很少间断过。这些年他总共发表了 168 篇童话和故事。

此外,他还发表了许多诗、剧本、游记和小说。著名的有小说《弹琴者》《两个男爵夫人》《存在与不存在》,剧本《梨树上的飞鸟》,游记《哈尔次山中漫游记》《在瑞典》《在西班牙》,传记《我一生的童话》,诗集《诗百首》等。

安徒生的童话和故事表现了丹麦社会和这个社会所产生的人与人之间的复杂关系,着重描写和表现了人与人之间的残酷、虚伪、自私和欺诈言行。

　　安徒生最好的童话和故事，大多数是在他 30~40 岁之间的 1835 年至 1845 年间写成的。这期间他所写的童话，只很少一部分是根据民间传说改写的，绝大部分是他自己的创作。

　　安徒生的作品揭露了社会的黑暗，描写了人间的疾苦，讽刺了那些愚蠢的统治阶级。但他并不否定人生。反之，他肯定"人"。他热爱生活，尤其热爱人类未来的一代——孩子。《海的女儿》中他把"人"描写得那么庄严，那么高贵，那么美丽。海里的公主，为了要获得一个人的灵魂，不惜牺牲她的一切幸福，甚至她自己的生命，把变成"人"当作她最高的志愿和理想。因为她有这样崇高的品质，安徒生没有让她灭亡——她没有化为海上的泡沫。三百年后，她凭她为人服务的善行，仍然可以获得一个人类的灵魂。

　　《野天鹅》中的艾丽莎，《拇指姑娘》中的拇指姑娘，都是安徒生肯定和歌颂的人物。他憧憬着一个美丽的世界，一个"既没有寒冷，也没有饥饿，也没有忧愁"（《卖火柴的小女孩》中的话）的世界——也就是他所说的"天堂"。但事实上我们却看到卖火柴的小女孩冻死在街头了。安徒生一面求助"上帝"，一面承认现实，这就是他的矛盾和局限性。

　　安徒生对"上帝"是有所怀疑的。他的作品中对上帝送到人间来的使者——牧师，描写得非常可恶和可憎。如《大克劳斯和小克劳斯》中的牧师和《野天鹅》中的主教等都是这类人物形象。

　　安徒生是一个具有高度民主主义和现实主义思想的作家。他对待生活和创作都极严肃。1847 年在写给朋友亨丽埃特·吴尔芙的信中说："有个时候，我爱好艺术是为了世人所给予艺术的那种光荣。感谢上帝！我现在爱好艺术，是因为艺术负有一个崇高的使命！"

　　在十九世纪的儿童文学中，他的作品是一个光辉的典范。

　　安徒生在艺术上获得了应有的成就，但正如丑小鸭最后发现自己是一只美丽的天鹅一样，他只感到："非常难为情。他把头藏到翅膀里面，不知道怎么办才好。他感到太幸福了，但他一点也不骄傲，因为一颗好的心是永远不会骄傲的。"

　　这本选集共译了作者 32 篇作品。所选的主要是：一、能代表作者各个不同时期思想的作品；二、能代表作者各种不同风格的作品。

　　（注：上文内容是意摘该书《序》文和《译后记》并加进自己的点滴阅读心

得写的,如有错漏之处笔者文责自负。)

总之,《安徒生童话选集》是一部思想内容健康向上,艺术风格、表现手法多彩多姿,特色鲜明的儿童文学典范之作,值得认真品读。其中以《小克劳斯和大克劳斯》《皇帝的新装》《野天鹅》《玫瑰花精》《牧猪人》《丑小鸭》《夜莺》《卖火柴的小女孩》《影子》《她是一个废物》《笨汉汉斯》《墓里的孩子》等篇写得最好,给我的教益和启迪最深。

1976 年 8 月 14 日　于武昌昙华林·华中村

漫谈刘益善的乡土诗

　　益善是农民的儿子,从小受过艰苦生活的磨练,对生活有着实实在在的感受,因而他的诗洋溢着浓郁的生活气息,真实、质朴、自然。无论是《我忆念的山村》《没有万元户的村庄》《乡村的忧思》等乡村忧愤诗,还是写景状物的咏怀诗、追忆言情的爱情诗,都是实实在在的生活内容的真实写照。特别是《我忆念的山村》那组诗所反映的生活画面,可以说是那个特定年代农村生活的一个缩影。那位有着"山岩般的脸、山岩般的手","勤朴、淳厚"的房东,那"三天前就安排打算",陪着笑脸、露着舒坦,"站得远远 / 眍几双小眼"看工作队员吃派饭的一家人,那个用稚嫩的肩膀挑起一家人的生活重担,"埋着头干活",受到村人齐声称赞,而因"冒雪上山砍柴,滑落在崖底"身亡的大妮子,都使我们觉得似曾相识,就如同我们的乡亲家人,甚至是我们自己所亲身经历过的事情,引起我们心灵的震撼和共鸣。

　　刘益善的诗第二个特点是短小精悍、犀利明快,有着强烈的社会责任感和丰富的思想内涵。他的诗短的几行、十几行、长的也不过几十行。诗虽短小,但很有诗味,读来令人感到丰厚、耐咀嚼。有些诗很富有概括力和哲理性。如诗集《雨中玫瑰》中的《沉默》一诗,作者从写大山的沉默入手,极力描述花红、树绿、苍鹰拍翅、虎豹咆哮、"山溪唱小桥流水"、"山洪歌大江东去""山火一柱烛天""大雪裹孝山头"等山中不断上演的"悲喜剧",而面对这些"悲喜剧",大山只有"巍然与不倒的沉默","霹雷逼他开口,闪电挥动金鞭",大山"仍然沉默"。读着这小诗,我们的思绪禁不住飞越了沉默的大山,飞向了更为广阔的天地,感受到了它所包蕴的更深的寓意。特别是诗集《我忆念的山村》中《浪尖上的阳光》一诗,它所包含的社会内容和哲理更使人惊叹。"满江波浪 / 伸出无数的舌头 / 在吞吃着阳光 /……/ 直到把最后的一缕 / 吞进肚里 / 黑暗便降临 / 阳光是吃得完的吗?"读着这些诗句,又该引发人们多少联想呢?

刘诗的第三个特点是充溢着浓炽的真情。读他的诗能听得见他心灵的碰撞,能感受到他血液的奔涌。他的一些诗是怀着浓炽的忧患意识写的。《我忆念的山村》一组诗不仅对山村的父老乡亲充满了深深的思念、崇敬和同情,而且抒发了诗人对自己在那被扭曲的年代身不由己地干了伤害乡亲们的蠢事的自责和悔愧之情。他在《派饭》一诗中写道:"我的心在绞痛 / 在这深山小村 / 派饭是一场灾难 / 这是社会主义? / 这样的大寨县? / 我还要割尾巴 / 我还要批资本主义 / 我还是个人? / 我还有心肝?"读着这掷地有声的诗句,怎不使我们心灵震颤,情感沸腾!即使是他写的爱情诗,那也是真情的坦露,实感的抒发。不论是"两小无猜"童真的追忆,还是"爱情风景线""相约黄昏后"浓情蜜意的抒发,或是对失落与逝去的恋情"刻骨铭心"的叙写,乃至对爱妻炽烈情意的倾诉,无不是真情实感的流淌,读来使人怦然心动,毫无矫情造作之感。

刘诗的第四个特点是善于用质朴、简练的语言刻画人物、勾勒景物、叙写"准情节"化的故事。《房东》一诗开头这样写道:"夕阳中晃来一个身影 / 山岩般的脸膛 / 刻满岩缝般的皱纹 / 纹沟里盛满纯朴的笑 / 抓起我的行李 / 领我走进茅棚 / 这就是我的房东。"透过这朴实无华的几行诗,一个勤劳、坚韧、淳朴、忠厚、饱经风霜的老农民形象便跃然纸上。《三婶》一诗中对三婶的刻画也很简练朴素,"三婶二十岁上死了男人 / 就死了一颗早春的心 /……/ 从此三婶进进出出低着头 / 脸上是不化的腊月的冰 / 从此三婶成了哑巴 / 有话只能说给孤坟听 / 从此三婶泪洗面 / 四十岁上下白了鬓"。这既是大白话,又是诗。读着这朴素的诗句,我们不仅看见了一个被封建礼教戕害的年轻寡妇的痛苦形象,而且为三婶的悲惨命运感到揪心,同时也对乡村中落后顽固的世俗陋习生出强烈的憎恨。

刘益善还善于用朴素简练的语言来勾画景物。《小镇》一诗在简要勾勒了小镇的地理环境之后,紧接着写道:"青的屋瓦 / 青的砖墙 / 燕子的翅膀 / 翘起的飞檐 / 一截小街 / 三家铺子 / 杂色的鹅卵石 / 铺成凸凹的路面。"寥寥数语,就将一座山乡小镇的形象鲜明地勾画出来了。特别是《月夜捕鱼》一诗,对月夜景物的勾画更传神:"圆月掉进水里 / 水鸟游进月里 / 小船来到波心 / 水面荡起涟漪 / 一网撒下 / 罩住了月亮 / 拉起一网月光……"读着这些诗句,我们也仿佛来到了月下的湖上,不仅看见了水里圆月、月里水鸟的美景,而且饱尝了"欢乐装满船舱"的丰收喜悦。

以朴素简洁的语言简要地叙写事件发生发展的经过也是刘诗较突出的特色。他的诗中总有那"准情节"化的故事存在,那工作队员在老乡家吃"派饭"的情景,那夜色中"数星星"的童趣,无一不引领读者情不自禁地进入诗中那情、景、人、事交融的意境,并让人在那意境中久久思索品味。

读刘益善的诗感到美中不足的是,有些诗似觉真、实有余,而空灵相对显得有些不足。但瑕不掩瑜,相信他今后的创作是会进入更高的境界的。

《长江日报》 1997 年 7 月 11 日　文艺评论版

从乡土中长出的诗

读《田禾乡土诗选》，我最突出的感受是，闻到了一股浓郁的泥土芳香。这股带着春风春雨、山林水草、麦子稻谷、黄土吹烟、四季花果浓烈芬芳的乡土气息扑面而来，令人陶醉，使人振奋，也使我顿生一种亲切迷恋之感，仿佛自己也回到了那可爱可亲的故乡。

田禾的诗一个明显特色是题材的乡土性。诗人的视野和笔触始终专注在那片生他养他的乡土上。诗集展现给读者的是一幅幅山村水乡的风景画，活跃在画面中的是一个个勤劳、质朴、善良、可爱、可敬的父老乡亲。《二十四个节气》就像二十四幅水墨风景，勾绘出了江南山村水乡人和万物的生命历程。透过"二十四个节气"，我们不仅窥见了江南乡村季节的更替演变，万物的生生不息、荣枯变化，更看到和感受到了亲人们、乡亲们为着生计，在不断更替的季节里辛苦劳作、苦苦思索、享受收获的身影和复杂心情。你看："父亲进门出门／把劳动总是随身带着"（《立春》），"父亲沉默的时候／就坐在杯前／坐进重重的心事／学校就要开学了／我们兄弟的学费／他又要开始操心"（《白露》）；你听："有桨声自远处划来／长长的竹竿／为民歌撑开了一条路／民歌的韵律／很有节奏地／与水一起流淌"（《霜降》），"送亲接亲的队伍／马路上几乎每天不断／村里的老先生／书写的那个大红'喜'字／被唢呐一口气吹到了／那个去年订亲的／四狗子的窗子上"（《大寒》）。这些诗句是简洁凝练的。这些画面是传神感人的，生动形象地勾画出了特定季节里乡村的独特风景。《在阳光下》和《父老乡亲》等辑的作品，有异曲同工之妙。不论是对《麦地》《麦笛》《割麦》《采莲》《放牛归来》《碌碡》《老牛》《青蛙》《稻草人》等景物的追叙勾勒，还是对《祖母》《父亲》《麻子二伯》《杏》和乡村《女人》《吹唢呐的人》《一个断腿的山村教师》等父老乡亲的忆念和描绘，呈现给读者的都是一幅幅表现山村水乡独特风景的素描画，透过这些素描画,我们感受和听见了一个身入城市、魂系故乡的"新移民"那颗与生养他的家乡血脉相连的游子心怦怦跳动的声音。

田禾乡土诗的另一个特色是字里行间洋溢着诗人浓炽真切的对故乡、对父老乡亲的思念、眷恋和尊敬之情。田禾生在湖北大冶山乡,长在江南农村,是家乡那块贫瘠的土地把他养大,是勤劳、纯朴、憨厚、善良的父老乡亲育他成人。他的血管中流着农民父母的血,他的胸膛里激荡着炽烈的故乡情;他人虽然步入了繁华喧闹的大都市,他的心仍时常眷恋着家乡的黄土、乡亲,他的根依旧扎在江南的水乡、山村。他的许多诗作都着力抒写了这种浓炽的乡情。

《我的家乡在江南以南》《我是小溪》《想念父亲》《乡恋》《我怀念故乡的炊烟》等诗形象生动地抒写了诗人与故土、与父老乡亲呼吸相通,血肉相连,挣不脱、割不断的"乡土情结"。尤其《我是小溪》一诗,对诗人这种魂牵梦绕的"乡土情结"表现得淋漓尽致。"我是小溪 / 是流入大河汇入大海的小溪","是被大山牵引着 / 而又拼命挣脱大山的小溪","我是小溪 / 来自母亲生命的源泉 / 流得再远再远 / 心 / 永远留在母亲身边 / 我是小溪 / 是大山扔弃的儿子 / 走得再远再远 / 根 / 永远扎在我家乡的土壤上"。这既是诗人与家乡父老血脉相通、根叶相连心迹的诗的歌唱,也是诗人对故土亲人割舍不断深情的抒发,字里行间洋溢着诗人眷念故土、思念亲人的炽烈真情。

《麻子二伯》《一个断腿的山村教师》《乡下的女人》等诗则写出了诗人对勤劳、质朴、善良、无私的父老乡亲由衷的尊敬和同情。"小河上没有桥的时候 / 麻子二伯的两把桨 / 是山里人的翅膀 / 不管晴天雨天 / 麻子二伯用双桨 / 从水底给人们捞起的 / 是一条清幽的小径 / 那条小船 / 跟随他风风雨雨 / 颠簸了二十多年 / 二十多年 他紧握着 / 山民的信任 / 驾驶着自己的追求 / 从来没有动摇过"(《麻子二伯》),"吹唢呐的人吹唱在 / 花轿的前面","一生为人所吹 / 为人所唱 / 到头来还是光棍一条"(《吹唢呐的人》),"乡下的女人不总是女人 / 一旦到了播种的季节 / 女人变成了男人 / 她们用男人的口气说话 / 她们用男人的嗓音骂牛","乡下的女人有两双手 / 一双手去苦受男人丢下的农活 / 一双手去完成女人承担的家务"(《乡下的女人》)。这些诗句不仅真诚地表达了作者对他挚爱的乡亲父老由衷的尊敬之情,也寄予了对他们的深深同情。特别是《一个断腿的山村教师》一诗,诗人对那位从战场上归来的断腿教师的敬佩之情更是发自肺腑："战争 / 已带走了他的左腿 / 他又把右腿 / 和自己 / 一起交给了 / 山村的孩子们"，"他的腿虽已残废 / 可他那颗炽热的心 / 还没有残废 / 他教鞭下的那些孩子们 / 一个个都培养得 / 很有出息 / 谁也不要在他面前 / 笑他没有腿 / 其实他才是一个 / 真正完美的人"。读到这里，对这位佩着荣誉归来的断腿教师，我们也从心底升起一股崇敬之情。

田禾诗作的第三个特色是富于叙事性，巧用比喻，平中见奇，善于营造诗情画意般的细节、场景和韵味。诗集中的许多作品都有鲜明的叙事特色，或明或暗地讲述一些平淡而又令人感动的故事，叙事中常出奇不意运用一个或几个独特的比喻，使平实的叙述中生出些耐人琢磨的奇趣，同时，有不少作品在叙事中很注意描绘富有诗情画意的细节、场景，营造出使人思索的韵味。《清明》《杏》等诗这方面的特色尤其突出。前者用明白如话又饱含对"睡在黄土下面"亲人的思念与问候之情的诗句，叙写了诗人携家人在纷纷春雨中来到祖先的坟前，祭扫亲人墓地的情景。当写到主人公泪流满面地站在亲人坟前祷告时，作者突然写道："菜花开得像香火"。这奇特的比喻，既形象贴切地表达了此时此刻主人公想用繁茂的菜花般的香火来祭祀亲人的心情，又简洁传神地描画出清明时节人们争先恐后地祭扫亲人墓地，墓地香火繁盛得如同田野上盛开的菜花般热闹的风景。不止如此，诗结尾前诗人又不动声色地写道："沾满雨水的声音 / 终于没有喊开 / 亲人的门 / 我默默地站在那里 / 雨还在下着。"这细节，这场景，平实无华，但它传导出的却是令人心痛的诗情画意。通过它，我们不仅听得见主人公同黄土下亲人撕心裂肺般对话、哭喊的声音，也看得见主人公默默地站在亲人坟前，任冰凉的雨水浇淋的身影。后者在叙写主人公对杏的爱慕之情时则用了博喻的修辞手法来表达，作者把杏比做"长在乡村田埂上的 / 一棵苦苦菜"，开着"淡淡的美丽的小花"，"是母亲家中的一根衣杆 / 是父亲地里的一把镰刀 / 是村人寡淡日子中的 / 味 / 是山村里 / 那个叫大牛的小伙子 / 心里的 / 痛"。这一连串的比喻，不但独特新奇，而且生动确切地绘出了穷人家女儿杏的朴素、勤劳、美丽、活泼、可爱的品质和性格特征，有力地表达了山村里那个叫大牛的小伙子对杏的刻骨铭心的爱慕之情。此外，像"回到家乡 / 我是一条快乐的鱼 / 游荡在家乡的山山水水间"（《我的家乡在江南以南》），"我们

这些不肖子孙 / 蚕一样 / 爬在母亲生命的桑叶上"(《在阳光下》),"小名 / 如同母亲坛里 / 腌渍的泡菜 / 飘散着南方家乡 / 很浓重的口味"(《小名》);"荷花站在水面 / 少女站在水面 / 水光好美　细嫩的手指 / 触动五月的花瓣 / 阳光滚动　露水一滴一滴 / 湿了回家的路"(《采莲》),"一个人出远门 / 全村人都来送行 / 他们站在土坡上 / 为出门人默默地祝福"(《小村》)等诗行中运用的比喻和勾画的细节、场景,都比较新奇独特,较富有诗情画意,给人以耳目一新之感,收到了事半功倍的表达效果。

当然,田禾的乡土诗也存在不足之处。照我看来主要有两点:一是有少量诗作写得随意了些,选材和表达缺乏严格的筛选和精心的打磨,有散文化倾向,使人觉得有松散、粗糙之感;二是有些诗写得太实太细,缺乏哲理性和空灵感,显得气势不足,韵味弱了些。这些看法不一定准确,仅供作者参考。我热望田禾在诗歌园地里收获更丰硕的成果。

2002 年 4 月 8 日　于武昌东湖之滨

读诗集《我们这个年纪的梦》札记

这本诗集分为四辑：第一辑"再来一次童年"26首，是对童年生活的追溯；第二辑"我们这个年纪的梦"19首，写的是青年教师的理想、追求及其对少年生活的追忆；第三辑"白色小花"20首，是对弱小事物的歌赞；第四辑"乡梦不曾休"21首，是对乡情的追怀。著名老诗人曾卓为诗集作序，赞美诗人"表达了少男少女们对生活的感受，启发他们对祖国的爱，对生活的爱"。他也歌唱小草、蒲公英、雏菊、小溪、大海、遥远的星、高飞的鹰……"表达和启发他们对大自然的爱。——他唱得如此真诚，歌声里流动着脉脉情愫"。序言结尾写道："我愿意和作者一起，和少男少女们一起，都来这样歌唱：因为我年轻／只因为我们年轻／这世界才不会老去。"老诗人的话说出了我们读这本诗集的共同感受。读着诗集我们仿佛又回到了天真烂漫的童年时代，朝气蓬勃的青年时代，生命又燃起青春的火焰，变得更富有生机和活力。

徐鲁的诗第一个特点是富有想象力和生命活力，充满对生活的热爱和对美好未来的憧憬。不论是对景物的状写、对人生历程的追溯，还是对心灵奥秘的探索，无不如此。

《第一次的小雨》写春天第一场小雨沙沙地落进青青的树林，在林间漫步的"我""耳边充满了许多微弱的／神秘而又美丽的声音／翠色的樟叶在轻轻呼吸／一支支幼笋无声地爆出地心／……／云雀像音符一样在跳跃／……／淡淡的雾像轻柔的白纱巾／整个大自然像一首乐曲／春天的林子是一架生命的琴……"透过这组借助丰富的想象和形象的比喻，展示给我们的富有诗情画意的诗句，我们看到的是一幅充满勃勃生机和生命活力的大自然图景。

《生命是一棵最美丽的树》中，诗人呼喊："把热情的鸽子／放飞到远方的天空／把忧愁叠进冬天的日记／锁进童年的抽屉／让心儿永远憧憬着／

美丽的未来的日子／站在春天的地平线上／我们都是自由的快乐的绿叶／世界因为我们而年轻／我们是世界最美丽的一部分／我们的生命／是这个世界最美丽的树。"在《迎接晨光》中，作者满怀希望地唱道："生活着永远是美丽的／路还很长也很广阔／更可爱的季节在等待我们。"诗句中洋溢着对生命、生活的赞美热爱和美好未来的憧憬。

徐诗的第二个特点是格调高昂，抒写了年轻一代强烈的责任感、使命感和乐为祖国奉送"无数个金色的秋天"的高尚情怀。诗集中无论是追溯中学时代生活的"再来一次童年"，还是抒写年轻一代崇高情怀的"我们这个年纪的梦"等几组诗，都洋溢着这种崇高感。

第一个教师节时作者写了《我们的收获节》，诗人唱道："收获的日子里／我们既是欢乐的又是沉重的／……／是一群站在原野上的耕耘者／是一群为孩子们所热爱的／好父亲与好母亲／收获的节日里／没有谁能比我们更幸福／我们既要站在秋天的路口／送一群群毕业的孩子走向远方／我们更要站在秋天的路口／等待着另一些孩子的到来。"读着这些诗句，我们不仅感受到了人民教师的幸福感、自豪感，更多的则是他们身上的那种自觉的使命感和责任感，他们深知要做一群孩子热爱的好父亲与好母亲所要付出的艰辛。

《我们这个年纪的梦》中，作者自豪地唱道："真的，我毫不怀疑／这每一颗星星都将上升／成为灿烂的星座闪耀在高空／我也毫不怀疑／这每一颗童心都将远去／为理想而走遍大地／走向最美丽的人生的航程／那么让我的生命我的爱／尽可能地属于你们吧／亲爱的孩子们……"字里行间不难看出人民教师的理想追求与殷切期望。

徐诗的第三个特点是充满童心、童趣和真情。作者写这些诗时还年轻，不仅对中学生的生活熟悉，且具有与他们相通的心和视角，他所展示的一幅幅多彩多姿、生机勃勃、富有情趣的生活图景，他歌唱同学间的友谊、年轻人的梦想及其在阳光下风雨中的成长，与他们一道憧憬美好未来，探索人生奥秘。这些诗既表达了少男少女们对生活的感受，又启发他们对祖国的爱、对生活的爱。即使对乡梦的追寻，也是从少男少女的心中、脑中触发。那情感是那样纯真，亲切动人。

1996 年 1 月 22 日　于省少儿出版社 8 楼会议室

起笔扣人心弦　收尾耐人寻味
——浅谈《歌声》开头、结尾的艺术特色

　　吴伯箫先生的散文《歌声》是一篇情文并茂的佳作。它不仅立意深远，激情横溢，语言朴实清新，优美动人，而且构思新颖，别开生面。全文以"歌声"为线索，又不囿于写歌声；处处联系歌声，紧扣中心，思路开阔，内容丰富，真正做到了"形"散而"神"不散。尤其是开头、结尾，更是匠心独运，给读者莫大的艺术享受。

　　请先看文章的开头：

　　感人的歌声留给人的记忆是长远的。无论哪一首激动人心的歌，最初在哪里听过，那里的情景就会深深地留在记忆里。环境，天气，人物，色彩，甚至连听歌时的感触，都会烙印在记忆的深处，像在记忆里摄下了声音的影片一样。那影片纯粹是用声音绘制的，声音绘制色彩，声音绘制形象，声音绘制感情。只要什么时候再听到那种歌声，那声音的影片便一幕幕放映起来。

　　这个开头落笔点题，开门见山，引人入胜，扣人心弦。

　　《歌声》写于 1961 年。那时，我国正处于暂时困难时期。写此文的目的，据作者自述，意在从精神生活方面，介绍延安的革命传统，宣传延安的革命精神，以回击苏修的背信弃义和国内少数人的错误论调，"从而激励起人们把一时的困难置之度外，以苦为乐，以苦为荣，随时都以昂扬的斗志，冲天的干劲，从事社会主义革命和社会主义建设"（见《就〈歌声〉答问》。《北京文艺》1977 年 10 月号。下同）。这深远的立意，这样重要的题材，从哪里写起，确实是颇费脑筋的难题。作者说，延安，"像汪洋大海，精神生活是无限丰富的。要写，千万篇文章也写不完"。经过深思熟虑，作者决定拈起"延安的歌声"这"沧海一粟"，以反映延安这浩瀚的汪洋大海。然而，延安的歌声也是多种多样，写不胜写的。吴伯箫先生不愧是文坛巧匠，毫不转弯抹角，劈头

就写:"感人的歌声留给人的记忆是长远的。"这句看似平淡的开头语,却包含着丰富的含义。首先,它扣住了题目和主旨,触及了作品的主要内容,交代了本文要写的是那些"感人的歌声"。其次,它造成悬念,抓住了读者。"感人的歌声留给人的记忆是长远的。"这句话内容虽然明确,但又有点抽象,"感人的歌声"留给人的长远记忆是什么呢? 读者很自然地就会联想到这样的问题。这有如开闸放水,起动了闸门,激流就自然涌出,为下文的展开,开辟了广阔的思路。接下去,文章围绕开头语造成的悬念,着意渲染,层层深入地依次展开,分别从它所指的范围、内容、程度等方面一一加以描述。从范围上说,它不是指一歌一曲,而是"无论哪一首"歌,只要是"激动人心的",都是感人的歌声,都会给人留下长远的记忆,具有极大的普遍性;从内容上讲,不但歌声本身,就连"最初在哪里听过,那里的情景"也"会深深地留在记忆里",并且这"情景"具体得很,包括"环境、天气、人物、色彩",甚至还包括"听歌时的感触";从程度上看,这些不是一般地留在记忆里,而是"烙印在记忆的深处,像在记忆里摄下了声音的影片一样","只要在什么时候再听到那种歌声,那声音的影片,便会一幕幕放映出来"。这段精彩的文字,不仅对上文作了形象的注释,使我们对开头那句话有了更具体、更鲜明的印象,而且那一片真挚、深切的感受,深深地感染了我们,引起有类似记忆的读者的强烈共鸣,感到作者的心同我们是相通的,他说出了我们说不出而又真实存在的深切感受,这感受是那样强烈地扣动我们的心弦,使我们迫不及待地想往下读。

这个开头凝练,含蓄,总领全文,字里行间具有极丰富的内涵。我们仔细研读一下正文,就会发现开头一段的每句话、甚至每个词语,正文几乎都作了生动的描述,提供了典型事例。正文写了《国际歌》《生产大合唱》《三大纪律 八项注意》三首歌,用感人的场面,鲜明的人物群象,告诉我们:激动人心的歌声,留给人的记忆确实是既长远又具体的。你看,延水河畔冼星海同志指挥的《生产大合唱》,留给作者的记忆是多么长远,多么深刻,多么具体呵! 二十多年了,沧桑巨变,时过境迁,作者不但记得当年唱这首歌的时间、地点,而且连当时的环境、地点、人物、场面及其自身的深切感受,都记得清清楚楚。我们读这些"写事实"的生动记录,也好像去了宝塔山下,延河岸边,看到了那动人的场面,见到了那欢乐的人群,听到了那激动人心的歌声,受到了深深的感染。作者还通过记述自己听《三大纪律　八项注意》这首歌的深切感受,形象地说明,感人的歌声绘制而成的、烙印在人们记忆深处的声音的影片,只要一被触发,便会一幕幕放映出来。文章前后照应,衔接非常紧密。开头对正文予以概括和提示,正文是开头的自然延伸和形象阐发。开头起到了总领全文的作用,纲目有序,虚实映衬,读来如行云流水,自然流畅。

再看文章的结尾:

这里就不说我喜欢的那首唱遍世界的歌《东方红》了。

那是标志着全国人民对伟大领袖衷心爱戴的歌,又是人民群众自己创作的歌。谁不喜欢呢? 从心里,从灵魂的深处。

这个结尾,戛然而止,言简意赅,深化了主题,照应了开头,给读者留下了充分想象的余地。

《歌声》正文所写的三首歌,决不是信手拈来,而是精心选择的,分别从各自不同的侧面揭示了文章的主题。作者说,写《国际歌》是要表现延安人民为共产主义奋斗的远大理想;写《生产大合唱》是要反映延安人民沿着毛主席指引的方向,踊跃投入大生产运动,轰轰烈烈,龙腾虎跃的动人场面;写《三大纪律　八项注意》,既要抒发自己对这首歌的特殊感情,又要说明"为实现理想,达到方向应当遵守的纪律和注意事项",并希望每个革命者"照着做"。这些集中起来,有力地展现了延安军民"意气风发,斗志昂扬"的崭新风貌和高度的革命乐观主义精神,使读者信服地懂得,延安的歌声,确实是"革命的歌声,战斗的歌声,劳动的歌声,极为广泛的群众的歌声"。文章的主题揭示得鲜明、突出。应该说文章到这里就可以收尾了,但作者笔锋一转,又写到了《东方红》这首亿万人民所熟悉所喜爱的歌。写这首歌,照粗俗的见解作者会要说许多话,而作者却又出人意料地几笔收尾,恰到好处,耐人寻味。

结尾首句字字含情,寓千言万语于"不说"之中。"不说"与"说"相对,直承上文,使我们回想起正文已说的内容。在唱《国际歌》要犯杀头罪的黑暗时代里,延安的歌声为什么一反从前哀怨的曲调,变得那样欢乐高亢,那样激动人心呢? 追根寻源,这激动人心的歌声源头在哪里? 这是上文没有明确回答的问题。这里一提到《东方红》这首歌,一下子就使人自然地将延安的歌声同毛主席、共产党联系起来，是人民的大救星毛主席和共产党给延安带来了光明，带来了欢乐和幸福。毛主席共产党的英明领导，毛泽东思想光辉的照耀，是延安那激动人心的歌声永远不竭的源头。文章这样承接深刻揭示了其内容蕴含的本质意义，把作品主题上升到一个新高度，即由表现延安的"意气风发，斗志昂扬"的崭新风貌和革命乐观主义精神，进而歌颂人民的大救星毛主席和共产党，歌颂战无不胜的毛泽东思想。

"不说"二字，还凝聚着作者的无限深情。《东方红》是作者"喜欢的""唱遍世界"的歌，而作者却"不说"，这是为什么？下文十分简洁地作了回答，因为"那是标志着全国人民对伟大领袖衷心爱戴的"，"由人民群众自己创作的歌"。这深切的感受，是人人都体会得到且用语言难以表达出来的，所以用不着说。"谁不喜欢呢？从心里，从灵魂的深处。"这一问一答，既对"不说"二字的无限深意作了正面说明，又有力地抒发了作者对《东方红》，对人民大救星毛主席、共产党无限热爱，热烈赞颂的深厚感情。这一问一答，还给读者以深刻启示，给读者留下了充分的想象空间。可不是吗？每当我们唱起《东方红》时，心情是多么激动啊！我们不仅想到了毛主席的丰功伟绩，而且会情不自禁地回忆起旧中国的苦难，由衷地感激毛主席、共产党比天高比海深的恩情，我们深深感到那歌声真是唱到了自己"心里，又从心里唱出来的"，谁不从心里，从灵魂的深处喜欢这首歌呢？同时，结尾这一问一答，与开头一句首尾呼应，用反诘的语气，表达肯定的意思，说明谁都从心里，从灵魂的深处喜欢《东方红》这首感人的歌。文章从写歌声起笔，到写歌声结尾，前呼后应，首尾圆合。这结尾的一笔，如同高明的乐师演奏优美乐章的最后一个音符，不但收得干净利落，戛然而止，而且含意深远，耐人寻味。

《散文赏析》 华中师范学院中文系 1979 年 10 月出版

人生体验的真实记录

——读散文集《人生的讲究》

《人生的讲究》这本书,不仅真切地记述了作者的人生见解和体验,而且在亲切、自然、流畅的叙写中,道出了许多人相似的、或明或隐的人生经历、感受和体验,可以说这是一本人生体验的真实记录。这主要体现在三个方面。

一是叙写的事真。书中收录的文章,无论是随笔还是散文,从吃、穿、住、行、玩等五彩缤纷的火热现实生活世象的勾勒,山川景物的描写,甜蜜、辛酸往事的追忆,到家庭生活花絮的叙谈,无不绘形绘声绘色,言之有物,款款道来,给读者以身临其境、亲历其事之感,在不知不觉中引起读者的强烈共鸣,将读者征服和俘获。这倒不是因为叙描手法特别高明,而是因为作者对生活和人生的观察和认识精细深刻。在《吃的讲究》中,吃饺子、吃"狗不理"包子、吃"海陆空火锅"等几件事描述得活灵活现,是因为这几件事都是作者亲身经历的,有着深刻的印象和感受,写起来便得心应手,读者读起来也便如临其境,如见其人,如闻其声。通过这几个故事和文中穿插的对当前社会上经久不衰的吃喝风世象的勾勒,读者便对当今中国人民生活水平提高的现实和讲究吃喝之风愈演愈烈的社会风气有了具体、真切的了解。《陪考记》中作者逼真地描述了自己与妻子陪二女儿应考的经过和复杂心态,使读者仿佛也陪他们去应了一次考。书中所描述的许多事例和社会现象,既是作者亲见的或亲历的,也是许多读者熟识的或经历过的,因而读起来感到格外真实可信。

叙写的事真还体现在作者勇于披露和描叙自己人生经历深处的隐事和憾事上。《日记的故事》《字的故事》《尴尬》《镜子》等文章,分别生动地描述了作者抄袭《瓦特的故事》,写错字、读错字,向报刊投稿屡遭退稿和打破了镜子不敢承认、害得幺姑遭屈打使自己感到深深自责等几件事,使读者感同身受地也同作者一道经历了那些尴尬的场面和难熬的时刻。这样的文章读起来感到更真切。

二是抒发的情真。文贵有真情。装腔作势,矫揉造作,无病呻吟,"为赋新词强说愁",都只会使读者倒胃口。读《人生的讲究》没有这倒胃口的感觉,倒是觉得作者在与读者促膝谈心,倾吐肺腑;在与读者的心灵进行碰撞,感情一起燃烧,一股股真情扑面而来。无论是《山中半月谈》中叙写的浓郁乡情和深厚友情,还是《南海的水哟北国的雪》中倾诉的隐隐恋情和深深负债之情,也无论是《悼念一位文化局长》中抒发的浓炽敬佩、哀悼之情,还是《妻的自然》中流露的对妻子忘我工作的赞美之情,都是那样真挚、自然,叫人信服、令人感动。读着这样的文章,读者的心灵也受到感染,感情也得到升华。

三是阐述的理真。理者道理也,即是思想、见解。阐述的理真就是书中所说的道理正确、深刻、真实、可信。《人生的讲究》中的文章,大多采用夹叙夹议的写法,或针砭时弊,或品评事物,或说明事理,或发表见解,有感而发,有的放矢,都能敞开思想,畅所欲言,明明白白、坦坦荡荡讲出一番道理,绝不含糊其辞,也不人云亦云,更不故作高深或趋时附势。

阐述的理真首先表现在作者敢于抓住现实生活中普遍存在的为广大群众所关注的一些不良社会现象和问题予以针砭和抨击,叙事述理有很强的针对性,能引发读者的共鸣,给读者以启迪和思考。在《行的讲究》中写了这样一段话:"无论哪一级公配车司机,在机关总是特殊人物。他们直接为首长服务,又谙知首长行踪,消息灵通,常敲边鼓,为一般职工所不及。首长用车,一要方便,二要安全,办公事理所当然,办私事也得包涵……首长对司机一般宽容,只表扬不批评,顺着毛摸;司机对首长一般尊重,投其所好,供其所需。在某种意义上司机还可约束乃至挟持首长……首长得罪了他,也不动声色地给小鞋穿。去哪儿晚接晚送,且理由十分光明正大;你越急着用车,他不是车坏了就是人病了;什么私事要用车,他高唱廉政建设歌;对别的首长热情周到,对你就格外冷漠怠慢。这受得了吗?""首长不会开车,又不懂车,这个重大弱点被司机捏着,就只好听凭司(师)长摆布。首长往往笼络司机,殊不知正是因为如此才惯坏了不少司机。"这里叙述的是许多人司空见惯、愤愤不平且又无可奈何的现象,经作者这么一解说,一点拨,就使读者明白了个中奥妙,增长了不少见识。即使对事物进行品评,作者的议论也很有针对性。在《〈秋菊打官司〉七日谈》中对影片中多次出现的"说法"一词作者发了如下议论:"秋菊一而再,再而三,不屈不挠,没完没了地'告活状',告来告去,无非是为了一个'说法'。""我为这个'说法'叫好,是因为在现实生活中好多人并不追求这个'说法',弄得好多事情不明不白地不了了之,而土里土气怀身大肚的乡下女人秋菊,却严肃认真地追究了一番。从这个意义上看,她是个活得像个样的人,是个大写的人,真正的人,是具有现代意识的人,值得很多自以为有文化有水平有见识的人学习,包括我在内"。这段话对那些遇事不讲曲直错对,不分是非,不负责任,回避、掩盖矛盾,当和事佬、缩头乌龟,甚至纵容、庇护干坏事者的人,无疑是一记重锤和一副清醒剂。

其次是作者思想解放,敢吐真言,怎么想就怎么说,有什么说什么,不人云亦云,不随波逐流,更不言不由衷地讲空话、官话和时髦话,写人、叙事、状物、述理均有自己的独立见解,敢于将真实的思想亮给读者。在《说的讲究》中作者写道:"你能说出人人心中有人人口中无的话,你就是一个勇敢的人,一个为人民代言的人。"书中不少文章就是这样做的。《投机者与老实人》一文,不仅热情赞扬了说老实话,做老实事,一是一,二是二,丁是丁,卯是卯,言必行,行必果的老实人,狠狠鞭挞了偷奸耍滑,见风使舵,口是心非,拍马钻营的投机分子,而且对一些很敏感的社会问题,也大胆地阐明了自己的见解,字里行间流露出作者对"建立一种社会公正,从而不让老实人吃亏,而对投机分子占便宜进行抑制"的社会机制的热切期盼。

再次是作者眼光锐利,思想敏捷,善于透过现象抓住本质,叙事述理切中要害,具有较强的说服力。《魅力》一文将人的魅力分为三个层次:一是容貌、仪表的魅力;二是人格、道德修养的魅力;三是思想的魅力。文章对三个层次的魅力逐一剖析后,精辟地指出:"思想的魅力是人的最高层次的魅力。它高于人格、道德修养的魅力,更高于容貌、仪表的魅力,它不仅有吸引力、凝聚力,而且有影响力。"这不仅抓住了魅力的本质,切中要害,而且是在摆事实、讲道理基础上引出的必然结论,令人信服。《管住你自己》《说正视》《家庭随笔》等文章,从人生如何处世修身,如何居家过日子,乃至如何教育子女等方面,都讲出了一番常人难以领悟的道理,使读者受到了不少教益。

当然,《人生的讲究》也有不尽如人意之处。照我的浅见,一是觉得有些文章的语言铺陈过甚,太直太露,显得不够凝练含蓄,使读者少了些回味思索的余地;二是少数文章谋篇布局、叙事状物随意了些,粗糙了些,读后似有不够协调、不太严谨之感。如《山中半月谈》一文共写了15章,分别用了回来了、说休息、说隐居、说友情、说吃饭、说喝酒、说幸福、说文化、说"书"、说雅俗、说潇洒、说烦恼、说日子、说时髦、说散文15个小标题。从这些小标题概括的内容看,前半部分内在联系比较紧密,逻辑比较严密,后半部分就有点儿松散,有点儿拼凑的感觉,全文就显得不够严谨统一。尽管如此,《人生的讲究》仍不失为是一本能够帮助读者领悟人生部分真谛的好书。认真读读罗维扬的这本书,会使读者增加不少人生知识和智慧。

《长江文艺》 1994年第8期

光明颂歌　美的礼赞

——碧野先生《晴光集》阅读随感

　　手捧碧野先生惠赠的新书《晴光集》,注视着扉页上"交情 30 多年的老友……"等 20 余个苍劲的蓝色硬笔字,我既感动又不安。先生近年眼疾严重,基本不能看书写字。这种情况下,他还亲笔题赠,足见其待人至诚。

　　先生是中国文坛久负盛名、著作等身的骁将,是我步入大学中文系时就敬仰的著名作家。30 多年前,我是华中师大中文系的青年教师,住在武昌县华林邻近的华中村五栋红楼靠东边一栋的二楼上。楼梯窗口外便是省文艺创作室新盖的宿舍楼,我家恰好有幸与碧野先生家隔着一片小树林为邻。每天早晨当我抱着上幼儿园的儿子去蛇山鼓楼洞前乘校车上班时,常遇见一位身体健壮,步履矫健,手拿鲜牛奶瓶,有时还拎着早点的老者,沿粮道街进华中村的土路,急匆匆迎面走来……这便是最早刻入我脑中的碧野先生慈祥和蔼的鲜明形象。

　　上世纪 80 年代初,我调省委宣传部文艺处工作后,与先生接触的机会多了,常在会议上,或座谈、家访中,倾听先生热情洋溢的讲话、发言,对他的思想和人品有了进一步了解,更增加了对他的敬重。但苦于手头作品有限,公务繁忙,对先生的作品读得不多。对先生的人品、尤其是文品的更深认识和了解,则是认真读了《晴光集》之后。

　　《晴光集》是先生众多脍炙人口的散文作品集粹,既收入了他已出版的大部分散文名篇,也有近年的新作。细读该书,有如进花市、入珍宝馆,满目是奇花异卉、珠宝玉翠,使人目不暇接,心动情牵。

　　《晴光集》是光明的颂歌。先生说,自己出身苦,看见萤火虫都感到温暖,感到光明。这种向往光明,追求光明的情结伴随先生毕生。他始终以一颗热爱光明的心去感受生活、感受自然、感受人生,并通过手中的笔,将这感受真诚地传达给读者。

《书,励我心志》《爱书读书写书》《风雨阳光 50 年》《奔流》《战马嘶鸣》等篇章,记叙和描绘了先生发愤求学、向往光明、追求光明、投身革命、献身文学事业的经历和思想轨迹。1934 年,因参加进步学生运动遭到反动政府搜捕,尚未成年的碧野不得不背井离乡,从家乡潮州逃到北平,从此开始了他坎坷而不平凡的人生历程。在流浪北平的三年中,他除了在各大学听文学课外,绝大部分时间一头扎进国立北平图书馆"这座精神宝库",每天中午以自来水就烧饼充饥,发愤苦读,"博览群书,精读名著",在书的海洋里觅珍寻宝,追求真理,升华思想,丰富头脑。古今中外的文学经典和名著,不仅陶冶了他的情操,也给他打下了文学创作的良好基础。1935 年,刚刚 18 岁的碧野,在青年编辑谷牧的帮助下,就在北平《泡沫》文艺月刊上发表了处女作《窑工》。这篇以其父亲的人生经历为模型创作的散文,讲述了历牙山上的窑工不堪忍受窑主压迫,集体反抗的故事,以真切的情意,鲜明的爱憎,初步展现出作者憎恶黑暗,追求光明的思想光华。随后,又接连在上海《文学》上发表了短篇小说《出奔》、在《生活周刊》上发表了《募捐》、在《光明》月刊上发表了《迫害》等作品,一发不可收地开始了他 70 年的文学创作生涯。

70 年来,先生以如椽铁笔作武器,参加了八年抗战、三年解放战争、抗美援朝战争和 50 余年的社会主义建设。八年抗战中,他"在太行山边、黄河南北、长江汉水之间驰骋,今日滹沱河,明日洛阳城,后日荆门前线,马不停蹄,风驰电掣,居无定处"(引文见《书,励我心志》),编报纸、办刊物、搞创作,进行战地采访,还打过游击、教过书。解放战争时期,先生流浪到上海,在茅盾、陈白尘等志士的帮助下,继续从事进步文学活动。1948 年春,又辗转进入晋冀鲁豫边区,先后在北方大学艺术学院和华北大学文艺学院任教。不久,又参加太原战役,走上解放战争的战场。《战马嘶鸣》一文,着重抒写了作者先后骑着"白龙马"和"黑虎"战马冲破敌机轰炸,奔赴荆门抗战前线和太原战役战场,随军进行战地采访的经历、见闻和感受。抗美援朝战争中,先生又参加赴朝作家采访团,到开城前线和板门店等地进行采访。社会主义建设时期,先生的足迹到过东北松花江、珠江三角洲、河南伏牛山,进工厂,下农村,搞土改,还长时间地深入新疆、丹江水利建设工地、江汉平原等地体验生活,奔波在天山南北、大江两岸,深深扎根在火热的人民生活和社会主义建设的沃土之中。70 年中,他"与祖国命运与共,喜忧感受相同","不论共和国遭受多少磨难,作为一个作家,祖国的儿子",始终"怀抱炽热的希望,不停地追求光明",从人民火热的斗争和社会主义建设生活中汲取丰富营养,创作了千万字的文学作品,"反映的是中国的斗争历史、社会主义祖国的昌盛繁荣"和"人民艰苦的创业精神,讴歌的是希望和光明"(见《风雨阳光 50 年》)。特别值得一提的是先生的抒情散文《奔流》,不仅蕴涵着深邃的哲理,而且抒写、袒露了先生向往光明、追求光明的思想轨迹和心声,给人以深深启迪。

《三访巴金》《叶圣陶的高风与巴金的亮节》《怀念我师》《人间有真情》《不尽的怀念》《万里求索话姚辛》等作品,是先生对致力于民族与人民解放和繁荣进步文学事业的仁人志士、文坛巨子的深切怀念、热情讴歌。先生对为光明事业而不懈奋斗的志士仁人、文坛宿将格外亲、分外敬。《三访巴金》写到面对 90 高龄的巴金正亲自"一丝不苟地检阅和校对他的全集"时,便情不自禁地发出赞叹:"这不仅是中国文坛的一个大工程,而且是世界文学的一大工程。他把毕生的精力献给了中国人民。而且把全部心血献给了人类。"《叶圣陶的高风与巴金的亮节》一文,写到中国文坛大名鼎鼎的叶圣陶朴实无华,"光头,身穿布长衫,脚蹬圆口布鞋","提着布口袋上台演讲",参加爱国民主活动的高风时,肃然起敬。称赞"巴金有一副热心肠,极富正义感","对年轻一代作家的培养付出了大量的心血";他既是文质彬彬的大作家,又是在炮火连天的朝鲜战场上"和战士们一起生活在战壕里","勇敢地去清除敌人飞机丢下的定时炸弹"的勇士。《怀念我师》回忆起茅盾大师数十年来关心和培养自己的一系列往事,深有感触地写道:"茅盾先生不仅是给予我个人热情的鼓励,而是他一贯对年轻作家无微不至地培养和关心。中国新文学作家队伍的健康成长,是耗费了茅盾先生的大量心血的。"《人间有真情》赞扬作家王西彦"以大地为纸,笔蘸长江水、东海潮,写我中华,壮我国威";称颂陈白尘"富于战斗精神,著名话剧《升官图》就是他对国民党贪污腐败的一支锋利的解剖刀"。《不尽的怀念》写到 1940 年作家李蕤在办报中因抵制国民党的反共宣传,被捕后"面对残酷凶狠的敌人,大义凛然"时,禁不住发出由衷的赞叹:他"在当时能做到这点是了不起的"。《万里求索话姚辛》一文,对年过半百,自费奔波十万里,走遍全国搜集资料,历时

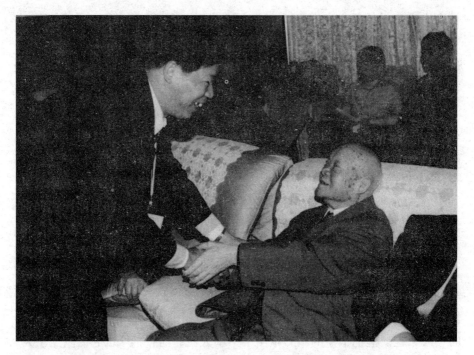

2001 年 11 月 5 日作者在湖北省第七次文代会期间与著名作家碧野
先生亲切交谈

十年编著成《左联词典》的退休老工人姚辛大叔,从心底发出赞扬,称他所
做的一切是"为了给中华民族文化增添光彩",案头的《左联词典》是金灿灿
的巨著。

　　《晴光集》更多的篇章是对中国革命斗争和社会主义建设中闪光的人
物、事物的描写、赞美。《情满青山》是其突出代表。作品满怀深情地讲述和
描绘了一位深山老医生一家无私救护一个大型水电工程指挥长——当年
受重伤的游击队长大黑的感人故事,热情讴歌了老医生"在富人得势的那
个年月,威势压不低他的头,黄金买不动他的心","脚不跨高门,身不入富
室",宁愿忍饥挨饿,数十年如一日地坚持为数百里深山乡亲免费治病的可
贵精神,字里行间洋溢着对老医生夫妇的无限崇敬之情。

　　此外,《高高天山路》《雪路云程》《月夜孔雀河》等作品,生动地描画、歌
赞了新疆建设者、守卫者建设边疆、保卫边疆的品格精神和非凡业绩。前者
集中描写和赞美了天山雪线以上的"天门"道班的维吾尔族小伙子们不畏

严寒,坚守岗位,忠于职守,"工作紧张,生活快乐",能歌善舞,热情好客的感人事迹和青春活力;后者形象地展现和歌颂了乌库公路筑路大军劈开"民航飞机飞不过的高山大岭",筑成宽阔的"雪路云程"的英雄业绩;《月夜孔雀河》则深情地描述了西北歌剧团在去南疆路过天山南麓山口的铁门关时,十几辆大卡车在月夜停下来,一百多个文艺工作者特地通夜为守关的12位战士慰问演出的感人故事,赞颂了军民亲如兄弟的鱼水深情。

《向日葵的风韵》《雷电颂》《汉江上游丛山间》等篇精炼地刻画和赞美了鄂西北山区建设者勤奋工作、无私奉献、改造山河的感人事迹。前者刻画和赞美了大型水利建设工地上"向日葵社"的胡子、姜工、嗡嗡、百灵"四大怪",工作认真负责,热心为大家服务,无私奉献,充满活力,都"有一颗像向日葵金子般的心"的高贵品质和动人事迹;后者描绘和讴歌了一位被山民们敬称为"雷电之神"的巡线工,长年累月日晒雨淋,顶风冒雪,甚至忍饥挨饿,冒着雷电轰击、猛禽攻击的危险,巡行工作在深山老林中盘山越岭的百里高压输电线路上,全身心地保护高压线安全的感人事迹和奉献精神;尤其是《汉江上游丛山间》一文,极生动形象地描画歌颂了老劳模高华堂带领山乡父老引水上山,改造山河,把荒凉的十九里岗建成花果山一样美丽的故乡的辉煌业绩,读来如临其境,如见其人。

《晴光集》又是美的礼赞。碧老在《关于〈天山景物记〉答女儿问》中谈到自己的创作倾向时说:"文学应给人以美感"。"我的创作倾向就是讴歌光明,讴歌美,讴歌希望"。讴歌美是先生终生不辍的主要创作倾向之一。《晴光集》中许多作品都是实践这种追求的结晶。

《天山景物记》《人造海之歌》《嫁与索溪水》《京山今昔》《古楚神韵》《鸟雀有情》《红梅迎早春》《泡桐颂》《红柳颂》等作品,传神地描绘和赞美了祖国壮丽的山河,美好的景物,读来给人以美的享受。《天山景物记》是先生久负盛名的代表作,不仅选入全国高中语文课本近20年,"读者累计近亿",而且"几乎年年高考语文试卷都涉及该文"。在历代文人墨客笔下,天山是满目苍凉不见春色的,作者却饱含深情地去发掘观照那片沉寂了千百年的辽阔疆土,一扫历史遗传下来的悲凉情绪,以生花妙笔,描绘了天山美丽的雪山、溪流、森林,迷人的夏季牧场和神奇的天然湖与果子沟等秀美多姿的山川风光,还绘形绘色地叙写了草原上的野马、蘑菇圈和天山上的旱獭、雪莲等奇珍异物,读来如诗如画,美不胜收,激起人们对壮美天山的无限向往和热爱。《人造海之歌》满怀激情地勾画和讴歌了碧水连天的千里人造海——丹江口水库的雄伟、壮阔、神奇、富丽和在人民生活、社会与经济发展中发挥的巨大效益,展现了新社会人民改天换地创造的壮美奇迹。《嫁与索溪水》一文,形象传情地刻画了湘西武陵山中的索溪峪"崖壁陡立,奇峰插天",像天女捧花、如双笋出土、似玉拨云、峰林夹峙的"十里画廊"奇异的山林美景,深情地赞叹:"天上的太阳、月亮、星星、流云、彩霞映着索溪,地上的石峰、松林、山花、野果映照着索溪,再加上溪底各色闪光的水石,织成了索溪流水的辉煌。"使美丽的索溪峪山林溪水,深深嵌入读者的脑海之中。《京山今昔》一文,热情地赞美了"人杰地灵"的京山及为革命做出贡献的空山洞和天然宝库大洪山。《古楚神韵》热情地勾画、赞颂了武昌磨山景区的仿古楚城"金碧辉煌、高耸入云"的雄姿和楚市店堂内"青年营业员,男的博袖峨冠,风度儒雅;女的蛮腰细细、飘带长长"的古楚神韵。《鸟雀有情》简练地讲述了一农家主妇的天鹅孵出育大的两只大雁去而复归的故事,歌颂了具有"人性"情感的美好生灵;而《红梅迎早春》《泡桐颂》《红柳颂》则分别颂赞了这几种花木各自的美好情操和佳木品格,给读者以深深教益。

除了对自然美景的礼赞外,还有不少作品是对人情美的礼赞。《长江边的祝福》《纯情最是忘年交》分别记述了作者与著名作家杜埃和年轻姑娘凤春的纯真友情;《山泉水暖》浓墨重彩地描写和颂赞了大巴山中青春女子金嫂、银姑热情为过往的山区建设者服务,使温泉寺成为"旅客之家"的人间真情;《莲湖的思念》深情地叙写了作者对初恋人寒玲的思念;《乡村小记》巧妙地描述了育珠姑娘琼花与捕鱼郎水生的甜美恋情;《漫长岁月甘苦与共》《花开花落——祭亡妻》则深沉地记述和倾诉了碧老与夫人杨静患难相随、甘苦与共的真挚爱情和死别后的日夜思念之情,字里行间真情流溢,眷恋绵绵,尤其后一篇,字字泣血,句句溢情,催人泪下,动人心弦。

先生已近90高龄,但身体仍然健康,能吃、能睡、能走路,尤其大脑思维敏捷,讲起话来思路清晰,文采飞扬,充满活力。正如茅盾大师给他祝寿的《丹江行》条幅首句所说,"碧野白头不认老"。恩师的这句话先生十分认同,说"这当然是鼓励我深入生活,但同时指出了我'不认老'的性格特征"。也许正是这"不认老"和豁达宽容的性格,使先生至今文思不绝,艺术青春永驻。先生曾说过,在肉体上,人会衰老,生命有限,但在精神上,要永远保持一颗年轻的心,青春不老。愿先生那颗热爱光明、讴歌光明,钟情美、发掘美、礼赞美的心永远年轻,闪射出更加璀璨夺目的"晴光"。

《文艺新观察》 2004 年第 3 期

真情在名贤胜迹山川风物中流淌

——李华章散文集《缠人的乡情》漫议

年初收到李华章的新著《缠人的乡情》。这是他赠我的第七本散文集。从作者简介中得知，我拥有的还不是他散文作品的全部。由此可见其创作的勤奋，成果的丰硕。华章的散文多以写山川风物游记散文为主，许多篇章立意新颖，意境高雅，情感真挚，人物鲜活，语言质朴流畅、清新自然，读来如诗如画，也不乏启人心智的灼见与哲思，堪称游记散文的佳作精品。

《缠人的乡情》结集的 72 篇散文，绝大多数是进入新世纪后，作者"在神奇秀美的湘西故乡留连"，在第二故乡——"雄伟壮丽的三峡宜昌漫游"的见闻、体验与领悟的智慧结晶。作者在《散文天地任驰骋》中说："散文贵有真情实感，这是散文的命根子，也是散文的灵魂。"该书正是践行这一创作主张的成功范例。书中着力表现的是作者对生养他的湘西溆浦故乡和给他工作舞台、助他成家立业的第二故乡三峡宜昌的那种难分难解、情真意挚、缠死人的故乡情结。其主要体现是：

一、对故乡杰出名贤、淳朴乡亲的由衷崇敬、热爱

宜昌、湘西都是人文荟萃之地，尤其秭归、兴山、溆浦、凤凰等地，更是人杰地灵。古往今来，名贤辈出，屈原、王昭君、杨守敬、向警予、舒新城、贺龙、丁玲、熊希龄、沈从文、黄永玉等众多湘鄂西优秀儿女，像一颗颗璀璨明星，闪耀在华夏天空，佳话频传，胜迹众多。多年来，作者怀着敬慕深情，一遍又一遍地踏访故里，拜谒名贤胜迹，追忆他们的光辉业绩、高洁言行与德操，写出了一篇篇立意新颖、文情并茂、真挚感人的华章。《屈原故里三章》《忆溆浦》等篇章，通过叙写"屈乡看云""屈乡赏绿"的见闻、感悟和追忆溆浦人民两千多年来在屈原流放溆浦的居地屡毁屡建"招屈亭"，为含冤殉国

的屈大夫招魂,并于每年端午节间举办隆重的龙舟赛,以寄托对伟大屈原的怀念和哀思,字里行间流溢着对世界文化名人屈原"不怕邪恶势力的侵袭",宁折不屈的高贵品质和斗争精神的由衷崇敬、热爱之情。对杰出的政治家、教育家、实业家、社会活动家、爱国者湘西凤凰人熊希龄和"开地学之新纪元"的史地学家、名书法家、书法理论家、近代大藏书家、最终给长江三峡定名的著名学者宜都人杨守敬的故居,以及伟大无产阶级革命家、军事家贺龙元帅的故乡桑植县洪家关村,分别写有《"人文四合院"》《陌生人的崇拜》和《沧桑贺龙桥》的拜访游记;对教育家、辞学家、《辞海》主编舒新城,对湘西的优秀女儿、著名作家丁玲和著名画家、诗人、凤凰人黄永玉,则分别写有《溆浦有个舒新城》《丁玲的情愫》《把爱留在湘西》等追忆文章。这些佳作中同样洋溢着对上述名贤的崇敬与挚爱深情。作者对著名文学家沈从文更是情有独钟,"三下湘西凤凰,都是冲着沈从文先生而来的"。《沈从文神往巫峡》追忆了沈从文的志趣爱好、成长经历和文学成就及特色;《沈从文的湘西原味》则通过解读"1934 年初,沈从文因母亲重病而还乡"时每天给夫人张兆和报告自己回湘西沿途见闻的书信内容,既极形象生动地再现了沈从文笔下描绘的沅水两岸令人迷醉的美丽风情,又极真挚地抒写了对沈从文的钦敬、赞美与热爱之情。尤其是《谒沈从文墓》一文,通篇流淌着对沈从文先生的崇敬与挚爱。文章写道:"我轻轻地踩响中营街那条幽深狭窄的石板路,似步着一首优美的诗韵。在拜谒沈从文故居中,对他书房窗前的那张写字桌感受尤深,桌面中间嵌着的大理石,光滑仍旧照人,厚重如磐。据介绍,它是沈从文抗战时期在昆明购置的,后来随他搬运到北京,这一回又把它从北京搬回故居。一张斑驳、破损的写字桌,伴随沈从文半个多世纪,却依旧舍不得丢弃。我心遐想,只有这张沉甸甸的大理石桌子,才可能承载得起他那 1000 万字著作的沉重分量?!""霏霏细雨中,我悄悄地登上听涛山腰沈从文墓地。好生奇怪,说是墓地却不见墓,只竖立一块天然的巨石……我肃穆地伫立在石碑前,恭敬地行着三叩首大礼……献上我刚从当地儿童手里买来的一束山花,心潮起伏……沈老啊……湘西因您而骄傲自豪。您就像四周的万年青,倚山的翠竹那样,风雨中千年葱绿,您就像悠悠沱江的碧水万古长流!""沈从文的墓,约占半平方米,占地最少,而他的胸怀博大深广,文学成就很大很大。""我围着巨石慢慢地转了好几圈,一遍又一遍轻轻地抚摸。巨石正面镌刻着沈老的:'照我思索,能理解我,照我思索,可认识人'。""我发现墓石正面中间……镌刻沈从文名言的地方,已经被许许多多双手许许多多颗心抚摸得光滑锃亮了。我禁不住感慨万千:沈从文一生对广大人民群众怀有一片深情,而广大人民群众则对他报之十分的厚爱。沈从文不仅属于中国,也属于世界!"从这些饱蘸深情的文字中,我们不仅清楚地窥见了这位著名作家的崇高品德、高尚情怀,也清晰地听到了发自作者肺腑的对从文先生无比钦敬挚爱的心声。

华章是农民的儿子,对生养他的勤劳、淳朴、坚韧的湘西父老乡亲一往情深。《杖筒而哭》《没有明月的中秋》分别叙写了作者对去世的母亲和奶奶的哀悼和思念之情。《三舅》一文,在生动描叙了作者专程拜望年过 80 的三舅的见面情景和追叙了三舅勤劳、淳朴、坚强的人生经历后,听到三舅仍用"习惯啦!人活着,就是要多劳动"那句老话回答他的劝慰时,情不自禁地发出赞美:"沧桑岁月,炼就了三舅山一样的筋骨,河一般的心胸。中国广大农民的脊骨是锻炼得最硬的。中华民族这座巍巍大厦不就是依靠这一代又一代的劳动者支撑着的吗?!"作者对以三舅为代表的父老乡亲的敬爱之情何等浓挚!《阿拉女人》借叙写凤凰阿拉镇小餐馆女老板讲述的阿拉镇一位独身女人凄楚的故事,表达了作者对以阿拉女人为代表的中国女性忍辱负重,"宁愿为儿女的幸福而承担着一切牺牲"的伟大精神的钦佩之情。

二、对故乡锦山秀水、神奇风物的深深眷恋、赞美

李华章伴着湘西秀美的青山绿水长大,大学毕业后又来到鄂西三峡宜昌地区工作生活,几十年来踏遍了三峡宜昌地区雄奇壮丽的山山水水,对湘鄂西故乡美丽的锦山秀水、神奇的民情风物的那份情、那种爱,刻骨铭心,挥之不去,写之不尽。一篇篇饱蘸激情的游记散文从作者的笔端流出,像一卷卷绚丽多彩、千姿百态的山水画、风情图展现在读者面前:那长江三峡"灯影峡中的巍巍石牌"雄风;那黄牛岩"极顶"目睹的壮景;那秭归泗溪奇峰峡谷中欢腾流淌的山溪、飞珠溅玉的瀑布、层峦叠翠的竹韵;那"碧波万顷,晶莹似碧玉,绿色如翡翠"荡漾的沧水;那五峰后河国家自然保护区中"世界罕见,中国独有"的"神秘的生命王国";那"如诗如画的潮音洞";那

"石凿天开"的湘西"不二门"内的幽静仙境；那长留世间瑰丽多彩、妖娆娇媚的桃花源风景；那《吉首，"玛汝果得"》《边城茶峒寻梦》《侗寨风情》《情醉侗乡》等篇章分别展现的苗家聚居地吉首、"边城"茶峒的苗家风情和怀化通道侗族自治县侗乡的景物、风情及婚俗；还有那《常德诗墙》《登南方长城记》分别描绘展示的以常德城区沅江防洪大堤为载体，长5公里，"荟萃古今中外近千名家的1271首佳作"及"全国近千名书法家的作品"，荣获"世界最长的诗书画刻艺术墙"称号的常德诗墙，和"始筑于明万历四十三年（1615年）底，全长380多华里……似一条黑色巨蟒……盘亘于湘西自治州境内的崇山峻岭之间"的"湘西苗疆边墙"等气势恢宏的人文景观……作者在记叙、描述自己游览、踏访、观瞻、思索、叩问和感悟这些锦山秀水、风情景物的过程中，无一不流溢着发自心底的真挚浓烈的眷恋、赞美深情。特别是《依依惜别桃花鱼》《豆绿色的沱江》两文，前者描写作者在三峡大坝蓄水前夕，"怀着依依惜别的深情"，来到归州古城西门外"九龙奔江"侧畔的"鸭子潭"，对桃花鱼这"中国绝无仅有的神奇""世界罕见的美丽"的水生物，作"最后的一瞥"的经过、见闻和感受。想到"桃花鱼是王昭君的眼泪化成的"美丽传说和三峡蓄水后"鸭子潭将沉于深深的江底"的现实，作者禁不住深情叩问："桃花鱼呵，将来会漂浮于何处呢？"对寄托着家乡人民一片深情的桃花鱼的这种深深眷恋和命运担忧，不是故乡人是很难体验到的。后者是刻画作者与"中国最美丽的小城"（新西兰著名诗人艾黎语）湘西文化古城凤凰及其穿城而过的沱江的不解之缘与眷恋之情的。文章写道："对于凤凰的梦我一直在做。那条穿城而过的沱江，总是豆绿色地流淌在我心中。""我对凤凰之美的真实感受，除了她美在'人杰'、美在青山茂林的环抱之外，更美在那条轻轻荡漾、泛着新鲜绿豆色的沱江。每次到凤凰，我总是固执地走着梦里的老路线……每一回徜徉沱江边，似人在画中，如痴如醉……沱江在我心里像一首……瑰丽的长诗。"随后文章浓墨重彩地描绘了在观赏美景的最佳处沙湾看到的美景："江岸边，杨柳依依，千条万条，轻拂绿水，鸟语花香。对岸的吊脚楼一溜儿排开，倒影在绿水中，幽美古朴如国画。几乎任何时候，都可以看到从大城市来的美院学生在写生……"文章结尾殷勤祝愿："清亮亮的沱江啊，千万莫要被污染，永远豆绿色地流动着，诗意地美丽着，为世界保存一份珍贵的自然与文化遗产。"这些文字使作者对神奇美丽的凤凰与"豆绿色的沱江"的深切眷恋、由衷赞美之情跃然纸上。

三、对故乡今昔天翻地覆巨变的无比惊喜、自豪

湘鄂西地区虽然人杰地灵,山青水秀,神奇美丽,也不乏资源,但千百年来,直到新中国成立后相当长一段时间,由于山高地僻,交通闭塞,信息物流不畅,经济文化发展滞后,一直未能改变穷乡僻壤的困境。现代化建设和改革开放的春风吹遍了湘鄂西的穷乡僻壤,一条条宽广、笔直的公路、铁路修进了深山老林,一座座宽敞漂亮的钢筋水泥大桥架在了大山深处的江河深谷之上,高楼、厂房、乃至漂亮的新城从锦山秀水间崛起,昔日荒远寂静的山乡响起了汽车的喇叭、火车的汽笛和机器马达的轰鸣……特别是三峡宜昌地区,由于世界瞩目的长江三峡工程的修建,面貌发生了翻天覆地的变化,华章作为三峡宜昌的子民,感受尤深。目睹故乡的今昔巨变,他激动,他惊喜,他自豪,满腔激情、豪情注入笔端,挥洒在纸上。他为昭君故乡的千年古镇古夫镇"时来运转,成了新县城,重新焕发出青春",一座"山水园林城、旅游文化城和生态环境城"正在蓬勃崛起而祝福;他为屈原故里喜迁新城,屹立三峡坝首山顶,"满目新景看不尽"的秭归新县城——漂亮壮美的新茅坪镇,正按"现代化、园林式、旅游型"规划要求,突出峡江风光、屈原文化、大坝工程、三峡移民等特色,构筑成"一颗闪烁的三峡坝上明珠"而欣喜、自豪;他更为"喜见绿色长江"而惊喜不已。一天,当他在夷陵长江大桥上凭栏远眺,忽见长江碧波滚滚时,激动万分,禁不住惊叹:"这是百年的惊喜,这是新世纪的惊喜!""是一次历史的巨变,必将改变古往今来一个传统的成规,把无数文人墨客有关描写长江的词汇别开一个新面……长江的变绿,是上有国策、下有民心的一种深情有力的表达。"其惊喜自豪之情喷涌而出。特别值得一读的是《水电名城话沧桑》一文,把"被誉为长江三峡一颗璀璨的明珠"的宜昌市的今昔巨变描绘得淋漓尽致,历历在目。那拔地而起的幢幢高楼;那宽阔亮丽的条条马路、街道;那五一广场上动感与静谧相集相融、如诗如画的现代化园林景观、飞瀑流彩的音乐喷泉;那"让宜昌人骄傲",相当于8个"上海外滩",被誉为"万里长江第一园"的滨江公园中融江南园林的精巧和巴楚文化特色于一体的楼阁亭榭和园林建筑;那"高峡

出平湖"理想的实现、三峡百年"长梦终成真"的历史追忆与现实壮景;那天壤之别、硬于钢铁的一系列对比数据……无一不雄辩地证明宜昌市发生的沧桑巨变,流淌着作者发自心底的骄傲自豪与对党和人民的感激之情。

华章先生在本书《后记》中说:"对作家与作品的评论,是一件非常不容易的事。"我深有同感。上述文字很难尽显作品精华,甚至难免偏颇。诚望华章先生继续发扬"把自己的真性情、真感受和真襟怀融入在作品里"的好传统,创作出更多的美文佳作,让不老的艺术生命闪耀出更绚丽的光彩!

2005 年 4 月 2 日　于武昌东湖之滨

《文艺新观察》　2005 年第 2 期

生活画卷　文学硕果
——湖北省第三届楚天文艺奖文学类获奖作品漫评

　　三年一度的湖北省第三届楚天文艺奖评奖圆满结束了。参加本届评奖的有来自 19 个单位包括长、中、短篇小说、报告文学、诗歌、散文等体裁的 162 件文学作品,经过评委们认真评选,其中 56 件被评为获奖作品。这些作品深深植根于火热现实生活的沃土之中,生动地描绘、热情地讴歌改革开放和社会主义现代化建设中涌现出来的新人物、新事物、新风尚,努力弘扬时代主旋律,谱写了一曲曲时代英雄的颂歌和新生活的赞歌,基本上代表了我省产业系统近三年来文学创作的水平,不论在思想性还是艺术性上都可以说是我省产业战线文学创作的新收获,既是生活画卷,又是文学硕果。

一

　　从作品的题材看,涉猎的领域广泛,不少作品写的还是关系国计民生的重大题材,行业特色突出,内容丰富厚实,洋溢着浓郁的时代生活气息,闪耀着强烈的时代精神光芒。其中,尤以报告文学和中、短篇小说作品这方面的特色最为突出。

　　这次获奖的报告文学和中、短篇小说共有 36 篇作品,所写题材涉及十几个行业:有写水利电力题材的《"七·二七"电网大崩溃》《核电!核电!》《大跨越的前奏曲》《价值在硝烟弥漫处实现》《跨越雄关》《讲述班里人自己的故事》《远征军轶事》《大潮中的涟漪》《白葡萄、紫葡萄》;有写钢铁冶金题材的《毛泽东的微笑》《三水情》《钢铁梦,冶建魂》《一线指挥》《光环》;有写铁路建设的《风雨同舟大京九》《缚苍龙》《青春热血铸京九》;有写航运题材的《期航》《大海之子》;有写石油化工题材的《阴阳界面的探秘者》《春潮带雨晚来急》;有写汽车工业生活的《黑油折扇》《风继续吹》;有写邮电题材的

《绿色长歌》《邮殇》;有写地矿题材的《奔驰的岁月》;有写农村生活题材的《山的坐标》;还有写都市风情生活的《水湄街域》等。这些作品分别从不同侧面形象地描绘、生动地反映了我省社会主义现代化建设各条战线火热的现实生活,读来不但感受到作品内容丰厚真实,作者生活积累扎实,而且感到一股股各具行业特色的时代生活气息扑面而来,使人激动和振奋。特别是描写武钢建设、京九铁路建设和跨世纪工程——三峡工程建设等重大题材的作品更是如此。荣获一等奖的报告文学《毛泽东的微笑》,写的是建国后毛泽东亲自抓钢铁工业建设、亲自到武钢视察、指导工作和亲自圈定上"一米七"轧机工程等的故事,作品不仅生动地描叙了建国初期毛泽东赴苏联争来苏联支援我国兴建的包括武钢在内的 156 项重点工程的感人义举,展现了武钢建设的壮丽画卷,展示了英雄的武钢建设者在人民领袖指引下、团结奋斗、艰苦创业所创造的辉煌业绩和勇于开拓、奋起直追的可贵精神,而且形象逼真地描画了毛泽东在湖北视察工作及多次到长江畅游时的音容笑貌、言谈举止和人民群众无限热爱、崇敬人民领袖的动人情景,从这部作品中我们不仅了解了武钢乃至新中国钢铁工业的发展简史及其所取得的辉煌成就,而且身临其境似地目睹和感受了毛泽东伟岸、渊博、平易、慈祥的形象,伟大的人格和坚毅、果断、风趣、幽默的性格,读来感受到一股股强劲的阳刚之气扑面而来,使人倍受教育和鼓舞。报告文学《缚苍龙》,简要记叙了铁道部第四勘测设计院京九铁路江南指挥部的工程技术人员,发扬迎难而上、勇于探索、奋力拼搏、无私奉献的精神,齐心协力、团结奋斗,攻克一道道技术难关,保证施工顺利进行,在筑路史上创造出一件件奇迹的先进事迹和感人精神,字里行间涌动着京九铁路建设者不畏艰险、敢于攀登、善于探索、无往不胜的昂扬正气和英雄豪情。报告文学《跨越雄关》集中笔力描绘了三峡水利枢纽茅坪溪防护工程泄水建筑物施工的动人情景,生动地表现了三峡建设者所创造的光辉业绩,热情地歌颂了三峡人勇于拼搏、无私奉献的可贵精神。

二

从情节展现、细节描绘和人物形象刻画来看,不少作品情节生动曲折、引人入胜，细节描绘逼肖逼真、传神感人，塑造的人物形象有血有肉、活灵活现、个性鲜明。

荣获一等奖的中篇小说《期航》，写的是长风号油轮上发生的故事：轮船公司的女团委书记为帮助长风号油轮船员解决婚恋老大难问题，在纺织厂团委和油轮船长、政委的大力支持下，决定组织一批纺织厂的大姑娘上船参观联欢。为此，长风号油轮做好了充分的准备。但油轮接到了补充好燃料物资后立即起航开往日本的调度命令，迎接大姑娘上船的计划只得取消。油轮从日本返航后，再度作好了迎接大姑娘上船的准备，可预定的上船时间过去了六个小时，仍不见大姑娘们的身影，女团委书记带来的消息是，纺织厂的厂长坚决不同意大姑娘们上船。作品就是这样紧紧围绕长风号船员满怀热情地准备迎接纺织厂的大姑娘们上船联欢这一中心事件展开故事情节，写得一波三折，跌宕起伏。在引人入胜的故事情节展现和生动感人的细节描绘中，塑造了政委、船长、女团委书记、齐代、瘦三、轮机长和皮下水等一组血肉丰满、性格鲜明、呼之欲出的人物形象。特别是政委这个人物个性特征非常突出，塑造得十分真实感人，他平易近人、循循善诱的思想政治工作艺术，他严于律己、忍辱负重、勤奋工作、默默奉献的高贵品质、工作干劲和可贵精神及其遭到不公正待遇后产生的烦恼、苦闷，无一不给读者留下极为深刻的印象。从他身上我们可以清楚地窥见当代中国活跃在各条战线上的许多优秀基层政工干部的身影。

荣获一等奖的报告文学《"七·二七"电网大崩溃》，以传神的笔触描绘了 1972 年 7 月 27 日湖北电网顷刻间土崩瓦解的可怕情景。作品以电网发生大崩溃的时间作结构纽线，采用电影蒙太奇的结构手法予以表现，简要而又全方位地再现了从 1972 年 7 月 27 日 10 时零 7 分开始的湖北电网大崩溃，到逐步恢复供电的全过程，写得有条不紊，惊心动魄，扣人心弦。那活跃在作品中的赵副局长和俸远喜等人物虽然着墨不多，但也勾画得栩栩如生。

《毛泽东的微笑》在运用生动的情节和感人的细节塑造人物方面令人叫绝。"'老大哥'的拐杖"一节中描写德门其也夫等二十几位苏联"老大哥"来到青山地区为武钢选定厂址，德门其也夫拄着竹竿一瘸一拐地爬山时，因山道崎岖，假肢给扭断了，"只见他无可奈何地摔掉假肢，扬臂抡起竹竿朝石山四周的旷野划了一道大弧，上气不接下气地说：'走……走不动了，厂址，就……定在这里！'"这一竿定音，选定厂址的生动情节和细节，使德门其也夫的形象像浮雕一样深深刻进了读者脑中。

"吃了芒果吐钢铁"一节中写毛泽东在东湖宾馆听完武钢正副总经理李一清、韩宁夫的汇报后，进午餐前请他们吃芒果的细节更精彩：

餐厅饭桌上摆着西瓜和芒果。对芒果，李一清、韩宁夫还是第一次见到，一时叫不出名称，不由相互询视了一眼。毛泽东看在眼里，嘴里嘟嚷："这叫芒果……芒果。"入席后，主客隔着桌面，毛泽东伸手把整盘芒果推给客人，回手时把一块西瓜拢到了自己身边，抬起头幽默地说："楚河汉界，你们吃高贵的，我吃卑贱的，要不得，要不得噢……"李、韩二人不好意思地笑了，不约而同伸手欲将芒果推向桌面中间，毛泽东以一种独具魅力的眼神阻止了他们的举动，自己先嘬了一口西瓜，吐出瓜子，"芒果归你们，吃了芒果，要吐出钢铁！"

这个细节不仅绘声绘色地刻画出了毛泽东爱护下级、幽默风趣、平易近人的音容笑貌和可贵品格，也有力地展现了人民领袖循循善诱、巧励部属的卓越领导艺术和才能。

三

从语言表达上看，不少作品采用夹叙夹议的写法，议论风生，语言既流畅、朴实、雄辩，又清新、生动、形象，也不乏哲理、含蓄和凝练。

描写我国西部少数民族生活风情的中篇小说《格朗高地的虱子以及其他》，采用一种对话和论辩式的叙述语言来叙述故事，叙议结合，行文活泼流畅，给人以清新、亲切和真实之感。文中对"我"在大学教室里手舞足蹈地抓虱子，在宿舍里同室友们一起同仇敌忾地消灭虱子的生活作了绘形、绘声、绘色的精彩描绘之后写道：不瞒您说，我一进校门就成了大家目光的焦点。原因很简单，开始是因为虱子，后来还是因为虱子。开始时的情况前面已经讲过，后来，我以虱子为题写了一篇散文发表在市报上，从此，大伙儿就对我刮目相看了。事情还不仅如此，我得尺进丈，接着把我的家乡格朗高地写得天花乱坠、写得片瓦无存，诗歌散文"唰唰唰"发了不少，让同学们羡慕不已。他们都说我的作品题材新奇风格独特,那当然是过奖了。其实我不过是耍了一点小聪明,捡了一个小便宜。这些文字读来使人觉得如临其境、如闻其声、如见其人。

《"七·二七"电网大崩溃》的语言特色也很鲜明,文中剖析"7·27"电网大崩溃成因的文字夹叙夹议特色突出,且富于雄辩,令人折服,同时也非常生动形象。如文中在说明电网为什么会突然崩溃时写道:全省 10 余家电厂,若十余条汉子,共同抬着一个沉重的石墩,哼呀啊呀地行进。丹江电厂是其中最强壮的汉子,他最先倒下,其他的汉子,不堪重负步伐开始歪歪斜斜,最后一个接一个地倒下去了。轰!石墩落下来了,电网崩溃了。这比喻既贴切,又形象,简明而雄辩地说明了电网为何突然崩溃的成因及过程。

散文《关于生命(二题)》和《桑落洲》的语言都十分凝练、含蓄,也不乏哲理性。但二者又有区别,前者更注重哲理阐发:"关于生命,我想到沙漠","因为只有生命才是沙漠中惟一的风景";"高原没有丰沛的乳汁,但她养育子民的是精神"。这些语言很富哲理色彩,是对生命的礼赞、高原的礼赞。后者更注重情景叙描,着力描绘的是桑落洲的今昔巨变,着重表现的是"桑落洲是一首歌,歌词的一半写的是欢笑,另一半填的是悲愁"的主题,礼赞的是长江悠悠,如今的"桑落洲亦悠悠,悠出一份安平一份祥和。没有水泛,没有逃水荒的困顿,桑落洲人滋润了许多"的美好生活。

诗集《中国魂》语言朴实,形象凝练,于平淡中见精神。《中国的总司令》诗中这样写朱德:"发达的圆头布满了军事 / 密密的短发记不清战役 / 最动人的情节 / 要算井冈山会师 / 一双大手紧握另一双大手 / 革命握出了希望。"质朴的诗句,形象地录下了具有历史内涵的镜头。

当然,以更高标准要求,这些获奖作品还没有达到完美的境界,思想性艺术性达到完美统一、堪称精品的佳作还不多,但它们却是火热时代生活的画卷,文学创作的硕果,不少作品可以说是质地良好的璞玉,只要精心打磨,定会放出夺目的光辉。

1995 年 12 月 23 日　于武昌水果湖畔

《文艺之窗》 1995 年第 12 期

点赞篇

点赞篇 DIANZANPIAN

剧坛贤人龚啸岚

1996 年 10 月 6 日,德高望重的龚啸岚先生突然溘然长逝了!噩耗传来我们无不震惊。龚老的谢世,是湖北省戏剧事业的巨大损失,也是全国戏剧界的不幸。龚先生的一生是追求进步、追求真理的一生,是为党的戏剧事业不倦耕耘、无私奉献的一生。六十余年来,他以坚实的脚步、模范的言行、严谨的学风和令人瞩目的学术成就、艺术硕果,为祖国戏剧事业的发展和繁荣作出了积极的贡献。晚年列入中国文联晚霞文库出版的 28 万字的辉煌大著《舞台行脚》,就是这贡献的生动记录和结晶。

龚先生是党领导的革命戏剧活动的积极参与者、见证人,也是我国老一代优秀戏剧艺术家的同志和知音。他自本世纪 30 年代初走上艺术道路,数十年来,在中国共产党的影响和领导下,从一名追求进步、寻求真理的艺术青年,成长、造就为成就显著、盛誉远播的戏曲作家、导演、戏剧理论家和活动家,他所走过的每一步,几乎都踩着中国革命戏剧活动的印痕。早年他投身于党领导下的抗战戏剧活动,在郭沫若、田汉领导下积极参加"抗战演剧队"的工作,辗转于武汉、长沙、桂林、重庆等地,团结、动员、组织戏剧艺人和进步的戏剧团体,以舞台为阵地,以戏剧为武器,开展对敌斗争,在争取民族解放的道路上留下了闪光的足迹。新中国成立后,他作为武汉地区戏剧队伍中的重要一员,先后担任武汉市和湖北省戏剧界的多种主要职务,在长期的戏剧工作中,忠实地履行了自己的职责,积极参与了建国后党和政府举办的一系列重要戏剧活动。1950 年的全国第一次戏曲工作会议,1952 年中南地区和全国的戏剧观摩会演,1965 年中南地区现代戏观摩会演,以及湖北、武汉地区举办的一系列重大的戏剧会演和比赛活动,他不仅是参与者、组织者、见证人,而且用饱蘸深情的彩笔,绘出了党领导下的革命戏剧长河的波涛和浪花。他的"六十年的回忆录"和其它许多评价艺术家及其作品的文章,不仅为我们了解和研究党领导下的左翼戏剧运动和建国后革命戏剧事业发展、繁荣的历史及其经验教训,提供了宝贵的参考资料,而且强烈地抒发了他追求进步和光明,尊崇爱国爱民的志士仁人和优秀艺术家,憎恨国贼汉奸的鲜明爱憎感情。

他怀着深深的敬意追忆了戏剧界的老领导、著名戏剧艺术家田汉同志为中国戏剧事业的发展繁荣所做的大量工作和所作出的卓越贡献,称赞"田汉先生是当代戏剧坛上当之无愧的巨擘宗师","是'革命戏剧运动的奠基人','戏曲改革运动的先驱者'",并以生动的笔触,通过对田汉先生有关戏剧工作和创作的大量感人言行、音容笑貌和丰富的创作实践活动及其丰硕成果的满含深情的追忆、描绘和评介,为田汉先生画了像、立了传,使田汉先生为戏剧事业求索奋斗、耕耘不息、无私奉献的可贵精神、高尚品德得到了有力的张扬。

对文艺界的老领导、著名艺术家崔嵬,龚先生的敬佩之情溢于言表,他在《崔嵬与戏剧创作》一文中动情地回顾了抗战时期崔嵬与张瑞芳合演"街头剧"——《放下你的鞭子》所产生的巨大抗战宣传效应,传神地勾画了身兼中原大学文艺学院院长、中南文化部文艺处处长等数职的崔嵬同志,在盛夏的武汉,光着脑袋、穿着短裤、握着毛巾、摇着葵扇,天天同戏曲观摩代表一起看戏评戏的感人形象,详尽地叙写了他为中国戏曲的推陈出新,勇于探索、"不耻下问"、大胆创新的过人胆识、实干精神和丰硕成果。特别对他慧眼识珠,果断选定尹羲主演的桂剧《拾玉镯》、陈伯华主演的汉剧《宇宙锋》做加工重点,并亲自为《宇宙锋》执导,使这两个传统剧目在全国戏曲观摩会演中脱颖而出,双双夺得一等演员奖,使中国剧坛升起两颗耀眼明星的功绩更是赞佩不已,他说:"像陈伯华这样一位天赋厚实、精力充沛的表演艺术家,在她与崔嵬合作的时候,就能喷射出夺目的光辉,甚至使人感到她还有用不尽的潜力可供挖掘;可是一旦她离开了他,竟然再也没有越过当年曾经攀登的高度,岂不有知音难再之叹。"由此我们对崔嵬的人品、艺品及其为我国戏剧事业立下的汗马功劳都有了比较深刻的了解和认识。

对辞去都督和司令不做,为"提倡人权、铲除国贼",甘愿当职业演员唱戏,以便"在讴歌俚曲之间,而觅爱国励群之道"的"铁骨铮铮的刘艺舟",龚先生更是不惜篇幅,详尽追叙他的生平和从艺经历,并着重评介了他编演

1994 年作者在龚啸岚戏剧艺术研讨会上发言

的《皇帝梦》和《百灵庙大捷》两出戏。这两出戏不仅对内惩国贼袁世凯,外抗强敌日本帝国主义起了很强的宣传鼓动作用,也使我们看到了刘艺舟这位爱国志士、杰出艺术家的忠肝义胆、铮铮铁骨。

对梅兰芳、周信芳和陈伯华等艺术大师,龚老倾注的笔墨和情感更浓炽,对他们的人品、艺德、高深的艺术造诣、卓越的艺术成就更有系统生动的记述和全面的评介,给他们画像、立传更用心、更动情。

龚先生对戏剧艺术的推陈出新、改革创新一向热情支持,积极推动,对剧苑涌现的新苗新花总是关怀爱护、悉心培植,既是戏剧改革的促进派,又是育花护花的好园丁。龚先生盛赞梅兰芳"对中国戏曲艺术有着承前启后、继往开来的功绩",说他以敢于创造的精神,五十年来,形成了自己的一个出色的流派,"大大改变了京剧表演艺术的面貌"。称赞他"既是一位勤勉学习、善于继承优秀遗产的好学生,同时又是敢于和旧事物决裂、敢于创新的革命派","他打破了京剧青衣、花旦分行的限制;废除了有碍表演、在形象上颇不健康的跷工;充实了京剧剧目;丰富了京剧的曲牌、唱腔,吸收了古今中外艺术中有益的养分,并以此影响了同代人,教育了后一代,使京剧表演艺术不断地得到了发展和提高"。认为"梅派"艺术是在批判地继承优秀遗产基础上发展起来的,学习"梅派","不仅要善于学习他的精华,总结他的成果,更重要的是要学习梅兰芳先生的创新革旧的精神"。

对麒派艺术大师周信芳的革新精神和爱国情志,龚啸岚十分敬佩,指出:"麒派""是一个最能与观众共呼吸的流派,周信芳能自成一派,深受爱戴,就是源于他深厚根基的培养,不拘一格的吸收,旁若无人的改革,一丝不苟的创造"。他说:"周信芳同志酷爱大义凛然、不畏强暴、具有献身精神的英雄形象,常常用饱满的热情去塑造这类坚韧刚强、不屈不挠的人物性格。他所演的传统剧目中的萧恩、宋士杰,新编历史剧中的文天祥、海瑞,都成为观众所激赏的艺术典型;而《澶渊之盟》中的寇准,更是他总结了以上成就,发挥了麒派艺术战斗性的特色在历史唯物主义观点的指导下创作出来的一个崭新的人物形象",指出这个人物形象的塑造没有耀眼的弧光和聒耳的噪音,却有发人深思的妙谛,由绚烂归于平淡,从平淡中见功力。这正是周信芳发展了麒派艺术老而弥坚的精神所取得的成就。龚先生认为:周信芳最大的成功之处,就在于他善于继承又能发扬,敢于革旧又能创新,这是学习麒派艺术必须首先掌握的精神。

汉剧艺术大师陈伯华不仅继承了著名汉剧表演艺术家董瑶阶和李彩云的艺术,而且在这基础上又有了发展,同时,她对表演艺术大师梅兰芳、程砚秋的艺术,也作了有益的吸收,用来丰富了她的创造,为汉剧旦行的表演艺术开辟了一个新领域。对她的改革实践、改革成果及其所显示的勇气和精神,龚老更有详尽的叙写和精到的评赞,指出:陈伯华在她的前辈青衣宗匠李彩云的基础上,"突破了正旦和贴旦的界限,创造了融汇青衣、花旦、闺门旦于一炉的新的流派,把汉剧剧目中若干年来局限于所谓'唱头'(闺门旦)的优秀剧目挖掘出来,使《二度梅》中幽静刚烈的陈杏元形象,再现于舞台之上,成为一出动人心弦的好戏,使汉剧旦角表演艺术大大向前跨进了一步,为'陈派'艺术的形成,奠定了无可置疑的基础。"对陈伯华在《宇宙锋》的唱腔和表演上的大胆创新,龚老也给予了充分肯定和高度评价。

他对胡芝风同样给予了热情的肯定和赞扬,认为胡芝风"是梅兰芳最忠实的学生,但不是梅派",胡的胆识就是敢于"离经叛道",离一成不变之经,叛因循保守之道,指出"这才是真正的革新家的气派"。认为李世济在继承程派艺术方面,"已经出现了新的境界",这"是非常值得高兴的事情"。

对戏剧艺术家是如此,对剧种剧目的改革亦是如此。汉剧现代戏《弹吉他的姑娘》问世后,因改革步子迈大了点,引起了"汉剧是否姓汉"的争论,龚先生以《为古老剧种的改革而拼搏》为题,专门著文对《弹》剧予以热情支持。他动情地写道:"《弹》剧也许求胜心切,起步可能快一些,距离汉剧原型可能远一点。这也没有什么可怕的。勇于实践,敢于拼搏的精神永远是可贵的、向上的。即令改革失败了,留给观众的也不能是个待决之囚的狼狈面目,应该是为探索真理慷慨牺牲的英雄形象。"龚老还在另一篇文章中旗帜鲜明地指出:"一切古老剧种,更要过好'现代戏'这一关,不竭尽全力争取今天的观众,那它只好到博物馆去'颐养天年'了"。由此可见龚老支持戏剧改革的态度是何等坚决。

龚老不仅对老一代艺术家尊崇颂赞,热情支持,对艺苑新苗新花更是关怀爱护、精心培育。他总是热心地培养和提携青年演员,凡有年轻演员来汉演出新戏或者登门求教,总是非常热情地接待,循循善诱。湖北省不少中青年演员,包括一些卓有成就的艺术家,都得到过他的指点和教益。龚老对新戏的支持和扶植也是有口皆碑的。凡有新戏的演出他是有请必到,甚至不请也到,不仅认真地看,而且仔细地评,还常常专门撰文予以评价和支持。汉剧《借牛》、楚剧《不称心的女婿》、京剧《药王庙传奇》等剧目乃至在全国获大奖的许多戏剧精品,都得到过他的热情支持和帮助,融注着他的心血和智慧。他以自己励人奋进的言行和卓越的艺术胆识,很好地履行了一个老园丁的职责。

龚老更是一位创作勤奋、成果丰硕、不计名利、品德高尚的优秀艺术家和谦谦君子。他为党和国家的戏剧事业殚精竭虑、笔耕不辍、毕生奉献,作出了显著成绩。但他从不居功自傲,向党伸手,而是淡泊名利,甘作人梯,表现了一个优秀艺术家的高风亮节和可贵品质。他从1926年观看著名戏剧家欧阳予倩的京剧《卧薪尝胆》开始懂得看戏可以使人受教育,由此萌动尝试写剧本的念头起,到1936年与人合作写出"《卧薪尝胆》的'描红'之作"《西施》,从此他义无反顾地走上了戏剧艺术创作道路。1938年他与戏剧大师洪深合作,创作了爱国戏剧《新天河配》;在重庆时期他又编写了连台本戏《岳飞》，郭沫若同志还亲自为其题签了剧名；五六十年代他为楚剧和汉剧等湖北地方剧种整理、改编了大量优秀传统剧目，编写了数十个剧本，其中不少佳作成为久演不衰的保留剧目。他对中国戏曲梅、程、麒等各大流派，特别是汉、楚、花、黄等湖北地方戏曲，进行了长期深入的研究，写作、发表了数以百计的理论、评介文章，尤其是那篇题名《薰风录——记李春森、董瑶阶先生谈艺》的文稿，对当代汉剧五丑、八贴两行的代表人物李春森、董瑶阶的表演技艺和塑造人物的经验作了系统深入的描述、分析和总结，有许多内容涉及到汉剧表演艺术乃至其它剧种表演艺术的本质规律，为我们留下了一份宝贵的戏剧艺术遗产。80 年代末，为纪念辛亥革命八十周年，他又受湖北省委及有关主管部门委托，主持创作了剧本《辛亥首义》。他还参与了《中国大百科全书·戏曲曲艺卷》和《中国戏剧志》的编撰工作。在长达半个多世纪的艺术生涯中，他以自己丰富的创作实践和显著的工作实绩，为我国戏剧事业的振兴繁荣积累了有益的经验，留下了宝贵的精神财富，作出了功不可没的贡献。

最难能可贵的是，龚先生一生严于律己，宽以待人，正直坦荡，平易近人，具有谦谦君子之风。他对事业、对工作、对他人看得很重，对荣誉、对自己看得很轻，对名利、对地位看得很淡。即使在负责戏剧协会管理和主持湖北省剧协工作的岗位上，他也不是居高临下当领导，而是做戏剧工作者的老师、同行和朋友，热情宣传、贯彻、落实党的文艺路线、方针、政策，积极开展联络、协调、指导、服务工作，串戏走团，广交朋友，努力为广大会员排忧解难。他从不凭自己的资历和声望向党和人民伸手，总是以自己的学识和影响乐为人梯，甘当伯乐和园丁。直至他不再担任工作职务的耄耋之年，也从未停止戏剧艺术工作。他以自己卓越的才识、业绩和人格力量，赢得了党组织和广大文艺工作者的普遍尊敬、点赞。

龚啸岚先生虽然与我们永别了，但他的音容笑貌常浮现在我眼前，他为党的戏剧事业毕生耕耘、无私奉献的可贵精神，将永远激励我们奋进。

《南方文坛》 1997 年第 3 期

舞台"行脚" 梨园君子

　　"行脚"者,云游四方之僧人也。龚啸岚先生称自己是"舞台行脚",并以此作为他纳入中国文联晚霞文库出版的 28 万字的煌煌大著的书名,这不仅形象地概括了龚先生一生的独特经历,也生动地展示了他襟怀的豁达和为人的谦逊。

　　我认识龚先生已十几年了。由于工作关系,我们常在看演出的剧场和剧团排演场里或戏剧创作研讨会、座谈会上见面,碰上省里举行戏剧会演或调演比赛什么的,还会在一个宾馆里一起呆上几天。龚先生特别和蔼可亲、平易近人,他矮矮的身材,一头短茬子银发,满脸古铜色红光,慈眉善目,高鼻大相,见了人,笑眼眯着,笑口开着,微躬着腰,拖着两条颤巍巍的腿,常主动前来同你打招呼、唠家常,谁见了,都觉得他是个可亲可敬的好老头儿。他虽然早就退休了,但他到处看戏说戏的那股热情和认真劲头,许多在职的戏剧圈内人也无法相比。龚先生说:"我这一辈子是卖给戏剧了。"这话一点不假。但我真正理解这句话的丰富涵义,还是读了他亲笔题签赠我的《舞台行脚》之后。

　　龚先生自三十年代初走上戏剧艺术道路,数十年来,他所走过的每一步,几乎都踩着中国革命戏剧活动的脚印。早年他投身党领导的抗战戏剧活动,积极参加郭沫若、田汉领导的"抗救演剧队"的工作,辗转于武汉、长沙、桂林、重庆等地,团结、动员、组织戏剧艺人和戏剧团体,以舞台为阵地,以戏剧为武器,开展对敌斗争,在争取民族解放的道路上留下了闪光的足迹。新中国成立后,他作为湖北武汉地区戏剧队伍中的重要一员,不仅在长期的戏剧工作中忠实地履行了自己的职责,积极参与组织了党和政府举办的一系列重要戏剧活动,而且用饱蘸深情的彩笔,绘出了革命戏剧长河的波涛和浪花。读着这部文集,如同在浏览一部戏剧发展史,不仅使我们鸟瞰了中国革命戏剧长河的源流走向，饱览了戏剧长河中奔腾的波涛和浪花，更使我透过历史的烟云看清了龚先生在革命戏剧长河中推波助澜、搏击奋进的身影。

龚先生的一生，是为戏剧事业不倦耕耘、无私奉献的一生。1926 年他还是个 11 岁的中学生，那年农历年底，他在汉口血花世界（即民众乐园）大舞台观看了欧阳予倩编演的京剧《卧薪尝胆》，越王勾践为牢记亡国之苦天天卧薪尝胆的精神，使他幼小的心灵受到深深震撼，他开始懂得看戏也可以使人受教育，并由此萌动了自己尝试写剧本的念头。

1935 年，陈伯华的母亲陈少南在新市场（即改名的民众乐园）新舞台组班演出，龚啸岚以业余爱好者身分，被聘为这个班社的特约编剧。从此，他与戏剧，也与陈伯华结下了不解之缘。他不仅率先在汉剧舞台上试行导演制，为刚刚出道的陈伯华执导过不少戏，还亲自为她整理、改编过不少剧本。同时，还多次撰文为她总结创作经验。六十年代初，他先后写了《陈伯华的"陈派"艺术管窥》《陈伯华表演艺术的晶体》等文，对陈伯华表演的《宇宙锋》《二度梅》《写状三拉》等剧目在唱腔、表演、突破行当、刻画人物等方面的探索和取得的成就作了深刻的分析、阐述，称颂她为汉剧旦行的表演艺术开辟了一个新领域。他赞扬陈伯华在《宇宙锋》里的（反二黄）唱腔，"不是唱腔，而是唱人"，达到了"声容并茂"；说她对赵艳容"这个人物心理细腻的描绘，入微的刻画，就像一幅双面的刺绣，表里如一达到了无懈可击的程度"。他认为陈伯华在前辈青衣宗匠李彩云的基础上，突破了正旦和贴旦的界限，创造了融汇青衣、花旦、闺门旦于一炉的新的流派，使《二度梅》中幽静刚烈的陈杏元形象，再现于舞台之上，为"陈派"艺术的形成，"奠定了无可置疑的基础"。在深入分析了《宇宙锋》《二度梅》等剧目创造人物的特色后，他作出了这样的结论："从人物出发，让演员和角色交融在一起"，"把听觉形象和视觉形象结成一条纽带，让唱工和做工交融在一起"，这就是陈伯华所创作的艺术形象，也是她继承和发展戏曲艺术现实主义传统的晶体。龚先生的这些独到见解，不仅对陈伯华的艺术实践及其卓越成就作了精辟总结，而且对她攀登新的艺术高峰，推动汉剧向新的目标迈进具有重要的促进作用。80 年代中期和 90 年代初期，龚先生又几次撰文，对陈伯华为振兴汉剧作出的卓越贡献给予了高度评价。可以说，在陈伯华通向汉剧艺术大师的旅途上洒满了龚先生的汗水和心血,而陈伯华丰富的艺术实践和勇敢探索,又为龚先生的戏剧创作和研究的升华提供了宝贵素材。60 余年来,龚啸岚与陈伯华,像两颗带有磁性的耀眼明珠,在湖北武汉剧坛交映生辉,相互吸引,成了莫逆知己。

1996 年 10 月 3 日,龚先生病情恶化,再次住进了医院。年近耄耋的陈伯华大师闻信后,不顾年迈体弱,特地从汉口赶到武昌来,邀肖惠芳同到医院探视。病榻上的龚先生一见,慌忙致谦:"哎呀,一个国宝、一个国母来看我,怎么敢当啊!"可陈大师万万没有想到这竟成了她们与这位谦恭幽默的兄长的永诀! 三天后当她听到龚老溘然长逝的噩耗时犹如五雷轰顶,感情的潮水再也无法控制,她痛哭失声,悲痛不已,巨大的悲痛带来了巨大的不幸,陈大师因此中风了! 如果不是抢救及时,其后果真是不堪设想……

读龚先生的文集,忆龚先生的为人,使我更难忘怀的是他乐于提携后辈、扶植新苗、鼓励创新、护花育花的园丁精神,这是剧界同仁有口皆碑的。在龚先生的字典里查不出"拒绝"二字,凡有年轻演员来汉演出或登门求教,他总是热情接待,耐心指点,循循善诱。我省有不少中青年演员包括一些卓有成就的名演员,都得到过他的指教和帮助。他对他们艺术上取得的每一点成绩都感到由衷高兴。1991 年,汉剧"陈派"艺术最年轻的传人邱玲将晋京演出并进入中国戏曲学院深造,龚先生为此特地写了《等待跨世纪的回答》一文,对邱玲的进步给予充分肯定和鼓励,殷切希望她认真理解和学习她的宗师陈伯华敢于从旧科班中冲决出来的"叛徒"精神,为振兴汉剧这一古老剧种,努力过好"现代戏"这一关。他语重心长地告诫说:"一切古老剧种,更要过好'现代戏'这一关,不竭尽全力争取今天的观众,那它只好到博物馆去'颐养天年'了。"还信心百倍地预言,"随着本世纪我国经济建设预期小康水平的达到,一个新戏曲创作高潮必然会随之涌现"。他热切期望邱玲她们这一代人经过加倍努力,作出"这个跨世纪的回答"。

龚先生对戏剧新苗更是笃爱,凡有新戏演出,他是有请必到,甚至不请也到。不仅认真看,而且仔细评,还时常专门撰文予以评介和鼓励。1965 年,中南地区举行戏剧观摩会演,汉剧小戏《借牛》受到欢迎,他高兴之余欣然命笔,写了《试谈汉剧〈借牛〉的喜剧效果》一文,详细介绍该剧的剧情和思想艺术特色,热情地予以肯定和推介。

　　龚先生不只对汉剧情有独钟,对京、楚、花、黄等剧种也颇有感情和贡献。1936年他写出了《卧薪尝胆》的"描红"之作京剧《西施》,从此,他义无反顾地走上了戏剧创作道路。1938年,他的名字显赫地与戏剧大师洪深并列在报端和剧场的广告栏里,他们的共同产儿是抗日新剧《新天河配》;重庆时期他又创作了连台本戏《岳飞》,郭沫若同志还亲自为其题写了剧名。小伙子龚啸岚源源不断地为楚剧泰斗沈云陔等写出受观众欢迎的新剧本,被沈云陔和戏班中人尊称为"先生"的趣闻,早已传为湖北剧界的佳话。他一生著述甚丰,不仅改编、创作了数十个剧本,留下了不少佳作,而且对中国戏曲梅、程、麒等各大流派和汉、楚、花、黄等湖北地方戏曲,都进行了长期深入的研究,写了大量卓有见地的理论评介文章,为我们留下了十分宝贵的戏剧艺术理论遗产。在长达半个多世纪的艺术生涯中,他像个"行脚"僧人,云游忙碌在五彩缤纷的戏剧舞台上,以自己丰富的创作实践和卓著的工作成绩,为我国戏剧事业的振兴和繁荣积累了有益的经验,作出了功不可没的贡献。

　　龚先生离我们远行了,他毕生为振兴、繁荣湖北戏剧事业勤奋耕耘、无私奉献的园丁精神和可贵品格,永远值得我们认真学习践行。

1997年3月24日　于武昌水果湖畔

《艺术明星》 1997年第3期

成功揭"秘"

　　提起六演宋庆龄的肖惠芳,演艺界没有不熟悉的。从艺40多年来,她不仅塑造了宋庆龄、江姐、刘胡兰、春妮等30多个栩栩如生、光彩照人的艺术形象,显示了卓越的艺术才华,更令人惊叹的是,到了花甲之年,她拖着因车祸致残的身体,在话剧《同船过渡》中成功地塑造了退休教师方静娴这一富有特色的艺术形象,为该剧摘取"文华"大奖和中宣部"五个一工程"奖的桂冠,作出了突出贡献。她作为主演还一举摘取了"文华"大奖表演奖、第四届中国戏剧节优秀表演奖、上海"白玉兰"戏剧表演艺术奖等桂冠。是什么力量促使她攀上这一艺术高峰的呢?

　　"我没有受过系统训练,是湖北这块土壤培育了我。"肖惠芳追忆说,"记得1978年话剧《大江东去》上演前,为审定剧本和领袖人物造型,省委决定剧组主创人员到北京去一趟。没想到宋庆龄主席于8月29日下午真的在她的住所接见了我们。她还亲自纠正我走路的姿态,指导我饰演时该穿什么鞋,梳什么发型,拿什么公文夹,告诉我们她生气时是什么样的神态,并给我示范。这些让我一辈子都忘不了。各级领导、同事、朋友的关心和支持,也是我在艺术创作上前进的动力。"

　　70年代初,肖惠芳出演话剧《七十二家房客》中的二房东,长期连续演出,使她的声带染上恶疾,经医生诊断,说是"倒仓",今后不能再演戏了!这结论如晴天霹雳,使她十分震惊。焦急中,团领导出面帮她找到武汉市三医院针灸科主任刘绍安。刘医师一面给她作针灸治疗,一面从其父珍藏的唐代医案里寻取验方,配合进行药物治疗,并自己掏钱买回10副中草药,用大煎药锅反复煎煮近20个小时,熬成一锅药膏,带着热气亲自送到肖惠芳家中……每每想起这些,肖惠芳就按捺不住内心的激动,觉得只有拿出最好的艺术产品,才能报答这些关心、支持自己的朋友们。

2002年夏"中国戏剧家三峡行"采风团在三峡工地采风时著名表
演艺术家肖慧芳在给三峡建设者表演　　　　　　（邹明山摄）

　　使肖惠芳事业有成的另一重要因素是她具有积极的人生态度。她朗诵
过许多富有激情的诗,尤其是郭小川的《青松歌》中"有用处,就是福"等几
句,她常常情不自禁地吟诵它,咀嚼它,它已成了她的座右铭。她信守这人
生格言,走到哪里都一心扑在事业上,只要自己能派上用场,就觉得是福
气。她当了一辈子演员,从未争过角色,时常是"大演员演小角色",把小角
色演得光彩夺目,独具特色。她认为:角色虽小,同样是一段人生,把镜头对
准她也能演出好戏。这也许就是她演小角色也闪光的秘密。这又或许是良
好的艺德给她带来的福份。

　　艺术上如此,生活中同样如此。肖惠芳待人热情,乐于助人,凡对他人、
对社会有利的事她都乐于帮忙。她主动出面找市里领导,帮武汉话剧院筹
钱筹物,盖起一幢新宿舍楼,解决了50多户职工的后顾之忧,这已在省市
文艺界传为佳话。近几年,她三番五次地四处奔走,为湖北省戏剧家协会举
办的全省少儿戏曲小品展演赛寻求赞助,足迹遍布武汉三镇的不少单位。

人家一看是"国母"上门求援,无不慷慨解囊。

正因如此,领导珍视她,同行们敬重她,普通观众热爱她。她像一团火,走到哪里都给人以光明和温暖。

如今肖惠芳的名字已分别被收入《古今中外女名人辞典》《华夏妇女名人辞典》和《中国艺术家辞典》,可算是功成名就了。但当我问及她今后的打算时,她还是那句话:"有用处,就是福,只要是对事业、对社会有用的事,我还将尽力去做。"

《中国艺术报》 1997 年 1 月 17 日

伟人名贤点赞日志诗文选辑

1972.12.2.（壬子年十月廿七）　周六　晴多云

今天读完了历史丛书之一的《卢森堡》一书。读完该书,我深深为卢森堡这位伟大、卓越而又年轻的无产阶级革命家的彻底革命精神所激励、所鼓舞。特别是读到《在德国十一月革命的烈火中献身》一节,使我激动得热泪盈眶。卢森堡是位女同志,但她不屈不挠的革命意志比钢铁还硬!她一生蹲过很多次监狱,身体受到了残酷的摧残,但她毫不退缩、妥协,相反,越战越勇,革命决心更大、意志更坚,在反动派的疯狂迫害中,她不惧个人安危,始终紧紧地同德国工人阶级团结战斗在一起,带领他们向敌人展开了更英勇的冲杀;叛徒的出卖、诽谤,敌人的摧残、咒骂,都丝毫动摇不了她坚定的马克思列宁主义信仰、立场;她怒斥群魔,勇斗恶浪,笑对酷刑、死亡……始终高举革命大旗,坚定地同列宁的布尔什维克党站在一起。她把自己壮丽的一生,完完全全地献给了无产阶级及人类的解放事业。伟大导师列宁高度赞扬说,她是"世界无产阶级国际的优秀人物",她是"国际社会主义革命的永垂不朽的领袖","她始终是一只鹰"。

是的,卢森堡的确是一只无产阶级的鹰,她搏击长空的奋斗精神,她放眼世界的广阔胸怀,她不屈不挠的坚强意志,永远是我们学习的光辉榜样。

1974.4.27.（甲寅年四月初六）　周六　晴阵雨

今天在家把列宁夫人克鲁普斯卡娅写的《列宁回忆录》一书最后的章节读完了。无产阶级的伟大革命导师列宁,不仅年年月月、日日夜夜为无产阶级的解放事业操尽了心,而且在日理万机的情况下,时时刻刻还无微不至地关怀着广大普通工人、士兵、贫苦农民以及苏维埃政府众多工作人员的衣、食、住、行。他关心人民、关心无产阶级的命运,千百倍地胜过关心自己。他是名副其实的人民由衷敬爱的伟大领袖！

　　他无情地同苏维埃政权中的官僚主义者作斗争，坚决支持、保护公民的正当权利，甚至为保护公民权利，支持贫困工人、农民，还亲自发指示、下命令，逮捕为非作歹的官员，以至要枪毙苏维埃政权的高级负责人，以此来严肃党纪国法。列宁领导的苏维埃政权，是真正的人民自己的政权，那里的人民享有真正的人民民主权利。

1976. 9. 10.（丙辰年八月十七）　周五　晴

　　昨日下午，我怀着无比沉痛的心情，收听了中共中央、全国人大常委会、国务院、中央军委联合发布的告全党全国各族人民书。我们最敬爱的伟大领袖、全世界无产阶级和革命人民的伟大导师毛泽东主席因病医治无效、不幸在北京逝世的噩耗，像巨石一样压上了我们的心头，大家都怀着忧国忧民的沉重心情，在思虑着我国的前途和命运。此刻，我有千言万语，但不知从哪里说起，我只希望我们党和国家的领导人，能真正忠于伟大领袖毛主席，真正继承毛主席的遗志，把我国的无产阶级革命和四个现代化建设事业进行到底。

　　毛主席是 1976 年 9 月 9 日零时 10 分逝世的，这一时刻将永远铭刻在我心中。

　　伟人仙逝，擎天柱折；举国悲痛，山河失色；巨石压胸，心痛欲绝；回首往事，展转反侧；凌晨赋诗，以抒心结。

悼伟大领袖毛主席仙逝

日落赤县地，	泪涌江海流；
诀别回首看，	万语汇心头：
茫茫黑夜里，	凄凄万民愁；
救星出韶山，	光辉照神州。
南湖缔造党，	井岗火种育；
遵义挽狂澜，	延河驱倭寇。
钟山风雨起，	穷寇追不休。
中华顶天立，	革命不停留：
反帝虎胆雄，	捉奸赛金猴；
马列真经卫，	长征新道筑。

终生斗志旺，	一息不止休。
功勋昭日月，	伟业震全球。
继承领袖志，	马列真经续；
悲化千钧力，	永走革命路。

1977．1．9．（丙辰年冬月二十）　周日　阴转晴

　　上午，我到武昌电影院流着眼泪看完了大型彩色纪录片《敬爱的周恩来总理永垂不朽》。影片约放映了 1 小时 40 多分钟。片中，播音员无比沉痛的声调朗读的解说词，首都百万人民群众在十里长街上冒着严寒彻夜肃立等候、泪流满面地为总理的灵车送行的感人场面，天安门广场上人民英雄纪念碑周围，流着眼泪的人们自发地给周总理敬献的无数花圈和苍松翠柏上层层系挂的数不清的白花，总理遗体旁人们撕肝裂肺的哭声和誓言，新华书店门前人们排着长队流着悲泪购买周总理光辉标准像的感人情景……无一不重重扣击着我的心灵，触动我对总理的深深崇敬和怀念。思绪难平，吟成小诗一首，以纪哀思。

周恩来总理逝世周年祭

一声惊雷震寰宇，	万里太空刮飓风，
天柱折断江山悲，	巨星陨落环球恸！
泪洒江海涌波涛，	悲凝松柏耸千峰；
春去冬尽整一载，	心中长铭总理容。
忠诚马列求解放，	鞠躬尽瘁心最红；
丰功伟绩昭日月，	空前绝后盖世雄。
津门为民斗余孽，	旅欧为国觅光明；
建党创军功勋著，	名震沪粤南昌城。
遵义托日升中天，	长征共谋缚苍龙；

西安迫蒋应统战，　　　燃起烽火红彤彤。

威镇山城群魔畏，　　　智斗钟山鬼神惊；
身经百战胆胜虎，　　　胸中长存百万兵！

运筹帷幄勤谋划，　　　一代开国大元勋；
内政外交一手抓，　　　力挽狂澜斗奸佞！

排除干扰建四化，　　　富国强兵宏图呈；
日理万机呕心血，　　　忠献领袖党和民。

毕生奋斗兴中华，　　　高风亮节气如虹；
骨灰遍撒神州地，　　　泽遗江山花更红。

无私无畏谁堪比？　　　高尚品格金玉同；
人民总理人民爱，　　　悲痛化作泪涛涌。

十里长街百万人，　　　夜昼肃立送周公；
灵车隔断泪人眼，　　　伟躯一去再无踪！

无尽哀思满苍穹，　　　白花层层遮青松；
洒泪买来总理像，　　　珍藏世代瞻英容。

学习总理好品德，　　　鞠躬尽瘁为人民；
才智献给现代化，　　　誓建强国祭忠魂！

当日夜　于武昌县华林·华中村 31 号

1975. 4. 4.（乙卯年二月廿三）　周五

惊闻董必武主席不幸于 4 月 2 日在北京逝世的噩耗，顿感悲痛难忍，心潮起伏,夜不能寐,吟得悼诗一首,录以记怀。

悼 董 老

太空忽陨一巨星,　　　哀歌压碎八亿心;
挥泪同忆英雄业,　　　痛悼革命老元勋。

南湖共定建党计,　　　江城齐心扭乾坤;
育出火种赴黄麻,　　　大别山里放光明。

胜利不减当年勇,　　　冀秋更增豪杰情;
治党立法功卓著,　　　鞠躬尽瘁为人民。

人杰党魁垂青史,　　　冰清玉洁品德纯;
承继董伯高尚志,　　　誓保神州万年春。

当天深夜　　于武昌昙华林·华中村 31 号

2004. 7. 21.(甲申年六月初五)　周三　晴

下午,应省书法家协会征集"我是人民的儿子——纪念邓小平同志诞辰 100 周年书法展"自撰诗文书法作品之约,特地创作了《百言颂小平》一诗,并拟将该诗创作成书法作品交省书协参展(注:该书法作品当年已参展,并被收藏)。现将此诗录以存照。

百言颂小平

中华有人杰,　　　矮个邓小平;
中原鏖战激,　　　开国大功臣;
文革多劫难,　　　复出骨更硬;
承志建四化,　　　宏图设计人;
经济建设事,　　　牢牢立中心;
改革与开放,　　　强国新途径;

发展硬道理，　　　是非不争论；

励精谋富强，　　　深入国人心；

小康目标现，　　　神州面貌新；

百年诞辰至，　　　万里颂泽恩。

1980．10．25．（庚申年九月十七）　周六　晴

下午到学院大礼堂听著名语言学家、中国汉语言学研究所所长吕淑湘教授作学术报告。吕教授讲了四个问题：一、中和外问题；二、虚和实问题；三、动和静问题；四、通和专问题。

他着重论述的是二、四两个问题。其中又以第二个问题讲得最精彩。他说，"虚"是"理论"，"实"是"事实"。二者谁重要呢？理论是从事实中总结出来的，是上升了的理性认识，看来比事实要高，但是反过来，理论如果不以事实作根据，离开了事实，你那个理论还有什么用呢？他举了《百喻经》上的例子，说两个和尚彼此瞧不起，相互攻击：一位指责说，你的钱倒是有几个，可惜零零散散的，没有贯串起来（注：贯：指穿钱的绳子，实际指的是抽象出来的理论条理）。另一位回敬说，你的贯倒是很好，可惜上面没有一个钱！吕先生说："看来有几个零散钱比一个钱没有好。这样说来似乎研究事实显得更重要些。所以要养成善于观察、分析、研究事实的好习惯。"吕先生还说，研究学问对前人的成果不要迷信，要靠自己"解脱"。同时在研究事实材料时，要排除一切成见。他还引一位科学家的话说："当你跨进实验室时，你必须把一切现存的结论丢掉，脑子要干干净净的进去！"这些话非常富有哲理性，讲得真好。

在论述第四个问题时，吕先生说，"通"是贯通，通才；"专"是专门知识，专才。是"通才"重要，还是"专门人才"重要？吕教授幽默地说："我国现在学科分得很细，研究专门知识的人很多。照这样看来，我国现有的教授质量应该是世界第一！但实际情况恐怕不是这样！"他一针见血地指出："目前这样的搞法，弊病很多。"他认为"做学问还是知识面宽一点好"。

听了吕所长这一席发人深思的话，真有胜读十年书之感！他的报告深入浅出，言简意赅，见解精辟，十分精彩。吕教授真不愧为学贯古今、名扬中外的著名学者！

1981．11．17．（辛酉年十月廿一）　周二　多云晴

今天，全国各大报都用第一版整版篇幅，刊发了我国女排首次夺得世界大赛冠军的大好消息，刊登了国家女排队全体参赛教练员、运动员的大幅照片；还刊登了《国务院给女排队的贺电》；各报还发了社论。这条振奋人心的消息标题是：《中国大球首次荣获世界冠军》；引题是："我女排在世排赛上勇挫群芳，实现了周恩来和贺龙同志的遗愿"；副标题是："第三届世界杯女排赛闭幕　日本队获亚军　苏联获第三名　袁伟民获最佳教练员奖　孙晋芳获最佳运动员奖、优秀运动员奖、二传手奖　郎平获优秀运动员奖"。

中国女排真是好样的！她们夺冠，不仅大长了中国人的志气，大扬了中华人民共和国的国威，而且再次雄辩地证明，站起来的中国人民，什么人间奇迹都能创造出来！我们有五千年灿烂中华文明作底气，有信心，有能力，一定能自立于世界优秀民族之林前列！

1985．1．15．（甲子年冬月廿五）　周二　晴

早晨7点20分出发，骑自行车去汉口合作路15号市文化俱乐部参加武汉市作协主持召开的新春座谈会。8点35分我赶到了俱乐部。会场在三楼会议室，有不少应邀者姗姗来迟，会议拖到快10点才开始。市里领导来了不少，辛甫、谢培栋、杨蒲林等都到了场。市委负责人之一的辛甫同志首先讲话。正在辛讲话中途，市长吴官正同志匆匆赶来了。吴市长和蔼可亲，给人十分平易近人的印象。辛甫讲完话后，当会议主持人要他讲话时，他毫不摆架子，脱口就说："我讲不倒！"他口说讲不倒但还是讲了，而且讲得十分朴实真诚，没有一点装腔作势的拉腔拉调，与省里少数新、老领导那种盛气凌人又缺乏生动内容的官腔形成鲜明对比。武汉市有这样一位注重干实事的好市长大有希望。

市文联党组副书记夏雨田的讲话也给我留下了很深的印象，他不愧是个写相声、说相声的名角，讲话既生动又实在。比如他说，自己搞文艺创作时，希望自由一些，可是自己换了个位置后，就希望文艺要稳当些，不要捅娄子。这是一种不正常状态。管文艺和抓文艺虽然只有一字之差，但含义差别很大，"管"如果只理解为保管、管理，甚至管制，那文艺就活不起来。正常状态应是文艺工作的领导者和工作者一起来抓文艺，这样方能活起来。夏雨田的讲话同吴市长的讲话一样获得了与会者的热烈掌声。

1997．3．15．（丁丑年二月初七） 周六 阴多云

今天读完了《当代文学与地域文化》一书。这是一本有分量有学术价值的书。青年理论家樊星教授不仅从地域文化的角度观照和分析中国当代文学，并开辟了研究中国当代文学的全新视角，而且概括准确，立论正确，观点明确，论据充分，论证合理，也比较严密，有较强的说服力，同时，该书语言生动、明快，也较简练，富有气势，具有较强的可读性。文学理论批评著作能这样深入浅出，让人能手不释卷，一鼓作气把它读完，并对其理论框架留下较明晰的印象，实在难能可贵。樊教授不愧为文艺批评界名传遐迩的青年才俊。

1997．11．25．（丁丑年十月廿六） 周二 雨

下午得知黄冈市委宣传部副部长丁永淮同志昨天乘轿车在鄂州下高速公路后突遇车祸去世了的噩耗，格外震惊和悲痛！歌里老唱"好人一生平安"。丁先生是个众口一词的好人：他不仅出色地完成了宣传部副部长的本职工作，而且在文学创作、文艺理论研究和评论领域也颇有建树，是位著作丰硕的作家、评论家，同时，他还为鄂东文学队伍培养和输送了姜天民、刘醒龙、何存中、周翟街、彭友元等一批优秀文艺创作人才……这样的好人理应得到好报的，可不幸的厄运却一个接一个降临到他头上：少年丧父母，中年丧爱子，临近老年又丧妻，刚刚走出阴影，新婚不久，迎来人生转机之时，夺命之祸又突然降到了他身上！老天爷，你真是不公啊！因此，"好人一生平安"，"好人有好报"之类的空话不可太当真，倒是"好人早归世，祸害一千年"的俗语一针见血地道出了人世间许多真相和不平。

1998．1．3．（丁丑年腊月初五） 周六 阴雨

今天读完了《叶挺之谜》这部纪实作品。叶挺将军的一生，确实是富有传奇色彩的战斗的一生。他是具有独特个性和令人敬佩的独立人格的英雄，不愧为二十世纪中国的伟丈夫之一。他的不朽诗篇《囚歌》，更是英雄的赞歌和墓志铭。他的夫人李秀文也是二十世纪中国的女中豪杰、巾帼楷模。

1999．6．11．（己卯年四月廿八） 周五 阴雨

上午到爱情婚姻家庭杂志社参加《李德复创作50周年暨文集（三卷本）

出版座谈会》。该座谈会由省作协和省文联文艺理论研究室联合召开。会议由刘富道主持,我致开场白。我首先对李德复先生从事创作50周年和文集出版表示热烈祝贺!接着简要说明了这次座谈会的筹备经过。随后转入了对德复先生的人生经历、创作生涯、作品特色及成就的评介。我说:"德复先生是老一辈有影响、有成就的著名作家,又是一位有鲜明个性和特色的作家。他一生经历坎坷,颇多磨难,但他并不消沉,勇敢地面对现实,'自己不抛弃自己',虽'九死而不悔',执着地追求心爱的文学事业,热情地表现和讴歌新的社会、新的时代、新的人物;他像一团火,他的文章、他的作品也像一团火,'文如其人'在德复这里得到了有力印证。他还是一位'敢为天下先',富有开拓进取精神和业绩显著的文化企业家,为市场经济条件下文艺事业的发展壮大闯出了一条新路。"最后,我阐明了召开这次座谈会的重要意义,并指出我的开场白是抛砖引玉,希望引出大家踊跃精彩的发言。讲到此,戛然而止。

我的发言博得与会代表们几次热烈的掌声。发言过程中,会场上鸦雀无声,大家听得很认真。我讲完之后,主持人富道同志接着说:"非常精彩!明山同志的讲话准确地概括了德复同志一生的主要经历和创作特色及成就……"

会议结束时,不少同志都对我说,你的开场白很精彩,讲得很有水平。叶梅同志说:"文联就像我们的娘家,你今天的讲话使我脸上感到很有光彩!"同志们的话当然有些溢美之意。但讲话所以能收到较好的效果,主要是因为德复这个人人生经历和艺术道路曲折丰富,有话可说。

2002.4.9.(壬午年二月廿七) 周二 阴

上午到省美术学院展览馆参观《周韶华首届书法作品展》。

下午在美院展馆参加周的书作展研讨会,并在会上谈了我观看书展的感受,认为书展不只是展览了几十件书法作品,而且展示出一种可贵精神,这就是周先生执着追求艺术、献身艺术的精神,开拓创新、与时俱进的精神,弘扬民族优秀文化传统,表现中华"大我"、展示磅礴气势的精神。周和不少同志认为我的发言有见地。

2004.8.29.(甲申年七月十四) 周日 多云

今晨1点,我们全家人都开始看中国女排同俄罗斯女排在雅典奥运会上的决赛。比赛打了 2 个半小时,拼搏异常激烈精彩:第一局打了近 50 分钟! 比分打到 28:30,俄罗斯先胜一局;第二局激烈鏖战,俄罗斯又以微弱的比分优势再胜一局! 我国女排姑娘们在 0:2 负于俄罗斯的严峻形势下,不急不躁,沉着应战,机智出击,严防死守,终于创造了连扳 3 局,夺得金牌的奇迹,在失去女排世界霸主地位 20 年后,重又登上了女排世界霸主的宝座! 那酣战的激烈和瞬息万变,那致命一击定乾坤后胜利的喜悦、狂欢和喜泪交流、热烈拥抱……那是真正的激动人心的场面,那是令人从心坎中、骨子里感到骄傲和自豪的时刻! 我也禁不住随着女排姑娘们的满面喜泪而热泪盈眶! 中国女排姑娘们的确是一个素质过硬、技艺精湛、作风顽强的了不起的英雄群体! 这是中国体育军团在本届奥运会上夺得的唯一一块团体金牌,这是更能壮国威、振民心的金牌! 俄罗斯女排也是超水平发挥,打得非常出色、非常精彩,非常顽强、坚韧! 她们虽败犹荣! 她们同样是好样的。这样精彩的比赛令人叹为观止,百看不厌,能看到这样棒的比赛真是三生有幸!

2004. 9. 2. (甲申年七月十八) 周四 晴多云

雅典奥运会于北京时间 8 月 30 日凌晨胜利闭幕了。31 日我国参加奥运会的体育健儿们满载丰收的荣誉和喜悦胜利归来。中共中央政治局常委李长春等中央领导,亲赴首都机场,迎接英雄健儿们凯旋。两三天来,余一直为体育健儿们在雅典奥运会上取得的优异成绩而激动,今日得空吟成小诗一首,现录以志怀。

赞我国奥运健儿凯旋

雅典赛场斗志昂,	中国健儿奇迹创;
改写神州奥运史,	三十二金铸辉煌!
老骥出征威不减,	小驹上阵技精良;
同心为国争荣誉,	赢得中华国威扬!

2008. 6. 16. (戊子年五月十三) 周一 多云晴

上午读完了今年第 4 期《今古传奇》上张爱萍次子张胜著的长篇纪实文学《我的父亲张爱萍》。该期封面提示语说:毛泽东说他"好犯上",邓小平说他"惹不起",叶剑英说他"浑身带刺",彭雪枫说他"鼻子朝天",儿子张胜说他"天真"！他自己笑称是"又臭又硬"的石头,"闻不得,舞不得"的"搅屎棍","谁也别想摆弄我"！读完这部作品,觉得这些评语都有依据,符合张爱萍的言行、性情实际。但这些评价只是针对他的思想、言行、性格特征而言,对他的辉煌人生及非凡业绩却难以概括,尤其对他在党中央、国务院直接领导下,主抓国防科技,在极其困难的条件下,协助聂帅、周总理率领国防科技战线的科学家、广大科技工作者和人民解放军官兵,克服千难万苦,闯过道道难关,快速搞成为中华民族争气、为伟大祖国争光的"两弹一星"的丰功伟绩未予提及,这不能不说是提示语的缺憾。张爱萍的一生是充满传奇色彩的轰轰烈烈的一生,他是当之无愧的大将军、革命家、军事家,又是才华横溢、多才多艺的诗人、书法家、摄影艺术家;他刚直不阿、表里如一、言行一致,为着崇高理想忠贞不渝地终生奋斗的人格魅力和革命精神,是十分难能可贵的,也是值得我们永远学习的楷模。

2008.10.4.（戊子年九月初六）周六 阴雨

今天我读完了《楚天都市报》上连载的《我的爷爷陈永贵——从农民到国务院副总理》一书的节选。该书是陈永贵的孙女、中共党员、博士研究生、最高人民法院法官陈春梅写的。它真实、生动而又简要地勾勒、描画出了陈永贵(1914—1986)这位世界上独一无二不拿国家工资、靠拿大寨每天 1.5 元工分值生活的"布衣宰相"传奇而辉煌的一生。书中写的很多事都是我们当年从新闻报道中熟知的史实的回放,读来有种特别的亲切感。陈永贵不愧为毛主席、周总理亲自树立的先进农民的典范,的确是块闪闪发光的金子。他当了中共中央政治局委员、国务院副总理,却拒绝转户口进城,坚持靠大寨给他的工分值生活。可一月几十元连自己在城里生活的饭钱都不够！他还身兼中共山西省委副书记、晋中地委书记、昔阳县委书记等职。山西省委考虑他在京城生活开支"入不敷出",先规定每月给他补 60 元生活费,后追加到每月补 100 元。尽管如此,他在京城仍是生活拮据。国务院考虑他的实际困难,又决定每月补他 36 元生活费。而他拿了国务院补的 36 元钱后,又把大寨给的 45 元工分钱退掉了！就这样,他每月靠山西省和国务院补的 136 元维持一位副总理在京城的生活开支！这在全世界找不出第二个。陈永贵用自己的模范言行诠释了什么是名副其实的共产党员。

2010. 4. 14.（庚寅年三月初一） 周三 阴雨

今天读完了《今古传奇》今年第 4 期刊发的《第四野战军·纵横天下》一文。1948 年 11 月，东北人民解放军挥师南下，直捣平津。取得平津战役的辉煌胜利后，又继续挥师南下。1949 年 3 月 11 日，遵照中央军委的命令，东北野战军正式改称为第四野战军。4 月 11 日，毛泽东主席、朱德总司令发出号召："打过长江去，解放全中国！"随后短短一年时间里，四野炮打安阳，解放新乡，挺进中南，席卷两广；1950 年 5 月 1 日，又胜利解放海南岛全境，红旗插到天涯海角，圆满完成全部作战任务。此时，四野已由进入东北时的 11 万人，发展到 180 多万人，先后歼灭国民党军 180 多万人。在近五年的南征北战中，四野共有 6 万多将士为国捐躯，血洒疆场！四野对中国革命的突出贡献将永远铭刻在中国革命的历史丰碑上。

2011. 11. 3.（辛卯年十月初八） 周四 多云晴

今晨零点 30 分左右，我坐在电视机前观看央视 1 台直播的神舟八号与早在太空中飞行的天宫一号交会对接的实况。1 时 39 分 53 秒，神舟八号与天宫一号成功实现中国航天器首次空间交会对接！随着"神八"飞船与天宫一号目标飞行器在茫茫太空中的紧紧"相拥"，喜讯立即传遍全球。远在欧洲访问的胡锦涛主席发来了祝贺我国航天飞行器首次空间交会对接圆满成功实现的贺电；在北京航天飞控中心观看神舟八号与天宫一号交会对接实况的中央领导、科学家和科技工作者一片欢腾……这一神圣时刻的到来，标志着中国航天人已叩开了通向空间站时代的大门。我有幸目睹这一神圣时刻到来，感到无比激动和自豪！心潮起伏，激情难抑，草成短诗一首，录以抒怀。

神八·天宫热吻赞

神八展翅万里追， 完美热吻天宫怀；
中国航天新跨越， 叩开空间站时代。
茫茫太空建新站， "万里穿针"我们来！
惊世奇迹谁创造？ 航天群英青史载。

1974. 11. 8.（甲寅年九月廿五） 周五 晴

11月6日,我随华中师范学院"五·七"干校本期全体学员,乘车去红安县城关区杏花公社建苏大队十二生产队(村名:长林谤)插队。7日开始,我们到七里坪区参观访问,接受革命传统教育。这段时间,我们瞻仰了杨山公社境内鸡公寨上的红军洞;拜访了红军老团长方和明,请他给我们作了革命传统教育报告;还瞻仰了列宁市(注:七里坪镇1929~1933年的神圣名字)的革命遗迹和红军将领张南一、吴光浩、秦绍勤等革命烈士的纪念碑。两天的参观访问使我深受教育,特别是红军老团长方和明的高风亮节令我心潮久久难平。今日得空,吟成短诗一首,现录以志怀。

赞老英雄方和明

红军团长方和明,　　　黄麻起义老功臣,
南征北战数十载,　　　一身金疤记奇勋。

革命不计功和利,　　　迎来胜利又为民,
延安精神牢牢记,　　　志在神州建新村。

解甲归田七里坪,　　　带领穷哥往前奔,
劈山开河斗腐恶,　　　社会主义带头人。

感人事迹叙不尽,　　　英雄常怀报国情,
革命青春永不老,　　　高风亮节万古存。

于红安县七里坪方家营

1977. 2. 27.（丁巳年正月初十） 周日

今年农历正月二十三是敬爱的父亲大人逝世一周年忌日。一年多来,因母亲、父亲大人先后相继辞世,给我精神上造成了巨大的悲痛。父亲逝世一周年的忌日临近,恰好二哥来汉,为表达对父亲的无限哀思,特撰诗一首,托二哥带到父亲坟前焚化,以祭父亲的英灵。

父亲逝世周年祭

百里赋诗祭英灵, 微表孝子思念情;
慈父仙逝一年整, 儿眼日日挂泪痕。

梦里常睹慈父面, 耳际时闻教子声;
骨肉诀别肝肠断, 周年思父情更深。

松翠竹直节操好, 刚正仁爱品格纯;
厚待亲友人称颂, 耐劳吃苦诚堪敬。

损人之事终不为, 奉公助人最热忱;
不计名来不图利, 甘为他人造福荫。

勤俭克己度时日, 艰难不累亲友邻;
毕生辛劳苦奔波, 养家育子操碎心。

江涛磨墨天做纸, 难尽慈父海样恩;
永远学父好品德, 全心全意为人民。

于武昌县华林·华中村 31 号

1977. 1. 10.（丙辰年冬月廿一）周一

今天是敬爱的母亲大人仙逝一周年农历忌日。思母心切,吟成小诗一首,以祭母亲英灵。

母亲逝世周年祭

老母辞世泉台归, 三十六旬天天泪;
夜来常睹母慈容, 日里却只影相随。

思亲凝望高山松，　　　想母梦中求安慰；
周年倍感慈母恩，　　　抚儿育女心操碎！

忠厚善良世居首，　　　任劳任怨人赞佩；
礼待亲友和乡邻，　　　敬侍公婆与长辈。

爱幼能割身上肉，　　　疼儿乐受苦和累；
终身辛劳为他人，　　　老来还得自洗炊。

病痛长期摧身心，　　　尝尽人间辛酸味。
恰到春暖花开时，　　　阎罗无情折老梅！

悲恸江河山低首，　　　孝子心似匕首锥；
死别本是沧桑事，　　　可叹来得如迅雷！

哭母泪常湿衣襟，　　　忆母生平竖丰碑；
冰清玉洁德操好，　　　贤厚慈善万古垂。

学习母亲好品德，　　　永为他人造福惠；
子孙不忘海样恩，　　　望母忠魂长安睡！

2001. 8. 26.（辛巳年七月初八）　周日　晴热

　　2001年9月12日是二哥逝世8周年忌日。近8年来，除他辞世时写了篇悼词式的祭文外，我再没有为他写什么。古训云："好人有好报。"这话在二哥身上并未应验。二哥一生都在为国家、为集体、为家人作奉献，勤劳节俭，克己奉公，尝尽人间辛、酸、苦、辣，却很少品味人生的甘甜；他因困难环境所迫和赡养年迈的父母、照顾贫病交加的兄嫂一家所累，终生未娶，不知爱情与天伦之乐为何滋味；送走父母、兄嫂后，老来还得自己出外打工谋生度日。我虽有心关照，无奈自己收入微薄，养家糊口紧紧巴巴，实无余钱养活兄长。二哥也不愿坐在家里吃闲饭。想到二哥为父母及全家付出的辛劳，想起二哥对年少的我疼爱有加的往事，心中常常不得安宁，总想提笔为他再写点什么，但因公务繁忙，心绪难宁，延宕至今一直未能如愿。近来赤日炎炎，高温持续，公务活动较少，得空展纸成句，吟得拙诗一首，现录以志怀并寄思念。

追 忆 二 哥

你真的离我而去了么，我亲爱的二哥？不，这不是真的！二千八百多个日夜中，我时常见你仍在辛勤奔波，挥汗如雨地耕耘劳作……

那不是你么？我十一岁那年，你和大哥带我进大别山里挑柴，翻山越岭四十里，来到燕儿崖，我挑起三十多斤的柴担，轻松地说："不多。"可返回的路上，我挑的木柴却一块块往你的柴担上搁……

那不是你么？十八岁那年我臀部长了个肿块，暑假难过。当我拖着病体来到你的工厂时，你见我痛得难受，给我又弄吃的又抚摸，还到处寻方问药，情急之中，竟要用嘴将我肿块中的脓血嗍！

那还是你呀，生产队的禾场上，你打着赤膊，顶着三伏天火球似的烈日，为队里翻晒稻谷，扬谷扫脚……你日夜护卫着禾场及粮库，深怕集体的财产出什么差错！"老保管"成了你的名字，乡亲们一声呼唤，忙得老命拼上你也快乐。

米粉厂车间里，你本是个打工的看门人，看着雪白的大米随水淌，满地泼，心疼得如针扎刀割；你默默地扫起地上沟中的大米，细细地淘净泥沙，每天竟扫起一桶多！有人关照说："老邹，你何必自找苦吃……"你总是憨厚地笑笑，说粮食是血汗换来的，"我尽点义务也累不着"！

你就是这样常在我眼前晃过，从春忙到夏，从秋忙到冬……身上仍是那身粗布衣，脚上还是穿着旧球鞋；满是皱纹的脸上，一双昏花的眼睛，时刻把公家财产的安全，亲人的冷暖安危，关注着；一副菩萨心肠，装着集体、他人，惟独没有自我！

这就是你呀，我亲爱的兄长，你一生虽然活得平平常常，可留下的精神财富却耐人思索……你的活法也许不被注重自我价值的今人理解，而我觉得你的言行品德可泣可歌！

2001．8．30．（辛巳年七月十二）　周四　晴

四姐在我们家族堂姐妹中排行老四,实际上她是我大姐。四姐比我大11岁,她出嫁那年我才7岁,是我坐着小轿送她到姐夫家的。四姐很疼我,出嫁后每年都不忘给我做布鞋和棉鞋,直到我上大学之后仍然如此。我们感情很好,我离家已40多年了,但从未间断过联系,彼此记挂着。我的这种情绪也感染了妻子和孩子,妻子见了四姐,孩子见了乡下的姑妈也格外亲热。四姐养了五个儿子,惟一的女儿却不幸夭折了。为了五个儿子长大成人、成家立业,四姐一生面朝黄土背朝天,受尽了磨难,累断了筋骨。但她再苦再难也不垂头丧气,人前总是笑嘻嘻的;困难时期,有时家里已揭不开锅了,姐夫带来了客人,四姐总是先热情地给客人端茶递烟,然后趁客人与家人叙谈之时,悄悄蹓出门去,找邻居借面条借鸡蛋,有时甚至还要借米来招待客人。四姐这刚强、乐观、豁达的性格,不但支撑她和她的家庭闯过了一道道难关,也给我以深深的影响。如今四姐的五个儿子都成家立业了,还各自盖起了楼房。但他们的生活并不富裕,有的还欠下了盖房的债。四姐姐夫已近、已过古稀之年了,仍然过着自食其力的清苦生活。想起四姐我就想到中国农村那些平凡而又伟大的母亲,胸中禁不住涌起一股创作冲动,觉得不写点什么就对不住四姐! 近日得暇,草成一诗,以抒胸臆并了心愿。

四　姐

生在破屋陋房,长在荒僻山乡;芥菜饭南瓜粥,养育了你修长的身躯;洗衣棰推磨杠的捶磨,使你乐观刚强;勤劳俭朴与人为善的家风,把你的心冶炼得如金子一样!

你似一团火焰,温暖着父母兄弟姐妹的心房;你像一把阔大结实的雨伞,为儿女和家人把雨雪风寒遮挡;你如一头不知疲倦的老牛,为全家的温饱日夜劳作奔忙⋯⋯

下地,你是种田能手——犁耙插播收割样样在行;登场,你巾帼不让须眉——打碾捆堆筛簸还能把谷扬;持家,你勤俭为本任劳任怨——弄菜做饭洗浆缝补还带扫地铺床;做人,你是贤妻良母——相夫教子敬老爱幼善待亲邻,感情答礼笑迎宾客,事事细心又周详⋯⋯

你勤劳贤惠的人品，常被乡亲们夸赞慕仰；你刚强乐观的性格，支撑你在漫长的人生长河中，闯过了道道险关层层恶浪。

忘不了二十几年前你腹长肿瘤所遭的灾难，看着你蜡黄的瘦脸、枯木似的手管，我的泪水禁不住在眼眶里转；想起膝下未成家、成年的五个儿子，你泪流满面地拉着我的手："医生说我只有三克血，手术要是不成功怎么办?! 我要求不高，让我再活五年十年，把老四老五养大，我再……也心甘!"我强忍悲泪把话打断："你不要胡思乱想，要相信医生，这是黄冈最好的医院!"

你的真情感动了医生病友，大家对你又是鼓励又多方照看：你刚强的意志支撑着虚弱的身体，竟奇迹般地闯过了这道人生险关! 从此，你更珍惜生命的分分秒秒，省吃俭用，勤扒苦干；四面联络，八方设法，为儿子们成家立业，操碎了心，费尽谋算，终于大功告成——第五个儿媳也接进了门槛。

可过度的操劳，使你的身体留下了沉疴隐患，不久你的腕骨踝骨红肿得像一个个扣在手腕脚脖上的鸡蛋! 钻心的疼痛折磨得你茶饭不思，彻夜不眠，甚至出现神经错乱! 你拖着剧痛的身躯四处求医问药，还皈依佛门在家积德修善……十几年来，你忍受了常人难以忍受的痛苦，以顽强的意志，总算把病魔又从你身上驱赶!

如今你儿孙满堂，两老康健，你年到古稀应该说已功德圆满! 可你仍过着自食其力的清苦生活，生怕给儿孙们增加负担! 我亲爱的四姐呀，你何必这样苦自己，想不转! 人生老来该偷闲，不要硬撑充好汉。望你养身保重福康增，延年益寿长把笑声伴，这就是我的衷心祝愿!

于武昌东湖之滨翠柳街 1 号

炭 火 颂

——献给"当代雷锋"朱伯儒的歌

你是一盆赤红的炭火，闪耀着灼灼的光芒。你是一块特殊的炭块，燃烧着自己，把别人的心照亮。

那熠熠闪光的金耳环啊，记录着侨胞对你由衷的奖赏；那从你血管里抽出的鲜红血液啊，饱含着对人民赤诚的希望；那笔记本上"一个解放军战士"的签名，似春风，吹开失足青年的心房……

党风好转不能等待观望，起点就在每个人的脚旁。假如每个党员都像朱伯儒那样，何愁古老的中华不能繁荣富强？共产党员都应是火红的炭块，彤彤的炭火啊，愿你燃遍四面八方！

湖北《党员生活》 1983 年第 7 期

获奖之后的沉思

——访第二届金凤青年文艺奖得主杨俊

　　3个小时前,身着鲜红色上装的杨俊,满面笑容地从湖北省委副书记手中接过金灿灿的金凤奖像时,是那样激动,那样兴奋。此刻,当我在湖北饭店一楼大厅里再见到杨俊时,她却身穿风衣,肩挂背包,面带几分焦急地坐在沙发上,一副匆匆待行的模样。

　　我问道:"杨俊,你坐在这儿干什么?"杨俊见是我连忙站起来,笑着回答说:"是您呀,处长,我在等车呢。""怎么就走哇?"我问。杨说:"不走不行呵,团里等着我回去演出呢!"说完,忙向我介绍她爱人黎导演。黎导演早从沙发上站了起来,我连忙同黎导演握手,向他问好,并开玩笑说:"你们这可是妇唱夫随呵!"黎导演爽朗地笑笑说:"哪儿的话,我们这是比翼双飞哩!"说完,忙向我告假,"处长,你们先谈,我到门外看看车子来了没有",边说边朝大厅门外走去。

　　我早就想找杨俊谈谈,看来只有眼前的机会了。于是便开门见山地问道:"获奖以后你有什么想法呀?"杨俊不好意思地笑了笑,沉思了一会儿,然后抬起头,扑闪着一双亮晶晶的大眼睛,带着几分沉重的语调诉说了起来:"怎么说呢,说实在的,我觉得自己没干什么,领导和同志们给我的荣誉太多了,我感到受之有愧!"

　　我说:"不能这样说,你确实干得不错,为繁荣和发展我省的黄梅戏事业作出了贡献。"

　　她执拗地坚持说:"我真的没有什么,我是一个青年演员,为发展湖北的黄梅戏,从安徽到湖北,短短四年间,虽然我主演的《貂蝉》获得了全国电视剧'飞天奖',主演的黄梅戏《僧尼浪漫曲》获得了全省剧种汇演优秀表演奖,取得了一些成绩,但这并不是说我杨俊有多大本事,只能说我比较幸运:一是机遇好,省委、省政府提出要把黄梅戏请回老家,领导关心黄梅戏,许多部门支持黄梅戏,观众喜爱黄梅戏,这样的大环境、大气候,为我提供了施展艺术才能的广阔舞台;二是老师好,我艺术上的成长与进步、追求与探索,应归功于耐心培养、教导我的艺术界前辈们;三是我们有个齐心协力的好剧团,团里领导和同志们扶持帮助了我。今天我在颁奖大会上讲的都是心里话。"

说到这里她轻轻嘘了口气,又轻声慢语地开始了她的诉说:"说真的,我现在心情有些沉重,别看我在下面演出群众欢迎得很,这次到武穴市一带演出,只要有我出场演出,3000元一场都不停地有人来接,我的戏唱完了,出台唱几首歌也有单位包场。这次我要来领奖,人家一听说我要走了,价格马上压到2000元一场!可越是这样我越觉得自己肩上的担子重。在团里,我是领导,又是年轻同志的黄梅戏老师,别人都看着我,我不能老停留在现在的水平上,我要提高,我要前进,只有这样,才能不辜负领导的培养和同志们的期望……"

我被杨俊发自肺腑的心声深深感染,情不自禁地鼓励她说:"你能这样想很好,一个真正的艺术家的追求应该是无止境的。"

杨俊说:"我算不上艺术家,但长期以来我有一个心愿,我们不能让黄梅戏只是在广大农村和中小城市转,而要让它在湖北省的政治、经济、文化中心——武汉这个大城市里扎下根,要让黄梅戏在武汉市赢得更多的观众,不然,黄梅戏就不算真正被请回了娘家!"

我为杨俊的雄心深深感动,由衷地赞叹道:"这是一个好心愿,让我们一起努力实现吧!"

杨俊抬腕看了看表,我知道我们的谈话该结束了,便询问她今后有什么新的打算。她告诉我,她想演更多的好戏,她希望剧作家们多给她写戏,导演们多给她排戏,只要有戏演,她什么困难都可以克服,什么苦都能吃。她还告诉我,他们团在结束上山下乡巡回演出后,还将专心排练由她主演的大型黄梅戏《僧尼浪漫曲》和新创作的剧目《情在呼唤》(注:此剧后更名《未了情》并获大奖),准备今年10月前后带着这两台戏晋京演出,让湖北的黄梅戏再次打进北京,在首都舞台上重放异彩。我衷心祝愿她能如愿以偿,并预祝她在艺术事业上取得更大成功。她连声道着"谢谢",热情地同我握手告别。

《旅游导报》 1993 年 3 月 16 日

"九死不悔" 献身文学

——在李德复创作 50 周年暨文集出版座谈会上的发言

这个座谈会是由省作协和省文联文艺理论研究室联合召开的。首先我对李德复先生从事文学创作走过 50 年风雨历程,取得丰硕成果,出版了沉甸甸的三卷本文集表示热烈祝贺!

德复先生是我省老一辈有影响、有成就的著名作家。五十年来他勤奋创作,耕耘不息,共创作发表了 500 多万字的作品,仅精选到这三本文集中的作品就有 180 多万字,有些作品还产生了较广泛的社会影响。的确是硕果累累,难能可贵,令人佩服!

德复先生又是一位有鲜明个性和特色的作家。他一生经历坎坷,颇多磨难,但他并不消沉,勇敢地面对现实,"自己不抛弃自己",虽"九死而不悔"!执著地追求他心爱的文学事业,热情地表现和讴歌新的社会、新的时代、新的人物,坦诚地披露自己的人生轨迹。他人像一团火,他的文章、他的作品也像一团火!"文如其人"在德复先生这里得到了很好的印证。

德复先生还是一位"敢为天下先"、富有开拓进取精神、成绩显著的文化企业家。他和他的同事们用百折不挠的毅力和业绩辉煌的成功实践,为市场经济条件下文艺事业的生存发展闯出了一条新路。

总之,德复先生的成功是多方面的。今天,我们召开这个座谈会,请各位专家、学者、领导来共同总结德复先生的艺术成就和创作得失,探讨"德复效应"的奥秘,这对促进我省文艺创作的繁荣,提高文学创作的水平,探索在市场经济条件下如何发展壮大文艺事业的经验和途径,都是很有意义的。同志们当中有许多是德复的老朋友、老熟人,对德复先生比我更了解,体会更深,一定有许多话要说。我这个开场白算是抛砖引玉。祝座谈会圆满成功!

祝大家心情快乐,身体健康!

1999 年 6 月 11 日 于《爱情婚姻家庭》杂志社会议厅

缘 分

　　人生成就的许多事情往往是因为有缘分，这似乎有点宿命论，但细察不少人的人生经历，又好像不无道理。就拿葛洲坝集团三峡一公司的汽车司机蒋再英来说吧，她以一名普通女工的身份，跻身于首批中国长江三峡工程十名优秀建设者之中，并代表优秀建设者们在三峡开发总公司优秀建设者表彰大会上发言，成为沸腾的三峡工地上万名建设者注目的巾帼英雄，这在一定程度上也是因为缘分。

　　豆蔻年华的蒋再英做梦也未想到这辈子要与方向盘为伴。1978年，18岁的蒋再英兴高采烈地跨进了葛洲坝技校的大门。校长观察了她的体态气质、查看了体检报告和有关资料后，给了她一张汽车驾驶专业的录取通知单。蒋再英极不情愿地接过了通知单，气愤地将它扔到了地上。校长感到奇怪：很多学生的家长苦苦央求，希望把自己的孩子送进学校学开车，而你竟然不愿意？蒋再英却想：开车这职业不适合女孩子。

　　看着蒋再英这棵苗壮灵秀的好苗子，校长吃了秤砣。蒋再英睹气之后捡起了通知单，一头扎进了紧张的学习生活之中。

　　两年后，蒋再英成为葛洲坝工地上女子大车班的一名成员。当她戴上雪白的手套，登上18吨泰拉斯载重汽车的驾驶楼，威风凛凛地驾驶着巨型汽车，投入到葛洲坝二期工程火热的建设洪流中时，她才由衷地感到：两年前遇见那样一位慧眼识珠的校长真是有缘分，他的确帮她选了一个好职业，因为水电工程建设离不开一车车开挖、填筑的土方、石料，更离不开驾驶大车的司机。可以说，大车司机是水电工程建设的排头兵。

　　蒋再英深深地爱上了汽车驾驶这一行。她身材不高，圆脸、浓眉、大眼，文静、端庄、透着几分灵气，身板虽然结实，但站在32吨卡特牌自卸汽车的车轮旁，仍然显得有点单薄和瘦小，看上去不像块开大车的料。当采访者问

1995 年 8 月作者同省曲协赴三峡采风团在三峡大坝工地采访时留影

及她驾驶这巨型载重汽车的感受时,她习惯地甩一甩脑后的"马尾松",幽默而风趣地回答说:"别看这车轮比我还高, 可它在我手中听话得很,真的!"语气中眉宇间洋溢着自豪。

蒋再英与大卡车结下了不解之缘。从 20 岁到 33 岁,她在驾驶楼里度过了 13 个春秋。女子大车班姐妹们因各种原因,一个个先后离队了,改行了。女子大车班也不复存在了。1987 年,单位的领导为了照顾蒋再英,调她去做了统计员。坐在办公室里,蒋再英却一心惦记着工地,惦记着那台她开过的 32 吨自卸车。几个月后,工地打来电话说急需驾驶员,蒋再英背着领导偷偷报了名。于是,她又去了工地,登上了她心爱的大型自卸车。

13 年来,她驾驶着心爱的载重自卸车,走南闯北,东征西战,越干劲越足,越干志越坚,闯过了道道难关,创造了辉煌业绩。在深圳黄田机场的两年施工中,蒋再英为了促使工程能如期保质保量地完工,拼命地多拉快跑,多次被评为先进个人和优秀驾驶员。在机场跑道清淤会战中,她连班大干,创下一天拉运土石方 48 车的新纪录,连棒小伙子都不得不向蒋再英竖起大拇指。

长江三峡工程举世瞩目。兴建三峡水利枢纽工程,不仅是从革命先行者孙中山先生到伟大领袖毛泽东、周恩来等新中国几代领导人梦寐以求的美好理想和力图全心致力实施的宏图大举，也是全国人民的迫切愿望。1992 年 4 月 3 日，第七届全国人民代表大会第五次全会通过了关于兴建长江三峡工程的决议，使中国人民的百年梦想变成了现实。喜讯传来，蒋再英和她的同事们沉浸在巨大的喜悦之中，感到今生有缘，遇上了这千载难逢的大显身手的好机会。1993 年夏天，蒋再英怀着无比激动的心情，驾驶着载重汽车轰隆隆地开到了三峡工地，投入到中堡岛开挖的战斗之中。

大车司机十分辛苦，尤其是夏天，驾驶室里如同蒸笼，小伙子们光着脊梁开车都热得难受，汗衣缠身的女同志就别提有多难熬了。蒋再英作为葛洲坝第一工程公司大车队唯一的女司机，在这男人的王国里，她一枝独秀。每到夏天，男司机们总是幸灾乐祸地"关照"她："蒋再英，你的末日又到了！"蒋再英则针锋相对："你们别高兴得太早，是英雄，是软蛋，咱们到工地比比看！"

开挖中堡岛，时间正值三伏盛夏，炽热的阳光烘烤着基坑，烘烤着来往奔驰的自卸车，驾驶楼里的钢板如烧烫的烙铁，加上发动机吐出的热量，蒋再英一进驾驶楼就不停地淌汗。工地灰尘大，车窗不敢开，被汗水湿透的衣衫长时间紧贴在皮肤上，使皮肤都渍红了，又痒又痛，8 小时下来，她全身的汗水都快流干了，皮肤也被抓得伤痕累累。可蒋再英在这个酷热的夏天，硬是坚持着不下火线，不缺一个班，不请一次假，创下出勤台班全队第一的好成绩。1994 年她再接再厉，连续奋战，大干苦干，据统计，一年的出勤台班就有 357 个，拉土石方总计达 59000 余方，名列全队前茅。蒋再英以辉煌的业绩和无私奉献精神赢得了三峡人的普遍赞佩，步入了长江三峡工程首批十大优秀建设者的行列。

有人说，蒋再英之所以那么红，原因有二：一是她坚持开大车；二是她至今未结婚。这话似是而非。要说她自愿坚持开大车一点不假，可成为三峡工程优秀建设者并不是因为她是葛洲坝集团三峡工地上唯一的女大车司机，而是因为她驾驶着大车创造了常人难以创造的业绩，用自己的模范言行展示了中国当代女性无私奉献的宝贵精神。说到婚姻问题，更是对她的曲解和误解，蒋再英并不是那种只干事业不谈爱情的铁姑娘。俗话说：哪个少女不怀春。蒋再英也曾有过花前月下的浪漫时光。80 年代初，走上工作岗位不久的蒋再英就被丘比特的神箭射中了，相同的职业，工作的接触，她与一个小伙子相识了，相爱了，她驾着她的大车碾着他的轮印，跑得好欢好快。他们定下了完婚的佳期。小伙子和他的家人们紧锣密鼓地准备，新房布置了，亲友通知了，万事俱备，只等新娘如期而至。而蒋再英此时正在数千里外的外营施工工地紧张地工作着。眼看工程竣工期限一天天缩短，而施工进度却不能令人满意，尤其是大车的工作效率还难以满足施工的要求，她心急如焚，走留两难。经过认真权衡思考，她决定推迟婚期，她相信他会理解她，支持她，她把她的请求告诉了他，希望得到他和他的家人的谅解、支持。但她的希望落空了。小伙子和他的家人们觉得她使他们在亲友、乡邻们面前失了尊严，断然取消了这门婚事。爱情的骤逝给她的芳心刻下了深深的裂痕，但失恋的打击并没有将她击垮，她是火车司机的女儿，父亲的话朴实而富有哲理：沿着铁道不脱轨，就一定能到达人生的驿站。蒋再英牢记着父亲的话，将痛苦化为力量，以更大的热情和干劲投入了紧张的施工工作，为工程如期保质保量的竣工作出了突出贡献。

蒋再英在大车队里从不以先进自居，更不以自己是唯一的女性自娇，与同事们相处得很好。工作起来，她是男人堆中的铁妹子，敢冲敢拼，从不滞后，十分要强。业余时间，她不失女性的温柔，与大家同唱同乐，有时炒几个拿手好菜，改善改善生活，同事们吃了还想吃。日常生活中，她性格开朗，待人接物，遇事随缘。当有人请她谈谈对自己的爱情、婚姻大事的想法和打算时，蒋再英既不羞涩回避，也不烦恼，她淡然一笑，大大方方地回答说："这事要靠缘分，没有缘分，急也没用，即使碰巧遇上了一个，也经不住时间和生活的考验。"是的，蒋再英说得对，美满的爱情和婚姻，的确要有缘分，没有缘分，是经不住时间和生活的考验的。对此，蒋再英已有过痛切的体验。听蒋再英的语气和话音，这"缘分"不只是要恋人双方成为兴趣相投、性格相合的终生伴侣，更重要的他们必须是志同道合、共同奋斗、相互支持、荣辱与共的战友和知音。难怪著名诗人白金在三峡采风时，特地赠给蒋再英一张大红纸书写的"缘"字，祝愿她情系三峡，梦圆三峡，找到有情有缘的终生伴侣。愿诗人的祝福早日变成现实。愿幸福的吉祥鸟快快降临到可敬可爱的姑娘身旁。

挚爱无言

　　我的母亲钟桂香是位普通的农家妇女。1909 年 9 月 22 日生。在缺衣少食、劳累操心的苦日子中长大。1926 年冬她嫁给了父亲。从此，锅碗瓢盆的交响曲，深夜嗡嗡的纺线声，五更唧唧的织布声，孩子们的哭笑和鸡猪猫狗的叫闹声，陪伴她走过平凡的一生。

　　母亲的一生又是不平凡的。她是乡亲们公认的忠厚善人和贤妻良母。她乐于助人，富有同情心，家里再困难，也不让上门乞讨者空手离去；她热情好客，年年月月乡亲们干活或路过我家时，常喜欢进门来歇歇，母亲总是倒上热香茶笑眯眯地送到他们手上，久而久之，我家几乎成了生产队的义务茶水供应站……

　　母亲又是名副其实的贤妻良母。她勤劳俭朴，任劳任怨，充满爱心，尽最大努力担起妻子和母亲的责任。有好点的食物，总是先给丈夫和孩子们吃，自己吃差的和残汤剩饭；天寒换季或过年，总是想方设法给丈夫和孩子们添置点新衣，很少考虑自己。二哥告诉我：1941 年家乡大旱，颗粒无收。母亲因体弱、脚小、孩子多，不能像有些穷人家那样领着家人出外逃荒、乞讨，只能靠父亲外出打短工、卖苦力，挣点钱买粮食回来度命。有时接济不上，母亲就将有限的食物分给孩子们吃，自己则忍饥挨饿地苦撑着。

　　母亲对我倾注的爱更炽烈。我出生时，母亲因缺乏营养，气血亏损严重，生我后红肿的大肠脱肛，半个多月不能收进体内，她强忍着坐卧不宁的巨大痛苦，跪在床上用虚弱身体内有限的乳汁喂养嗷嗷待哺的我，尽一个慈母的神圣职责。

　　我 12 岁就到离家 10 里的方高坪高级小学读书。每日夜里，母亲"嗡——嗡——"的纺线声，像催眠曲一样催我入睡；每天天不亮又起床为我炒一大碗香喷喷的油盐饭，并备好带去的午饭，然后叫我起床、吃饭，上学去。母亲就是这样日复一日、年复一年地细心照料我、呵护我，直至我考入团风中学学习。

我在中学住读的几年中，母亲每见我回来脸上便溢满笑容，伺候我吃喝完后，便搬把靠椅陪我静静地坐着，慈爱的目光在我身上梭巡，像看不够似的。

我上大学和留校工作后，回家更少了。母亲像盼星星一样盼着我回到她身边。1968年国庆节前，我首次带着未婚妻回到家中，全家人高兴得像过年似的。母亲忙进忙出，做出丰盛的家宴招待我们。我们离家的前夜，母亲几乎彻夜未眠，先是依依不舍地陪我们坐着，听家人聊天。我们睡后，她又收拾这，清理那，把自家产的绿豆、干豆角、糯米粉等特产包了几大包装进了我们的行李包。忙完了，歪在床上打个盹，凌晨三点多又起床做饭，让我们吃饱后好去赶早班船。当我们走出家门时，借着灯光，我发现靠在大门框边的母亲眼里溢满了泪水……

令我遗憾终身的是，1975年12月23日母亲病危弥留之际，那不肯放大的瞳孔艰难地聚着光在家人中搜寻，家人明白，那是她老人家想最后看一眼心爱的小儿子及其家人啊！而此时我正领着华师中文系的学生远在黄陂塔尔寺公社开门办学……

人们表达爱心的方式多种多样，我的母亲既不善美妙言辞，也没有精美物品服饰和大把金钱，惟有将诚挚的爱心丝雨倾洒到我和家人身上，她是用无言挚爱书写自己的人生。

《楚天都市报》 2013年4月28日

曲苑辛勤耕耘者

何忠华从 13 岁跟随民间艺人学唱湖北小曲起步，到独自登台进行"一人多角"的曲艺表演，进而在评弹的故乡苏州，用湖北小曲演唱大书《南包公·选妃》，一举夺得全国曲艺比赛一等奖，成为曲坛上一颗耀眼的新星，直至上世纪 90 年代初作为祖国的民间艺术的代表出访欧洲，用独具民族风情特色的湖北小曲征服众多的西洋观众……数十年来，她在有关师长的培养与扶持下，一直在湖北小曲园地里坚守着、耕耘着，勤学苦练，精益求精，坚定不移地在自己确立的"贴近乡土，贴近生活"、"继承发扬民间曲艺优良传统的路"上，锲而不舍地跋涉着，做出了令人钦佩的成绩。

忠华的成功，除师长的教导和培养外，首先得益于她的勤奋学习与苦练。有人撰文回忆说，上世纪 60 年代初，她在武昌曲艺队学艺时，就是小姐妹中出类拔萃的尖子学员、台柱子。她的基本功全面扎实，声腔表道颇见功底，而且弹得一手好琵琶，自弹自唱成了她的拿手好戏，因而成了小学员们学习的榜样。

除了勤奋学习演唱湖北小曲外，忠华还跟随老师努力学习祖国优秀的古典诗文词曲，以丰富自己的文学知识素养，增强自己对演唱曲目的理解和表演能力。她的恩师蒋老师称赞她"腹有诗书气自华"，道出了她成功的又一重要因素。

其次在于她对曲艺艺术的刻苦钻研、深入理解。她撰写的《湖北小曲说唱、表演初探》一文，是这方面艺术实践经验和体会的全面总结。她指出："对一个小曲演唱者来说，要能更好地担负和完成演唱任务，特别是说长篇大书，就必须掌握演唱的声腔特点、演唱方法及相关知识与基本功。"她将曲唱声调的特点归纳为"五美"：

一是"气如雷发也如丝"。她说："气为音之帅"，"气息是说唱的基础"。

说唱湖北小曲,要经过调节气息,达到轻松自如的状态。

二是"响遏行云横碧落"。忠华认为:演唱小曲,演员声音上的甜、脆、圆、润、水是要讲求的;还要会发"堂音",即老艺人们常说的发声要"气沉入底,贯于顶",这种声音才发得远;同时,曲艺演员在发声上还有一个基本功要练,那就是"摹声",曲唱脚本"给演员的只是人物性格语言的启示,而人物在典型环境中的思想感情,则要通过演员摹其声而传其情"。

三是"一字出唇如吐珠"。她说,我们民族传统的唱法讲究"四呼"与"五音"。"四呼"即"开、齐、撮、合",这是为了定字的口型,也是控制口形的方法;"五音"即"唇、舌、齿、喉、牙",这是为了分清发音位置,根据不同的字掌握其不同的发音位置。绝大多数汉字的读音都是由声母和韵母组成的,分为字头、字腹、字尾三部分,即声母——字头,韵母——字腹+字尾。所谓出声归韵,就是要把字和腔处理准确,按字的头、腹、尾所使用的分量比重适当运气发声,这样才能字正腔圆。既不能"头重",更不能"腹短",也不能"误收和不收"。她强调指出:字是说唱中的核心,也是生命,"腔必跟字走,字应在腔前"。

四是"解得深情曲入神"。她说唱曲就要讲唱情。调气、发音、报字三方面可以帮助处理唱好情,但决不能代替唱情,"唱情是一种艺术创造。首先要求演唱者理解曲中之情,知道曲中之意,只有理解透了,方能使听众心领神会"。不仅"唱需要有情,念白也应有情"。

五是"正因流韵香不同"。这里强调的是演员说唱小曲要演出本曲种的韵味。这就要求演员要按情行腔,依据曲中人物、情节感情的需要,在演唱的节奏快慢、轻重缓急和装饰音等方面狠下工夫,唱出曲中人物内心世界的活动,表现出感情的波澜,使听众随曲唱者声音的婉转优柔产生一种身临其境的艺术感染力。

上述五点,既是她对自己刻苦钻研、深入理解小曲艺术实践经验和体会的生动总结,又抓住和阐明了小曲的艺术特色,尤其是演唱的声腔特点和方法的根本之点,是湖北小曲艺术实践经验的宝贵结晶。

再次在于她勇于探索,大胆创新。传统的湖北小曲只偏重于唱,唱腔旋律比较缓慢,往往一个段子唱完,演员与角色一个腔调,说与表根本谈不上。忠华学唱小曲后,深感这种局限性的存在,决心通过自己的艺术探索,要有所创新和突破。她学习演唱了一些加有说表的单人曲目,也进行了"一人多角"的曲艺表演训练和艺术实践,收到了一定的效果。但与苏州评弹等姊妹艺术相比,她觉得差距仍很大。在艺术实践中她认识到:湖北小曲要发展,就要在保持自己艺术特色的前提下,大胆地从其它曲种及其艺术作品中吸收养料,将其精华融入到自己的艺术表演中来,以丰富和提高自己的表演技艺,更好地吸引和感染观众。为此,她开始了更艰辛的艺术探索和创新。

湖北小曲说唱表演中的神形运用问题,是何忠华艺术探索中下工夫最多、体会最深的问题之一。与戏曲、影视等不同,曲艺演员在舞台上是以自我本相同观众见面的,曲唱脚本中的各种人物及其性格特征、感情、各样事物、情节及其发生发展环境,又全靠曲唱者一人来表现,曲艺这种"一人多角"的艺术表演形式,给曲艺演员刻画人物性格、塑造人物形象、表现唱本内容更增加了难度。她在艺术实践中认识到,要解决好这个问题,关键要懂得和把握好几个交流。

其一,要把握好演员与观众的感情交流。特别是演员的台风、气质很重要。演员上台要"坐如钟、站如松",要有静中有动的风度,举止闲雅,无尘俗态,让人觉得"姿质浓粹,光彩照人",未曾开口先有情。一旦开口演唱,演员就要用和谐亲切的面容,轻松欢悦的嗓音紧紧吸引住观众,把观众带到欣赏艺术的境界中去。

其二,要把握好角色之间的交流。曲艺表演常是一人一台戏:演员时而生、旦,时而净、末、丑。这里就有个"转相"表演问题。如何掌握和运用好这种交替"转相"表演手法呢? 何忠华认为:眼神的运用在曲艺表演中对人物交流感情是非常重要的表现手段。曲艺演员眼睛的运用比传情还要多一种表现力,由于一人多角,演员先要用眼神向观众进行人物出场、时间地点的交待,书中如起了几个角色,演员不能在舞台上乱动脚步,或随意调动位置,只用头部的转相、眼睛的视线就可分出各种不同性格人物的出场。眼神的运用更主要的是传情、传神,为塑造人物形象、表现人物性格服务。如何做到这一点? 忠华从艺术实践中感悟到:一个演员要勤于观察、体验生活,把握社会生活中人们的各种复杂感情,一旦书中人物需要时,就能从自己的记忆中唤起这种情感,并将其注入到书中人物的身上,使书中人物"活"

起来。这也是一种感情交流。所不同的是,这种交流集中在创造有血有肉、有性格的人物形象上。这可以用"目中无人""心中有人"来概括,它是曲艺表演中演员交流感情、塑造人物的又一种必要手段。

其三,要把握好曲艺表演中的"静"与"动"和动作上的准、深、细。她认为:舞台上的"静"是一种传神之态,"动"是形似,是曲唱演员在舞台上的眼、身、步的表演动作。这个"动"一定要准、深、细,动作可留就留,可弃就弃,经过筛选,以一当十,以虚带实,虚中见实,虚实结合,但感情不能断线,要形神兼备,重在神似。演员的二度创作首要任务是"审题",挖掘潜台词,然后再在自己的说唱中,通过语气、面风、手势等各个要素,把潜台词表达出来。表演时摹拟动作最好是点到为止,由观众的想象和联想去补充,去承认演员所要表现的一切。这些都是难得的艺术经验之谈。

湖北小曲表演中的白口运用是何忠华在艺术实践中下气力探索的又一重要问题。她通过艺术实践体会到,要在表演中运用好白口,一要认真阅读分析曲唱脚本,哪怕是每个标点符号也不能马虎。只有正确把握、表达了每个标点符号所包含的思想内容和感情,才能收到最佳的表演效果。二要充分挖掘曲中人物语言的潜台词。挖掘潜台词是曲唱演员正确运用白口表演手段进行二度创作的重要前提。如何挖掘潜台词呢?她说:"演员拿到作品后,就要满腔热情地给舞台上的台词注入活的人物情感。这种情感又来自于演员对生活的观察、体验。"何忠华在演唱大书《南包公·选妃》时,对人物张玉芳的一段"圣旨下,圣旨下……"的内心独白,就是在对人物语言做了充分的潜台词挖掘的基础上运用白口进行表演的。她说:第一个"圣旨下",我将这三个字较轻、较急促而短暂地念出,因为张玉芳对这突如其来的王命,首先是一种惊、恐、疑的复杂心情。第二句"圣旨下"则在第一句的顿歇之后,重而缓地将三个字分开说,特别在"下"字上用了一个气声吐法。从惊恐、怀疑,到真正看清圣旨后,张玉芳这个善良、勤劳的贫家少女彻底绝望了。此时一声长叹,包含对往事的多少思念啊!姑娘想起了童年时父母的慈爱,想到了恩人海瑞的救命之情,好姑娘一字字、一声声都是对那吃人的封建社会的血泪控诉。当念到"我也能伺候我白头发的爹和妈"时,是用一种如泣如诉的语调拔高念完的。这段念白吸取了戏剧、电影、评话的营养,使人物在台上活了起来。何忠华深有感触地说:白口的运用对提高小曲的表演效果是大有好处的。说得透就能唱得深。书中的故事情节可用说白向观众交待清楚，这样情节的发展是快的，能适应当今青年人的欣赏习惯"。

正是由于何忠华等曲艺家的艰苦探索、大胆创新，湖北小曲才有了质的飞跃，从旧中国一个名不见经传、主要供艺人谋生的地方曲种，一跃而成为有全国影响的曲种，形成了一种有新的表演样式、受广大观众欢迎和喜爱的湖北小曲。

不仅如此，忠华还是一位勤奋工作的实干家。她任湖北省曲协驻会副主席十多年，抓的工作很多，但忙而不乱，对事关全省曲艺事业兴衰的关键性工作始终抓住不放，一抓到底。我 1994 年底调省文联工作后，党组给我分管的协会有剧协、曲协、书协和文艺理论协。在长达近 8 年（注：2002 年初忠华退休了）的工作接触中，忠华和曲协的同志同我研究讨论最多、报批后投入精力最大、我印象最深的工作主要有以下几方面：一是忠华率曲协牵头组织开展了系列曲艺名家及其作品研讨活动，大力宣传、推介了我省优秀曲艺人才。二是组织、选送优秀曲艺作品参加全国性及其它类型的展演、比赛活动，夺得包括国家级大奖的各类奖项。三是继承前任协会领导班子的创举，千方百计筹资坚持举办"百花书会"等有影响的展演、比赛活动。自上世纪 80 年代初创办"书会"，至上世纪 90 年代末，省曲协共举办了八届"百花书会"，其中半数以上是她参与或主持举办的。这一传统品牌活动有效地促进了我省曲艺创作的繁荣和曲艺人才的成长。四是把抓曲艺人才的培训特别是少儿曲艺新苗的培训摆到了协会工作的重要位置上。近几年就举办了 10 多期少儿曲艺培训班，培训了百余名曲艺新苗。她还努力促成协会与黄石市艺校联合开办了曲艺专业班，并于 2001 年从新疆、山东、山西和湖北招收了 35 名学生，开始了正规的曲艺专业人才的培养工作。我祝愿忠华付出的辛劳结出硕果。

《戏剧之家》 2004 年第 3 期

管见篇

管见篇 GUANJIANPIAN

紧抓根本　植根创作　面向群众
——新世纪文艺批评管见

　　20 世纪 90 年代的文艺批评喜忧参半，热闹非凡。一方面，以社会历史批评为代表的主流批评克服政治化、庸俗化倾向，走出凝固和封闭，走向开放，科学的、说理的学理批评之风正在形成，同时，文化批评的悄然兴起，结构主义、女权主义、后现代主义、心理学批评等各种批评方法的竞相登台，使文艺批评园地呈现出多彩多姿、争奇斗妍的多样化局面。另一方面，与蓬勃繁荣的文艺创作相比，文艺批评又有些滞后，相对弱化，同时，文艺批评园地里出现噪音杂音，口号林立，旗帜飘舞，新名词、新概念、新术语连续轰炸，媒体炒作、商业策划、有偿评论、吹捧骂杀、自卖自夸等喧嚣之声不绝于耳，致使文艺批评在许多问题上价值失范，观念流变，概念混乱，是非莫辨。特别是一些貌似激烈的文学论争和风波，如同批评家王干所说，"论争不仅成为现象，论争甚至成为本质，为了论争而论争，为了出名而论争"，表面上"有大义凛然、大气磅礴"的架势，但"论争本身并没有产生价值，只是 90 年代文学泡沫里的搅拌机"。面对这种局面，许多严肃正直的批评家只好三缄其口，以致文坛上发出了批评"缺席"的呼声。这种状况，既不利于文艺创作的繁荣，也无助于提高广大读者观众的鉴赏水平，更有害于文艺批评的健康发展。因此，本文不避浅陋，拟就新世纪的文艺批评如何克服上述不良倾向，开拓前进，开创新的局面说点管见。

一、紧抓根本，端正批评方向

　　新时期以来我国文艺批评取得了可喜的成绩，也暴露出不少问题，既有生动活泼的一面，也有浮躁混乱的一面。近十年来，我国文艺批评的空间大都被泡沫化的文艺批评挤占。泡沫化文艺批评不仅解构了以"诗言志"

"文以载道"等为核心内容的人文价值观,颠覆了马克思主义的文艺观,搅乱了文艺批评的标准,而且以追新逐异、标牌树旗、吹捧炒作、党同伐异为能事,掀起了一股食洋不化、诋毁传统、蔑视权威、甚至鼓励淫卖的晦涩浮躁之风。与此同时,一些媒体为泡沫化文艺批评的膨胀和泛滥推波助澜,大开绿灯,以致在文艺批评的某些领域、某些问题上是非混淆,甚至美丑颠倒,使主流文艺批评的声音越来越小,文艺批评的前进方向迷雾重重。面对这种状况,紧抓根本,端正文艺批评的方向已成为当务之急。

紧抓根本,就是要紧紧抓住文艺批评的根本问题,不在枝节问题上纠缠不休。什么是文艺批评的根本?我觉得应该包括三个方面的内容:一要重申文艺批评肩负的使命和责任;二要明确文艺批评的标准;三要强调批评家的人格修养。这些都是关系文艺批评能否健康发展的带根本性的问题。文艺批评作为文艺家、文艺爱好者的精神创造活动和繁荣发展文艺事业的重要一翼,毫无问题,负有重要的历史使命和社会责任。我们的文艺批评就是要坚持党的文艺"二为"方向、"双百"方针,遵循主旋律和多样化相统一的原则,运用马克思主义世界观和文艺观作指导,分析文艺现象,总结文艺创作的经验教训,弘扬先进文化,推介褒扬优秀作家作品,批评错误倾向和有害作品,提高人民群众的鉴赏水平,同时,对作家、艺术家的创作经验和读者、观众的鉴赏心得、感受进行概括与综合,作理论的升华和阐释,以指导和推动文艺创作健康发展。这是由我们文艺的性质决定的,是党的文艺方针政策规定的,更是时代的需要、人民的需要、繁荣文艺的需要,不论你排斥也好,反对也好,这是不容改变的。

文艺批评要承担起这样的使命和责任,科学、公正、准确地评判文艺的是非、创作的优劣,没有一定的尺度和准则是不行的。这就涉及文艺批评的标准问题。近年来,由于人生观、价值观、文艺观趋向多元,泡沫化文艺批评泛滥,文艺批评标准被搅得十分混乱,致使当前文艺批评在许多问题上众说纷纭,莫衷一是。我们的文艺批评是以马克思主义世界观和文艺观作指导的,必须坚持马克思主义的文艺批评标准。什么是马克思主义的文艺批评标准呢?在我国,除了毛泽东同志在《关于正确处理人民内部矛盾的问题》一文中提出过六条政治标准外,至今,再没有谁集中系统地阐述过文艺批评标准。很显然,随着时代的前进,文艺的发展,这六条标准难以作为评判今天文艺作品质量优劣的准确尺度。但不是说今天就没有文艺批评标准。马克思主义文艺理论的基本原则,新时期党制定的重要文艺方针政策,都有力地体现了马克思主义文艺批评标准。马克思主义一个重要观点,就是实践是检验真理的标准,同样,它也是检验文艺的标准。而人民的实践则是最广泛、最基本的实践。因此,评价文艺问题要通过人民的社会实践和审美实践的检验。马克思说:"人民历来就是作家'够资格'和'不够资格'的惟一评判者。"毛泽东同志说:"无产阶级对于过去时代的文学艺术作品,也必须首先检查它们对待人民的态度如何,在历史上有无进步意义,而分别采取不同态度。"邓小平也说:"作品的思想成就和艺术成就,应由人民来评定。"这就明确告诉我们,判断文艺作品优劣的一个根本标准,就是要看广大人民群众对它们的态度。这在今天仍然应该是适用的。

党在新时期提出的"文艺为人民服务,为社会主义服务"的总口号,既指明了文艺工作的出发点和归宿,也是文艺批评的根本依据和标准。作品的优与劣,要看是否有利于人民,有利于人民所从事的事业;要看人民接受不接受,喜欢不喜欢,感动不感动。人民群众的审美需求是多种多样的,凡是优秀作品,总能从一个或几个方面满足人民群众的文化生活需求。这不仅是对作品思想内容的要求,也是对艺术形式的要求。此外,几年前党中央提出的衡量优秀作品的"思想精深、艺术精湛、制作精致"的要求既体现了党和人民对文艺创作的高要求, 也可以作为文艺批评的重要标准和尺度。以思想标准代替政治标准,有更大的包容性,更适合文艺的特点;以"艺术精湛、制作精致"作为衡量作品艺术水平的标准和尺度,简明具体且富有操作性。这些作为今天的文艺批评标准同样应该是适用的,也是与我们文艺的性质和担负的任务相一致的。

正确的文艺批评标准是靠人来掌握和身体力行的。如果遇上了歪嘴和尚,再好的经也会被念歪。因此,文艺批评家素质的高低,对文艺批评质量影响极大。批评家的素质除必备的思想和理论修养之外,最重要的就是自身的人格修养。批评家如果行为失据,道德失范,甚至投机钻营,见利忘义,是很难肩负起文艺批评重任的,也成不了称职的批评家。邓小平说:"思想战线的战士,都应当是人类灵魂的工程师。""作为灵魂工程师,应当高举马克思主义的、社会主义的旗帜,用自己的文章、作品、教学、讲演、表演,教育和引导人民正确地对待历史，认识现实，坚信社会主义和党的领导，教育人民奋发努力，积极向上，真正做到有理想、有道德、有文化、守纪律，为伟大庄严的社会主义现代化建设事业而英勇奋斗。"江泽民也说："在精神文明建设中，社会主义文艺是一条主要的战线，承担着培养有理想、有道德、有文化、有纪律的'四有'新人，激励人民团结奋进的庄严职责。"文艺批评家作为文艺战线的重要成员，自然责无旁贷。而批评家要肩负起"教育和引导人民"、培养"四有"新人的崇高职责，就必须首先用"四有"新人的标准来要求和培养自己。因此，做"四有"新人应成为批评家人格修养的重要内容。

除此以外，批评家还应有高度的使命感、责任感，坦荡的襟怀、开阔的视野和严于自律的精神。批评家不仅要以文艺批评肩负的崇高使命和责任为己任，勇于做时代和人民利益的忠实代言人，处逆不变，做中流砥柱，不随波逐流，而且，要襟怀坦荡，视野开阔，有大识见，能见人所未见，言人所未言。待人，会广结善缘，不拉帮结派，能团结一切可以团结的力量；衡文，则海纳百川，不坐井观天，不党同伐异，能取不同艺术风格、不同艺术流派之长，品而评之，褒而扬之，促进生动活泼、百花竞妍的多元文艺创作和理论批评格局的形成。同时，还要严于律己。不能言行不一，口是心非，更不能见利忘义，出尔反尔，正说有理，反说也有理，而要慎独自省，言必信，行必果，心口如一，言行一致。这样的人格方称得上高尚。

批评家的人格修养上去了，又具有必备的思想理论修养，就能正确地把握文艺批评标准，公正、客观、理智、科学地开展文艺批评。这样的批评越多，文艺批评园地的正气就越盛，标牌树旗的"新潮评论"、晦涩生硬的"学院评论"市场就会越来越小，党同伐异的意气争论，吹捧炒作的浮躁喧嚣之声，听众就会越来越少。这样才有利于逐步端正文艺批评的方向，使文艺批评沿着健康的轨道前进。

二、植根创作，提高学术水平

植根创作，不仅要跟踪文艺创作实践，及时对创作的发展态势作总体扫描和评判，而且要对社会反响较大的作家作品作个案分析，进行深入研究和阐释，总结其创作得失及经验教训，帮助广大群众提高审美水平和鉴赏能力，同时，还要对有这样那样不足和问题的创作倾向、作品，进行严肃科学的批评，以引导文艺创作健康发展。新时期以来，文艺批评在这方面做了许多有益工作，取得了一定成效。但与蓬勃繁荣的文艺创作相比，文艺批评的滞后显而易见：一是对众多的作家作品、纷繁的创作思潮缺乏及时关注和科学梳理；二是文艺批评游离创作、隔靴搔痒现象严重；三是由媒体和写作"枪手"共同操作的"炒作评论"导致了批评的"酷"化、"俗"化和"浅"化，败坏了批评的声誉，使批评疏离了创作，严重失衡；四是各艺术门类文艺批评发展不平衡，有些艺术门类评论力量很小，影响也小，批评滞后创作现象更严重。加上批评家与作家、艺术家之间缺乏沟通和交流，缺少相互理解和尊重，导致文艺批评难以对创作发挥更大的引导和指导作用。这种状况不仅不利于文艺创作的繁荣和发展，也使文艺批评存在的价值发生了问题。

要改变这种状况，仅靠批评家努力是远远不够的，需要社会各有关方面共同努力，特别需要宣传文艺主管部门和报刊、电视等大众媒体大力支持，还需要作家、艺术家积极配合。但这不是说批评家无力回天，批评家的奋发努力无疑是至关重要的，文艺批评与文艺创作的水乳交融，文艺批评学术水平的提高，是任何别的力量代替不了的。

文艺批评要植根创作，提高学术水平，首先必须密切关注文艺创作的动态和实践，了解和把握相关创作的历史、现状和具有代表性的作家作品、艺术家艺术作品。当然，要求批评家对数以千万计的作家、艺术家及其作品作全方位了解和把握是不现实的，但每个批评家对他所关注、着重研究的那些艺术领域、艺术门类的创作状况和具有代表性、产生较大社会反响的作家、艺术家及其作品，应尽可能地了解和熟悉，做到心中有数。这样方有助于选取恰当的、有价值的批评对象，也有利于在进入评论过程时，进行比较鉴别，发现和提炼出有价值的东西。这是产生高质量文艺批评的基础。如果对创作现状和发展态势不甚了了，甚至漠不关心，受道听途说影响，或受人所托，或心血来潮，逮住一个问题或一个作家、一部作品，不管它有无价值，值不值得批评，浮光掠影地"研究"一番，就凭印象、凭感觉，加上道听途说，开展批评，发表高论，这样的批评是不可能切中肯綮的，也不可能有学术水平和理论深度，它的根是扎不进创作实践的土壤中去的。

　　其次,要对批评对象作深入的研究,并依据文艺批评的科学尺度,站在某种学术立场上,作客观、公正、精到、科学的分析和理论阐释。评论一个作家、一部作品,或一种创作思潮,最起码先要通过认真研读文本,把批评对象的创作意图、思想内涵、人物情节、艺术特色、见解观点弄懂弄清楚。就具体作品而言,批评家要努力洞悉作者的良苦用心,并依靠自己敏锐的艺术感受力,细密准确的鉴别力和判断力,真正弄懂弄清这种良苦用心是如何通过作品的人物、情节、矛盾冲突、细节和语言表现出来的。夏衍先生在《写电影剧本的几个问题》一文中谈到如何通过人物和形象来表现作品的主题思想、时代、场所等内容时,举了一个例子,他说,《巴甫洛夫》这部电影开头开得很好,影片开始,淡入列宁格勒的涅夫斯基大街"在下雪,街上没有行人,远远地有一辆扫雪车在扫雪。再一个镜头是一张《真理报》的报头特写,上面写着 1936 年。然后'化入'到《真理报》的编辑部,一个人在接电话,他说:'是的,是的,我正在拼第二版,正等巴甫洛夫的诊断公报。'镜头接过来是巴甫洛夫的家里……一个中年妇女愁容满面,靠着窗子站着。镜头转过来,巴甫洛夫躺在床上,床前有医生和几个学生围着他。他说:'我的讲演是后天吧?'学生点头。他又说:'我看要改期了。'"在介绍完电影情节后,接下来夏先生详细地分析了这几个镜头。他说,涅夫斯基大街一出现,人们就会知道这是列宁格勒。街上有雪,没有行人,可见是冬天的黎明。《真理报》上的 1936 年 2 月,把时间点明了。接下来编辑打电话,这很重要。报纸要拼版了,但还在等公报,可见公众都在关心巴甫洛夫的病况。编辑的那句话很重要,很了不起,里面有许多潜台词,暗示出这位科学家在人民群众中的地位,与人民的关系。他受到人民普遍的关心。第三个镜头,巴甫洛夫家里,转过来是夫人的愁容,再转,是卧床的巴甫洛夫和他的学生。巴问:"我的讲演是后天吧?"接着说:"我看要改期了。"这话也很好,含意很深,说明他虽病重,但没有想到会死,还惦记着讲演的日期,说可能要改期。这句话表现出这位大科学家的性格和精神,他关心的只是工作。可见,这是一位了不起的人物。夏先生的评析既简明又精辟,称得上是影片作者巴拔瓦的难得知音。这就是评论家说的入乎其中。就批评而言,仅仅入乎其中是不够的,还必须超乎其外。这就要求批评家遵照科学的文艺批评尺度,运用一定的批评方法,对作品的思想艺术成就、创作得失经验及其价值、影响,作恰如其分的评析和富有真知灼见的理论升华、阐释。这样才有可能使文艺批评达到入乎其中又超乎其上、入木三分的境界。如果批评家不认真研读文本，不对批评对象作深入精到的研究分析，没有自己独到的真知实感，批评游离于文本之外，隔靴搔痒，或者随心所欲地拔高或贬低批评对象，或者抓住一点，以偏概全，大肆攻击，"酷"评、"骂"评，甚至不读作品也敢胡批瞎评，这样的文艺批评只会离创作越来越远。

再次，要运用举办作家作品研讨会、文艺论坛、文艺评论评奖等有效形式和激励机制，促进文艺争鸣，加强评论与创作的联系，提高批评的学术水平。真理愈辩愈明。实践证明，定期或不定期地组织批评家与作家、艺术家，就某些产生较大社会反响的作品或某种创作倾向、理论专题，进行面对面的研究探讨，开展文艺争鸣，有利于活跃学术气氛，增进作家、艺术家与批评家的相互了解和理解，密切评论与创作的联系，是促进文艺批评蓬勃健康发展，提高其学术水平行之有效的好形式。要做好这方面的工作，除了批评家、作家、艺术家的积极努力和参与之外，特别需要各级宣传文化艺术主管部门、研究机构和有关传媒单位大力为各类文艺研讨会的召开、文艺论坛的举办创造条件，提供阵地。几方面的积极性都调动起来了，这方面的工作才有可能真正做出成效。

同时，实践也证明，定期开展文艺评论评奖活动，不仅是推动文艺批评活跃开展的又一有效形式，也是提高文艺批评的学术水平、促进优秀文艺评论人才脱颖而出的一种强有力的激励机制。这项工作抓好了，对提升文艺评论的地位，扩大文艺评论的影响，增强评论队伍的凝聚力，壮大文艺评论队伍，将会产生深远影响。

三、面向群众，发挥导向作用

我们的文艺服务对象是广大人民群众，为人民群众而创作，供人民群众来欣赏。文艺批评也不例外，必须解决面向人民群众这个根本问题。而要解决好这个问题，就当前情况而言，我认为应着重在如下三个方面下工夫：一要帮助人民群众正确理解和鉴赏文艺作品，引导和培养他们的健康审美情趣；二要切实改进文艺批评的文风；三要关注、重视和支持群众性的文艺评论活动。

帮助人民群众正确理解和鉴赏文艺作品,引导和培养他们的健康审美情趣,是文艺批评不可推卸的神圣职责。近年来的文艺批评在这方面做了一些有益工作,也收到了一定成效。但毋庸讳言,这方面的工作做得还很不够,存在着无意或有意忽视对被批评文本的内容进行客观、科学的阐释和评判的倾向,一些"新潮"和"骂派"批评家,多在剖析文本的艺术手法、搬弄文艺批评"新思潮""新名词""新方法",进行意气之争、打笔墨官司等方面做文章;在某些艺术领域、某些批评家那里,甚至出现把平庸之作说成"精品""力作",把明显属于胡编乱造、格调低下,价值观、历史观有迷雾的作品,吹成"优秀"作品的误导倾向。著名文艺评论家张炯最近在《人民日报》上撰文尖锐指出:"当前,我国文艺中出现的'三多三少'现象,如写历史题材多,写现实题材少;写帝王将相、才子佳人、企业家和干部多,写普通工农兵和知识分子少;写个人爱情纠葛、多角恋等杯水风波多,而写社会主义伟大建设斗争及其豪情壮志少。这种内容方面的取向,实际上都关系到我们的文艺能否有力地为人民、为社会主义服务的问题。"特别是大量写帝王将相的作品,充斥我们的期刊书店、舞台银屏,已引起广大有识见、有良知的读者、观众的强烈不满。今年4月25日《人民日报》"人民论坛"专栏,发表了王义堂、杨锐合写的题为《我们不要皇帝》的文章,对上述创作中的"帝王将相"热现象进行了猛烈抨击,有力地表达了广大人民群众的心声和呼声。文艺批评不应对此熟视无睹,不发出自己的声音。当然,这不是说帝王将相不能写,也不是说这些作品都没有价值,更不是提倡批评家群起而攻之,对这些作品进行口诛笔伐,而是要求批评家用历史唯心主义、辩证唯物主义的马克思主义文艺观,对这类作品作实事求是、公正、科学的分析和评判,好处说好,坏处说坏,还历史人物和作品以本来面目,帮助广大读者观众认清作品的价值、不足或危害,吸取精华,去其糟粕,以提高广大群众的鉴赏水平,引导和培养他们的健康审美情趣。

切实改进批评文风势在必行。文艺批评既是评论工作者个人的精神创造活动,又是面向社会和群众的文化活动。要面向群众,服务群众,不改变当前文艺批评领域中严重存在的食古不化、食洋不化、追新逐异、故作高深、晦涩、生硬、冗长的文风,是很难达到目的的。因此,要切实注重批评文风的改进,努力使评论文章深入浅出、通俗流畅、生动活泼、精练精辟、易读易懂,使人民群众喜闻乐见,从而产生更大的冲击力和辐射力,真正影响群众、赢得群众,促使优秀文艺作品在群众中得到更广泛传播,消除、抑制不健康乃至有错误的作品和创造倾向的影响、蔓延。

关注、重视、支持群众性的文艺批评活动,是文艺批评面向群众、服务群众的一项极为重要的工作。群众性文艺批评活动的蓬勃开展,不仅有利于促进文艺评论的繁荣,而且群众性的文艺批评可为文艺鉴赏和审美提供新的视角,成为专业文艺批评的有益补充。因而,各级宣传文化主管部门、文艺团体和广大文艺批评家,应通过支持企业、校园、军营、街道文化馆站、影剧院等地开展群众性的剧评、影评、音评、文学赏析、美术摄影书法欣赏,以及群众性征文、讲演比赛等活动的有效形式,引导群众正确地欣赏文艺作品,帮助大众提高审美水平和鉴赏能力,使文艺批评的导向作用得到更大发挥。

此外,加强文艺批评队伍建设和阵地建设,也是当前文艺评论工作中亟待解决的两个重要问题。近年来,由于多种原因,文艺批评队伍出现萎缩之势,骨干评论人才流失较严重,尤其是优秀青年评论人才后继乏人。希望宣传文化主管部门和有关文艺单位高度重视这方面的问题,采取切实有力的措施,迅速扭转这种局面,使文艺批评队伍逐步成长壮大起来,以增强文艺批评的后劲。

不断占领、巩固和扩大批评阵地是加强和改善文艺评论工作的重要环节。但目前这方面的工作差距还很大,有些地方批评阵地不仅未扩大反而在渐渐缩小,一些专业文艺报刊为着生存,也在不声不响地削弱有限的评论版面。这种状况不改变,文艺评论工作者将陷入"英雄无用武之地"的尴尬境地。要解决这方面的问题,除党委政府和宣传部门的重视支持外,大众传媒和专业文艺报刊都负有重要责任。大众媒体是开展文艺批评的主要阵地,希望能采取更有力的措施,加大开展批评的力度。特别是主要传媒更应办出一些有影响的文艺批评栏目,以增强文艺批评的吸引力。专业文艺评论报刊则应自觉发挥主力舰队的作用,真正成为加强文艺批评的骨干力量。

总之,新时期以来的文艺批评工作成绩不小,存在问题也不少,要开创新世纪文艺批评工作的新局面,可以说是任重而道远。"雄关漫道真如铁,而今迈步从头越。"有党和政府的正确领导、高度重视,有社会各界和人民群众的大力支持,有广大作家艺术家生动丰富的创作实践做源头活水,有数以千计的批评家和评论工作者的奋发努力、团结拼搏,新世纪文艺批评百花齐放、百家争鸣、万紫千红的春天一定会到来。

2001 年 4 月 28 日　于武昌东湖翠柳街 1 号

《文艺新观察》 2001 年第一辑

团结务实　繁荣文艺

历时三天的中国作协湖北分会第三次会员代表大会,在与会代表的热烈赞扬声中胜利闭幕了。这次大会气氛好,风气正,成果大,真正开成了一次团结、鼓劲的大会,充分发扬民主、努力务实的大会,为 90 年代湖北文学事业的更大繁荣迈出了坚实的第一步。

当前,全省广大文学工作者面临的中心任务,就是要全面贯彻中央"一手抓整顿,一手抓繁荣"的方针,将这次大会的精神认真贯彻到实际工作中去,要在继续抓好文艺的整顿、改革的同时,同心同德地为繁荣我省的文学事业而奋斗。

团结务实,繁荣文艺,是这次大会的主旋律,是大会精神的精髓。

加强团结,是繁荣文学创作的需要,也是发展壮大我省文学队伍的需要。团结就是力量。过去,我省文学队伍从总体上说是团结的,今后,更应该珍惜和加强这支队伍在坚持四项基本原则基础上的团结。我们相信,只要大家把目标都集中在繁荣社会主义文学事业上,心往一处想,劲往一处使,我省的文学事业就会蒸蒸日上,我们的文学队伍也会不断发展壮大起来。

繁荣文艺要有务实精神。务实,就是要鼓实劲,干实事。

一是要在学习上下真工夫、硬工夫。文学是人学。文学作品的优劣,不仅取决于作者的才气,更取决于他们对社会生活和历史的认识能力。文学工作者要具有深刻的思想,就必须认真学习马克思主义、毛泽东文艺思想,学以致用,把它们作为观察、理解和把握社会历史发展的重要思想武器。还要认真学习科学社会主义的理论和党的文艺方针政策。要把学习与深入开展对资产阶级自由化思潮的批判结合起来。要通过学习和批判,进一步坚定对社会主义的信念,进一步澄清文艺创作和理论研究中的一些是非问题,增强抵制和反对资产阶级自由化的能力,更加自觉地坚持文艺的"二为"方向和马克思主义、毛泽东文艺思想在文艺工作及文学创作中的指导地位。同时,还要注意向优秀的民族文化学习。广大文学工作者要细心地感受和吸取民族文化的神韵和精髓,使自己作品中的人物形象、景物风情及语言风格,都表现出鲜明的中国作风和中国气派,展示出强烈的时代精神和地方民族文化特有的艺术魅力。

二是要扎扎实实地深入生活,深入群众。文艺繁荣离不开生活的滋养和人民的哺育。火热的人民生活是一切优秀文学作品赖以产生的肥沃土壤,人民是文艺工作者的母亲;文学创作只有深深扎根于人民生活的沃土之中才会繁荣;脱离人民,远离现实,就会出现病态乃至枯萎。这是被长期的文艺实践所反复证明了的客观真理。我们衷心希望全省广大文学工作者积极响应省委的号召,切实把"深入生活,深入群众"的口号付诸实践,到工厂去,到工地去,到农村去,到老区去,到改革和建设的第一线去,与广大人民群众同呼吸、共苦乐,真正从思想感情上同人民群众打成一片,自觉地用人民创造历史的奋发精神来哺育自己,满腔热情地表现人民群众的思想、感情和愿望,反映人民的心声,讴歌英雄业绩,这样,我们的文学艺术生命才不会枯竭,社会主义文学事业的繁荣才有坚实的基础。

三是要千方百计把创作搞上去。繁荣文艺,重点在抓创作;创作又必须抓重点。全省广大文学工作者要在深入生活的基础上,把笔墨更多地集中在表现湖北的革命斗争历史和社会主义建设及改革开放的火热生活上,更多地塑造和歌颂我们民族、尤其是湖北大地上生长的英雄模范人物和千千万万普通群众的美好心灵。要在"双百"方针的指引下,通过开展健康活跃的文艺评论和理论研究,引导文学工作者自觉运用马克思主义、毛泽东文艺思想指导自己的创作,高扬社会主义文学的主旋律,坚持多样化,积极发挥自己的创造性和聪明才智,努力搞出一批无愧于我们伟大时代和人民的艺术精品。

《长江文艺》 1991 年第 2 期

不平凡的世纪

——在20世纪中国文学与理论
批评国际学术研讨会上的发言

20世纪对中国人民来说是个极不平凡的世纪。在这个世纪中,中国人民不仅经历了轰轰烈烈的人民民主革命,推翻了封建王朝,赶走了帝国主义侵略者,夺取了政权,建立了人民当家作主的新中国,而且进行了伟大的社会主义革命,建立了社会主义制度,开展了气势磅礴的社会主义现代化建设,迎来了改革开放的新时期,取得了辉煌成就,以新的姿态站立在世界人民面前。

以反映和表现人民生活、时代精神为神圣使命的20世纪中国文学及其理论批评,同样有着不平凡的经历。它不仅在五四新文化运动中为挣脱"吃人"的封建礼教和精神枷锁发出过呐喊,经历了五四文学革命的洗礼,而且经受了国内革命战争和民族解放战争的考验,为人民的解放、民族的独立,射出过匕首和投枪,点燃了国民精神的灯火,涌现了以鲁迅、郭沫若、茅盾、巴金、闻一多、朱自清等为代表的一大批杰出的文学家、诗人和理论批评家,为人民革命事业、民族解放事业和中国新文学事业作出了卓越的贡献。特别是毛泽东同志的《在延安文艺座谈会上的讲话》发表之后,我国广大进步的文学工作者,在毛泽东文艺思想指引下,积极投身人民生活的火热实践,同广大人民群众从思想感情上打成一片,创作出了大批热情讴歌新的时代、新的人民的优秀作品,塑造了难以数计的血肉丰满的、闪耀着时代精神光芒的新的人物形象,大大丰富了20世纪中国文学的艺术典型人物画廊;我们的文学理论批评工作者,及时地对这些作品和艺术典型形象从理论上予以总结和推介,使其在人民群众中产生了广泛的社会影响,发挥了巨大的教育、审美作用,有力地促进了我国的社会主义革命和建设事业的发展。党的十一届三中全会以来,中国文学和理论批评随着社会的发展,步入了新的历史时期。广大文学和理论批评工作者的积极性和创造性被充分调动起来,艺术生产力得到极大的解放,中国文学和理论批评事业迎来了春天,呈现出空前的百花齐放、万紫千红的繁荣局面,为建设社会主义精神文明、繁荣文艺事业作出了有益的贡献。

但是也应该清醒地看到,20 世纪的中国文学和理论批评事业在其不平凡的历程中也有过波折和回流。50 年代后期以来,文学创作和理论批评,由于受到"左"的指导思想的影响,违背文学艺术的特殊规律,片面强调以至夸大文学艺术的政治功能,忽视文学艺术的审美功能,文学创作和理论批评文章中公式化、概念化、简单化的倾向有所发展,使文学创作和理论批评事业遭受了严重损失;70 年代末期和 80 年代中期,文学创作和理论批评中又出现了一股右转暗流,同样使中国文学和理论批评事业蒙受了损失。这些都是应该认真吸取的惨痛教训。

在临近世纪之交的关键时刻,华中师范大学将海内外研究中国文学的专家、教授邀请到风景如画的武昌桂子山来,共同回顾 20 世纪中国文学和理论批评走过的不平凡的历程,总结其经验和教训,这不仅对正确认识和把握这段中国文学史及其在中国文学史、世界文学史和中国革命与现代化建设中所占的地位、所发挥的作用有着重要的意义,而且对促进 21 世纪中国文学和理论批评事业的发展和繁荣,加强两个文明建设,也有着重要的作用。我衷心预祝这次国际学术研讨会取得圆满成功! 祝各位专家教授健康快乐!

1997 年 4 月 23 日　于华中师大科学会堂

明确任务　扎实工作　多作贡献

——在湖北省文艺研究中心
成立暨首次研讨会上的发言

我主要讲三个问题。

一、 文艺研究中心筹备的简要经过

成立一个文艺评论研究中心小组是我省许多文艺评论工作者多年的愿望。去年 12 月在召开湖北省第二届"屈原文艺创作奖""金凤青年文艺奖"评委会期间,部分搞文艺理论研究和评论工作的评委经过商议,提议成立湖北省文艺研究中心，并将他们的想法及时向省委宣传部领导作了汇报。王重农部长、分管文艺工作的周副部长都非常支持这件事,请高校、省文联、省作协的几位同志认真研究后,写出了正式书面意见。随后,王先需教授同几位评委认真研究后,以省作协评论委员会的名义给省委宣传部写了《关于请求成立湖北省文艺研究中心的报告》,提出了文艺研究中心的任务、人事安排,说明了该中心的组织形式和活动方式。部领导对这个报告及时作了认真研究,并于今年 1 月 28 日以鄂宣函[1993]2 号文形式,下发了《关于成立湖北省文艺研究中心〈报告〉的批复》。批复除主送省作协评论委员会外,还抄送省委宣传部文艺处、武汉大学中文系、华中师范大学中文系、湖北大学中文系、省文联、省作协、湖北日报文体部等单位。华中师大的王先需等老师为今天的会议作了具体筹备工作。至此,我们的省文艺研究中心就算正式成立了。

二、省文艺研究中心的组织形式、目的和任务

组织形式:省作协评论委员会给省委宣传部的报告中对文艺研究中心

的组织形式作了明确表述:文艺研究中心是一个松散型的学术组织,它"在实际活动中存在和发展,不确定个人或团体会员"。

成立文艺研究中心的目的,就是要把我省文艺评论和理论研究队伍组织起来,以更好地发挥这支队伍的作用,繁荣我省的文艺创作和文艺评论,促进我省文艺事业更快地发展。

该中心的任务,省作协评论委员会的报告中也有明确的表述,就是要有组织有计划地对我国社会主义文学艺术进行研究,提倡面向本省、面向当前;为领导机关和文联作协提供咨询服务,协助有关部门向省内外推荐优秀的新人新作,成为这些部门与我省文艺评论队伍联系的重要纽带;做好联谊工作,有计划地安排组织评论工作者之间、评论工作者与文艺团体及其他方面的学术交流活动。

具体说来,主要有如下几方面的任务:

一是要扎扎实实地把我省的文艺评论和理论研究工作开展起来。要在有组织有计划地对我国社会主义文学艺术的重要创作思潮、创作动态进行扫描研究的前提下,提倡面向本省、面向当前,努力开展对我省作家、艺术家的作品和创作思想、创作动态的跟踪研究,协助有关部门和单位开展一些有影响的研讨、评介活动,帮助作家、艺术家和广大中青年作者总结创作上的得失,大力向省内外推荐我省优秀的新人新作,同时,要继续发挥我省文艺理论研究长项的优势,深入开展对楚艺术、美学和现当代文学史的研究,有计划地组织一些卓有成效的研讨活动,搞出一批更有分量的研究成果来。

二要发挥文艺"参谋部"和"智囊团"的作用,及时掌握文艺创作思想动态和我省作家、艺术家的创作进展状况,为领导机关和文艺主管部门加强和改善对文艺的领导,指导和引导文艺创作与文艺评论提供咨询服务。

三要切实发挥桥梁和纽带作用,努力把我省的文艺评论队伍团结起来,形成集束力量。首先是我们今天到会的同志要紧密团结起来,拧成一股绳,齐心协力地把文艺研究中心的活动组织好,搞出影响来,然后像滚雪球一样,使我们的文艺评论队伍越滚越大,逐步把全省文艺评论队伍组织起来,团结起来,使我们的活动影响辐射到全省乃至省外。

四是培养文艺评论新人,不断壮大文艺评论和理论研究队伍,提高文艺评论队伍的思想和业务素质。要引导和组织评论工作者学习马克思主义文艺理论、毛泽东文艺思想,学习邓小平有中国特色社会主义理论,学习党的文艺方针政策和有关业务知识,要努力吸引文艺评论工作者参加文艺评论的实践,在实践中提高他们的素质。

五要发挥文艺评论研究中心的群体优势,发动大家献计献策,拓宽思路,广泛开展文艺评论联姻活动,依靠社会力量开展文艺评论和理论研究,设法开辟财源,开辟阵地,增强文艺研究中心的造血功能。不这样,我们的活动恐怕难以持久。希望大家多想办法,多出主意。

三、 关于文艺研究中心下一步开展活动问题

这个问题需要大家来出主意想办法,集思广益。我建议今天的会议在结束之前,安排点时间讨论一下。至少要将下一次开展活动的议题、时间、地点和具体筹备单位、人员定一下。因为文艺研究中心是个松散型的学术组织,没有常设的办事机构和工作人员,具体工作就要依靠大家来做。特别是文艺研究中心的几位常务委员更是责无旁贷。文艺研究中心既然成立起来了,就不能虎头蛇尾,一定要在实际活动中让它发挥应有的作用,并要越办越好。我想,文艺研究中心每年至少要搞 2–3 次有影响的研讨活动。开展活动要讲求实效。每次活动要有一个中心议题,要在充分准备的基础上开展活动,力争每次活动出一些成果。关于活动的筹备组织工作,我建议是不是暂时采取轮流承担的办法,由武大、华师、湖大、省文联、省作协、湖北日报几家各自负责筹办一次研讨活动,每次活动结束时,提出下一次活动的中心议题,确定筹办单位,具体活动方案由筹办单位提出,同主任委员王先需教授商定后,即可付诸实施。我们文艺处将尽力为大家做好协调服务工作,并在活动经费上给予力所能及的适量补贴。但要说明的是,我部掌握的一点经费,一是数量有限,需要补贴的重点项目太多;二是重点创作、研究项目的补贴专款,不能尽用在开展活动和补贴伙食费上。所以文艺研究中心的活动经费还得靠大家想办法,多渠道寻求解决办法。除了开展研讨活动外,文艺研究中心每年能不能选一两个对当前的文艺创作和文艺评论工作有较大指导作用和认识借鉴价值的课题开展研究,搞出有分量的研究成

果来。具体地说,中宣部每年都在抓精神产品的"五个一工程",其中有"一本书"和"一篇有影响有分量的文章",这两个一都包括有文艺理论专著和论文。我们文艺研究中心能不能在近一两年内,搞出这样具有全国影响的重头论著和论文来? 如果能搞出这样的著作,我们将在扶持经费上给予较大的倾斜。

总之,我们文艺研究中心的根本任务就是要多出优秀作品和优秀人才,促进我省文艺创作和文艺评论的繁荣,推动我省两个文明建设健康发展。大家对文艺研究中心的工作有什么意见和建议,请及时向王先霈教授、陈美兰教授、涂怀章教授和我们文艺处反映,我们一定认真消化,择善而从。

1993 年 4 月 13 日　于华中师大科学会堂

抓好文艺队伍建设的几项重点工作

做好文联工作,繁荣和发展文艺事业靠什么? 除了党和政府及社会各界的大力支持外,我认为主要靠有一支政治强、业务精、作风正、有本事的文艺工作队伍。就文联工作而言,这支专业文艺队伍应包括三方面的文艺人才:一是有责任心、有能力和开拓精神的优秀文艺管理家、管理工作者;二是有造诣、有成就和德操的优秀文艺家、文艺工作者;三是有本事、会经营、靠得住的优秀文艺产业经营人才。切实抓好这样一支专业文艺队伍的建设,是做好文联工作的关键。

一、要按照《党政领导干部选拔任用工作条例》对领导干部的有关规定和文艺工作、文联工作的特殊要求,认真建设好各级文联、各文艺家协会和各文艺报刊杂志社的领导班子。

长期的工作实践证明,一个部门、单位或团体,领导班子主要负责人及其成员素质的高低对这个部门或单位工作的影响极大。文联工作也不例外。高素质的领导班子应当有强烈的责任感和事业心,应为繁荣文艺事业,快出多出优秀文艺作品和人才共同努力奋斗。应与时俱进,求真务实,开拓创新:一方面要尊重知识、尊重人才,多为文艺家和文艺工作者排忧解难,改善工作和创作条件,多开展有成效的创作、展演和文艺理论研讨等活动,促进优秀文艺作品和人才更快涌现;另一方面要带头了解、学习和钻研新的知识,努力按文艺规律、市场经济规律领导和指导文艺工作、文艺创作,力求取得更好的工作成效。还应当团结共事,互谅互敬。这在一定程度上是衡量一个班子素质高低的重要标志之一。团结出凝聚力,团结出战斗力,团结出艺术生产力。凡是工作出色的单位,原因虽多,其中领导班子团结定是重要原因。反之,因内耗影响工作,影响单位形象的教训比比皆是。所以,我希望各级文联和各文艺家协会的领导同志们要加倍珍惜班子的团结。这是党和政府及广大文艺工作者的殷切期望,也是做好文联工作,繁荣和发展文艺事业,建设高素质的文艺队伍的迫切要求。

二、要积极发现和培养、大力引进和起用优秀中青年文艺人才,既要给他们排忧解难,创造条件,又要给他们压重担,交任务,以促进他们更快成长。

各级文联和各文艺家协会应想方设法多开展有利于充分调动本地区、本系统文艺家和文艺工作者积极性、创造性,有助于充分展示和发掘其资源优势的创作展演、理论研讨等活动,给文艺家和文艺工作者提供舞台和实践机会,以提高他们的创作水平和实践能力,增强其向心力、凝聚力,用事业来凝聚人心、留住人才。同时,对其中经过长期考察真正德艺双馨的拔尖文艺人才,要努力争取社会各有关部门的支持,采取多种方式,大力引进和大胆起用;要量才用人,根据不同文艺人才的特点和优长,把他们放到最适合的岗位上挑重担,让他们在干中学习,在干中提高,用工作来培养人、留住人。文联和各文艺家协会作为党和政府联系文艺家的桥梁和纽带,一个重要任务就是要同文艺家广交朋友。这一点各级文联和文艺家协会的领导大都做得不错,同许多文艺家成了无话不谈的知心朋友。但这方面的工作仍不可放松。在一个单位共事,只要大家感情融洽,哪怕穷一点、苦一点也很愉快。当然这不等于说不考虑大家的福利待遇和工作条件。特别是对确有突出成就和贡献的优秀文艺人才,更应该在工资福利待遇、职称职务晋升、专家的申报和住房、办公条件等方面给予更多倾斜,尽力做到以较好的工作条件、环境和福利待遇留人,以激发他们为文联工作、为文艺事业作贡献的热情和工作积极性、创造性。

三、要强化激励机制,大力表彰、奖励、宣传和推介本地区、本单位有成就、有贡献的文艺人才,促进优秀文艺人才、名家脱颖而出。

俗话说:"好酒不怕巷子深"。这话有一定道理。但首先要让大家知道是好酒。优秀文艺人才要让大家真正认识也有个过程。除了本人要有较高的艺术成就和德行之外,还有许多工作要做,我认为最行之有效的应抓好如下一些工作:

一要争取各方面的支持,创造条件开展有地域文化特色的文艺评奖、表彰活动,促进优秀文艺人才更快涌现。我省各地各类文艺作品奖、人才奖评了不少,都收到了较好的成效。实践证明,设不设奖、评不评奖,对文联工作、文艺工作影响大不一样。从我们省文联的情况看,自上世纪 80 年代末以来,组织各种文艺评奖已成为我们推动文联和协会工作,促进创作繁荣和文艺人才成长的重要手段。我们的"文艺明星奖"已评五届,与省人事厅联合举办的全省文联系统先进单位和先进工作者评选已搞两届,文艺论文奖已评三届,"楚天文艺奖"已评五届,"牡丹花"戏剧奖已评五届。还有少儿戏曲小品展演赛、曲艺"百花书会"和美术、书法、音乐、摄影等艺术门类的届次性评奖也都评了多次。这些评奖都收到了较好的效果,发挥了较大的激励作用。不少市、县文联也都设有文艺奖项,如武汉有黄鹤文学奖、黄冈有东坡文学奖、鄂州有金镜奖、孝感有槐荫奖、襄樊有孟浩然文学奖、宜昌有屈原奖等等,这些奖项对增强当地文联工作活力,促进文艺创作繁荣和文艺人才成长,起了很好的导向作用。

二要克服困难,调动各方面积极性,有计划地开展对本地区、本艺术门类有成就、有影响的文艺名家的系列研讨、宣传、评介活动。这方面的工作,我省各级文联、各文艺家协会也已做了不少,成效也较显著。但各地、各艺术门类发展还不够平衡。由于受经费等因素的制约,在实际工作中,往往是谁筹到了钱就开谁的研讨会。但作为各级文联和各文艺家协会这方面的自觉意识应进一步加强,力求把这方面的工作做得更主动一些,更好一些。

三要充分利用本系统的文艺报刊阵地大力宣传推介本省、本地、本艺术门类的优秀人才及其作品。拥有舆论阵地,是我们的优势资源。各文艺报刊也应以宣传、推介本地、本系统的优秀文艺人才为己任,搞好宣传推介优秀文艺作品和文艺人才的大合唱,为促进我省优秀文艺人才的脱颖而出作出自己的贡献。

总之,高素质的文艺人才是最重要的资源。有了高素质的文艺队伍,就有了巨大的艺术生产力,就能变被动为主动,就有望开创出文联工作和文艺工作的新局面。

2003 年 2 月 27 日　于武昌东湖滨翠柳街 1 号

为湖北长篇小说"会诊"

由中国作协文艺报社、湖北省文联、湖北省作协、长江文艺出版社共同举办的"湖北省长篇小说研讨会",在十堰市委宣传部、市文联等单位的大力支持下隆重召开了。这是新世纪鄂西北历史上的一次文学盛会,是值得庆贺和骄傲的。

湖北是荆楚文化的发源地,具有悠久的文学艺术传统。以屈原为杰出代表的古代楚文学大师,以闻一多为杰出代表的现代文学大师,将湖北文学的旗帜高扬在中国文坛。中国当代文学史上,从湖北大地上走出了曹禺、陈荒煤、张光年、胡风、秦兆阳、冯牧、欧阳山、韦君宜、叶君健、邹荻帆、严文井、王元化、吴运铎、黄钢、赵寻、姚雪垠、徐迟、碧野、曾卓、李尔重等著名老作家。一大批中青年作家,在改革开放的新时期,也以小说、诗歌、散文、报告文学、儿童文学等体裁的创作和出版成就,显示了文学"鄂军"的整体实力和创作后劲。文学评论方面,以武汉地区各高校文学院、人文学院为龙头,同样显示出自己的实力,涌现出丰硕的成果。当代湖北的小说创作,在上个世纪的八、九十年代,曾以中短篇小说见长。方方、池莉、刘醒龙、邓一光等中青年作家渐臻成熟,随着生活阅历、文学造诣的积累和提高,他们的长篇小说也在中国当代文苑形成了一定影响。其中,方方的《乌泥湖年谱》用编年的形式写长篇小说,是个很新的尝试。作品写出了当代知识分子心灵和精神萎缩的过程,是写知识分子题材的上档次作品。刘醒龙的《痛失》是写农村题材的具有残酷真实性的现实主义力作。作品通过精心塑造的孔太平等艺术形象,深刻揭露了当代社会一些地方世风污浊、吏治腐败的现实和部分官员为一己私欲人性泯灭、道德沦丧的过程,有一定的警世作用。邓一光的《我是太阳》成功地塑造了父亲——关山林这一血肉丰满、情感丰富的革命军人的艺术形象,谱写了一曲革命英雄主义的赞歌。还有从诗歌

2002 年 4 月赴十堰参加湖北省长篇小说研讨会暨赴武当山采风时
作者与刘书平、王华安在武当山金顶门前合影

　　转向长篇小说创作的熊召政，由报社记者改行的徐世立，工作在县市基层
的蒋杏、刘心明等人，都有了各自的长篇小说出版发行。熊召政的《张居正》
较好地把握和表现了张居正这个历史人物，应该说是长篇历史小说的佳
作；蒋杏的《走进夏天》反映大型国企在改革中付出的巨大代价，很真实，作
品对在艰难中拼搏的人民群众充满同情，非常难能可贵；徐世立的《儿科医
生》、刘心明的《八品乡官》也各有千秋，产生了较大社会反响。尽管如此，湖
北长篇小说在全国的影响仍未达到应有的高度。如果说湖北的中篇小说曾
引起文学评论界的足够关注与看重的话，我认为湖北的长篇小说在全国文
坛尚未形成整体印象与轰动效应。这次研讨会，就是要请各位专家着重对
我省长篇小说创作进行一次"集体会诊"，"望闻问切、处方开药"。我们真诚
希望，通过这次研讨会，湖北文学的肌体变得更强健，更活泼，更朝气蓬勃，
在全国长篇小说创作园地中，使文学"鄂军"占有更重要的一席之地。
　　省文联是省委、省政府联系湖北作家、艺术家的桥梁和纽带，不论组织机构如何改变,文学一直是我们省文联十分关注的重要艺术门类。我们举办或承办各项全省文艺评奖,历届都有相当多的作家、作品入选、获奖。市以下的文联组织,作协没有单列,都十分注重抓文学创作,许多市、州、县文联把文学作为他们的"拳头艺术门类",把文学作品作为他们的"拳头产品"。如武汉市文联曾在全省文联工作经验交流会上介绍,他们每年给市委、市政府领导拜年,没有别的"礼物"相送,就提着厚厚一摞当年出版的文学作品登门汇报,得到领导同志的高度赞赏,使市委、市政府的有关领导更加重视和关心文学艺术家。池莉、刘醒龙、邓一光、董宏猷等中青年作家,在武汉市党政机关和市民中的声望与知名度,以及他们得到的政治与生活待遇,应当说都是较高的。他们为武汉争了光,武汉也以他们为荣。

湖北的文艺创作已有了较好基础,这次研讨会又给我们"治病强身,加油鼓劲"。我们一定珍惜这个难得的学习机会,争取长进多一点,以推动我省文学艺术创作再上一个新台阶,让文学"鄂军"的旗帜在中国文坛艺苑更快地舒展开来,更高地飘扬起来!

2002 年 3 月 31 日　于十堰市·《十堰日报》4 月 12 日

《湖北文艺界》 2002 年第 3 期

步入文学之门的几个基本条件

——同省作协文学院主办的武当山创作讲习班学员座谈时的发言

我不是专业作家,谈不出很多切身创作体验,但我从长期接触文艺工作实践过程中认识到,一个有志步入文学之门、献身于社会主义文学事业的人,应该具备几个基本条件。

一、要有较厚实的生活积累

生活是创作的源泉。这是被古今中外作家、艺术家的艺术创作实践所反复证明了的客观真理。一个作家如果没有厚实的生活积累作基础,就不可能写出有较高价值的文学作品。曹雪芹不熟悉封建社会末期的贵族生活,就写不出不朽的文学巨著《红楼梦》;奥斯特洛夫斯基没有那充满战斗激情、丰富而苦难的生活经历,也就写不出激动人心、催人奋进的世界文学名著《钢铁是怎样炼成的?》;同样,孙犁如果不熟悉华北平原上的抗日斗争生活,也写不出那么清新感人的白洋淀系列小说;魏巍不参加抗美援朝战争,也不可能写出报告文学名篇《谁是最可爱的人》;柳青的《创业史》、鄢国培的《长江三部曲》、苏群的《风雨编辑窗》等等,无一不是作家所熟悉的社会生活的反映。因此,立志步入文学之门的同志,必须提高对生活的认识,必须下决心沉到人民生活中去,认真细致地观察、分析生活中的各种人和事,深刻地感受他(它)们,思考他(它)们,研究他(它)们,并力求作出自己的正确判断,在此基础上才有可能进入真正的创作过程,正确地反映和表现生活,创作出受人民群众欢迎的作品。

当然,在座的各位大都来自工作和生产的第一线,对自己周围的生活都比较熟悉,有的同志生活经历还相当丰富,也写了不少习作,有的还在报刊上发表了。但对生活不能浅尝辄止。鲁迅先生在《答北斗杂志社问》一文中谈他的创作经验时,第一条就是"留心各样的事情,多看看,不看到一点就写";一些作家在谈他们的创作感受时也常说要"厚积薄发"。这些讲的是一个道理,就是生活积累要厚实。作家在进行创作准备时,搜集生活素材要韩信用兵——多多益善;在进行创作时,对生活素材的筛选、择用和表现,则要优中选优,精益求精,以一当十。这样写出来的作品才有分量,读起来才感到厚实。

同时,时代是前进的,生活是发展的。从事文学创作的同志只有与时俱进,与广大人民群众同苦乐、共命运,写出来的作品才具有鲜明的时代特色和浓郁的生活气息,才能真正表达出人民的心声和要求。因此,有志于文学创作的同志,一刻也不要脱离生活,一定要深深扎根在人民生活的沃土之中,这样,你的创作源泉才不会枯竭。

二、要有正确的思想作指导

对从事社会主义文艺事业的作家、艺术家和业余文艺作者来说,就是要用马克思主义理论、毛泽东文艺思想和邓小平关于文艺的重要论述作指导。

生活素材只是形成文学作品的矿石、原料,从生活素材到文学作品,还需要经过复杂的筛选、加工、冶炼、熔铸过程。矿石有优劣、贫富之分。如何鉴别、筛选、加工、冶炼这些矿石,使它们熔铸成有价值的文学作品,这就要求作者有敏锐的眼光和卓越的分辨、选择和熔铸能力。有正确的思想作指导,会使作者具备这种眼光和能力。

我们的文艺事业是社会主义事业的有机组成部分,它的性质、任务、作用及其生存发展规律,决定了我们的文艺必须以马克思主义作为思想理论基础。毛泽东文艺思想,是我们党把马克思主义理论与中国革命文艺实践相结合的产物。从 1942 年毛泽东同志《在延安文艺座谈会上的讲话》发表,到 1989 年《邓小平论文艺》的出版,近半个世纪以来,毛泽东文艺思想作为一个科学的思想体系,它的基本原理和观点,已被长期的文艺实践所证明是正确的,是完全符合社会主义文艺发展规律的。如文艺与时代、与人民、与生活的关系,文艺事业与党的事业的关系,文艺工作者与党的领导的关系,普及与提高的关系,歌颂与暴露的关系,批判继承与创新发展的关系等问题,在《讲话》和毛泽东同志的其它文艺论著中,早已清楚地阐明了,而且几十年来一直指导着广大文艺工作者的文艺实践。因此,马克思主义、毛泽东文艺思想早已成为广大革命文艺工作者从事文艺工作和文艺创作的指南。

但近几年来,由于资产阶级自由化思潮泛滥,出现了一股攻击和否定毛泽东文艺思想的逆流。一些人对毛泽东文艺思想在文艺工作中的指导地位和作用发生了动摇。这种状况严重影响了文艺事业的健康发展。为了在文艺思想上进行拨乱反正,重新树立马克思主义、毛泽东文艺思想在文艺工作和文艺创作中的指导地位,促进文艺事业的更大繁荣,中宣部和文化部于今年初相继召开了"全国文艺工作情况交流座谈会"和"全国话剧戏曲创作座谈会"等重要会议,江泽民、李瑞环等中央领导同志会见了与会代表,并发表了重要讲话。

江泽民在讲话中指出,广大文艺工作者要以毛主席《在延安文艺座谈会上的讲话》精神和邓小平同志关于文艺问题的论述为指导思想,坚持为人民服务,为社会主义服务的方向,注重民族形式、民族风格,同时吸收国外的优秀文化,向人民群众奉献出更多更好的精神食粮。

李瑞环也作了题为《关于弘扬民族优秀文化的若干问题》的重要讲话。他指出,弘扬民族文化不仅直接关系到文化的兴衰,而且弘扬民族优秀文化是振奋民族精神,提高民族自尊心和自信心,发扬爱国主义精神,顶住一切外来压力的一个重要条件,也是加深海内外炎黄子孙的相互理解,增强民族凝聚力的重要力量。他强调说,弘扬民族优秀文化是全党全社会关心瞩目的一个重要问题,也是文艺战线面临的一项迫切任务。

继上述两个重要会议后,五月中旬,中国文联、中国作协又联合在河北保定召开了纪念《在延安文艺座谈会上的讲话》发表48周年座谈会;全国毛泽东文艺思想研究会也在陕西召开了纪念《讲话》发表的座谈会;我省和不少兄弟省、市、自治区也先后分别召开了纪念会议。所有这些目的只有一个,就是要在广大文艺工作者中重新进行马克思主义、毛泽东文艺思想的再教育,消除资产阶级自由化思潮的恶劣影响,重新树立马克思主义、毛泽东文艺思想在文艺工作和文艺创作中的指导地位,以引导文艺事业沿着为人民服务、为社会主义服务的正确方向健康发展。因此,每个有志于文学事业的同志,必须努力提高对学习马克思主义、毛泽东文艺思想重要性的认识,自觉加强对马克思主义理论和毛泽东文艺思想的学习,并用以指导自己的创作实践。

三、要有必要的文学修养和写作技巧

有厚实的生活积累作基础,有正确的思想作指导,是不是就能写出好作品呢? 回答自然难以肯定。文学创作是一门学问,没有专业知识和必备的技能是干不好的。文学修养和写作技巧从哪里来? 我希望大家在如下几方面多下些工夫。

1. 要多读些文学书籍。读书要有选择,要多读古今中外的文学名著、佳作;读当代文学报刊和书籍,要选那些有影响的作品来读。不仅要读作品,还要读些评论作品的文章和文艺理论著作,以提高自己的艺术理论修养和鉴赏作品的能力。同时,要在阅读作品的过程中注意学习别人的构思方法、表现手法、修辞语言,以提高自己的写作技巧,特别要注意向优秀的民族文化传统学习。

2. 要多写,多实践和探索。只要功夫深,铁杵磨成针。只要勤学苦练,坚持勤奋创作,就会在不断的实践中取得经验,达到熟能生巧的境界。

3. 在从事创作时要时刻审视自己为谁写作。我们的作品是写给广大人民群众看的,不能不考虑读者的兴趣爱好和接受能力。作者在创作时既要勇于创新,走自己的创作之路,又不能故作高深、弄巧成拙,特别不要赶时髦。要继承和发扬优秀的民族文化传统,要多从当代人民生活中吸取创作营养, 特别要注意从当代人民群众中学习有生命力和表现力的语言词汇,创作出具有中国作风、中国气派和鲜明地方文化特色的作品。

四、要有锲而不舍、百折不挠、精益求精、执著追求的精神

马克思曾经说过,在科学的道路上是没有平坦的大道可走的,只有那在崎岖小路上的攀登上不畏艰险的人,才有希望达到光辉的顶点。我认为,从事文学艺术事业也是这样,只有不怕艰苦并勇于和乐于吃苦的人,才有可能在文学艺术事业上做出成绩。搞创作,是一项复杂的脑力劳动,是很艰苦的。立志献身文学事业的人,起码要有以下两种思想准备。

1. 要经得起失败的考验,要锲而不舍、孜孜不倦地追求。搞文学创作失败是难免的,有的还可能碰到一连串的失败。即使是已步入文学之门的作家,有时也难避免。失败并不可怕,可怕的是一碰到失败就心灰气馁。这样的人是搞不出事业的。真正干事业的人都具有百折不挠的韧劲和锲而不舍的毅力,并善于从失败中总结经验教训,把失败变为成功之母。"世上无难

事,只怕有心人",只要孜孜不倦地追求某种事业,事业就有成功的希望。搞文学创作也是这样。这里我不妨向大家介绍一下我省著名艺术家唐小禾、程犁夫妇执著追求绘画艺术的事迹和精神。80 年代初,他们接受了为武汉东湖宾馆绘制大型壁画的任务。当时,刚刚出土的随县擂鼓墩曾侯乙编钟震撼着他们的心灵,激起了强烈的创作冲动。他们一头扎进《楚辞》《汉赋》《山海经》《舞蹈史》等历史文献典籍中,对楚文化艺术进行了深入的研究,同时还向有关专家请教。经过八个月的辛勤劳动,一幅渗透楚文化神韵、反映古代歌舞场面的《楚乐》壁画稿,终于创作出来了。如何把这幅大型壁画稿搬上东湖宾馆的墙壁? 本来《楚乐》是可以用丙烯颜料画上墙壁的,但他们考虑到陶瓷的材质美能体现自己的构思,尽管他们对陶瓷这门工艺一窍不通,可他们仍毅然选择了它。当时的宜昌陶瓷厂根本没有生产陶板的能力,但那里的黑釉独具特色,最能体现楚文化的特点,为此,他们选择了条件艰苦的宜昌陶瓷厂作为创作基地。他们一边学习和研究《陶瓷工艺学》,一边与师傅们一起进行陶板制作的试验。从模框的尺寸设计,到压力注浆制板,每一个工艺流程,都要从头试验,不知失败了多少次,有时半个月的劳动成果毁于一旦。陶瓷厂的工人们给唐小禾送了个"雅号",叫他"唐白劳"。经过近一年的反复试验,他们摸索出了一套制作平面陶瓷艺术的经验,为此,宜昌市政府授予他们科技成果奖。

《楚乐》的烧制经历了艰苦的十八个月时间。六十五平方米的壁画由一千一百四十四块陶板组成,他们进窑总次数达三千多次! 共烧制了二千三百四十七块合格品。整个壁画画面没有一处裂痕,平整度、光洁度很好。辛勤耕耘换来了丰硕成果,这幅壁画获得了第六届全国美展金奖。1986 年开始,他们又以同样的刻苦钻研精神和惊人的毅力,抛家别子,远离武汉,赴创作基地苦战一年,为荆州博物馆创作了九十平方米的大型磨漆壁画《火中凤凰》。这幅画获得了湖北省首届屈原文艺创作奖。十年中,他们有七年多的时间都是在创作基地上度过的。正因为他们全身心地投入了艺术创作,因此取得了丰硕成果,创作出了一幅又一幅震撼人心的艺术杰作,受到了党和人民乃至海外人民的高度赞扬。唐小禾、程犁夫妇孜孜不倦地追求艺术、献身艺术的可贵精神很值得我们学习。

2. 目标要高,步子要稳,要经得起成功的考验。古人说,求乎其上,得乎其中;求乎其中,得乎其下;求乎其下……那结果自不必说。这段话就是告诉我们办事情目标要定得高一些,这样经过努力,才能有所成就;如果目标定得太低,就会放松对自己的要求,不刻苦努力,结果就会一事无成。

目标要高不等于好高骛远。步子一定要稳,要一步一个脚印地前进。要学会打井的方法,找准一个地方就要坚持不懈地打下去,直到挖出泉水为止。千万不可挖几锹换个地方,那样,就永远打不成水井。初学写作,不可涉及太多的体裁,要抓住一种体裁,钻进去,突破它,并驾驭它,写出作品来。同时要经得起成功的考验,不能一发表了几篇作品,就沾沾自喜,乃至自命不凡,眼睛长到头顶上。如果这样,你就永远成不了真正的作家。只有经常看到自己不足的人,才能不断进步。我希望大家在看到自己长处的同时,经常看到自己的不足,求得自己的不断进步。我衷心祝愿大家都能一步一个脚印地向文学园地奔去。

1990 年 7 月下旬　于武当山紫霄饭店

湖北省作协《文学园》 1990 年 8 期

锐意改革　繁荣文艺

去年春天,全省上百个县以上专业剧团试行了多种形式的艺术生产承包责任制,打破了长期以来吃大锅饭、无所作为的局面,极大地解放了艺术生产力。之后,虽因种种原因有些剧团改革停下了,但仍有一批剧团坚持不懈,并创造了不少新经验。一年多来的改革实践表明,改与不改大不一样。坚持改革的不少剧团,出现了可喜的新气象——上演剧目多,演出场次多,下乡下厂演出多,演员艺术实践机会多,主动关心集体的多,苦练基本功的多,经济收入多,剧团开支少,闲杂人员少,闹事扯皮的少,从而保证了出人、出戏、走正路,使剧团健康向前发展。相反,那些改革中途停顿下来的剧团,很快又恢复了吃大锅饭状态,改革中出现的一线生机也立即消失了。

大量事实告诉我们,改革势在必行,改革才有前途,才有希望;不改革,就无药可救。文艺工作者要认清形势,提高认识,加强改革的紧迫感和责任感。我们一定要使文艺改革与经济改革同步,努力跟上时代前进的步伐。

改革是一场深刻的革命,是一项艰巨、复杂的任务。在改革过程中,必然会出现这样那样的问题,这是不足为怪的。对这些问题要具体分析,区别对待。有些问题是前进中的问题,通过努力完全可以解决;有些问题是旧的体制遗留下来的,不能归咎于改革本身。对于各种社会舆论,要看它们是否合乎实际,是否真有道理。正确的应当虚心接受,切实改正;错误的一定要坚决顶住。必须坚信:改革利多弊少,而弊是可以克服的。各级文化主管部门要进一步加强对改革的领导,有计划、有步骤地进行试点,通过试点,不断总结和推广新的经验,推动改革深入发展。要继续解放思想,尊重和发扬群众的首创精神,注意保护他们的积极性,支持和鼓励他们每个敢于冲破陈腐条条框框的新尝试。同时加强思想政治工作,切实帮助他们解决一些实际问题,引导他们沿着正确的方向前进。

《湖北日报》　1984 年 6 月 13 日　署名本报评论员

《楚天艺术》改版寄语

　　《楚天艺术》在有关部门大力支持下即将改版,将以新的面貌与广大读者见面。刊物主编要我写几句话,恭敬不如从命。

　　楚文化作为中国南方的奇诡文化与中国北方的儒家文化并驾齐驱,构成了中华民族的主体文化。湖北作为楚文化的发祥地和中心,以诗歌、音乐、舞蹈、曲艺、戏剧等表演艺术为代表的楚艺术更是地灵人杰,惟楚有才,风骚独领,佳作纷呈,名流辈出。上古楚庄王时代的滑稽表演大师优孟,被中国演艺界世世代代奉为始祖;1978 年考古发掘出土的战国早期埋葬于湖北随州曾侯乙墓中的巨型金石组合乐器——编钟系列,被誉为"世界第八奇迹";战国末期,以伟大爱国诗人屈原的作品为代表的音乐文学"楚辞",是历代人民叹为观止的千古绝唱;中古唐代,湖北天门杰出的表演艺术家和作家陆羽,被世人尊称为唐代"参军戏"的代表"陆参军";近古清代,在中国京剧的奠基人,"前三鼎甲"的余三胜和"后三鼎甲"的谭鑫培,都是湖北人。近现当代以来,湖北还涌现了一批在海内外皆负盛名的艺术家,如:中国话剧主要奠基人之一的曹禺,汉剧表演艺术大师陈伯华,戏曲名导演余笑予,等等。这些都是楚艺术的瑰宝,值得很好地发掘和总结。以弘扬楚艺术为己任的《楚天艺术》,在这方面负有更多责任。

　　当前,我国正处在由计划经济体制向社会主义市场经济体制转型的深刻变革之中,作为为经济基础服务的文艺体制,也必然要革故鼎新。在与社会主义市场经济体制相适应的社会主义文化市场体制尚未发育健全的调整阶段,艺术的创作、生产、经营和管理,也不可避免地会遇到许多暂时的困难。这种形势下,如何坚持把社会效益放在首位,努力做到社会效益和经济效益的统一,就成了繁荣社会主义文艺的新的重大课题。特别对严肃艺术刊物更是一场严峻的考验。我们欣喜地看到,《楚天艺术》不但没有追随部分严肃艺术刊物纷纷转向通俗文学乃至地摊文学的风潮,顶住了"向钱看"的压力,而且克服重重困难,由以发表戏剧理论文章为主的学术刊物,改版成以发表表演艺术作品为主的大型综合严肃艺术刊物,为更多的严肃艺术工作者提供了发表作品的园地。这是有利于促进艺术创作繁荣的义举,值得祝贺。

我们衷心希望《楚天艺术》在商品经济大潮的波动中,坚持正确的办刊方针,自觉地坚持文艺为人民服务、为社会主义服务的方向,全面贯彻"百花齐放,百家争鸣"的方针,努力弘扬主旋律和优秀民族文化,大力强化精品意识,在组织和选拔高质量的群众喜闻乐见的艺术精品上狠下工夫,以优质的精神食粮满足人民群众的需要,赢得广大读者、作者和社会各界的支持,赢得刊物的生存和健康发展。

当然,要把《楚天艺术》办成一个高品位的受读者欢迎的严肃艺术刊物,并非一件易事,这不仅需要作者的妙手,也需要编者的慧眼。因此,我们的作者和编者都需要加强学习,既要学习理论和党的方针政策,学习有关业务知识,又要向实践学习,向火热的现实生活学习。改革开放和社会主义现代化建设已成为我国当代社会生活的主流。在新的形势下,衡量和判断文艺作品是非优劣的标准,也必然具有新的内涵。邓小平同志说过:"对实现四个现代化是有利还是有害,应当成为衡量一切工作的最根本的是非标准"(《邓小平论文艺》第5页)。江泽民同志《在全国宣传思想工作会议上的讲话》中也指出:"要在建设有中国特色社会主义的理论和党的基本路线指引下,大力倡导一切有利于发扬爱国主义、集体主义、社会主义的思想和精神,大力倡导一切有利于改革开放和现代化建设的思想和精神,大力倡导一切有利于民族团结、社会进步、人民幸福的思想和精神,大力倡导一切用诚实劳动争取美好生活的思想和精神。"邓小平同志还说:"我们的社会主义文艺,要通过有血有肉、生动感人的艺术形象,真实地反映丰富的社会生活,反映人们在各种社会关系中的本质,表现时代前进的要求和历史发展的趋势,并且用社会主义思想教育人民,给他们以积极进取,奋发图强的精神";"所有的文艺工作者,都应当认真钻研、吸收、融化和发展古今中外艺术技巧中一切好的东西,创作出具有民族风格和时代特色的完美的艺术形式"(《邓小平论文艺》第6页、第8页)。这是时代的呼唤,是党和人民的要求,也是今天衡量文艺作品思想和艺术是非优劣最主要的标准。

应当看到,我们的艺术创作和出版实践就其总的状况而言,与这一标准还有较大的差距。现在一方面是大量档次不高的作品充斥我们的书刊、舞台、银幕和屏幕,而一些专业和业余作者手中的不少好作品却没有地方发表和上演;另一方面,是一些省市、地区、部门和单位出高价征集可资采用的优秀剧本等作品而不得。这就有一个为优秀艺术作品疏通渠道和帮助作家、艺术家重新认识和表现新的时代生活、提高创作水平的问题。在这方面,我们也真诚希望《楚天艺术》能以优秀作品的发表和精辟理论的阐发为己任,起到"驱动器"和"磨刀石"的作用,为繁荣我省的艺术创作作出应有的贡献。祝《楚天艺术》越办越好。

1994 年 10 月 28 日　于武昌水果湖东一路 6 号

《楚天艺术》 1994 年第 1 期

当梨园知音　做育花园丁

——《戏剧之家》公开发行寄语

　　湖北省戏剧家协会创办的《戏剧之家》，经过几年试办，今天终于作为公开发行的正式刊物，与广大读者见面了。这是我省戏剧界一件值得庆贺的事。在此，谨向辛勤耕耘在戏剧百花园中的作者和编辑同志们，向广大读者，致以热烈的祝贺！同时，也借此机会，向全省广大戏剧工作者致以新春的问候！

　　改革开放以来，在省委、省政府的重视支持下，全省广大戏剧工作者，勤奋笔耕、精心创作，涌现了一大批深受观众欢迎的优秀剧目，使我省出现了好戏连台、人才辈出的可喜局面，博得了"戏剧大省"的美誉。但由于近一个时期以来我省没有公开出版的戏剧刊物，这些艺苑佳花奇葩的艳丽光辉未能在更广阔的舞台上闪烁和辉映，其社会效益的充分发挥受到严重影响。因此，我省广大戏剧工作者早就迫切盼望有一块属于自己的育花护花园地。今天，大家终于如愿以偿了。

　　有了园地就要想方设法将它耕耘好。如何将它耕耘好呢？

　　首先，要坚持正确的办刊宗旨。办刊宗旨规定着刊物的性质、任务和努力方向。希望《戏剧之家》继续自觉坚持文艺的"二为"方向和"双百"方针，坚持以马克思主义、毛泽东文艺思想和改革开放新时期建设有中国特色社会主义理论为指针，指导自己的办刊工作。要以表现广大人民群众投身改革开放、建设有中国特色社会主义的生动丰富实践，反映时代精神，为读者提供健康有益的精神食粮为己任，坚持不懈地用优秀的戏剧作品，对广大人民群众进行道德建设和爱国主义、集体主义、社会主义思想教育，帮助他们树立正确的世界观、人生观和价值观，引导他们更积极地投身现代化建设的伟大实践，自觉地服从和服务于经济建设中心，突出主旋律、唱响主旋律、高扬主旋律，同时，要大力弘扬民族优秀文化，努力发掘民族艺术瑰宝；

要尽可能全面地反映湖北戏剧运动的概貌，把弘扬主旋律与提倡多样化统一起来，帮助读者和观众提高艺术赏鉴水平，自觉地抵制不健康的、错误的东西的影响和侵蚀；还要注意发挥其育花护花和在剧界联谊的重大作用。《戏剧之家》是全省广大戏剧工作者自己的刊物，理所当然地要为湖北剧界育花护花、推介新星、培植新人尽心竭力，要成为联系剧界同仁的纽带和轴心，成为反映其心声的代言者。《戏剧之家》要立志为繁荣我省戏剧事业、促进多出优秀作品和人才作出自己应有的贡献。

其次，要找准自己的位置。《戏剧之家》作为我省惟一公开发行的戏剧刊物，既是广大戏剧工作者发表作品、探讨理论、赏鉴艺术、推介人才、研究工作、反映事业发展状况、向社会介绍传达剧苑动态和信息的重要载体，又是广大读者了解剧坛锦绣和新貌的重要窗口；既是宣传贯彻党的基本路线和文艺方针政策、繁荣艺术创作、活跃理论研究、抵制错误倾向、弘扬主旋律和民族优秀文化、展示和推举优秀戏剧作品和人才的阵地，又是培育艺术新花、发现选拔艺术新苗的园地。它在加强社会主义精神文明建设中，特别在促进戏剧创作的繁荣和戏剧人才的成长等方面具有重要的地位和作用。

为此，它必须适应戏剧创作、戏剧理论研究和事业发展的需要，把广大戏剧工作者的优秀作品、重要理论研究成果、赏鉴心得和工作经验体会及艺术事业发展的最新动态等，及时刊载出来，向社会广泛传播，以发挥其更大的社会效益，促进戏剧创作的繁荣和事业的发展。她还必须高度重视刊载内容的筛选和取舍，要注重刊载内容的导向性、示范性、代表性和探索性，要把那些真正能反映和代表我省戏剧创作、戏剧理论研究和赏鉴水平及戏剧事业发展动态的最佳、最新成果和信息及时推介出去，让广大读者通过这个窗口，能及时观赏艺苑的佳花奇葩，了解剧坛的新貌和发展态势。

它必须适应加强社会主义精神文明建设的需要，把党的文艺路线、方针、政策和有关指示精神及时地传达给广大读者，以指导艺术工作和创作的健康发展；必须自觉地加强精品意识，大力推举那些能代表当前戏剧创作水平、反映时代精神的优秀作品和人才，努力弘扬主旋律和民族优秀文化，抵制错误倾向的侵袭，以保持艺苑的高雅纯洁和蓬勃生机。它既要让艺术的佳花奇葩争奇斗艳、长盛不衰，又应义不容辞地肩负起浇灌培育艺新花、发现选拔艺术新苗的重任,使《戏剧之家》成为艺术新花新苗苗壮成长的温床和摇篮。

《戏剧之家》的位置找准了,作用发挥出来了,它的价值才能充分显示出来,才能得到社会的承认。我衷心祝愿《戏剧之家》能出色地扮演好自己的角色,成为广大戏剧工作者和读者的良师益友,成为促进戏剧创作繁荣、艺术事业发展的加油站和催化炉。

再次,要进一步办出自己的风格特色。风格特色对于刊物来说是十分重要的, 在很大程度上反映着刊物的面貌和形象,决定着刊物的成败兴衰。《戏剧之家》在试办过程中,初步形成了自己立足普及、着眼提高、雅俗共赏、老少咸宜、平易朴实的风格,注重突出刊物的艺术特色、学术特色和地方特色,受到专家和读者的好评,也为《戏剧之家》的公开发行积累了宝贵经验。这些风格特色无疑是应进一步保持和发扬的。《戏剧之家》要在读者中树立更美好的形象, 就必须在创建和形成自己的风格特色上下更大工夫。

要进一步明确自己的服务对象,立足普及,着眼提高,坚持普及与提高相结合,做到雅俗共赏。要坚持高格调、高品位。刊载的内容要有较大的包容性,既要有优秀的和比较优秀的戏剧作品,又要有有新意、有创见的理论探讨和艺术赏鉴文章,还要有及时反映艺苑动态的要闻和信息;既要使普通读者从中受到陶冶和教益,得到引导和指导,又要使专家学者从中受到启发,获得营养;要努力拓宽自己的读者面,尽力满足多层次读者的需求。

还要突出刊物的艺术特色、学术特色、时代特色和地方特色,着力反映湖北的戏品、文品和人品。《戏剧之家》必须以刊载丰富多彩的戏剧作品和言论、推举层出不穷的戏剧优秀人才、反映日新月异的剧坛动态为己任,强化其艺术特色,致力于促进戏剧艺术创作和理论研究的繁荣、戏剧人才的成长和戏剧事业的发展。只有这样,刊物才有自己的个性和存在的价值。同时,《戏剧之家》又不能只满足于刊发作品、传播信息,还必须注重戏剧理论的研究和探讨,突出其学术特色。要提倡百家争鸣,鼓励探索创新,力求在戏剧学术研讨上有所追求、有所作为、有所成就。突出刊物的时代特色也是不可忽视的。一个时代有一个时代的特色,办刊物不能脱离时代特色。时代生活主潮、时代生活气息和时代精神是时代特色的具体体现,这些既是戏剧作品的源头活水、艺术生命力之所在,也是戏剧刊物的源头和艺术魅力之所在。离开了源头活水,刊物就会与时代和读者隔绝起来,变得死气沉沉,毫无新意和生气。因此,《戏剧之家》应力求选发那些富有时代特色的作品和文稿,以保持刊物的勃勃生机和活力。突出地方特色对《戏剧之家》来说更具有重要意义。《戏剧之家》作为湖北的戏剧刊物,理所当然地对振兴湖北戏剧事业、促进戏剧创作的繁荣负有更多的责任和义务。要立足湖北、表现湖北、服务湖北,着力反映湖北的戏品、文品和人品,把湖北各剧种的佳作、美文和优秀人才推介出去,把湖北剧苑的新秀新苗培育起来。特别要下大力气反映和推举湖北剧苑的精品、力作和拔尖人才。这既是《戏剧之家》应尽的责任和义务,也是它有别于其他戏剧刊物并与之媲美争辉的标志和根基。在立足湖北、突出地方特色的前提下,还要面向全国,广采博纳,广交朋友,积极反映全国剧界的最新成就和动态,努力拓宽《戏剧之家》的舞台,开拓市场,服务社会。

一个刊物的风格特色不只表现在刊载内容的取舍、特色的浓淡上,还表现在语言、文风和表现形式等多方面。《戏剧之家》从公开面世之日起,就应以崭新的面貌呈现在读者面前,语言要力求准确、鲜明、生动、形象、凝练,文风要潇洒、清新、活泼、朴实,做到有的放矢,有感而发,言之有物。要注重刊物的可读性,内容的多样性和趣味性,尽力给人以引人入胜、丰富多彩的艺术感受,以增强刊物内容的动态感。在刊物的包装上要讲究形式美,要精心编排,搞活版面设计,大力提高刊物的印刷、装帧质量,使《戏剧之家》成为表里如一、图文并茂、特色独具的戏剧刊物而受到广大读者的重视和欢迎。

最后,要注意发现和培养戏剧创作新人,逐步形成一支老、中、青结合的热心为《戏剧之家》撰稿的作者队伍,以增强刊物发展的后劲。同时也衷心希望《戏剧之家》编辑部把提高编辑人员自身的素质摆在重要位置上。无论编者、作者,不仅要努力学习业务知识,提高业务素质,更重要的是要不断提高自己的思想理论水平和政治素质,一方面要注意学习党的方针政策和政治理论,自觉地运用马克思主义、毛泽东文艺思想和建设有中国特色社会主义的理论武装头脑,使自己能始终保持清醒的头脑和坚定的政治方向,另一方面要向火热的社会生活学习,要密切关注日新月异、丰富多彩的现实生活，想方设法经常深入到改革开放和现代化建设的伟大实践中去，了解、熟悉和感受广大人民群众在这场伟大实践中所经历的风风雨雨、所创造的光辉业绩和时代精神，使自己对现实生活有切身的感知和总体的把握，以保证自己在组织、取舍和处理稿件，摄取、提炼和加工创作素材时真正具有慧眼和真知灼见。

此外，还要牢固树立为读者服务的思想，善于倾听读者的意见和建议，不断改进刊物的工作，提高刊物质量，为读者提供更多更好的精神食粮。

艺术的生命力在于不断开拓创新。希望《戏剧之家》大胆探索，精心耕耘，在题材的开掘、艺术的创新、主旋律与多样化的结合、优秀艺术人才的推举和艺术新苗的发现培养以及专家、群众的喜闻乐见上多下工夫，把刊物办得高雅清新、生动活泼、雅俗共赏，使《戏剧之家》真正成为广大读者的益友良师，成为梨园的知音，育花护花的园丁。

《戏剧之家》　1996 年第 1 期（公开发行第 1 期）

解决实际问题　发扬奉献精神

——也谈解决我省戏剧编剧队伍后继乏人问题

读了《楚天艺术》1990 年第 3 期上彭志淦同志（注：又名习志淦）题为《我省戏剧编剧队伍后继乏人亟待解决》的文章，颇有感触。文章对当前我省戏剧编剧队伍后继乏人的几种具体表现的概括和造成这种状况原因的分析，是比较准确的，符合我省戏剧编剧队伍的实际，切中要害；对如何解决编剧队伍后继乏人问题提出的几点建议，也有较强的针对性和参考价值。我作为与文艺工作者有过较广泛接触并为之服务多年的宣传文化组织工作者，也想就文章谈及的问题说点个人的看法。

近几年来，我省戏剧创作出现了多年来少有的繁荣局面，取得了较大成绩，涌现了一批受欢迎的、在省内外乃至海外产生很大反响的优秀新剧目，多次得到中央和省里的嘉奖。全省广大戏剧编剧工作者为此付出了辛勤劳动和聪明才智，作出了巨大贡献。应该说我省戏剧编剧队伍的力量是比较强的，素质也是比较高的。但随着形势的发展、商品经济观念的日益深入人心和文艺战线经费拮据、入不敷出的状况逐步加剧，加上受生老病死等人生自然法则的影响，我省戏剧编剧队伍近年来确实出现了数量骤减、人心不稳、年龄老化、后继乏人等令人担忧的现象。这种状况应当引起我省各级主管宣传文化工作的党政领导的关注和重视。

造成这种现状的原因尽管很多，但归结起来不外两个方面：一是主观方面的；二是客观方面的。从主观方面讲，主要是一部分戏剧编剧人员在改革开放逐步深入，商品经济不断发展，人民生活大幅度提高，对戏剧创作要求日益提高的新形势下，思想和业务素质都难以适应新的时代和人民的需要；少数同志经不住五光十色的商品经济的诱惑和形形色色的错误思潮的熏染，对广大人民群众从事改革开放和四化建设的火热生活，既缺乏深切的了解感受，又不愿下苦工夫去增进这方面的了解和感受，其社会责任感、使命感和追求艺术、献身艺术的事业心明显下降;有的长期无所作为,写不出像样的作品;有的虽然写出了反响较大、基础较好的作品,但又缺乏锲而不舍、精益求精的精神和毅力,不愿花更大的气力,将其打磨成真正的艺术精品;有的舍本求末,把创作的主要精力投向经济效益显著的文艺样式,抓紧时间捞实惠;有的甚至改弦易辙,另操他业,或脱离剧坛,弃笔经商,或自找门路,远走他乡。这在一定程度上导致了我省戏剧队伍数量的下降。从客观方面讲,有关文艺政策不配套,分配上的脑体倒挂问题严重;戏剧创作观念上长期沿袭"以演员为中心",编剧未能得到应有的重视。这些严重挫伤了广大戏剧编剧人员的积极性、创造性和事业心,加剧了编剧队伍的人心浮动和人员流失。此外,有关主管部门对我省戏剧编剧队伍年龄老化,离退休、病死等自然减员逐年增加等问题,未能及早采取有效的补救措施,没有建立必要的后备梯队,也是导致我省戏剧编剧队伍人员数量骤减、质量降低、面临着后继无人危险的重要因素。

如何解决我省戏剧创作队伍后继乏人的问题呢? 我认为,仍应从客观和主观两方面入手。

从客观方面讲,要努力改善戏剧创作的客观条件。一是有关主管部门要在深入调查研究的基础上对有关文艺政策、特别是戏剧创作的分配政策进行适当调整,切实解决这方面的脑体倒挂问题,造成一种有利于促进优秀新创作作品不断产生的分配机制, 使编剧人员不仅在事业上有所成就,在经济上也能有所得。二是有关主管部门和文艺单位的领导要多与戏剧编剧人员交朋友,及时了解他们的情况和要求,采取有力措施为广大编剧人员深入生活、调查采访、从事创作创造有利条件,设法帮他们解决工作、学习和生活等方面的实际困难;要按照省委鄂发[1988]18 号文件精神,为他们创造一种良好的工作环境和氛围。三是要通过有关文艺政策的调整和宣传舆论的引导,逐步扭转戏剧创作以演员为中心的观念。我们应当清醒地看到,剧本是一剧之本,没有好的剧本,再有本领的演员也难演出扣人心弦的好戏来。因此,要高度重视编剧在戏剧创作中的关键作用。一台戏上演成功了,在大力宣传和表彰演员的同时,也应采取恰当的方式对剧本作者予以宣传和表彰;对创作出高质量、受读者观众欢迎的好剧本,为我省戏剧创作作出了显著贡献的编剧人员,有关主管部门和单位,要通过广播、电视、报刊等媒体和适当的奖励措施，及时大张旗鼓地予以宣传、表彰和奖励，以造成重视编剧、尊重编剧、激励编剧的社会氛围，促使广大编剧人员为弘扬祖国优秀文化、反映和讴歌新的时代、新的人民，繁荣我省的戏剧事业而努力创作。四是要切实解决我省戏剧编剧队伍人员不足、年龄老化等问题。彭文提出：要立即对我省编剧队伍来一次重新摸底登记，设法使那些已调走但有创作实力的同志重新归队；要从各剧团选一批有培养前途的青年演员（伴奏员）和热心戏剧事业的大学毕业生进行培训，让他们学习戏剧创作基本知识，参加戏剧剧本创作实践，从实践中锻炼提高。除此之外，我认为还应放开视野，到文学、戏剧刊物中发表过剧本的作者群中去发现、挑选具有创作实力的编剧人才加以引进。我觉得上述建议都有可取之处。有关主管部门和文艺单位如能对这些建议认真加以研究和采纳，并采取得力措施逐步予以落实，我相信，不要很久，我省戏剧编剧队伍人员不足、年龄老化、后继乏人的状况就会有所改观。

从主观方面讲，就是广大编剧人员要努力提高自身的思想和业务素质，增强社会责任感、使命感和追求艺术、献身艺术的事业心。近年来，我省戏剧编剧队伍的数量和质量出现滑坡，除了戏剧创作中的许多实际困难和问题需要解决的原因外，一部分编剧人员放松了马克思主义理论和专业知识的学习，不能自觉地抵制资产阶级自由化思潮和拜金主义歪风的侵蚀，脱离实际，脱离现实，生活体验肤浅，思想水平、艺术修养不高，而又急功近利，计较眼前利益得失，缺乏那种"衣带渐宽终不悔，为伊消得人憔悴"的追求艺术、献身艺术的精神，也是其重要因素。因此，有关主管部门和文艺单位，要有计划地分期分批地组织编剧人员认真学习马克思主义理论、毛泽东文艺思想和党的文艺方针政策，学习戏剧创作基础知识和有关专业知识，参加社会实践，帮助他们正本清源，进一步明确戏剧创作的指导思想，感知时代和生活的脉搏，充实知识库存，提高思想素质和业务水平，以适应戏剧创作的需要。广大戏剧编剧人员应自觉坚持学习马克思主义理论、毛泽东文艺思想和党的文艺方针政策，争分夺秒地钻研业务知识和民族优秀传统文化，抓住一切机会扎扎实实地深入生活，深刻地感受生活，不断地充实和提高自己；要自觉抵制、反对资产阶级自由化思潮和各种错误创作思想的侵蚀，进一步端正自己的创作思想；特别要注意抑制和克服"向钱看"

的思想,努力发扬自尊、自强、自爱和甘于吃苦、乐于奉献的精神。搞艺术是需要奉献精神的。斤斤计较个人得失和眼前利益的人,是搞不好艺术,也搞不成艺术的,戏剧创作也不例外。实事求是地说,当前就一般情况而言,搞戏剧创作比搞其他经济效益显著的艺术门类的创作,是要清苦些,但基本生活条件还是有保障的。只要我们戏剧编剧人员真正树立了甘愿为弘扬民族优秀文化、讴歌伟大的时代、人民而贡献一切的社会责任感和执著地追求艺术、献身艺术、为了高尚的艺术可以舍弃一切的事业心,工作上、生活上的一些暂时困难是可以克服的,也是能够克服的,个人经济利益的损失也可以从艺术追求上的收获、事业上的成就中得到补偿。这样的编剧人员多了,资产阶级自由化思潮和拜金主义的歪风就难以侵蚀我们的戏剧编剧队伍。这样,我们的编剧队伍不仅会稳定下来,巩固起来,而且会逐步发展壮大起来,形成浩浩荡荡的戏剧编剧大军。我热望着这一天早日到来。

《楚天艺术》　1990年第4期

祝贺与希望

　　今天，我有幸应邀来参加省京剧院建院三十周年的隆重庆典活动，感到非常高兴。首先，我代表湖北省文联向湖北省京剧院的领导和全体员工表示热烈祝贺！并借此机会，向三十年来为省京剧院的建设、发展和腾飞付出辛勤劳动、作出可贵贡献的领导、艺术家、全体文艺工作者表示崇高的敬意和诚挚的问候！

　　省京剧院自建院以来，始终以艺术生产为中心，坚持走继承、探索、创新，出人、出戏、出风格的道路，发扬艰苦奋斗、无私奉献、团结协作、改革创

2000 年 12 月 15 日上午作者在湖北省京剧院建设三十周年庆典大会上讲话

新、锲而不舍、勇攀高峰的精神，做出了优异成绩，取得了丰硕成果，不仅整理上演了上百个传统剧目，涌现了《岳飞夫人》《杨门女将》《玉堂春》《四郎探母》《秦香莲》《祭江》《伐子都》《女杀四门》《十八罗汉斗悟空》等一批久演不衰的优秀传统保留剧目，而且连续创作上演了《一包蜜》《徐九经升官记》《药王庙传奇》《膏药章》《法门众生相》等一批在全国夺得大奖的优秀新剧目，以在全国权威性戏剧评奖中"五连冠"的优异成绩，使湖北省京剧院从一个无知名度、无知名艺术人才、无知名作品的三无剧团，一跃成为全国知名的京剧院团，成为"全国文化工作先进集体"，成为全国"坚持编演现代戏成就显著"的剧院。这不只是湖北省京剧院的光荣，也是我省文艺界和全省人民的光荣。

不仅如此，省京剧院在长期的艺术创作实践中还造就了余笑予、朱世慧、杨至芳、李春芳等一批造诣很深的知名艺术家，产生了以余笑予、谢鲁、习志淦、郭大宇、田少鹏、欧阳明为主力的"创作集团"，推出了《徐九经升官记》《法门众生相》等艺术精品，初步形成了"以平民性、传奇性、亦喜亦悲，时代特征与现代意识相结合、继承与创新相结合的'鄂派'京剧特色"，为我省乃至全国戏剧创作的繁荣、戏剧事业的发展，探索出了一条可供学习和借鉴的新路。省京剧院倡导和坚持的艰苦奋斗、开拓进取的创业精神，团结拼搏、探索创新的改革精神，锲而不舍、勇攀高峰的敬业精神，都是值得我省广大文艺工作者认真学习和发扬的。

我衷心希望全省广大文艺工作者虚心向省京剧院的同志们学习，把他们创造的宝贵经验变成我们大家共同的精神财富，使其在新世纪中发出更加夺目的光辉。

我衷心祝愿省京剧院在新世纪中迈出更坚实的步伐，取得更辉煌的成就，为戏剧创作和文艺事业的繁荣作出更大的贡献。

2000 年 12 月 15 日　于省京剧院剧场

促进企业文化建设的有效途径

加强企业文艺工作,繁荣企业文艺创作,不仅是企业文化建设题中应有之义,而且是企业文化建设的重要组成部分,是促进企业文化建设的有效途径。为什么?

首先,它有利于树立和弘扬企业精神。企业文化建设的精髓和核心是要为企业树立起具有时代精神、共同理想、价值观念、道德规范和行为准则的企业精神。怎样树立起这种企业精神呢?除了加强思想政治工作之外,还可以依靠和运用经济的、行政的、法律的、纪律的、文艺和教育的形式和手段来实现。而依靠、运用文艺形式和手段,则是加强企业文化建设、树立企业精神的最有效的一种途径。文艺具有形象生动、形式活泼、丰富多彩、情景交融、物我共鸣、发人深省、逗人快乐等特点,可以寓教于文、寓教于物、寓教于情、寓教于乐,是传播和树立企业精神的最佳载体之一,这已被大量的企业文艺实践所证明。

武汉钢铁公司,一贯重视企业文艺工作和文艺创作,企业的文化建设一直与生产建设同步发展。早在 1964 年,武钢就成立了文联,创办了文艺刊物和职工文艺表演团体,兴建了大批文化设施,开展了一系列文艺创作和展演活动。近年来,在改革开放和经济建设热潮推动下,文联和职工文艺表演团体更焕发出勃勃生机,文艺工作和文艺创作更为活跃。他们牢牢把握住时代脉搏,始终不脱离武钢的火热生活,不脱离为职工服务、为社会主义企业服务的方向。武钢在长期的实践中,找到了"坚持社会主义方向,走质量经济效益型道路"的企业发展方向,总结出了"艰苦奋斗、团结协作、从严求实、改革创新"的武钢精神。武钢坚持的企业方向和企业精神,成为武钢文艺工作和文艺创作的主旋律。从"武钢大合唱"到歌舞大联唱"武钢之歌",从小说《三个李》《李铁柱的爱情》到《风雨姻缘》《太阳神》,从《矿工诗

1993年3月26日上午作者在中宣部文艺局与珠海市经济技术促进
会联合召开的"企业文化建设与管理经验交流研讨会"上宣讲论文

抄》到《钢城的黎明》《蓝色的眼睛》,从《工地速写》到《一米七特异功能》,从
《钢花·鲜花》到《钢厂印象》等等,各门类的文学艺术创作,无一不反映出武
钢人丰富多彩的日常生活,体现了武钢人的精神风貌。武钢的企业精神借助
文艺的翅膀,传遍了十里钢城、大江南北,深入千家万户、千万人心。

长江轮船总公司的文艺实践也充分证明了这一点。长期以来,他们把
宣传以"献身长江"为核心内容的长轮总企业精神作为长轮总文艺工作和
文艺创作的首要任务,紧紧围绕"献身长江"的"献"字做文章,调动一切艺
术手段,把那些具有奉献精神的长江海员和企业单位为长江航运事业英勇
拼搏、不断奋进的英雄业绩和精神风貌,生动形象地展现出来,创作出一批
又一批形象生动、弘扬长轮总企业精神的文学、美术、摄影和演唱作品,使
长轮总的企业精神在长江全线得以广泛传播。

其次,它有利于活跃和丰富企业职工的精神文化生活,陶冶他们的性
情,提高他们的素质,增强企业的凝聚力。现代企业,职工的知识结构已发
生了深刻变化,与十年前、二十年前的情况大不相同了,一个大型企业拥有

成龙配套的各方面人才,可以说是一座知识库,一个现代化的小社会,一个完整的现代化体系;工人也不是过去的文盲大老粗,绝大多数都有文化、有知识。现在的工人和工人阶级知识分子,对文化生活的需求日益迫切,已经进入了一种主动选择、主动参与的境界,他们思文、思美、思乐、求知、求美、求乐的要求越来越高了。这种形势下,切实加强企业的文艺工作,大力繁荣企业文艺创作,通过开展经常的健康有益、丰富多彩的文艺活动,占领企业的思想文化阵地,把企业职工的注意力、兴趣爱好和剩余精力吸引过来,这对开发企业职工的智力,陶冶他们的性情,提高他们的精神文化素质,增强企业的凝聚力大有益处。近年来,我省产业系统在这方面做了一些工作,收到了较好的效果。1989年省委宣传部、省文联、省总工会等部门和单位联合举办了湖北省产业系统首届"楚天文艺奖"评奖活动,这次活动历时达半年之久,吸引了近百万职工参加,不仅涌现了大批富有现代生活气息和艺术感染力的文艺佳作,大大活跃和丰富了企业职工的精神文化生活,陶冶了广大职工的性情,而且在当时发生政治风波的社会历史条件下,为稳定社会、稳定企业职工队伍,作出了有益的贡献,受到各级领导和广大职工的热烈欢迎和好评。去年,我们又成功地举办了第二届"楚天文艺奖"的评奖活动,吸引了更多的职工参加,收到了更为显著的效果。

再次,它有利于加强企业的思想政治工作,激发和调动企业职工的积极性,促进企业的两个文明建设。企业文艺工作和文艺创作是企业职工思想政治工作的良好载体。企业文艺舞台是宣传党的路线、方针、政策,建设社会主义精神文明的重要阵地。借助这块阵地,运用文艺的形式,生动形象地开展政治思想教育,寓教于文,寓教于乐,会收到事半功倍的效果。1989年的春夏之交,我省江汉油田的广大文艺工作者和文艺爱好者,把参加当时中国石油总公司举办的石油职工文化大赛和省里举办的首届"楚天文艺奖"评奖活动,当做表达自己爱祖国、爱社会主义、爱石油、爱油田的好形式,针对当时的社会政治形势,创作和编导了《红梅赞》《爱在荒原》《油田畅想曲》《油井旁的小路》《我心中的石油河》《自己的幸福自己求》等一大批歌颂祖国、歌颂先烈、歌颂现代石油工业的文艺作品。他们自编自演,载歌载舞,形象传神地告诉人们,今天的幸福生活来之不易,只有社会主义才能救中国等道理,使广大职工受到深刻的感染和教育。

　　武汉锅炉厂在这方面的实践更具有雄辩的说服力。1989年春夏之交，为稳定企业的生产和工作秩序，武锅党委和厂部领导，及时部署武锅职工业余艺术团，拉开了历时两个月的"武锅首届艺术节"帷幕。从四月中旬到六月中旬，组织全厂2176人次上台，演出集体节目56个，单双人表演节目92个，有1133人获奖，观众达二万余人次，在全厂引起了极为强烈的反响，受到广大职工的热烈欢迎，为稳定职工队伍，促进企业的两个文明建设做出了特殊贡献，受到各方面的好评。

　　最后，加强企业文艺工作，繁荣企业文艺创作，有利于促进优秀文艺作品和文艺人才的涌现，有助于促进文艺事业的繁荣和发展，有利于企业文化建设出成效、提档次、上水平。衡量一个企业的企业文化建设水平的高低，可以从企业的经营管理、制度建设、设施建设、奋斗目标、开拓创新能力、思想政治工作、职工的价值观念、道德观念等多方面作出判断；而企业的文艺工作和文艺创作活跃不活跃，能不能搞出一批又一批具有时代生活气息和本企业特色的优秀文艺作品，有没有一支活跃的具有较高素质的企业文艺工作队伍，企业文艺事业能否持续繁荣发展，也应是衡量企业文化建设水平的重要标志之一。基于这样的认识，我省许多企业把抓文艺创作，出作品，出人才，作为企业文化建设的大事来抓，长抓不懈，持之以恒。

　　武钢为了培养更多的文艺人才，采取了许多行之有效的办法：一是点面结合，抓点带面。钢花新村作者较多，钢花文化站就经常举办文学沙龙活动，让作者们在一起切磋创作问题，既促进了他们自身创作质量的提高，也吸引和带动了周围更多业余文艺作者的关注和参与，推动了面上业余文艺创作活动的开展。二是内外结合。主要做法是与省市有关文艺部门联手举办笔会、画展、联合演出等活动，邀请著名作家、画家等来武钢讲课辅导，还不定期地将部分文艺骨干送到专业文艺部门去学习培养。三是业余与脱产相结合。他们坚持利用业余时间开展文艺创作活动，不影响生产，同时也给有成绩的文艺骨干创造条件，帮助他们提高。《武钢文艺》每年举办四次笔会，请有作品初稿的作者脱产十余天修改稿件。《武钢文艺》的编辑每年还享受半年创作假，以创作有分量的文学作品。这些措施的实施，既壮大了文艺创作队伍，又大大促进了优秀文艺人才的不断涌现，仅文学协会就先后为省市专业文艺部门和单位输送专业作家、记者、编辑5人，同时又大大提高了武钢文艺创作的水平,仅 1989 年,他们就有 60 多件作品在全国和省市各种文艺评奖、比赛中获奖。

江汉石油管理局为了多出、快出文艺人才,不断提高职工文艺创作和文艺活动的质量和水平,除了采取请进来、送出去等类似武钢的做法外,他们采取的一个重要措施是办培训班。近年来先后举办了美术、声乐、文学创作、舞蹈、器乐、书法、摄影等短期培训班、学习班共 500 多期,培训职工16000 多人次,使企业文艺骨干队伍的思想和业务素质都有了明显提高,文艺创作的质量有了长足的进展,一大批优秀文艺作品在省、部级文艺评奖、比赛中获奖。

长江轮船总公司在出作品、出人才方面硕果累累。从 1984 年到 1990年,全公司共获得国家级、省部级、市级文学艺术奖 280 余个,创作并在社会上的报刊上发表了 1400 多篇文学作品,展出了 7300 多件美术、摄影作品,其中有 160 多幅作品被选送到日本、美国、香港、台湾等国家和地区展出。同时,还涌现了一大批文艺人才,其中文艺骨干就达 3000 多人。这支队伍,长期活跃在基层,为繁荣企业文艺事业,活跃职工的文化生活,树立企业的形象,提高企业的知名度,发挥了积极作用。

为了有效地促进企业文艺事业的繁荣和发展,省委宣传部、省文联和省总工会等部门和单位联合举办的全省产业系统三年一度的"楚天文艺奖"评奖活动已经制度化,1989 年、1992 年已成功地举办了两届评奖,不仅评出了587 件优秀文学艺术作品,推出了一大批文艺新人,更重要的是这项评奖活动已深入全省广大产业职工心中,在企业和社会上产生了广泛影响,受到各级领导和广大职工的热烈欢迎和好评,推动了全省企业的文艺工作和文艺创作,繁荣了文艺事业,促进了企业的文化建设,塑造和宣传了企业形象。

总之,企业文艺工作是企业文化建设的不可分割的重要组成部分,是建设企业文化、弘扬企业精神的重要传播媒介,具有不可替代的重要作用。要建设企业文化,就必须高度重视企业文艺工作和企业文艺创作,并采取得力措施,切实抓好这项工作。企业文艺工作和文艺创作抓上去了,企业文化建设凭借文艺的翅膀,就会提高到新的水平,收到事半功倍的效果。

《企业文艺工作文论》 中国文联出版公司 1994 年出版

光耀楚天大地的文化新星

《文化新星》一书的问世,报告了文化春天的到来。

党的十一届三中全会的春风吹遍神州大地,给亿万农民带来了福音。解决了温饱的农民,富而思乐,对文化生活的需求日益增长,文化有了广阔的市场。党在政治思想上的拨乱反正,清除了"左"的影响;在经济上实行对外开放,对内搞活的政策,促进了文艺的活跃;而农业生产责任制的普遍实行,又使农村有了办文化的人力、财力和智力。这一切,为农村文化事业的飞跃,创造了极有利的条件。这种形势下,数以万计的农村文化户如雨后春笋,迅速生长;似烂漫山花,遍地开放。广阔的农村大地充满了勃勃生机。

文化户成批涌现,打破了文化事业独家经营的格局,改变了群众文化的结构,形成了一个由国家、集体和个人组成的多层次、多渠道、多形式的文化网络,从而开创了由"小文化"向"大文化"迅猛发展的新局面。

《文化新星》这本报告文学集,是在全省各级宣传文化部门的大力支持下编写的。这本书以热情的笔调,生动的语言,真实地报告了我省部分农村文化户代表人物不平常的创业史,形象地再现了他们在创业路上迎难奋进的勃勃英姿和感人事迹,热忱地歌颂了他们自觉献身农村文化事业,为建设社会主义精神文明作贡献的可贵精神。它将为广大农村文化户更好地发展文化事业提供有益的经验,也给有志于献身农村文化事业的文艺爱好者打开创业和治穷致富的大门。我们衷心希望这本书能为加速我省两个文明建设推波助澜,希望它能给成千上万的群众文化工作者以有益的启示。我们祝愿有更多闪耀着璀璨光华的文化新星从辽阔的楚天大地上升起。

本文是作者执编的《文化新星》序言节选

《书刊导报》 1986 年 1 月 16 日

湖北农村文化户的特点和发展趋势

党的十一届三中全会以后,农村面貌发生了天翻地覆的变化。解决了温饱的农民,富而思乐,对文化生活的需求日益增长,文化有了广阔的市场。党在政治思想上的拨乱反正,清除了"左"的影响;在经济上实行对外开放、对内搞活的政策,促进了百业的复兴、文艺的活跃;农业生产责任制的普遍实行,又使农村有了办文化的富余人力、财力和智力,因而数以万计的农村文化户应运而生。

文化户的成批涌现,打破了文化事业独家经营的格局,改变了群众文化的结构,形成了一个由国家、集体和个人组成的多层次、多渠道、多形式的文化网络。

文化户是传播社会主义精神文明的使者。他们的兴起和发展,扩大了群众文化的覆盖面,增强了服务的针对性;各类文化活动的广泛开展,极大地丰富和活跃了人民群众的精神文化生活,较好地满足了群众求富、求乐、求知、求美的迫切要求。许多文化户还自觉挑起宣传党的方针政策重任,主动地开展多种形式的宣传教育工作。大悟县有个姓魏的农民,结婚多年,因妻子头胎妊娠难产,他先后请道士"治妖"、巫婆"下马",花去四百多元。巫婆说,王母娘娘要他修一座土地庙。老魏只好央求乡亲们帮忙,日夜抢修。该县说大鼓的民间艺人余明田闻讯后,背起鼓,带着医生急匆匆赶来了。医生见产妇苦痛难熬,随时都有丧生的危险,忙为产妇打了一针催生剂。不到一刻钟工夫,一个胖儿子"哇哇"坠地了。只花了三角钱的针剂费,母子平安,合家欢喜。老魏扛起锄头把那个新垒的土地庙扒了个精光。余明田抓住此事,即兴编了段《要信科学莫信神》的鼓词,当场演唱了一番,使当事人和群众受到了很大教育。安陆县的"电影状元"涂文书,见村里的妇女害怕做结扎手术,就及时租回了《计划生育》科教片,为大家放映,解除了大家的顾虑,大大推动了全乡的计划生育工作。这些事例都生动说明,广大文化户在宣传贯彻党的方针、政策,加速社会主义精神文明建设方面,确实发挥了重要作用。

文化户也是物质文明建设的推动者和创造者。他们不仅带头运用所学到的农业科技知识积极发展农副渔等业生产,而且为经济专业户致富搭桥,摸索了一条开展农村文化服务的新路子,促进了科学技术知识的普及和农村商品经济的发展。近年来,已涌现出一大批既是精神文明建设尖兵,又是物质文明建设模范的"双文明户"。

文化户这个新事物一出现,就显示了强大的生命力和鲜明的民族特色。其突出表现有以下几点:

第一,自愿从业,自主经营。各类文化户根据各自的爱好、特长和客观条件,或独资、或联户集资,分别经办电影、电视、图书、照相、皮影、杂技、魔术、说唱、工艺美术及文化室(站)、文化乐团、文化茶社等文化事业,除少数义务服务型以外,绝大多数都是把这些文化事业当做企业来办,因此,既满足了群众对文化生活的渴求,又为自己开辟了一条致富的门路。安陆县刘兴乡的刘明儒办文化室(站)、鄂州市东沟乡的张友发放电影、监利县的魏能忠办"启民书店"、黄冈县马曹庙办的"民欢乐团"等等,无不是如此。由于广大文化户从事的都是自己所热爱的文化事业,并与自身经济利益紧紧相连,因而舍得投入人力、财力和智力,肯在提高事业的社会效果和经济效益上动脑筋、想办法,积极性、主动性和创造性得到了充分发挥,因而事业能不断地巩固和发展。

第二,就近服务,方便群众。文化户土生土长,深深扎根在群众之中,把文化事业办到群众家门口,使群众看电影、电视,甚至买书、发信都不用出村;他们勤于调查研究,交游广泛,了解情况及时,与群众息息相通,能因时、因地、因人地为群众服务;他们经营方式灵活,经常走村串户,服务上门,价可议定,钱可赊欠,还可用实物代币,特殊情况下还能免费提供服务,极大地方便了群众。因而兴办的文化事业受到广大群众的热烈欢迎和广泛支持,路子越走越宽。

第三,一业为主,兼营它业。文化户经营业务类型是多种多样的,有单营型的,但更多是兼营型的。他们或以经营电影为主,兼营电视、图书,或以经营图书为主,兼营电视、游艺,或以经营文化事业为主,兼营商业、农副业乃至工业品等综合性服务。这既合理地利用了人力财力,扩大了经营范围,又为文化事业稳步持久地发展积累了较充足的资金,使文艺事业能保持旺盛的生命力。

当然,文化户还是个稚嫩的新事物,还得因势利导、细心培植。

首先,自愿、自主、自然转化的经营原则不能改变。现阶段国家还拿不出大批钱来扶持文化户。文化户经营什么业务,如何经营,应由他们自己决定,享有充分的自主权。国家职能部门只能按照各类文化户各自发展的规律去提倡、扶持它,而不能人为地阻碍它的发展。

其次,社会效益和经济效益相统一的经营方针不能动摇。文化户应办成社会主义精神文明的窗口,必须把讲求社会效益作为开展一切文化活动的最高原则。它有责任宣传爱国主义、社会主义、共产主义,教育人民有理想、有道德、有文化、有纪律。不能为了盈利,让趣味低劣的东西泛滥,毒害群众。但文化户要吃饭穿衣,在保证社会效益的前提下,组织一定的收入是完全应该的,因此,两个效益必须很好地统一起来。同时,要注意活动内容的娱乐性、知识性和思想性。只有把娱乐意愿和教化意愿有机结合起来,才会受群众欢迎,才能收到好的社会效益和经济效益。

再次,灵活多样,多种经营的经营方式要继续坚持。文化户经办的文化事业要持久发展,靠单营一业或单营文化事业,是很难达到目的的。实践证明,只有以经营文化业务为主,兼营它业,实行综合性服务,"以文补文",或以商、以工、以农副等补文,才能切实解决办文化事业资金拮据的矛盾,使文化事业稳固持久地发展。

同任何新生事物一样,文化户在兴起和发展的过程中也存在这样那样的不足之处,需要逐步巩固、逐步完善。各级文化主管部门应大力加强对文化户的领导,要会同有关部门,制定切实可行的管理措施,对他们从政治上关心,政策上保护,业务上扶持,这样方能促使这一新生事物更健康茁壮地成长。

《文艺指导》 1986 年第 5 期

湖北文苑喜丰收

近年来,湖北省的文艺创作呈现出欣欣向荣的景象,涌现出了一批高扬社会主义主旋律,弘扬优秀民族文化的好作品。

我省舞台艺术创作一直保持着蓬勃向上的好势头。继楚剧《虎将军》、京剧《法门众生相》、豫剧《风流女人》和音乐诗剧《洪湖的女儿》先后分别获得文化部一、二届"文华大奖""文华新剧目奖"和中宣部首届"五个一工程"入选作品奖之后,楚剧《养命的儿子》、歌剧《樱花》、音乐诗剧《洪湖的女儿》又分别荣获中宣部第二届"五个一工程"入选作品奖和文化部第三届"文华新剧目奖"。1993年舞台艺术创作又有新进展,以反映当代农村改革为题材的荆州花鼓戏《荷花洲头》和黄梅戏《拆不散的冤家》,在中国现代戏研究会第十一届年会上演出后,受到来自全国各地专家的好评。文化部常务副部长高占祥看了《拆不散的冤家》后,欣然题词称赞该剧是:"情如麻,缘如水,新奇巧,真善美。"由一级演员张巧珍主演的楚剧《悠悠柳叶河》,在文化部举办的全国地方戏剧交流演出中荣获优秀剧目、优秀表演和舞美设计等十项奖。省直和武汉市的文艺工作者还怀着崇敬的心情分别创作演出了两台纪念毛泽东诞辰一百周年的大型文艺晚会《毛泽东颂》和《继往开来颂》,受到社会各界的好评。

我省的电视剧创作近年来也有较大起色。继《汉正街》和《冼夫人》在省内外引起强烈反响后,电视连续剧《还是汉正街》获中宣部第二届"五个一工程"入选作品提名奖。由我省剧作家胡大楚编剧、巴特尔导演的以反映科技人员在改革大潮中的生存环境、生存状态和生存意识为题材的20集电视连续剧《儒商》,去年在中央电视台的黄金时间中两度播出,受到广大观众和评论界的广泛好评。以描写我省焦裕禄式的好干部赵瑜令的真实故事为题材的5集电视剧《淡泊人生》已在中央电视台和湖北电视台播出,其收视率在中央电视台 1993 年 8 月第二套节目中居第二名。以反映江汉平原农村改革为题材的电视连续剧《男儿女儿好看时》已于去年底摄制完成，即将与广大观众见面。湖北电视台摄制的戏曲电视剧《神算记》，荣获全国第十三届电视剧"飞天奖"戏曲电视剧二等奖和第八届全国戏曲电视剧优秀多本戏曲电视剧二等奖。该台摄制的湖北小曲电视剧《一碗荞麦面》，荣获全国第十三届电视剧"飞天奖"短剧一等奖。

我省近年来的文学创作呈方兴未艾之势。一批中青年作家，扎根在改革开放和现代化建设的沃土之中，辛勤耕耘，勤奋创作。前不久揭晓的《小说月报》第五届"百花奖"评选传来佳音，在获奖的 6 部中篇小说中，湖北作家刘醒龙的《凤凰琴》、方方的《桃花灿烂》、池莉的《你是一条河》各据一席。在获奖的 6 部短篇小说中，池莉的《热也好冷也好活着就好》、方方的《纸婚年》又榜上有名。方方的中篇小说《行为艺术》《一波三折》分别为《新华文摘》(1993 年第 5 期)和《小说月报》(1993 年第 4 期)转载。特别是青年作家刘醒龙，1993 年仅中篇小说就发表了 10 部，其中《暮时课颂》为《新华文摘》(1993 年第 7 期)转载，《秋风醉了》《黄昏放牛》为《小说月报》(1993 年第 4 期、第 8 期)转载。他创作的中篇小说《凤凰琴》，已改编成电影，搬上银幕，在全国放映后引起强烈社会反响。他还深入大别山腹地罗田县胜利镇，潜心创作了一部反映乡村知识分子生活、工作及命运的 20 万字长篇小说《威风凛凛》。

我省美术、音乐、杂技、曲艺、舞蹈、书法、摄影等艺术门类的创作也成果显著，不少佳作在省内外获奖。

特别值得一提的是我省 1993 年群众性的业余文艺创作喜获丰收。沙市农药厂艺术团创作排演的优秀民俗舞蹈《金瓜闹》被中央电视台选拔参加了该台 1993 年 8 月 24 日播出的"93 中国农民文艺晚会"的演出。仙桃市郑场镇荆州花鼓戏剧团 10 月下旬代表我省赴长沙参加了中国湖南第三届映山红民间戏剧节，演出了新编大型传统戏《送礼记》等剧目，受到热烈欢迎，剧团被誉为"乡土剧团一枝花"！更为可喜的是，我省残疾人艺术团参加"第三届全国残疾人艺术汇演"的全部 11 个节目均获奖，获奖总数和档次名列全国第一，并有 3 个节目被"中国残疾人艺术团"选作出国访问演出节目。

　　这些成绩的取得,一是由于省委、省政府和全省各级党委、政府及宣传文化部门采取了比较得力的措施,大力支持和扶持文艺创作,使文艺创作的繁荣有了较好的环境和条件;二是广大文艺工作者用毛泽东文艺思想和邓小平建设有中国特色社会主义的理论武装头脑,增强了责任感和使命感,调动了创作积极性,解放了艺术生产力;三是社会各界大力支持文艺创作和文化活动,形成了群众文化社会办的好势头;四是文艺体制改革的深入,以文补文、多业助文活动的蓬勃开展,增强了文艺单位和团体自身的造血功能,使文艺创作和文艺事业的发展有了较强的后劲。

《中国文化报》 1994 年 2 月 27 日

《宣传与政工》 1994 年第 3 期

发挥优势　团结拼搏
开创文艺评论新局面
——在襄樊市文艺理论家协会
第二次会员代表大会上的讲话

很高兴来参加襄樊市文艺理论家协会第二次会员代表大会。首先,我代表湖北省文联党组和主席团,同时,也代表省文艺理论家协会,向大会表示热烈祝贺! 向全体与会代表,并通过你们向全市文艺理论工作者表示亲切的问候!

襄樊市文艺理论家协会自成立以来,在市委、市政府的关怀支持下,在市文联党组的领导下,经过同志们的不懈努力,全市的文艺理论研究和文艺评论工作蓬蓬勃勃地开展起来了,取得了可喜的成绩。不但有《老舍的幽默》《孟浩然诗集评注》等一批有较高理论深度和学术价值的专著出版,而且还有学术论文在国家级刊物上发表,或应邀在全国性文艺理论研讨会上交流,有的论文还在省或国家级文艺论文评选中获奖。特别是一些同志对处于中原文化和荆楚文化交汇地的襄樊,在中国曲艺史上所占重要地位的研究,得到了省内外专家学者的认可;对湖北越调、襄阳花鼓音乐资料的收集、整理和编纂,也做了大量卓有成效的工作;此外,在美学理论、摄影理论、美术评论、书学理论以及音乐理论等各个方面都有不错的成绩。不仅如此,广大文艺工作者还积极参与了"襄樊市文艺创作年""诸葛亮文化节"等一系列有影响的文化节庆和创作研讨活动,尽了自己应尽的职责,并取得了良好的社会效应。这些充分说明,协会的工作是扎实的,成绩是突出的。

文艺理论与文艺创作是文艺繁荣的两翼,离开了正确科学的文艺理论和文艺批评,文艺则难以起飞。理论的总结和升华当然要从创作实践中来,但理论本身也担负着引导和促进文艺创作健康发展的重要职责,理论导向的意义是重大的。近年来,中央领导同志非常关注文艺理论和文艺批评工作,江泽民等领导同志多次强调要开展健康的、说理的文艺批评,这既是针对当前文艺批评中存在着的一些不良倾向而说的,也是对文艺理论界提出的希望和要求。为了落实江泽民总书记和党中央有关文艺批评的重要指示,中国作协于今年6月17日至22日在北京专门举办了文艺理论研讨班。特别是党的十四届六中全会决议也旗帜鲜明地提出:"要积极开展健康的文艺评论,发挥文艺评论的正确引导作用,那种淡漠'二为'方向、远离群众实践的倾向,那种迎合低级趣味、'一切向钱看'的倾向、那种鄙薄革命文艺传统,推崇腐朽文艺思潮的倾向,都是错误的,应该坚决反对的。"因此,不论从文艺评论、文艺理论在文艺创作和文艺事业发展中的重要作用,还是从文艺批评、文艺理论自身的现状和发展的需要来看,文艺理论界都是任重而道远的。

襄樊是一座有着悠久历史的文化古城,是楚文化和中原文化的交汇之地,具有优秀的文化传统、丰厚的民族文化积淀,自古以来就是人文荟萃之地。远的不说,仅三国时期留下的丰富多彩的文化遗迹就足以证明这一点。以诸葛亮为代表的一大批文人才子都曾把襄樊作为自己一生中活动、创作的重要地方。这是襄樊文化史中最值得大书特书的一笔,也是襄樊人民共同拥有的一笔宝贵财富,同时,更是文艺理论和文艺创作者开掘不尽的丰富宝藏。襄樊又是一个正在迅速崛起的新型工业城市。日新月异的生活潮流也为文艺创作提供了鲜活的素材。全市各级党委和政府高度重视文艺工作,从政策和措施上对文艺事业的发展给予了大力支持和切实的保证,这更是繁荣襄樊文艺事业的极其重要的条件。这些为襄樊的文艺理论工作者开展文艺理论研究与文艺批评提供了极为丰厚的土壤资源和有利条件。令人欣喜的是,人杰地灵的襄樊古城,近几年来文艺创作取得了丰硕成果,音乐诗剧《洪湖的女儿》先后获得中央、省、市多项大奖,戏曲创作不但推出了像《刘秀还乡》这样在全国获得"文华奖"和"五个一工程"入选作品奖的佳作,同时,还涌现出以豫剧表演艺术家李喜华为突出代表的一批拔尖文艺表、导演和创作人才。我相信,有这样丰厚文化土壤的滋养和宽松的外部环境,这片土地上生长的文艺理论之树一定会常青,文艺理论之花一定会越开越艳。

同志们,党的十四届六中全会给广大文艺工作者指明了今后前进的方向和任务。我希望大家借这次大会召开的东风,认真总结经验,找出差距,把握好本地及省内外文艺理论研究和文艺评论的发展态势,振奋精神,坚定信心,努力把会议开成一个团结的大会,鼓劲的大会,开成一个为协会工作献计献策的诸葛亮会,以便集思广益、团结奋进,为开创襄樊市文艺理论研究与文艺评论工作的新局面,促进社会主义精神文明建设作出新的贡献,以更加辉煌的成就,迎接二十一世纪的到来!

　　预祝大会圆满成功!

1996 年 12 月 6 日　于襄樊市铁路分局会议室

春天的祝福

——在恩施土家族苗族自治州
文联第二次代表大会上的祝词

　　沐浴着明媚春光,伴随着滚滚春雷和滋润万物的沙沙春雨,恩施土家族苗族自治州文联第二次代表大会今天隆重开幕了! 这是检阅恩施州文艺家和文艺工作者队伍,总结交流文艺工作、文艺创作成绩和经验的一次盛会, 是部署和动员全州文艺工作者为发展社会主义先进文化团结一心、努力奋斗的盛会。在此,我代表湖北省文联向大会表示热烈祝贺! 向全体与会代表、并通过你们向全州文艺界同行致以诚挚的问候! 向一贯重视和支持文艺事业、在恩施文艺事业的繁荣发展中掌舵护航的中共恩施州委、州政府及各级领导,致以崇高的敬意!

　　改革开放以来,特别是第一次州文代会以来五年多时间里,恩施人民在州委领导下,认真学习邓小平理论和"三个代表"重要思想,奋力拼搏,取得了经济建设和文化建设双丰收,使恩施这块具有丰厚历史文化积淀和光荣革命传统的土地,焕发出勃勃生机。广大文艺工作者,既为自治州的建设事业奉献了自己的心血和汗水,也从人民群众火热的社会生活实践中汲取了丰富的创作营养,并结出了硕果。

　　作为党和政府联系作家、艺术家、广大文艺工作者的桥梁和纽带,几年来,州文联在州委、州政府领导下,全面贯彻落实党的路线、方针、政策,坚持文艺的"二为"方向和"双百"方针,组织文艺工作者积极投身四个现代化建设的时代大潮中,求真务实,勤奋工作,创作出大量体现社会主义先进文化前进方向、为群众喜闻乐见的文艺作品,全面推进了恩施文艺事业的发展和繁荣,涌现了大批优秀文艺作品和文艺人才,三十多部文学专著的出版,文学杂志《清江》的执著坚守,几十集影视剧的创作摄制,几千件书法、美术、摄影作品的出版展出,音乐、戏剧、曲艺、舞蹈、民间文艺、文艺理论等门类的佳作纷呈,有力地显示了恩施文艺创作雄厚的实力和丰硕成果;以来凤县文联为代表的一批先进基层文联组织、九百多名州文联各文艺家协会会员的骨干创作队伍,是恩施州文艺创作的生力军。恩施州的文艺创作,还有个引人注目的亮点,就是以巴、土文化为主、巴楚文化交汇融合的浓郁民族地域文化特色,特别是浑厚、豪放,带着巴山独特风情和清江秀美韵味的鄂西民族歌舞,这是我省乃至全国文艺百花园中的一枝艳丽的奇葩。我们说恩施地灵人杰,并不是虚情夸饰,而是实至名归。州文联多年来对省文联的工作给予了热情支持,借此机会,我代表省文联向恩施州文联及其各文艺家协会表示由衷的感谢!

江总书记在全国第七次文代会、第六次作代会上的讲话中指出:"当今世界激烈的综合国力竞争,不仅包括经济实力、科技实力、国防实力等方面的竞争,也包括文化方面的竞争。"这既阐明了文化建设的重要性,也包含了对我们文艺工作者的殷切期望。江总书记还指出:"实现中华民族伟大复兴的时代,是需要伟大文艺作品的时代,也是能够产生伟大文艺作品的时代。"随着中国西部开发战略的全面实施,恩施自治州赶上了难得的机遇,恩施的文艺家们也拥有纵情驰骋的广阔天地。我衷心希望恩施的文艺家和广大文艺工作者,借这次文代会的东风,在州委、州政府领导下,充分发挥自身优势,乘势而上,积极投身到经济建设和改革开放的伟大实践中去,从丰厚的民族文化积淀和人民火热的现实生活中吸取丰富营养,创作出更多思想性和艺术性俱佳的作品,培养和造就更多德艺双馨的人才,为恩施的经济建设和社会主义精神文明建设作出更大的贡献。

同志们,火热的生活等着我们去描绘,层出不穷的新人新事等着我们去讴歌。今天,大家欢聚一堂共商进一步繁荣恩施州文艺事业的大计,可以预见,这次大会的春风,明天就会吹遍恩施大地,催开巴山艺苑的满园春色。

祝大会圆满成功!

2002 年 4 月 23 日　于湖北恩施市城关镇

人生的追求

　　写下这个题目便感到有些自不量力。人生的追求是什么？真有点说不清，道不明。列夫·托尔斯泰说过："人生就是追求幸福。"这话是不错的。但什么是幸福？怎样得到幸福？老先生未作深入的阐述，只笼统地解释说："人企求什么，就得到什么。"似乎这就是幸福，这就能得到幸福。

　　照这样理解，我们许多人走过的人生路上得到的幸福应该是很多很多的，我自己也一样。成年之前大大小小的愿望和追求不断得以实现自不必说，成年之后，在我的人生之路上许多重要愿望和追求的实现就给我留下了终身难忘的印象。1965 年盛夏，我在自己供职三年多的县农科所禾场外的棉花试验地中接过邮递员专程送来的华中师范学院汉语言文学系的录取通知书时，那种难以言喻的喜悦和幸福之感至今仍记忆犹新。结婚之后，儿子的诞生，给我的家庭带来了莫大的幸福；女儿的降临，更使我和妻子沉浸在巨大的幸福之中，因为她是我们共同期盼的。1983 年 2 月 2 日，我被光荣地吸收为中国共产党预备党员，那种幸福感更难以用语言表达，为着这一天到来，我执著地追求了 17 年！这些经历和感受，足以证明托尔斯泰的话正确和精辟。然而细细品味，又觉得老先生的话不无值得商榷之处。

　　"人企求什么，就得到什么"，果真都是幸福么？这在实际生活中恐怕难以使人完全信服。这不仅因为不同的人追求的幸福有着不同的内容，还因为不同的人追求幸福的途径和手段也各不相同。

　　在享乐主义者看来，人生在世上，能尽情地吃喝玩乐就是最大的幸福；在拜金主义者看来，在有生之年，能聚敛到别人无法企及的巨额金钱就是最大的幸福；在爱情至上主义者看来，人生一世能找到一个称心如意的爱人就是最大的幸福；而农民企求的是每年有个好收成；财税工作者企求的是企业兴旺，税源充足；有抱负的企业家追求的人生最大幸福则是成就一番辉煌的事业；科学家追求的人生最大幸福是不断揭示新的科学奥秘；进步的文艺家追求的人生最大幸福是创作出人民喜爱的富有艺术生命力的传世作品；雷锋、焦裕禄、孔繁森、徐虎、吴天祥等英雄模范人物追求的人生最大幸福则是全心全意为人民服务，做人民的公仆……由此看来，幸福的内涵在不同的追求者那里是很不相同的，有的甚至截然相反。

至于追求幸福的途径和手段，更是千差万别。就说过富裕的物质生活吧，这是许多人的共同愿望。为了实现这一愿望，有的人苦干实干靠勤劳的双手劳动致富；有的人精明能干，有经济头脑，靠合法经营经商致富；有的人靠开发自己的智慧和才华，给社会提供各种高质量的特殊服务，以获取丰厚的报酬致富……这些人的致富途径和手段都值得赞许，他们收获的当然是幸福。也有些人与此相反，他们或偷鸡摸狗，坑赌拐骗，窃取不义钱物；或偷税漏税，或制售假冒伪劣产品、精神垃圾、搞非法经营，谋取暴利；或贪污受贿，贪赃枉法，聚敛钱财；更有甚者，蓄娼卖淫，偷盗抢劫，走私贩毒，图财害命……他们企求钱财，有时也得了钱财，但他们收获的是幸福么？

人生就是追求幸福。但到底什么是我们应该追求的幸福呢？吴天祥说，"人生在世，奉献二字"。共产党员就是要"为人民造福，为国家争光，为党旗争辉"。这是共产党人应该追求的幸福观。但在当今社会的一些人看来，这有点高不可攀，甚至感到不可理喻。他们更信奉卢梭的"明智之举是当我们惬意时便纵情享受"的幸福观，追求的是优厚的物质享受、尽情的玩乐，是不停地向社会和他人索取。两种幸福观孰是孰非，取谁舍谁？我相信聪明的读者诸君是不难作出选择的。

《湖北财税》 1996 年 8 月号

"正人"与"正己"

电视剧《咱爸咱妈》中有这样一个片断：医院一病房中住着两位重病人，一位是患肺癌的老工人乔师傅，他的老伴和四个儿女无微不至地照料他。另一位则独卧病榻，无人问津。乔师傅怕久病拖累儿女，想一死了之。另一位劝解说，老哥，你够有福气呀，你看我那三个儿子，看都不来看我一眼！不久，乔师傅的儿子设法找来了那不孝子中的一个。那小子恨恨地对他老爸说，我永远不会忘记爷爷死前的情景，那时我还不到十岁，独守在爷爷床前，你连家都不回！现在你还想我们来照料你……

这一幕不由使我想起"恶有恶报，善有善报"的古训，进而想到"正人"先"正己"的重要。如今"望子成龙""望女成凤"已成时尚，为使儿女"成龙""成凤"，千万父母可说是八仙过海，各显神通。但有些父母只注重从物质上尽量为孩子提供优越的学习条件，却不大注意在人格精神上对孩子言传身教；更有甚者迷恋于吃喝玩乐，常带着孩子花天酒地，平时很少具体过问孩子的学习，到了考试临近，便逼着孩子"抱佛脚"，或以考高分就给重奖做诱饵，力图以此调动孩子的学习积极性，结果往往事与愿违，孩子不见长进。另一些父母则与此相反，他们给子女提供的学习条件并不怎么优越，有的甚至很差，但他们用自己的模范言行和优秀品德给孩子以熏陶，从而收到了潜移默化的良好效果。吴天祥的女儿造出"虽然我爸爸从未带着我到公园去玩，但是，我并不怪他，因为他是一个共产党员，共产党员就是要多为人民服务，为人民做事"的句子，不正有力地说明父母在教育子女上"正己"的重要吗！

一个家庭如此，一个单位、一个行业乃至一个地区何尝又不是如此。

成都华明玻璃纸制品公司总经理税志异，上任 11 个月就使企业起死回生，创利 300 多万元。他靠什么，靠的不就是锐意改革和身先士卒，当在生产现场以锅盔(大饼)充饥的"锅盔经理",做廉洁奉公、苦干实干、死而后已的"孺子牛"的可贵精神和人格力量吗!

张家港市如果没有全市各级主要领导率先模范地践行坚持两手抓,"团结拼搏,负重奋进,自加压力,敢于争先"的张家港精神,又怎能成为全国学习的两个文明建设一起上的突出典型呢?

无数事实证明,一个单位或地区的领导,特别是主要领导只要品德好,干劲大,作风正,廉洁奉公,言行一致,兢兢业业当人民的公仆,那里的风气就会正,事业就会兴,即使某些局部暂时出现一些困难或不正之风,也有望及时得到克服和纠正。反之,那里就会邪气上涨,事业受挫,甚至出现正不压邪的局面。

当前,社会上一些单位、部门和行业中存在的以权谋私、假公济私、靠山吃山、靠水吃水等不正之风和贪污受贿、贪赃枉法等犯罪现象仍比较严重。尽管党和政府三令五申,反腐、倡廉、纠风的文件发了一个又一个,还经常采取强有力的措施加以打击和遏制,但成效仍不很理想。究其原因虽然多种多样,其中重要一条多半是那些单位和地方的领导其身不正。孔子说:"其身正,不令而行;其身不正,虽令不从。"因此,要根治当前的不正之风,解决好"正人"问题,除了正面教育,反面曝光,法纪惩治之外,当务之急是要解决好"正己"问题。各级领导、各界人士"正己"的问题解决好了,"正人"的问题也许就能迎刃而解。

1996 年 6 月 5 日　于武昌水果湖东一路 6 号

人文管见日志撷英

1975．4．22．（乙卯年三月十一）　周二　阴雨

晚上到黄鹤楼剧场看话剧《枫树湾》。该剧是湖南省话剧团集体创作、武汉市话剧团演出的。这个戏以湖南农民运动为背景，再现了农民革命运动的部分史实，为我们学习《湖南农民运动考察报告》这篇光辉著作，提供了一些感性知识。但这个戏贯穿全剧的中心矛盾冲突不够突出，主要英雄人物赵海山这一艺术形象缺乏立体感，性格不够鲜明，形象不够感人。该剧对《湖南农民运动考察报告》的深刻内容，只作了图解式的反映，很多地方是把书中的原话照搬到舞台上来。这样反映社会现实生活，缺乏艺术感染力。

1979．7．22．（己未年六月廿九）　周日　多云

1978 年《人民文学》上共发表了 40 多篇散文，其中大多数作品篇幅较长，写的基本上是真人真事：有的满怀深情地记录了毛主席、周总理、陈毅副总理等老一辈无产阶级革命家的光辉业绩；有的回顾了老舍、杨朔等老作家的文学生涯和战斗经历；有的描绘了我国人民在社会主义革命和建设中所取得的辉煌成就；还有的热情洋溢地歌颂了我国人民同海外革命人民的深厚友情……这些作品感情真挚，文字优美、洗炼，读来时代生活气息扑面而来。其中以张长的《泼水节的怀念》、袁鹰的《飞》等怀念周总理的散文写得最为感人。此外，刘斌的《同志》、臧克家的《老舍永在》、丁玲回忆杨朔的《幽燕诗魂》、黄宗英回忆上官云珠的《星》、高士其的科学小品文《我们肚子里的食客》等篇，也各有特色，读后给人以较强的艺术感染。

1978 年《人民文学》上发表的报告文学作品共有 11 篇，其中几篇写得很出色。徐迟的《哥德巴赫猜想》像一颗精神原子弹，在我国文坛上爆炸

了！在全国亿万读者中产生了巨大反响，可以毫不夸张地说，该作品是我国报告文学发展史上的一个新的里程碑。徐迟的《生命之树常绿》也不错，它使我们开阔了眼界，饱览了祖国大自然的美。叶君健的《英特纳雄耐尔》生动地记录了新西兰朋友路易·艾黎同志为中国人民的解放事业奋斗一生的感人事迹。理由的《高山与平原》也写得很生动、很感人，使人读之激动不已。

1979.7.24.（己未年闰六月初一） 周二 晴

前些时我读完了《尼克松回忆录》（下册）一书，颇有些感想，但因当时发了高血压病，没有精力记录下来。今天人好了点，挤时间把读书感想追记一下。这本书，就文学价值而言并不很大，但从历史和政治角度看，则具有很大的史料价值，是一本难得的政治历史教科书，它比起田中角荣的《我的履历书》来，价值大多了。尼克松政府因"水门丑闻"倒台了，但这一悲剧发生发展过程的完整记录，使我们更看清了帝国主义统治集团内部的勾心斗角，相互倾轧，更看透了这帮帝国主义分子自私、阴险、狠毒和没有良心的反动本性。尽管尼克松相比较而言，在帝国主义统治者阶层中算是比较开明的政治家，他确实想为维护美帝国主义的利益，同时也为世界的和平事业做点有益的事，但他的政敌——民主党人却千方百计地刁难他，攻击他，诬陷他，以便捞取他们一党的私利。而尼克松的那些支持者，并不都是些大公无私、光明磊落、忠心耿耿的赤子。他的副总统阿格纽被民主党人揪住了把柄，被他们攻下了台。这位副总统下台之前的表现却令人厌恶，是那样不堪一击，又是那样胆怯和自私。他的办公室主任霍尔德曼和另一个顾问埃利希曼，虽然对尼克松没有坏心眼，而且能顾全大局，在民主党人的疯狂攻击面前，没有显得惊慌失措，但他们的腰杆子不硬，既有辫子给政敌揪，又不敢正面与政敌相斗，有些畏首畏尾，致使政敌得以猖狂肆虐。只有基辛格是强者，当政敌把攻击的矛头指向他时，他立即给政敌们一个猝不及防的反击。新闻记者们称基辛格"发了顿小孩脾气"。但基辛格的这顿小孩脾气，却使得对他进行攻击的政敌们赶忙收手。尼克松政府的败类就是那个自称对总统忠诚无比的法律顾问迪安，这家伙直接插手了水门窃听事件，却又对尼克松进行欺骗，出尔反尔，吞吞吐吐，怀着个人野心，干了不少见不得人的勾当。当自己被揪住时,他为了保全自己,不惜把整个尼克松政府的要员都拉下水,出卖了朋友。他拉别人下水,并不是有什么真凭实据,而是些莫须有的罪名,有的甚至完全靠捏造和撒谎。尽管他提供的证据矛盾百出,但因正符合尼克松反对派的利益,所以他们仍将其当作惊人的新闻大登特登,大放特放,以致使尼克松在美国人民中享有的威信受到严重损害,支持者愈来愈少。尼克松政府的倒台,除了反对派的力量之外,政府内的蛀虫迪安是帮了反对派不少忙的。从水门事件到尼克松政府的垮台,我们更看清了资产阶级假民主的鬼把戏。看起来美国的法律程序非常复杂,人民的言论不受限制,但真正的大权却掌握在众议院、参议院的议员们手里,这些大亨们在那里兴风作浪,蛊惑人心,他们同新闻界那些造谣惑众的人物勾结在一起,翻手为云,覆手为雨,造谣言,骗群众,把广大的美国人民当作群氓加以愚弄,使人民大众不得不服从他们的意旨。所以毛主席说,资本主义社会中只有资本家有民主,劳动人民是没有什么民主而言的。读了尼克松的书,对我理解毛主席的这句话增加了不少感性认识。

再从尼克松同勃列日涅夫的交往来看,这两个超级大国的代表人物,表面上都慷慨激昂地声称,是为了世界的和平,为了子孙的幸福,但他们的骨子里,却都是为了各自国家及其统治阶级的私利,为了争夺世界的霸权。尼克松就直言不讳地在书中写道:"苏联总是按自己的利益行事,美国也是如此。缓和改变不了这种情况。"因此,"如果达成一个约束我们双方行动的协定,这就是说我们将在他们最终必然要做的某些事情上给他们以约束。而在我们约束自己的时候,很可能我们只是在某些反正我们不打算做什么的某些领域给自己一些约束而已。"尼克松说的这些话,正是美苏两霸又勾结又争夺,妄图谋取霸权的心理的最好自白!他的话也为毛主席关于美苏两霸又勾结又争夺的本性不会改变的英明论断作了最有力的注解。

总之,《尼克松回忆录》这本书值得一读,它既有助于我们进一步认识美国的政治制度,又有助于我们认清世界的形势和发展趋势。

1981. 7. 14.(辛酉年六月十三) 周二 晴

今天我共评阅了60多篇高考作文试卷。作文题是《读〈毁树容易种树难〉》。下午阅卷时,我发现了一篇好作文。这位考生从大处着笔,高屋建瓴,形象地描绘了社会主义新中国这棵大树怎么经过无数革命先烈和亿万革命人民的长期艰苦奋斗、流血牺牲而成长起来,又怎么在"四人帮"反革命雷霆风雨的摧残下遭到毁坏。全文用的几乎都是韵文。语言简洁流畅,实在难得。我给打了34分(合百分制的85分)。我估计我的合作者许老师不会赏识,因为从两天来我们合作的情况看,她评分标准掌握得不够准确,有忽高忽低的毛病,说白一点,就是不大识货! 于是,我就先给邻座的刘老师看。谁知刘的评价是"华而不实",到顶只能给70分! 这种情况下,我就给许看,她看后认为没有什么,只能及格! 这真叫我哭笑不得! 我没同二位争论,只将文章送给大组长裁决。大组长看了后称赞说:"这学生很能写,好! 分数应在32~34分之间!"大组长打的分数竟与我不谋而合! 我说了情况,他说:"最少要打32分!"由此我想到阅卷中的那些"弱视"同志,考卷落在他们手里,恐怕是糊涂官判案,吃亏的吃亏,得便宜的得便宜,只可惜失了公平、公正,误了莘莘学子。

1982. 8. 1.(壬戌年六月十二) 周日 晴

晨6时40分,我同小李一道,到花园村乘26路公汽到二里沟。吃过早点,换乘103路电车到东长安街下,然后进故宫参观。

我们从午门购票入内,行不到一百米便是高高耸立的太和殿。太和殿又称金銮殿,是皇帝举行大典、行使皇权的主要场所。殿内皇帝的宝座——龙椅,威严地突起在大殿正中。宝座两旁各有3根粗大的盘龙金柱矗立着;龙椅背后是雕龙鎏金的屏风;宝座丹坛的殿顶是一条雕刻得栩栩如生的巨大金龙,龙头朝下,龙口里含着的一颗巨型宝珠正对着丹坛,气势十分庄严肃穆,给人一种威严之感。太和殿后面是中和殿。这是皇帝在前往太和殿途中休息和接受内阁、礼部及侍卫执事人员朝拜的地方。再往里去是保和殿。这是皇帝宴请外藩王公贵族和京中文武大臣之地,清代后期也是殿试的场所。以太和、中和、保和三大殿为中心,加上左右的文华、武英两殿为两翼,组成了故宫外朝主体建筑群,俗称五凤楼。外朝是皇帝举行大典、召见群臣、执掌和行使权力的地方。

保和殿之后是故宫的内朝,又称内廷,是皇帝日常处理政务,和皇后、嫔妃、皇子、公主等居住、游玩、敬神之处。出保和殿后门走不多远,便是乾清宫门。宫门后就是皇帝与皇后居住的乾清宫。宫中有皇帝、皇后看宫女跳舞的场地；皇帝的卧室也隔窗可见，黄罗帐内摆着寝被、枕头。再往里面便是皇帝、皇后举行结婚大典的交泰殿。交泰殿后面是坤宁宫、坤宁门及两侧的十几座宫院。内朝建筑风格比较柔和，威严之感不那么强烈。内廷最后面是御花园。御花园内古树参天，还有少见的白皮松和从未见过的异树。园内假山堆得十分精致，尤其是"堆秀"一山，真有巧夺天工之妙。

在御花园中我们还购票参观了钟表陈列馆。馆中陈列的都是十八世纪前后英、法等国和我国广州及清王朝皇家制造局制造的各种奇异钟表。出御花园后又转到紫禁城东片参观了珍宝陈列馆。我们是从后门进入珍宝馆区的，一进门就看到了光绪皇帝的爱妃——珍妃当年被慈禧太后令人将其推下井去溺死的"珍妃井"。随后我们就进入珍宝馆第二馆参观。这里陈列的珠宝使我大开眼界，特别是看到那块采自新疆、刻有大禹治水图、重九千多公斤的大玉雕，使我格外感叹：仅将这块玉石从新疆运到北京，就花了三年；将玉石雕刻成大禹治水图又花了六年多时间，前后共花时间近十年之久。可以说，这块大玉雕的每一条雕痕里都浸透了劳动人民的血和泪！

紧接着我们又参观了第一陈列馆。该馆中陈列有皇帝的龙袍、玉玺，皇后的凤冠、宝印、金册，将军的铠甲（每件铠甲由 60 多万块钢片编缀、缝成），以及大大小小的金佛塔和金盆，还有用珍珠、玛瑙、碧玉、翡翠、珊瑚等宝物做成的精致工艺品和盆景等。这些宝物几乎每一件都价值连城！有座佛塔仅黄金就用了 85 公斤！珠宝用的就更难计数了。还有用黄金铸造的一套乐器——金钟，用去黄金一万几千两！皇帝的几十方宝玺绝大多数是用宝玉刻成，其中最大的一方玉玺有 19.1 厘米见方！这些封建帝王耗费了劳动人民多少血泪和脂膏啊！

给我印象深的还有故宫中最大的一块云龙雕石。雕石长 16.57 米，宽 3.07 米，厚 1.7 米，重 200 多吨，是从北京郊外几百里的房山县石窝里采得的石料，然后每隔一里打一口水井，吸水浇成水道，用旱船拖运，仅拖运此石就花了一年时间！如今这块巨型雕石上的云龙图案仍然栩栩如生，活灵活现。

我们在故宫中转了 7 个小时，却只参观了 1/3 的场所！左内门、右内门两条参观线路还都未走! 由此足见紫禁城建筑规模之宏大。同时,更使我们看清了历代封建帝王及其统治集团,搜刮民脂民膏,建造供自己过穷奢极欲腐化生活的安乐窝——皇宫的反动面目和罪行。

1982．8．6．(壬戌年六月十七) 周五 晴

上午听著名语言学家朱德熙先生讲《写作与写作教学》问题。朱先生的课讲得通俗、平易、自然,见解精到,很有内容和启发性。在我的想象中,像朱教授这样大名鼎鼎的学者,应是一位天庭饱满、容光焕发、肌肤润泽、很有风度的伟岸长者。然而坐在我们面前的却是一位干瘦、皮皱、肤黑的老头,眼睛也不太明亮有神,有点貌不惊人之感。由此可见,人真的不可貌相。

1982．8．8．(六月十九) 周日 晴

早晨 7 时 20 分,我们乘坐的汽车从北京师院附中出发,一路驰过北京外国语学院、中国人民大学、中关村、清华园、清河镇、沙河(属昌平县),9 点半到达八达岭。八达岭长城顶上游人熙熙嚷嚷,肩摩踵接。我们下车后随游客人流兴致勃勃地向八达岭长城的高处攀登。长城顶上宽约 6 米左右,两边都用大青砖砌有半人多高的防护墙,向关外的一边每隔几米远就留有一个一尺多宽的垛口,供士兵们瞭望、守卫和作战;垛口之间的防护墙脚都留有向地面斜凿出来的两个放箭洞口,通过这洞口由上向下放箭容易,由下向上仰射人却很难。长城沿燕山山脉蜿蜒蛇行,起伏绵延,每隔一段就筑有一座烽火台,以备外敌入侵时举火报警。长城内侧,每隔一段就建有一个门洞和一座台阶式楼梯直通长城顶上,这是供官兵们上下城墙、搬运给养和武器用的。我们沿长城顶道上的台阶向更高处攀爬着,登上了整修过的八达岭长城北坡最高处的一座烽火台。站在烽火台顶放眼燕山山脉及关外原野,给人一种莽莽苍苍、气势磅礴之感:高大雄伟的万里长城,沿着起伏延绵的燕山山脉,向望不见尽头的远方伸去,在阳光映照下闪烁着金色光芒。关外是一望无际、迷蒙苍莽的山丘和原野。这就是夏日的北国风光。

我们在八达岭摄影部照像后,于 11 点 3 刻乘车返回,半小时后车进居庸关,再行半小时就到了十三陵。十三陵是明朝皇帝的墓地。进十三陵门楼,路两旁立着石刻麒麟、骆驼、大象、马等巨兽,还有石刻的文臣武将守卫

在主墓道两旁。一刻钟后,来到万历皇帝的陵墓——定陵。先在定陵殿楼里看了"神宗显皇帝之陵"的雕龙巨型墓碑,然后参观地下宫殿。地宫分前、中、后、左、右五殿,全长80多米,高9.5米。后殿中存放着万历皇帝和孝端、孝靖两位皇后的棺椁复制品。左、右和后殿的棺床用汉白玉镶框,中间铺金砖。中殿放着三副石坐椅,还有其它殉葬品。殿门是巨型大理石凿成,每扇厚40公分,重4吨,做工十分精美。地宫距地面27米。据介绍,建造这地宫耗费了800万两白银,等于当时全国两年的财政收入!由此可见这些封建帝王穷奢极欲的腐化生活之一斑。

出地宫后我们又看了两个陈列室中的陈列品。给我印象最深的是一顶皇后凤冠。这顶凤冠用五千二百多颗珍珠和一百二十多块宝玉宝石织缀而成,其华贵奢侈登峰造极!

1982.8.15.（六月廿六） 周日 晴

上午,我同小李到天坛公园游览。天坛公园留给我的第一印象是朴素、自然、有气势:园内道路宽直,纵横交织,一眼望不到头;古柏劲松遍布园中;树下绿草如茵,路旁鲜花织锦……置身其间,顿感心旷神怡。漫步园中,一座座古建筑使人赏心悦目,大开眼界:圜丘坛在公园中轴线的南部,是祭天处,主要有圜丘、皇穹宇等建筑;祈谷坛在北部,是祈谷处,主要有祈年殿等建筑。

据有关资料记载,圜丘坛又称祭天坛,始建于明嘉靖九年(1530年)。坛为三层汉白玉雕砌的圆台。我国古代把单数称之为"阳数",阳代表天;把双数称之为"阴数",阴代表地。作为祭天的圜丘坛,绝对不能违犯帝王的"天数",一切数字均要为阳数。因此,三层台面的直径分别为九丈、十五丈、二十一丈,总和为四十五丈,取"九五"两个阳数。皇帝称为"九五"之尊,大约就是有这个讲究。

圜丘坛正北的皇穹宇,是供奉皇天上帝牌位之处,"皇天上帝"牌匾就高悬在此殿之中。正殿为单檐圆形亭式殿堂,以示天象。鎏金宝顶,碧蓝色琉璃瓦盖顶。殿内由八根金柱和八根檐柱支撑着巨大的殿顶,天花藻井层层收进,构造精巧,金碧辉煌,是古建筑中罕见的杰作。殿外围以圆形高墙,说明文字指出:此墙高3.72米,直径61.5米,周长193米,人站在围墙中心说话、叫喊或蹦跳,声响很快会返回来! 这就是著名的回音壁。我和小李多次验证,一点不假,这真是天坛的奇观。

祈年殿始建于公元 1420 年(明永乐十八年),是天坛的主体建筑。皇帝每年在此祈祷五谷丰登。高大雄伟的祈年殿呈圆形,建于高 6 米的三层汉白玉石台基之上,直径 32 米,高 38 米,是三重檐亭式圆殿,宝顶鎏金,碧蓝琉璃瓦盖顶,高耸云端,与南面的皇穹宇遥遥相对,建筑气势十分巍峨。殿内九龙藻井极其精致,光彩夺目。殿中摆设着皇帝的宝座。游人一个接一个虔诚地向宝座周围投掷硬币。我和小李在此还合了一张影。

晚上我看完了《豺狼的日子》一书。这部侦探小说的主人公是英国籍的一个代号叫"豺狼"的职业刺客。他在 1963 年 5、6 月间受法国政治集团的反对派"秘密军"50 万美元重金收买,准备刺杀总统戴高乐将军。这一阴谋不久被法国警察局识破,于是警局授权于最优秀的侦破专家勒贝尔来办这个案子。故事就是紧紧围绕侦破和避开侦破而展开,情节曲折、紧张,人物形象鲜明、生动,富有传奇色彩,很有可读性和感染力,值得一读。

1982. 8. 16.(六月廿七) 周一 雷暴雨转阴

上午听张寿康先生讲《文章学问题》的课。张先生体魄健壮,声音洪亮,讲起来滔滔不绝,话语中还带两分火气,对别人不同意他提出的"文章学是语言学的一部分"的观点,很发了点议论。不过照我看来,张先生对这个问题虽然讲出了一些道理,但听来总觉理由不够充足。何况这个命题本身也经不住推敲。如果说文章是用语言表达的,语言不单是个形式,而总是与内容联系在一起的,因而说文章学是语言学的一个组成部分,那么,文学也是靠语言来塑造形象,表达思想内容的,能不能说文学也是语言学的一个组成部分呢? 或者说语言学也包括文学呢? 说文章学是语言学的一个组成部分,并不是抬高了写作课的地位,恰恰相反,它取消了写作课这门独立学科本身。我是赞成文章学的提法的,但对把文章学隶属于语言学之中却不敢苟同。

晚饭前收到了妻子素菊的来信,她决定 19 日来京。

晚上看了苏联录相影片《第四十一个》。该片写的是发生在苏联红军一支掉队小分队中的故事。一个女红军是百发百中的神枪手。她的领导人把白军俘虏交给她看管,在押送途中翻了船,他们被漂到了海中一个孤岛上,二人相依为命,发生了爱慕之情。不久,海上来了一条船,他们高兴得跳了起来,并鸣枪求救。当船渐渐靠近时,白军看清是他们的同伙来了,于是飞快地向帆船跑去。女红军见是白军的帆船,就喊她的情人回来,但情人不听她的。于是她举起枪来扣动了扳机……当她看到情人从眼前倒下时,她手中的枪木然地掉到了海水里。她跑过去抱住了死者的头,把脸紧贴上去,眼眶中渗出了泪水……这样一部宣扬爱情至上、人性高于一切的影片,文革前遭到批判是可以理解的,就是今天也不应全盘为它翻案。

1998．8．27．(戊寅年七月初六)　周四　阴雨

昨天收到了刊有我的《悲壮的奉献》一文的 1998 年 8 月 21 日的《中国艺术报》,该报副刊版头条刊登上文时,不仅用了大号字标题,还加上"来自抗洪一线的报告"的专栏题以突出,同时,还将文章结尾的"可敬的分洪区人民呵,你们承受的牺牲和苦难是巨大的,你们作出的奉献是悲壮的,也是

1998 年 8 月作者在抗洪前线——洪湖燕子窝长江大堤上采访抗洪官兵

值得的。正因为有了你们的牺牲和奉献,才使长江大堤的安全、大武汉的安全、广大人民生命财产的安全多了一份保障。党和人民不会忘记你们,永远感谢你们!"这段话用大黑体字刊在正文的前面。编者对该文的重视由此可见。

今日上午,我主持召开了"湖北文艺五十年"课题编委会,讨论了有关提纲、体例和实施方案、工作日程等问题。

今天我还看了 22 日的《文艺报》,该报在头版头条用大号红字作标题,刊发了《悲壮的奉献》一文。中国文坛两家最权威的文艺报纸,都在最显要的位置、用最显眼的标题刊发此文,足见他们对这篇"来自抗洪一线的报告"的推崇。这是我始料不及、也让我欣慰的,我总算将自己奔向长江抗洪抢险前线采访所得的见闻和感受,变成了摆在广大读者面前、供大家品评的精神产品,为宣传湖北灾区人民舍小家、顾大家,支持全国军民夺取长江抗洪抢险胜利无私奉献的崇高精神,尽了自己的一份绵薄之力。

2004. 5. 8.(甲申年三月二十) 周六 阴雨晴

今晚认真读了 5 月 1 日《文艺报》上欧阳友权的文章《人民文学,应该重新出发》。我是赞同欧阳先生的观点的,当代文学创作确有认真反思的必要。虽然近年来一大批有良知、有责任感的作家、作者与人民和时代同呼吸、共命运,努力描写和反映现实生活,创作出了许多受人民大众欢迎的好作品,但也要清醒地看到,那些住在星级宾馆中吹着空调,喝着牛奶、咖啡,神侃胡聊出来的"文学作品",与流着黑汗、挑着重担、在蒸笼似的田间小道上奔走的农民和穿着油污工装,在机声轰鸣、焊花飞溅的工地上劳作的工人们的生活,是格格不入的,因而农民、工友们对这样的作品也就不屑一顾。结果,那些"精英写作"者只好顾影自怜,孤芳自赏。

2004. 5. 26.(甲申年四月初八) 周三 阴

读 5 月 20 日《文艺报》上童庆炳的文章《文艺与人的建设》深受启迪。文中说,1957 年 11 月苏联最先把卫星送上了天,这一奇迹震撼了人类和整个美国。美国人认为,苏联最先把卫星送上太空,这是美国的奇耻大辱。他们经过十年的认真反思和总结经验,得出的结论是:美国的科技和科技教育是世界最先进的,但艺术和艺术教育却远远落后于苏联。正是由于苏联注重艺术和艺术教育,苏联科技人才的综合素质比美国科技人才高,因而促使他们在空间技术上创造了奇迹。这种认识的确使人有振聋发聩之感。童文引证美国人的这一结论,也许意在提醒我们正在重犯美国人曾经犯过的错误——对文艺在人的建设中的重要作用重视不够,在某种程度上说是有些忽视。这是我国各级当权者应予高度重视和认真反思的。从理论上讲,我们对文艺的作用也比较重视,务虚的话说了不少,也出台了一些政策,但在实践中,在一些当权者的骨子里,对文艺的重要作用并不以为然,总觉得这是附庸风雅的东西,因此对文艺的扶持和引导总没有像对经济、科技、教育、政法等领域那样,采取过硬的措施,以改善和增强文艺的生存条件与活力,导致一些地方为改善文艺的生存条件,一段时间内出现程度不同的低俗文艺的泛滥,严重毒害了人民群众特别是广大青少年的灵魂,损害了他们的身心健康,败坏了社会风气,这不能不说是我们的最大失误之一。

现在党和政府虽然制定了一些政策,正做着"亡羊补牢"的工作,但措施还不够有力,还得矫枉过正。不然,要在全社会和人民大众中树起正确的文艺观,使文艺的生存条件和环境得到根本改善,使文艺的创造活力和社会效益充分显示出来还不那么容易。

2008．2．24．（戊子年正月十八）周日　阴雨

上午读完了刘岱先生赠阅的《金瓶写真》一书。该书是刘先生阅读、研究明代笑笑生著的《金瓶梅》一书的读研心得结集,虽是无公开书号的内部出版物,但立论有据,言之有物,不乏真知灼见。给我印象较深的见解有以下几点:

一、刘认为《金瓶梅》称得上是一部封建社会晚期社会生活百科全书,所描写的主要内容是垂死的封建制度缠住新生的资本主义这一特殊历史时期的社会生活风貌。鲁迅先生对《金瓶梅》的评价很高,认为西门庆及其一家的兴衰史,有着重大的典型意义,即"著此一家,即骂尽诸色"。同时针对作品里的淫秽描写,指出"而在当时,实亦时尚"(鲁迅:《中国小说史略》)。"时尚",就是时兴、流行的风尚,当时从皇帝到官僚富商,大都荒淫纵欲,整个封建社会统治阶层风靡颓废的时尚,西门庆在这方面的所作所为,

具有代表性。《金瓶梅》是一部不朽的世情小说,也是一部真实的历史画卷,那无限丰富的内容,表现了封建社会的方方面面。

二、认为《金瓶梅》塑造了西门庆、潘金莲、应伯爵、春梅等一组血肉丰满的人物形象。其中尤以应伯爵这一人物刻画得最为生动。张竹坡在评《金瓶梅》文笔时说:"于伯爵不做一呆笔。"这话很有道理。应能言善辩,巧舌如簧,机灵透顶,他一出场就活灵活现,是塑造得十分成功的典型形象。描写帮闲一类角色,古典小说里没有超过他的。西门庆是社会渣子,是个令人厌恶的形象,历来的中国古典小说的主角,不是帝王将相、英雄豪杰,就是才子佳人,唯独《金瓶梅》以令人厌恶的西门庆做主角,而且全书二百多各式各样的人物,其中好人很少,仅有的几个好人,也似乎只对坏人起衬托作用。由此足见出作者的创新勇气。西门庆拜大奸臣严嵩(书中的蔡太师实指的就是此人)作干爹,弄了个提刑副千户,后又转为正千户,是个封建官僚、商业资本家和高利贷者三位一体的代表人物。《金瓶梅》就是通过描写西门庆的上下左右活动,生动地揭示"钱财以势而聚,政令以贿而成"的官商勾结,织成一张无边的黑网,残酷地剥削与压榨广大城乡人民的黑暗社会现实的。潘金莲不仅是个遗臭万年的淫妇,而且是个心黑手黑、六亲不认、凶残冷酷的魔鬼,李瓶儿母子就是被这淫妇活活折磨咒骂死的。

三、认为《金瓶梅》构思特色与主旨鲜明,同时也有糟粕。全书以西门庆及其家庭生活为中心,自始至终一条主线贯穿到底,逐渐向上下左右纵深展开,描写了极其广阔丰富的社会生活画面。上至皇帝、权臣、地方官吏,下到市井平民、帮闲篾片、商人小贩、僧道尼姑、医巫星相、花婆妓女……从而反映了明代中后期封建统治阶级的腐败昏庸,官僚机构的黑暗与无能,以及社会生活充满的诸多矛盾与斗争。同时,也表现了封建体制的污泥里,滋生了一种新的社会雏形——即处于萌芽状态的资本主义生产关系。《从一家看全社会》一文,对此作了较详细的阐述。通过一个家庭来反映广阔的社会生活面貌,这样一种艺术构思与结构安排,为《金瓶梅》所独创。其艺术成就是现实主义创作的重要发展,对后世文学创作产生了重大影响。这从其后的《红楼梦》的整个艺术构思上就可以看到《金瓶梅》的启示与影响。

刘认为《金瓶梅》的糟粕主要有以下几点:一是作品里夹杂着许多淫秽描写;二是作者有严重的迷信思想,用小乘佛教的因果轮回思想贯穿全书始终;三是宣扬了"妇女祸水论"的荒谬观点。这些都是应该剔除的。

四、认为运用"白描追魂摄影"、骂人、讲笑话、歇后语等方法刻画人物,"把丑带进审美领域",是其写作方法上的突出艺术特色。此外,书中还记录了大量的歇后语、笑话、乐曲、小令等民间文艺作品,是中国民间文学及词曲的一个重要资料宝库。

五、刘先生对《金瓶梅》的写作年代作了认真研究和辨析,认为吴晗先生在《〈金瓶梅〉的著作年代及其社会背景》一文中说的"《金瓶梅》的成书时代大约是在万历十年到三十年这二十年(即公元 1582~1602)中的说法比较可信。刘还以《金瓶梅》中反复提到的"壬子日"为考证依据,进一步推测出:《金瓶梅》的作者是在万历二十年及以后的几年内写的。明万历二十年,即公元 1592 年,距今已经四百零几年了(详见《金瓶写真》P294~296)。

另外,该书中还对《金瓶梅》中的部分主人公原形及故事真实性作了考证,指出:"清河县(今属河北,靠近山东)确实有个武大郎",现已弄清:武大郎原籍是河北清河县武家那村,潘金莲祖籍是黄金庄村,两村相距只有三华里。武与潘结亲,两家感情很好,至今武家那村人到黄金庄赶集摆摊,还受到黄金庄人的热情接待,互相称为"老亲"。武大郎当官做到知州,其妻潘金莲是大家闺秀,贤淑美貌,善良和气,受乡人称赞。传说武大任知州时,一贫困学友投奔他,闲住半年,受到热情款待,但未谋到官职,一气之下,不辞而别,一路上编故事丑化、讽刺武大郎和潘金莲,沿途散布。等回到家中,才知武大早已派人来帮他建房买田,安排生计,于是追悔莫及,连忙沿路辟谣,但已很难奏效。于是武大、潘金莲的故事便这样传播开来了(《金瓶写真》P22)。至今武大郎墓的护林石碑还存在,字迹尚可辨认……

该书还指出:"徐州有个金瓶梅酒家"(P285),到目前为止,已发掘出冷热菜点和主食 180 余种,并配有西门庆喝的系列酒——河清酒。报道还说,金瓶梅酒家已在国家专利局注册。其顾问是 76 岁的国家特级烹调师胡德荣先生。

总之,《金瓶写真》一书值得一读。

回顾与沉思

　　说起与省文联的联系，算来已有 17 个年头了。1984 年 1 月，刚过不惑之年的我奉命从碧瓦耀金、窗明几净、花繁叶茂、书声朗朗的桂子山上调到省委宣传部文艺处工作，且被指定负责与文联联系，从此，我就与省文联结下了不解之缘。

　　初来乍到的我，如同从桃花源中来，对桃花源外的一切，既感到陌生，又感到新鲜，尤其对久闻大名的作家、艺术家和有关高层领导，更是由衷钦敬。

　　调文艺处后，我担负的第一件具体工作任务，是负责审改部里正在筹备召开的全省文艺创作经验交流会的典型材料。这使我得以有与我省一些知名作家、艺术家接触的机会。在阅读和审改典型材料的过程中，我不仅熟悉了鄢国培、楚良、姜天民、唐小禾、程犁等作家、艺术家的名字，而且对他们的创作、思想和人品也有了初步了解。对一些作家、艺术家的典型材料还分别给他们提出了修改意见。特别是鄢国培同志，当时他还在宜昌工作，他的"长江三部曲"的第一部《漩流》已公开出版，并在读者中产生了强烈反响。他谈创作"长江三部曲"体会的典型材料，内容厚实，语言质朴，但思路不很清晰，纲目不太清楚，阐述的观点不够明确。我特地将他从宜昌市请来，建议他从认真做好创作准备、努力追求具有中国作风、中国气派的艺术表现形式、用生动感人的艺术形象和故事情节着力表现有现实意义的主题等方面，对原有材料进行归纳整理，并声明这些建议仅供他参考。鄢国培静静地坐着，听我唠唠叨叨地讲了近一个小时，不时也插上三言两语，表明他的见解，或对我提出的疑问作出解释，始终一副少言寡语、忠厚长者的憨态。这使我很难想象他在《漩流》中是怎么创作出那些鲜活人物、生动故事情节和细节及生活画面的，我不禁想到了"大智若愚"这个成语。这次文艺创作经验交流会后虽因多种原因未开成,但经我改定的这批典型材料仍以《文艺学习资料》的形式印发给全省文艺工作者了。就我而言,是通过这项工作结识了一批文艺界的朋友,为以后工作的顺利开展铺了路。

随着时间推移,我到省文联及各协会参加活动逐渐多了起来,不仅多次参加了文联主席团会、全委(扩大)会、工作会和座谈会等,而且还分别参加过部分文艺家协会的代表大会、会员大会、主席团会或理事会,尤其是1985年3月中旬召开的作协湖北分会理事(扩大)会和同年5月下旬召开的作协湖北分会第二次会员大会,给我留下的印象恐怕一辈子也是难忘的。理事会上那硝烟弥漫的火药味和那从锦心绣口中射出的散发着辛辣尖刻气息的语弹言箭,使我这个从"桃花源"中来的局外人,震惊之外感到文学艺术这块圣洁园地里升腾的并不都是瑞气祥云。这不仅使我对个别作家、艺术家和有关领导人的钦敬打了折扣,而且感到加强文艺界的团结刻不容缓。因此,我在奉命依照有关负责同志拟定的提纲,执笔为省委书记起草在作协会员大会上的讲话稿时,对加强文艺界团结的问题特地作了较充分的论述。代表们听了省委关广富书记的讲话后,感到很振奋,认为报告不仅较好地体现了中央关于文艺工作的指示精神,而且对作家充满信任和希望。一位著名老作家在小组讨论时说:"讲到团结问题,我觉得书记有些话分量是很重的,是语重心长的……书记的报告传达的是中央的声音。相信作家自己能教育自己,这既是对作家充满了殷切的期望,又体现了对作家的最大宽容。"一位中年作家更是有感而发,他说:"作家的作品所以感动人,就在于它真挚……作家的心就是一颗真诚的心,有些人现在还念念不忘整人。不要以为自己一贯正确,世界上就没有一个完整的英雄……"一些青年作家也推出自己的代表向大会建言:"希望老一辈作家不要将历史恩怨延续下来,扩散开来;希望即将产生的新领导班子多做和解工作……要任人唯贤,不要任人唯亲……"省文联主席姚雪垠更是语重心长地用自己"加强责任感,破条件论,下苦功,抓今天;未来是一个个今天积累起来的;耐得寂寞,才能不寂寞;耐不得寂寞,偏偏寂寞;生前'马拉松',死后'马拉松'"的人生格言,勉励广大作协会员排除杂念和干扰,执着追求文学事业。遗憾的是这些发自作家肺腑的忠告并未能贯彻到会议的始终。在当时的背景下,这些呼声尽管还未能完全扭转湖北文坛的局面,但却表达了我省大多数文学工作者热望加强文艺界团结的心声,展现了湖北文坛的正气和希望。

1986年7月我受部领导委派,同另两位同志一道赴长春、沈阳等地考察文艺、理论工作,在了解兄弟省市文艺工作情况的基础上,结合我省文艺工作的实际,我执笔起草了《关于繁荣我省文艺工作的若干意见》一文(即"文艺十条"),这个文件代拟稿,经部领导多次集体讨论,提出修改意见改定后,又向省直文艺界和全省宣传战线反复征求意见并多次修改后,报经省委讨论通过,于1988年8月31日以中共湖北省委鄂发(1988)18号文正式印发全省贯彻执行。这个文件就文联系统文艺队伍的组织建设问题发出了明确指示,指出:"要认真抓好省文联各协会和地、市、州、县(市)文联以及厂矿企业文联(文协)的建设,把全省的文艺队伍组织起来,各地、市、州、县(市)党委和政府要对当地文联的编制、经费等问题予以解决。"应该说,这个文件的印发和贯彻执行,给文联事业的发展带来了前所未有的机遇。随后的事实也充分证明了这一点。

1988年12月4日上午,省委常委会在听取省文联五次文代会的筹备工作汇报时,常委们不仅对文联近年来所做的工作给予了充分肯定,而且对文联党组和主席团提出的增加经费和申办出版社等具体要求也给予了有力支持。郭振乾省长听完汇报后说:"经费问题你们是困难一点,明年是不是按你们要求增加的总数拦腰砍一刀。出版社问题,你们写报告,我们可以表示同意,再往上报。"钱副书记也表态说:"我建议拦腰砍一刀砍上一点,可砍到增加70万元左右。出版社我建议还是同意办。"关广富书记在听取常委们的踊跃发言后,充分肯定了文联工作所取得的成绩,热情地阐述了开好文代会的四个有利条件,讲到第四条时,他说:"四是省委在宣传部长期调查研究的基础上,发出了18号文件,拿出了几条,这个文件下面反应是好的,中宣部反应也是好的。省委统揽全局,采取了繁荣文艺的具体措施。"讲到经费和出版社问题,他接着说:"文联是条短腿,经费上应多支持一点……出版社要整顿,但文艺出版社我赞成搞,文学艺术家应该有个阵地,文联也有个手段,经费上可以自给,对繁荣我省的文艺事业有利。"(以上引语均摘自当年参加会议时记的笔记,如有差错由笔者负责。)正是由于有了省委、省政府和省委宣传部等部门的大力支持,加上全省文艺工作者的共同努力,省五次文代会开得很成功,真正收到了团结、鼓劲、繁荣的预期效果。文代会之后,省文联不但财政拨款有了大幅度增长,经济条件有了较大改善,而且全省文联基层组织也有了快速发展,在绝大多数地、市、州和部分县(市)、厂矿企业建立文联(文协)的基础上,一大批县(市)文联和部分厂矿企业文联(文协)又相继建立起来。各地党委、政府依据省委18号文件精神,在经费、编制、人员等方面给本地文联以大力支持,有些地方还制定印发了繁荣本地文艺事业的文件、政策,有的还批拨专款,建立了自己的文艺奖励基金。全省文联系统呈现出一派欣欣向荣的景象。可惜的是,文联的出版社却没有借省委、省政府领导大力支持的东风,一鼓作气地促它建立起来,使文联的事业失去了一次极好的发展机会。

应该说,进入新时期以来,省文联在繁荣和发展湖北的文艺事业、为两个文明建设服务方面是显示过较大活力、发挥了较大作用的。十几年来仅就我参加的由省文联独立主办或与其他单位联合主办的有影响的活动就有不少。1987年10月举办的首届"长江歌会"、1990年12月举办的电影"金鸡奖""百花奖"的颁奖活动等,在省内外产生了强烈反响。省文联受省委宣传部委托,承办的依据省委18号文件设立的"屈原文艺创作奖""金凤青年文艺奖"艺术类历届初评活动、省文联自己主办的"文艺明星奖"评奖以及省文联同省委宣传部、省总工会等六家联合主办的"楚天文艺奖"评奖活动等,对促进湖北优秀文艺作品的涌现和拔尖文艺人才的脱颖而出,都发挥了积极的作用。在开展学术研讨和文艺理论研究方面,省文联也做了大量工作,先后主持和参与主持召开了当代历史小说创作问题座谈会、首届全国楚文艺研讨会、纪念《延座讲话》发表50周年理论研讨会、全国企业(产业)文联工作经验交流会、建设有中国特色社会主义文艺理论研讨会、纪念《延座讲话》发表55周年暨文艺发展战略研讨会等有学术价值、有影响的会议,并将大多数研讨会的理论研究成果汇编成册,相继公开出版了《楚文艺论集》《不灭的明灯》《企业文艺工作文论》《文化转型与文艺》《跨世纪的湖北文艺》等文论专集,有力地推动了湖北文艺理论研究、文艺评论的活跃和文艺创作的繁荣。尤其是1986年5月18至23日在黄州赤壁宾馆由中国作协、湖北省文联等单位联合召开的《当代历史小说创作问题座谈会》和1991年12月16日在武昌东湖宾馆召开的《首届全国楚文艺研讨会》，前者请来了萧军、姚雪垠、韶华、鲍昌、蒋星煜、许大龄、胡德培、吴越、凌力、顾文光、朱辉、李兆忠、冯天瑜等全国各地的知名专家、学者，对中国当代历史小说的创作问题作了广泛深入的研究和探讨，对促进当代历史小说创作的繁荣产生了较大影响；后者云集了省内外楚文艺研究的专家和理论工作者50余人，对楚文艺研究的力量和成果作了首次集结和检阅，为研究博大精深的楚文艺做了开拓性的工作。这些活动扩大了湖北省文联的影响，展现了它的勃勃生机、强大活力和凝聚力，较好地塑造了省文联的形象。

1994年12月召开的湖北省第六次文代会上，我被当选为省文联副主席，随后被调入省文联工作。1996年9月之前，我按照党组分工，主要分管文艺理论研究室、省文艺理论家协会、省戏剧家协会、《戏剧之家》、省曲艺家协会、省书法家协会、《书法报》等部门的工作。1996年9月之后，党组又将书协和《书法报》交给别的同志分管，把《今古传奇》杂志社、图书编辑部和省文联文艺发展基金会等部门的工作交给我分管。五年多来，我除了参与党组和主席团的决策和日常工作，共同努力抓了一些在省内外产生了较大社会影响的展演和评奖等活动外，侧重抓了一些有内容、有一定理论深度的理论研讨活动。1995年6月，我在党组大力支持下，具体负责组织和主持由省文联、省文艺理论家协会联合召开的建设有中国特色社会主义理论研讨会，着眼于中国文化和世界文化的大背景，从文化转型的特定角度出发，对建设有中国特色社会主义文艺问题以及当前的文艺创作、文艺理论研究、文化市场中出现的新情况、新问题作了认真深入的研究探讨，取得了一些突破性的理论成果。省市文艺报刊、电台、电视台和中央有关新闻媒体都对研讨会作了较充分的报道。会后，我主编出版的《文化转型与文艺》一书，共汇集刘纲纪、冯天瑜、孙子威、王先霈等与会学者的论文三十余篇，对推动湖北文艺理论研究向纵深发展，起了较大的促进作用。1997年5月，我在省委宣传部和省文联党组支持下，又组织省文艺理论家协会具体筹备召开了纪念《延座讲话》发表55周年暨文艺发展战略研讨会。1999年，我又受党组指派，负责带领文艺理论研究室、文艺理论家协会，组织省直文艺界的有关专家学者，编写并出版了反映建国五十年来我省文艺辉煌成就的专著《湖北文艺五十年》一书，该书在一定意义上起到了填补我省建国五十年文艺发展史空白的作用。

尽管如此，我作为文联领导班子中的一员，深感做的工作不够，为繁荣和发展湖北文艺事业贡献还太小。从领导班子总的工作情况看，第六次文代会以来，省文联也想方设法抓了不少在省内外产生较大影响的展演、评奖、创作和理论研讨等活动，搞出了一批有较高艺术质量、学术价值的作品和理论研究成果，为繁荣和发展湖北的文艺事业做了不少工作。但以高标准要求，仍感文联的合力、活力没有得到很好的开掘，文艺人才齐全、与社会联系广泛的优势未能充分发挥出来，有广泛社会影响的活动还开展得不多，文艺精品和拔尖人才涌现得较少；工作中看困难较多，发挥主观能动性和创造性不够，甚至重又出现省委作了决定并写进常委会纪要中给省文联解决的一些具体问题长期落不到实处的现象。这些问题的出现，既有外部环境的制约，也有内部因素的干扰，原因虽是多方面的，但关键是领导班子缺乏迎难而上、开拓进取的拼搏精神，在一定程度上影响了文联事业的发展。这是需要我们在今后的工作中认真吸取的教训。

2000 年 3 月 12 日　于武昌东湖之滨

《世纪回眸》 2000 年出版

传奇征程琐忆

　　《今古传奇》创刊至今已走过了 20 年不凡征程。20 年披荆斩棘，20 年乘风破浪，20 年一路凯歌，20 年征程中也遇到了不少风雨。

　　1984 年 1 月我自华中师大中文系调省委宣传部文艺处工作后，方知我省有个《今古传奇》。但因未读过它发的作品，印象仍然不深。一次同李晓明副部长闲聊谈到《今古传奇》时，李部长说："《今古传奇》好哇！好看得很，每期刊物来了，我还未看完就被别人抢跑了！"李部长对《今古传奇》的赞扬诱发了我的阅读兴趣，此后，我便挤时间读了几本《今古传奇》，特别是读了《武当山传奇》《玉娇龙》《国宝》等作品后，我也觉得《今古传奇》发的作品很好看。这期间，全国范围内兴起了一股通俗文学热。一些打着"通俗文学"旗号，拼命兜售凶杀、打斗、色情的刊物、小报充斥文化市场，引起广大群众和文艺界人士的强烈不满。在鱼龙混杂、泥沙俱下的情况下，《今古传奇》作为全国首家创办的通俗文学刊物，自然也受到了不少责难。1985 年初，我们到省直文艺单位听取文艺家的意见，有的作家便指名责难《今古传奇》。这种情况下，我恰好又受命按省委有关领导拟定的提纲，执笔为省委负责同志起草《在中国作协湖北分会第二次会员大会上的讲话》稿，在谈到我省文艺刊物的状况时，要不要对《今古传奇》的办刊方向给予充分肯定，的确是个比较敏感的问题。在与文艺处负责同志商量后，我们坚持在讲话稿中写上了"《今古传奇》自创刊以来，始终注意面向群众，做到'通俗而不庸俗，传奇而不离奇'，赢得了众多的读者"一段话，对《今古传奇》给予了充分肯定。这个讲话稿经过多次讨论，作了较大修改，但上述关于《今古传奇》的一段话一直保留下来。讲话发表后，受到我省广大文艺工作者的普遍欢迎。

　　但对《今古传奇》，我省部分文艺家，特别是个别权威作家和文艺界知名人士，并不因省委的肯定而改变看法，相反，其责难变得更为激烈。1985

年 7 月下旬,我到省直一个文艺单位参加会议,会上,有的知名文艺家在谈到湖北的文学创作现状时说,湖北的文学创作现在面临着两种情况:一种是没落;另一种情况是崛起。没落的代表是《今古传奇》。他认为文学创作堕落到如此地步,实在叫人气愤!并扬言,这个话我还要到大场面去讲!还有的知名文艺家认为,全国传奇文学的兴起,湖北武汉带了个不好的头。针对这一情况,我及时整理了一期《文艺情况》,上报部领导和省委负责同志,并在上报材料中旗帜鲜明地指出:他们抨击《今古传奇》的那番话,同省委领导对《今古传奇》评价的精神是相悖的,也是不符合《今古传奇》的实际的。随后,文艺处负责同志又受命对《今古传奇》进行了系统审计,并写出了审计报告,对《今古传奇》作了进一步肯定。这些都为省委领导坚定对《今古传奇》的正确看法,起到了好的参谋作用,也为《今古传奇》减轻了一定的压力。

1991 年我已主持文艺处的工作。当年 3 月中旬我撰写了《〈今古传奇〉发表工业题材小说〈黑洞〉引起强烈反响》一文,对作品《黑洞》和《今古传奇》编发这部作品都作了充分肯定。文中写道:

"《今古传奇》今年第一期发表了上海宝山钢铁厂作者郭启祥的长篇传奇小说《黑洞》。作品打破通俗文学题材局限,率先描绘我国钢铁战线如火如荼的生活画卷,塑造了一个富有魅力和魄力的钢厂厂长形象。作品有较强的故事性和可读性,在社会上引起强烈反响。

"近年来,通俗文学刊物描写才子佳人、英雄剑客、奇闻要案、黑道历险占了很大版面,直接描写当代生活,歌颂改革大潮中涌现的英雄人物的作品却寥寥无几,直接描写工业题材的创作更被视为畏途。《今古传奇》编辑认为,通俗文学也应反映时代主旋律,他们以刊物五分之三的篇幅推出长篇传奇小说《黑洞》后,立即引起强烈的社会反响。《今古传奇》与《武钢文艺》联合召开了作品讨论会,武钢工人在会上说:'这样的作品我们爱看。''《黑洞》拉近了我们工人与文学的距离。'《长江日报》《湖北日报》《文艺报》先后报道了作品讨论会消息;作家出版社拟出版单行本;《解放日报》连载小说全文;上海五四小剧院、文化艺术团分别要求改编成话剧上演;湖北电影制片厂、峨眉电影制片厂都提出改编电影的要求,峨眉电影制片厂还与作者签订合同,打算投资上百万元筹拍立体声、三声道大型宽银幕电影;云南电视台也与作者联系,要求改编成8集电视连续剧。"

这篇文稿作为省委宣传部1991年第3期《摘报》(注:这是宣传部给省委领导报送重要信息的主要内刊)上报给省委、省顾委和省委宣传部的领导,为他们了解《今古传奇》的工作情况及其产生的社会影响,进一步加深对《今古传奇》的印象,提供了有力的证据。

1992年9月文艺处收到省文联上报的《〈今古传奇〉杂志社改革方案》之后,我及时组织文艺处的同志对这个方案进行了研究,并亲自对《方案》作了些修改,代部里草拟了批复文稿,报部领导讨论批准后,批转了这个改革方案,使《今古传奇》杂志社的发展历史从此揭开了崭新的一页。

我调省文联工作后,1996年9月党组重新分工时要我分管《今古传奇》。分管四年多来,在党组和文联主席团的领导、支持下,在杂志社全体同志共同努力下,《今古传奇》杂志社改革的步子加快了,刊物增多了,工作量加大了,管理力度加强了,职工队伍壮大了,市场意识、竞争意识增强了,事业有了新的发展,《今古传奇》的社会影响进一步提高了。这期间,我作为分管者对杂志社提出的改革措施和需要帮助解决的重要问题,都尽力给予了支持和帮助。

回顾我与《今古传奇》相关的这些难忘往事,我感到《今古传奇》最难能可贵、最值得继承和发扬的是她勇于开拓进取、迎难而进的精神和不安于现状、改革创新、奋力拼搏的闯劲和干劲。正是靠了这种精神、这种劲头,《今古传奇》才能在书刊市场强手如林、竞争激烈的今天立于不败之地,开辟并保持住自己的一片天地。新的世纪到来了,我衷心祝福《今古传奇》以更坚实的步伐奔跑在新世纪的征途上,继续发扬优良传统和工作作风,同心同德,再接再厉,为开创事业的新局面,促进文艺创作的繁荣,创造更大的辉煌。

《今古传奇20年》 2001年6月出版

园丁心语

　　这是个激动人心的日子！这是个使荆楚文艺百花园群星璀璨、光芒四射的日子！这是个让荆楚文苑同仁欢欣鼓舞、心花怒放、永难忘怀的日子！这一天将铭刻在湖北作家、艺术家、评论家和广大文艺工作者的心中。

　　1990年7月13日，武昌水果湖湖北饭店，彩旗飘扬，人流如潮，歌声嘹亮，车水马龙，一派节日景象。湖北省首届"屈原文艺创作奖""金凤青年文艺奖"颁奖大会即将在这里隆重举行。四楼大厅里，主席台前上方，挂着23个笔力厚重的巨型仿宋字组成的会标，格外端庄醒目；主席台天幕上悬挂着象征灿烂楚文化的凤鸟架子鼓艺术造型作品，使首届"两奖"颁奖大会更充满了庄严气氛。

　　主席台上，端坐着来自省委、省顾委、省人大、省政府、省政协及有关部门的领导。主席台下，来自省直及各地、市、州宣传文化部门和各文艺单位的300多位文艺家和文艺工作者代表，济济一堂，欢声笑语，尽情地分享着首届"两奖"颁奖大会的喜悦和快乐。

　　颁奖大会由湖北省"屈原文艺创作奖""金凤青年文艺奖"基金会主持召开。

　　上午9时整，省"两奖"基金会常务副会长、省委宣传部邓副部长宣布大会开始，并介绍了与会的领导。接着，省"两奖"基金会会长、省委宣传部部长王重农，宣读了省首届"屈原文艺创作奖"获奖作品(17件)及主创人员和"金凤青年文艺奖"获奖人员(3人)名单，并介绍了首届"两奖"评奖工作情况。

　　随后，便是隆重的颁奖仪式。首次获此殊荣的得奖者们，在雄壮欢快的乐曲声和与会者热烈的掌声中，从省委书记关广富、副书记赵富林、钱运录和省顾委、省人大、省政府、省政协领导陈明、沈因洛、梁淑芬、韩宏树、陈扶生等手中,接过堪与日月争辉的屈原、金凤奖像和相关奖证,一个个手捧金灿灿的奖像和鲜红的奖证,笑容满面、心花怒放地同省领导一起合影留念。那个高兴劲儿啊,谁见了都会受到感染。这些获奖作品和人员虽只是近几年我省涌现的优秀文艺作品和文艺人才的一部分,但从他们身上,我们不仅可以看到荆楚大地上广大文艺工作者勤奋创作、探索追求的精神风貌和文艺创作硕果累累、人才辈出的喜人景象,更从这些获奖者其后创造的艺术和人生辉煌中,验证了他们当年确实是荆楚文艺百花园中当之无愧的杰出代表。

画家唐小禾在颁奖大会上说:"党和人民所给予我们的荣誉已大大超过了我们实际的奉献。我只能这样理解:它所鼓励的不仅是已经做过的事,也是为了大家所将要做的事。也许,我们能够通过今后的作品表达今天所受到的激励和教益。"这饱含深情的话语,不仅表达了全体获奖者和与会者的心声,也道出了省委设立"两奖"的真谛。

王会长在颁奖大会上明确指出:省委批准设立"两奖"的目的,"就是要通过开展评奖活动,表彰和奖励优秀作品和优秀人才,引导作家、艺术家和广大文艺工作者自觉坚持文艺的'二为'方向,贯彻'双百'方针,积极投身四化建设和改革开放的火热生活实践,努力反映新的时代、新的人民,促进多出优秀作品和优秀人才,进一步繁荣和发展我省的文艺事业,加速社会主义精神文明建设。"

钱副书记在颁奖大会上的讲话中进一步强调指出:湖北是楚文化的发祥地。我们设立屈原文艺创作奖和金凤青年文艺奖的重要目的之一,就是为了继承和发扬楚文化的优良传统,繁荣我省的文艺创作。因此,文艺工作者要大力弘扬民族优秀文化,在继承、借鉴和创新、发展的过程中,形成湖北文艺的特色和优势。

这些金石之言,深刻揭示了倡导设立"两奖"的策划者们的初衷。今天,从获奖代表的发言中,从与会领导的讲话里,从台上台下、会场内外的领导、作家、艺术家和文艺工作者频频亲密合影、亲切交谈的欢声笑语中,从14日湖北日报以头版整版篇幅并配发社论和大会照片的高规格宣传报道声势里,我深深感受到了这一"初衷"的丰厚回报。

为了这一天的到来,省委和宣传部的主要领导和有关负责同志付出了不少心血。我作为鄂发[1988]18 号文件的执笔草拟者和倡导设立"两奖"的主要参与者及具体负责筹办、组织实施者,我和我的同事们为此付出的劳动和艰辛是局外人难以想象的。

1986 年 4 月,王部长到任后,十分重视文艺、理论、新闻等工作,拟在深入调研的基础上,制订几个文件印发全省贯彻执行。7 月下旬,部里派我和小黄等同志到东北考察文艺、理论工作情况。7 月 19 至 8 月 2 日期间,我们飞北京、奔长春、赴沈阳,专程对吉林、辽宁两省的文艺、理论工作情况进行了考察。

通过考察,开阔了眼界,开拓了思路,学到了真经。8 月 2 日返汉后,我连续几天加班加点,赶写出了近万字的《关于吉林、辽宁两省文艺工作情况考察的汇报提纲》。8 月 13 日部领导听取了考察情况的汇报。王部长在听完汇报后说:"这个调查很好,确实有很好的经验,等南线考察的同志回来后,把外省抓文艺、理论工作的基本经验,给省委写个汇报材料。还要搞个繁荣

1989 年 12 月作者在湖北省首届屈原文艺创作奖、金凤青年文艺奖高
评委终评会议上与张其军(左一)、蔡明川(右一)等在讨论问题。

我省文艺工作的汇报提纲,争取 8 月底搞出来。"

此后,我陪同部领导到省文联等单位召开了如何繁荣我省文艺事业的征求意见座谈会。从 8 月 22 日开始,我又投入了紧张草拟《关于繁荣我省文艺工作的汇报提纲》(以下简称《汇报提纲》)的工作中。连续 10 余天,我夜以继日地查阅笔记、资料,草拟详细纲目和提纲文稿。这期间,除将《汇报提纲》的详细纲目同全处同志一起讨论了一天外,其余时间,我每天除吃三顿饭、睡四、五个小时外,就是想提纲、写提纲。因部长们催得急,30 日晚上我写到深夜两点多,搞得人头发麻、耳敲鼓,站都站不稳,差点摔倒! 31 日又是星期天,我一如继往地写提纲,直到 9 月 1 日深夜,累得精疲力竭的我,才如释重负地改完并誊清了提纲初稿。9 月 6 日,王部长主持讨论了《汇报提纲》。他听完提纲和与会者的发言后说:"这个材料的基本思路、基本观点、基本内容是不错的,十条意见比较好。如何修改? 肯定成绩部分要用较短的篇幅阐明在省委、省政府领导下我省文艺工作所取得的成绩。建议部分要突出政策问题。具体问题尽量少提少写。"

第二天,我按部长的意见改好了《汇报提纲》,8 日上午把修改稿交邓秘书长审看后交给了部打印室。当天下午我又接受了秘密参与起草我省如何贯彻中共中央十二届六中全会决议的"意见"初稿(拟交关书记带去参加中央六中全会用的)的新任务。此后部里的工作中心都是围绕学习、贯彻十二届六中全会《决议》在运行。11 月 15 日,王部长在部处长会上提出:文艺、理论、新闻三个文件,也要像部里草拟的贯彻六中全会《决议》的"意见"稿一样,要广泛征求意见。这些文件要作为贯彻《决议》的"意见"的配套文件。文件稿可先请有关厅局的负责同志来讨论。

按部领导要求,我们于 11 月下旬给省文化厅、省文联、省作协等单位各寄了 3 份文件稿,让各单位党组成员先传阅修改,然后把意见带来。12 月 2 日部领导主持召开了《关于繁荣我省文艺事业的若干意见》的征求意见座谈会,省文化厅周副厅长、省文联陈副书记、省作协刘副书记等参加了会议并提出了各自的修改意见。大家认为,文件稿总的看是不错的,很多问题比较实在。搞个文件很有必要。但不能忘记两条:文学和艺术、专业文化与社会文化的关系要妥善处理。还有的同志提出,"屈原文艺创作奖"奖到二十个就没有权威性。不要分等级,数额要少一些。"湖北青年文艺奖""面积"可大一点。12月中旬,文艺等三个文件稿又在全省宣传部长会议上征求了意见。1987年1月9日,王部长又主持讨论了文艺等三个文件修改稿,并强调指出:三个文件搞了半年,派人到外省、市进行了考察,听取了各方面的意见。起草中反复学习了六中全会《决议》和有关方针政策精神,部内也多次讨论,文件的基础是不错的。当前的精神要进一步充实贯穿到整个文件中去。要尽快拿出修改稿来。

就在我再次着手修改文件稿时,中央发出了1987年1号文件,印发了邓小平的讲话,点了带头鼓吹资产阶级自由化思潮的方励之、王若望、刘宾雁的名。1月16日晚,中央电视台等媒体又播放了中央政治局扩大会议新闻公报,公布了中共中央主要领导人发生重大人事变动的重要消息。随后,中央又接连发出了2、3、4号文件。这样,部、处的工作重心立即就转到学习贯彻中央1、2、3、4号文件精神,改进工作,整顿舆论阵地等方面来了,文件稿的修改只好暂停下来。直到1988年7月31日文件稿的修改才重新摆上工作日程。这天又是个星期天,我独自到部里加了一天班,按部领导"要根据党的十三大精神进行修改"的指示,修改《关于繁荣我省文艺事业的若干意见》(即"文艺十条"。以下简称"文艺十条")。8月1日上午继续修改。下午,部长办公会再次认真讨论了"文艺十条"。第二天,我按部长们的意见,对文件稿又做了认真修改,并将文件修改稿打印后带到随后召开的全省宣传工作会议上交与会代表征求意见。8月15日,王部长在部处长会议上说:这次宣传部长会解决了多年未解决的问题。当前一要着重抓全省宣传工作会议精神的传达贯彻。二要认真抓好"文艺十条"等文件的传达贯彻落实。最后他强调说:"文艺十条之所以能顺利通过,的确它改得比较好,既有中央精神,又有省情。"

文件印发后,在全省上下引起强烈反响。12月4日上午,省委书记关广富在常委会上听完省文联党组关于省五次文代会筹备工作汇报后,谈到开好五次文代会的第四个有利条件时说:"省委在宣传部长期调查研究的基础上,发出了18号文件,拿出了几条。这个文件下面反映是好的,中宣部反映也是好的。省委统揽全局,采取了繁荣文艺的具体措施。"12月6日,关书记在给省五次文代会致的《祝词》中又明确要求全省各文艺主管部门的领导和广大文艺工作者,今后要大力抓好文艺创作和艺术生产,加强文艺队

首届屈原文艺创作奖、金凤青年文艺奖评委会评委合影(从左至右)前排:陈东成　刘纲纪　谢功臣　夏菊花　周祖元　王重农　邓泽民　周韶华　鄢国培　肖光烛　后排:涂怀章　李传锋　张其军　蔡明川　刘富道　王先霈　邹明山　陈美兰　阮润学

伍建设,活跃文艺评论,努力抓好文艺团体的体制改革等方面的工作,同时要逐步增加必要的事业经费,以保证省委18号文件中提出的繁荣和发展我省文艺事业的目标的实现。省委的号召,给全省广大文艺工作者以极大鼓舞和信心。同日下午,代表们在讨论发言中,给予了热情回应。刘岱等代表说:省委对文艺工作是很重视的,做了大量工作。关书记的《祝词》讲得全面、具体,省委发的"文艺十条",提出了很多繁荣我省文艺的重要措施,这些都说明省委对文艺工作是很重视的。

18号文件的最大亮点是两个五十万元。不少文艺家认为,省里发的18号文件,特别是其中的两个五十万,对繁荣和发展我省文艺事业有很大的促进作用。事实也正是如此。以省财政每年批拨的五十万元重点项目补贴专款来说,从89年到94年我经管和经办的重点创作、展演、研究、出版等补贴项目就达二百几十个,批拨补贴专款总金额达270余万元,扶持对象覆盖了全省各地、市、州。许多被扶持的剧节目及其它文艺作品在省里和全国获奖。其中京剧《膏药章》《洪荒大裂变》《法门众生相》,话剧《同船过渡》,歌剧《樱花》,舞剧《土里巴人》,音乐诗剧《洪湖的女儿》,楚剧《狱卒平冤》《虎将军》,豫剧《风流女人》,荆州花鼓戏《原野情仇》,黄梅戏《未了情》,电视剧《儒商》《张之洞》等数十部影视剧、音乐、舞蹈作品,在中宣部的“五个一工程”奖、文化部的调演、汇演及文华奖、曹禺戏剧文学奖和电视剧飞天奖等权威评奖中纷纷夺魁获奖,为湖北争得了荣誉。与此同时,一大批在省内外享有盛誉的名导演、名演员、名剧作家如雨后春笋般涌现出来,分别夺得文华奖优秀导演奖、优秀演员奖,白玉兰奖,梅兰芳金奖,梅花奖等权威奖项,为湖北赢得了“戏剧大省”的美誉。

尤其是根据文件规定设立的“屈原文艺创作奖”和“金凤青年文艺奖”(注:文件中原名为“湖北青年文艺奖”,后来,我在起草湖北省“两奖”基金会章程草案和“两奖”评奖条例试行草案时,想到荆州城的凤凰城雕和楚人崇凤的文化传统,便提出将“湖北青年文艺奖”改名为“金凤青年文艺奖”,随即得到了本处同志的赞同和部领导的批准),在问世后的十余年中,成为我省最高、最权威的文艺奖项,是全省作家、艺术家和广大文艺工作者期盼获得的殊荣之一。“两奖”也得到了社会的公认和赞赏。从我参与策划并具体负责筹办、组织实施的首届和第二届“两奖”评奖情况看,不但评奖办法公开、公平、公正,评委高度认真负责,而且评奖结果经得起时间和历史的检验。两届评奖共有 32 件作品获屈原文艺创作奖;2 件作品获屈原奖特别奖;6 人获金凤青年文艺奖。不论是获奖作品还是获奖者,历史的烟尘也掩盖不住其熠熠光辉。在这些获奖者中,有《膏药章》《法门众生相》的导演、后荣任全国人大代表、中国戏剧家协会副主席、成为湖北省“终身成就艺术家”的著名导演余笑予;有两剧主演、后成为省文联副主席、全国人大代表,被誉为京剧第一丑,集梅花奖、梅兰芳金奖、白玉兰奖于一身的著名表演艺术家朱世慧;有壁画《火中凤凰》的作者,后荣任湖北美术学院院长、省文联主席的著名画家唐小禾;有话剧《寻找山泉》文学剧本的作者、现任省文联主席的名剧作家沈虹光;有相声《归国记》的作者、中国曲协副主席、省文联副主席、武汉市文联主席、德艺双馨的著名作家夏雨田;有中篇小说《风景》《祖父在父亲心中》《烦恼人生》《太阳出世》等名篇的作者方方、池莉,她们都是屈原文艺创作奖、金凤青年文艺奖双奖的获得者,不仅是享誉文坛的著名作家,而且分别成为现任省作协主席、市文联主席,后者还是全国人大代表。此外,还有《一百个中国孩子的梦》的作者、市作协主席董宏猷,文学论著《中国当代长篇小说创作论》的作者、省文艺理论家协会主席陈美兰,金凤青年文艺奖的获得者、荣获飞天奖、梅花奖的黄梅戏名演员、后成为全国政协委员的杨俊等一批省内各艺术领域的领军人物。

这一切充分说明,省委18号文件规定批拨的两个五十万元专款和设立"两奖"的举措,是具有远见卓识的,为促进我省文艺创作的繁荣和优秀文艺人才的成长,的确起了很好的激励和导向作用。我和我的同事们,当年作为省委宣传部职能处室的工作人员,只不过是遵照省委和部领导的指示,履行自己应尽的职责,像园丁一样,做了些探路、铺路、松土、施肥、浇水、除草等培植、护理工作而已。比起荆楚文艺百花园中那些含露绽放、姹紫嫣红的鲜花和含苞斗翠、香气袭人的奇葩异草来,自然是微不足道的,也少有人关注和记起。今天回叙这些往事,绝非是为了评功摆好,而是想找回自己和同事们当年为探索湖北文艺事业的改革开放和繁荣发展之路,而不断求索、奋力拼搏过的那段紧张充实、值得欣慰的记忆,给历史存照,同时,也使自己日益被文坛疏远、渐近老化的心灵得到些慰藉。

《亲吻岁月》 长江文艺出版社 2009 年 4 月出版

故乡漫忆

故乡情愫最真诚,故乡记忆最难忘。我离开家乡来到武汉已四十五年了,但思念故乡人,关注故乡事的那颗心,却愈老愈深沉。盛夏时节,我有幸应邀参加"湖北作家赴团风创作采风团",再次回到了我魂牵梦绕的故乡。

1996 年 5 月 18 日,伴着庆祝黄冈市暨黄州区、团风县成立大会召开的喜庆锣鼓声和鞭炮声,团风县借团风中学挂牌成立了。转眼 13 年过去了,昔日萧条、破败的团风镇渐渐从人们眼前消失。如今,展现在我们眼前的幢幢新颖、壮观的高楼鳞次栉比,条条宽阔、光洁、笔直的大道纵横交错,状若扬帆破浪前进的战船、气势雄奇壮美的"渡江战役纪念碑"耸立大江岸边,厂房林立、环境优美、一望无边的工业园如诗如画……一座靓丽的现代化新城在滚滚奔流的长江之滨拔地而起。

看着眼前的美景,我情不自禁地从心底发出赞叹:故乡啊,你的变化太惊人啦!

一

上世纪五十年代末的三年我是在团风中学度过的。那时,恰同学少年的我,学习之余,常和同学好友结伴步出学校南门,登上高大的江堤,坐在绿草如茵的堤坡上,观江流堆雪滚玉、江猪结队冲浪,赏落日血艳夕照、杨柳披彩舞霞……万里长江在我们眼前一分为三,左江、右江与中江将两个大沙洲紧紧环抱,江流环绕着大沙洲流淌,画在地图上俨然像一个巨桃,颇似人的心脏。这就是与团风紧紧拥抱的长江,她把自己金子般的心都掏给团风了。一千多年前,这一奇特的地方大概因其位于举水入江口而被称为举洲。今天,人们则将其细分为人民洲、东漕洲、李家洲与罗霍洲、叶路洲。

团风不仅地理位置奇特,地形地貌也非常独特。她紧拥长江北岸的南半个县,地势低平,海拔一般在 20 米左右。而北半个县则地势渐高,群山连绵起伏,争相投入大别山的怀抱。耸立于团风县贾庙乡北部边缘的大崎山,其主峰龙王顶,海拔达 1040.8 米。登上山顶,极目远眺,将军、接天、小崎、泉华等山尽收眼底,群山峰连岭接,披云挟雾,跪伏山腰,争相来朝;抬眼近观,满目苍松翠竹、奇花异木掩映着座座亭台楼阁,云遮雾绕,忽隐忽现,如入仙境。大崎山既有北国名岳的雄奇巍峨,又有南国峻峰的神奇灵秀,恰似一面矗立在广阔舞台后的巨大彩屏,成为团风这座大舞台上一幕幕精彩演出的有力屏障。

更奇特的是,团风的东、西、北三方被一片红色岩石包围着,她的西边是居于上游的阳逻,东边是居于下游的东坡赤壁,北边是王家坊、冯家墩、辛家冲,这些地方红色岩石都裸露在外。而长江南岸、阳逻上游和赤壁下游,均见不到这种红色岩石。这种岩石,专业术语称之为"丹霞地貌"。团风就依偎在这上下方圆两百里左右的丹霞地貌之中,平添了一道神秘色彩。

二

团风县的前身是黄冈县。黄冈县设置于隋开皇十八年(公元 598 年),至今已有 1400 多年。团风作为黄冈县的主要替代县,具有悠久的历史,承继了黄冈厚重的历史特色和地域特色。在这片古老神奇的土地上,上演了一幕幕声震华夏的历史传奇大剧。

团风地处吴头楚尾,历来是兵家鏖战的战略要地。我们不会忘记,鲁定公四年(公元前 506 年),"蔡侯以吴子及楚人战于柏举"的"柏举之战",这场大战以吴师主帅伍子胥在举洲大败楚军后连胜而攻入楚都郢城,掘开楚平王陵墓,鞭尸三百,报了杀父之仇而告终。团风人也不会忘记,秦末西楚霸王项羽与汉刘邦长河之战时,在此留下的"死(史)霸桥"遗踪;更不会忘记,东汉建安十三年(公元 208 年)著名的赤壁之战,这场战争史称"乌林之役",奠定了魏蜀吴三国鼎立局面。团风古名乌林,确切地说,当年那场大战的战场有可能在团风一带,这不仅有赤壁之战当事人王粲的《英雄记》等众多史料为证,更有许多遗迹佐证,今天,团风城内仍存有曹操驻军时留下的粮道街、马坊桥、崇德巷等历史遗迹。人们更记得，元至正二十三年(1363年)朱元璋在此战胜老对手陈友谅，改"死霸桥"为得胜桥的历史传说，此战之后没几年便建立了朱明王朝；明崇祯十六年(1643年)五月，张献忠占领团风后，率全军经举、倒二水一举横渡长江，攻占武昌，建立了大西政权；清初鄂东蕲黄48寨燃起的"联明反清"的熊熊烈火，曾使顺治、康熙两位皇帝坐卧不宁；清代晚期，太平天国义军转战团风13年，九战于团风河口、上巴河、马鞍山等地，悲壮惨烈，可歌可泣。

更令我难忘的是，故乡人民为民族独立、自身解放和新中国的诞生付出的巨大牺牲，作出的杰出贡献。1921年，这里的仁人志士在回龙山下成立了共产主义团体八斗湾共存社，随后又成立了共产主义小组，在鄂东最早建立了共产党的组织，率先点燃了中国农民运动的冲天烈焰；1927年，在汪精卫集团发动反革命政变前夕，黄冈党组织在团风大庙召开了紧急会议，根据中共湖北省委关于应变的紧急指示，及时选送三百多名党团员和农会骨干，编入贺龙率领的二十军，参加了著名的南昌起义；这里先后组织的

从左至右：儿媳蔡鸿　女儿邹玲　孙儿邹鸿暄　妻子张素菊　作者　儿子邹军

"回龙山暴动""杨鹰岭暴动"，促成了中国工农红军第六军等革命武装的诞生；这里组建的鄂东抗日游击"五大队"，打响了鄂东抗日第一枪；1949年5月13日，人民解放军四野15兵团43军一部，在团风镇与国民党守军鏖战一夜，于次日凌晨攻克团风，为赢得这场胜利，100多位英雄官兵长眠在盘石桥畔。这场激战的隆隆炮声和乡亲们争相传说的有关这次战斗的一些传奇故事，在我稚嫩的头脑中刻下了极深的痕印，至今还音犹在耳。这场解放团风的战斗，既是黄冈解放的标志，也是四野渡江战役的前奏曲，已载入《毛泽东选集》四卷合订本（见1967年出版的横排袖珍本）第1338页《向全国进军的命令》一文的注释中。同年3月间，当人民解放军第四野战军先遣部队——龙江兵团和嫩江兵团来到黄冈县境时，中共黄冈县委、县爱国民主政府及其军事指挥部，就在我家西边的淋山河和东边的上巴河分别设立了"支前站"，开始全力以赴地为大军渡江作战筹备军粮、船只等军需物资。刚刚解放的团风不仅为大军渡江提供了900多条船只，还组织了千余人的支前队伍，使大军得以及时强渡长江，于5月16、17日一举解放华中重镇武昌、汉阳和汉口，为百万雄师过大江的壮丽图画，添上了浓墨重彩的一笔。

数十年来，数以万计的团风优秀儿女，为人民的解放和祖国的新生，英勇地献出了宝贵生命。今天，人们将团风称之为"红色土地"，这既蕴涵着这片土地的真实色彩，也昭示着从古到今不可胜计的将士英烈之鲜血在这片热土上浸润流淌的印痕……

三

中国的文化和文明，早期大体上都是依水而生。团风古老的土地上举水、倒水、巴水与滔滔长江水交汇，充沛的水资源不仅促进了当地农耕渔猎的长足发展，也给人们北往南来带来了交通的便捷，促进了物质、文化的交流和商贸、文化的繁荣。早在500多年前，团风就是长江中游帆樯林立、商贾云集的商贸重镇，长江划城而过，便利的水运，使团风上连湖南、四川、河南、陕西，下达江西、安徽、江苏、上海，形成了三黄两蕲罗麻广、安徽河南连九江的通衢大驿，享有"小汉口"的盛名。

商贸的繁荣开阔了人们的视野,加速了教育文化的发展。尊师重教是团风人自古形成的优良传统。"一日为师,终身为父","天地君亲师位"永远摆在农家堂屋条案上的正中央。举家送子读,倾家为子学,无怨无悔,以读书为荣。这里的学者大多以教馆为业,不少有钱人以资学办学为善。原黄冈县境内不仅先后办起了数以百计的私塾和义学,还办起了评江、白石、白云、问津(注:该书院现划入武汉市新洲区)、澄沣等知名书院,其中以唐太和年间,黄州刺史杜牧为纪念伟大的思想家、教育家孔子及其弟子公元前491年秋自蔡入楚,曾小困团风淋山河境内月余并在此讲学之事,在孔子河北岸立庙祭祀,兴学教士,办起的问津书院在全国最负盛名。这里的文魁艺师德艺双馨,不仅爱业敬业,而且注重传道授业。他们择英才而教,收徒授艺,从而使书法绘画、善书大鼓、剪纸刺绣等艺术代代相传,异彩纷呈。尤其是这儿的农民画名扬全国,早在1988年,黄冈县就被中华人民共和国文化部命名为"中国现代民间绘画画乡"。层出不穷的传奇故事、历史传说在民间广泛流传,浑厚延绵的文化教育传统深入人心,多彩绝伦门类齐全的民间书画剪纸刺绣艺术普及千家万户……深厚的文化艺术沃土,孕育出灿若繁星的治国英才、科学巨子、艺苑大师。

唯楚有才,黄冈为先。这不是自我吹嘘,应该说言之有据。远的不说,仅清代黄冈就考取了105名进士。自团风人刘子壮考中顺治六年(1649年)殿试第一名(状元)、曹本荣获同科进士以来的二百多年间,能找到记载的进士就有顺治十六年(1659年)的叶封、王追骐、奚禄诒,康熙十三年(1674年)的王泽宏,十八年的王风采,二十七年的陈肇昌,五十四年的王才任,乾隆五十四年(1789年)的李钧简,嘉庆十九年(1814年)的张履恒,同治时代的王毓藻等。特别是近百年来,黄冈涌现的安邦治国之才、硕儒大师更是群星璀璨,令人刮目。这里不但有赫赫有名的"两百个将军同一个故乡"的"将军县",还有声名远播的"教授县";这里不仅产生了三位中共"一大"代表,还养育了人民共和国的两位主席、一位元帅。

就今天面积838平方公里、人口38万的团风县而言,就涌现了清末革命志士吴贡三、殷子衡、吴昆、何自新,江西督军、开明实业家方本仁,国民党左翼将领徐会之,中共"一大"代表包惠僧,当代工人运动的优秀领导者、中共早期重要负责人林育南,充满传奇色彩、团风民众妇孺皆知的革命志

从左至右:儿子邹军　作者和孙儿邹鸿暄　女儿邹玲

士、"双龙头大爷"漆先庭,思想家、民主斗士殷海光,著名文学家秦兆阳,深受孙中山信任和器重的著名书法家张荆野,社会学家、翻译家胡雪,影视剪辑大师傅正义,水稻专家、无土育秧之父卢泽旺,纺织企业家、全国劳模和人大代表华旭东,建筑企业家、全国劳模和人大代表程理财……尤其是具有世界影响的著名军事家、人民共和国开国元帅林彪,中国工人运动的杰出领袖、中共驻共产国际代表、关键时刻为维护党的团结统一作出突出贡献的我党我军重要领导人、死后毛泽东、朱德、任弼时等为之执绋抬棺的林育英(张浩),中国地质科学和石油事业的开山泰斗、科学巨子、地质部长李四光,享誉世界的著名哲学家熊十力,《资本论》的主要翻译者、著作等身、闻名海内外的经济学家王亚南等,这些世界顶级的开国元勋、科学巨子都诞生在小小的团风境内,不能不令我感叹这片土地的神奇,也不能不让团风人为之惊叹和自豪!

改革开放的春风,给团风大地注入了新的活力,团风人民秉承祖宗敢

从左至右：
前排：妻子张素菊　外孙女童凌昕　作者
后排：女婿童波　女儿邹玲　儿媳蔡鸿　孙儿邹鸿暄　儿子邹军

为人先、创新创业的优良传统，勤劳置业，精耕细作，种稻植棉，养鱼养牛，纺纱织布，采石建房，招商办厂……以团结奋进、艰苦创业的精神，聪明的才智和勤劳的双手，正创造着新的辉煌。我坚信，不久的将来，一个百业兴旺，繁花似锦，文明富裕，欣欣向荣的更美好的家园一定会呈现在父老乡亲们面前。

《长江文艺》 2009 年第 12 期

峥嵘岁月漫忆

说起与省文联的联系，算来已近30年了。80年代初一个秋高气爽的日子，我们教研室请省文联著名作家碧野先生给华师中文系数百名师生作过一次传授文学创作经验的生动讲座。我至今还珍藏着一张课后教研室同仁和自己与碧野先生在教学楼外的合影。这就是我与省文联的最初联系。

1984年1月，刚过不惑之年的我，奉命从窗明几净、碧瓦耀金、鸟语花香的桂子山上调到省委宣传部文艺处工作，且被指定侧重负责与省文联联系，从此，我就与文联结下了不解之缘。

一

调文艺处后，我担负的第一件具体工作是负责审改部里正在筹备的全省文艺创作经验交流会的典型材料。在阅读和审改典型材料过程中，我不仅熟悉了鄢国培、楚良、姜天民、赵致真、唐小禾等作家、艺术家的名字，而且对他们的创作、思想和人品也有了初步了解。对一些作家、艺术家写的典型材料，我还分别给他们提出了修改意见或建议。这次文艺创作经验交流会后来虽因各种原因未开成，但经我改定的这批典型材料，仍以《文艺学习资料》的形式印发给全省广大文艺工作者学习。我通过这项工作也结识了一批文艺界的朋友，为以后工作的顺利开展铺了路。

随着时间推移，我到省文联及各协会参加活动逐渐多了起来，不仅多次参加了省文联主席团会、全委会和各种工作会、座谈会、理论研讨会，还参加过一些协会的代表大会、会员大会、主席团会或理事会，尤其是1985年3月中旬的作协湖北分会理事（扩大）会和同年5月下旬的作协湖北分会第二次会员大会，给我留下的印象恐怕一辈子也难忘。理事会上那硝烟弥漫的火药味和那从锦心绣口中射出的散发着辛辣气息的语弹言箭,使我这个从"桃花园"中来的局外人,震惊之外感到文学艺术这块圣洁园地里升腾的并不都是瑞气祥云。这使我深深感到加强文艺界的团结刻不容缓。因此,我在奉命依照有关负责同志拟定的提纲,执笔为省委书记起草在作协会员大会上的讲话稿时,对加强文艺界团结问题特地作了较充分的论述。代表们听了关书记的讲话后很振奋,认为报告不仅较好地体现了中央关于文艺工作的指示精神,而且对作家充满信任和希望。一位著名老作家在小组讨论时说:"讲到团结问题,我觉得书记有些话分量是很重的,是语重心长的……传达的是中央的声音。相信作家自己能教育自己,这既对作家充满了殷切的期望,又体现了对作家最大的宽容。"一些青年作家也推出代表向大会建言:"希望老一辈作家不要将历史恩怨延续下来……希望即将产生的新领导班子多做和解工作……要任人唯贤,不要任人唯亲。"遗憾的是这些发自作家肺腑的忠告未能贯彻到会议始终。在当时背景下,这些呼声尽管未能完全扭转湖北文坛的局面,但却表达了我省大多数文学工作者盼望加强文艺界团结的心声,展现了湖北文坛的正气和希望。

二

1986 年 7、8 月间,我同另两位同志受宣传部领导委派,赴长春、沈阳等地考察文艺、理论工作,在了解辽、吉等兄弟省市文艺工作情况的基础上,结合我省文艺工作的实际,遵照部领导的指示,我夜以继日地奋战了十余天,执笔草拟了《关于繁荣我省文艺工作的若干意见》(注:后更名为《关于繁荣我省文艺事业的若干意见》。即"文艺十条"。下同)一文。这个文件代拟稿,经多次向省直文艺界和全省宣传战线反复征求意见并修改审定后,报省委讨论通过,于 1988 年 8 月 31 日以中共湖北省委文件鄂发[1988]18 号印发全省贯彻执行。文件明确指出:"要认真抓好省文联各协会和地、市、州、县(市)文联以及厂矿企业文联(文协)的建设,把全省的文艺队伍组织起来,各地、市、州、县(市)党委和政府要对当地文联的编制、经费等问题予以解决。"应该说,这个文件的制定、印发和贯彻执行,给文联事业发展带来了前所未有的机遇。随后的事实充分证明了这一点。

　　1988 年 12 月 4 日上午,省委常委会在听取省文联五次文代会筹备工作汇报时,常委们不仅对文联近年来的工作给予了充分肯定,而且对文联提出的增加经费和申办出版社等具体问题也给予了有力支持。正是由于有省委、省政府和宣传部等部门的大力支持,加上全省文艺工作者的共同努力,省五次文代会开得很成功,真正收到了团结、鼓劲、繁荣的预期效果。文代会后,省文联不但财政拨款有了大幅度增加, 而且全省文联基层组织也有了快速发展,一大批县(市)文联和厂矿企业文联(文协)相继新建起来,壮大了文艺队伍。各地党委、政府依据省委 18 号文件精神,在经费、编制、人员等方面给本地文联以大力支持,有些地方还制定印发了繁荣本地文艺事业的文件、政策,有的还批拨专款,建立了自己的文艺奖励基金。全省文联系统呈现出一派欣欣向荣的景象。可惜的是,省文联的出版社却没有借省委、省政府领导大力支持的东风一鼓作气促它建立起来,使文联的事业失去了一次极好的发展机会。

作者在省委宣传部文艺处办公室(1991.1)

三

　　1994 年 12 月召开的湖北省第六次文代会上, 我当选为省文联驻会副主席,并被调入省文联工作。十多年来,按照党组分工,我先后分管过文艺理论研究室、省文艺理论家协会、省剧协、省曲协、省书协、人事部、机关党委和纪检组、戏剧之家杂志社、书法报社、《今古传奇》杂志社、湖北画报社,图书编辑部等十几个部室、协会和报刊杂志社的工作,除参与党组、主席团的决策和日常工作外,我的主要精力都用在抓自己分管的工作上。回顾所做的工作,能留下较深印象的主要有如下一些。

　　一是大力抓了文联和分管各协会的文艺创作、展演和评奖活动。我除参与抓了省文联承办的第三、四、五届"屈原文艺创作奖""金凤青年文艺奖"的艺术类初评和文联举办的第三、四、五届"楚天文艺奖""文艺明星奖"等评奖活动外,着重主抓了省剧协举办的第三、四、五届"牡丹花戏剧奖""少儿戏曲小品展演赛",省曲协举办的第七、八届"百花书会"的节目筛选、创作加工、展演评奖和省文艺理论家协会主办的第一、二、三届"湖北文艺论文奖"等数十个在全省产生较大影响的活动。这些活动有力地促进了我省优秀作品和文艺人才的涌现。

二是坚持贯彻文艺的"二为"方向和"双百"方针,按照党组工作安排,我先后主抓和具体组织举办了 "建设有中国特色社会主义文艺理论研讨会""汉剧艺术研讨会""纪念《延座讲话》发表 55 周年暨湖北文艺发展战略研讨会""湖北省产业文艺发展战略研讨会""龚啸岚戏剧艺术研讨会""社会发展与文艺创新研讨会""湖北长篇小说创作座谈会"(与省作协联合召开)"湖北文艺评论工作座谈会"等 20 多个有较大影响的学术研讨会,这些研讨活动的成功举办,对加强我省文艺评论队伍建设,促进全省文艺评论和理论研究工作,产生了积极影响。特别是 1995 年 6 月召开的建设有中国特色社会主义文艺理论研讨会,从文化转型的特定视角出发,对建设有中国特色社会主义文艺问题及当前的文艺创作、理论研究、文化市场中出现的新情况、新问题作了认真深入的研究探讨,取得了一些突破性的理论成果。省、市文艺报刊、电台电视台和中央有关新闻媒体都对研讨会作了较充分的报道。会后,我主编出版的《文化转型与文艺》一书,汇集刘纲纪、冯天瑜、孙子威、王先霈等与会学者的论文三十余篇,对推动湖北文艺理论研究向纵深发展,起了较大的促进作用。

此外,2000 年我主持组织理论研究室和理论家协会共同向中国文联推荐的 5 篇文艺论文,有 3 篇获得了中国文联首届文艺评论奖,其中樊星教授的《全球化时代的文学选择》一文获得一等奖,且名列 5 篇获一等奖论文榜首,并以其文题作为本届获奖论文选集的书名。我应邀同樊星一起赴京参加了"当代文艺论坛·2001 年年会暨中国文联 2000 年度文艺论文奖颁奖会",并领取了湖北省文联获得的组织奖。我还主持组织文联各协会和图编部共同编写并出版了 30 多万字的《湖北艺术家辞典》,完成了全省文艺队伍人才信息资料档案的一项基本建设。1999 年,我按党组工作安排,任编委会主任,负责主持组织编写,并积极参与具体审改和定稿工作,同年 12 月由长江文艺出版社出版了反映我省建国 50 年文艺成就的文艺史论专著《湖北文艺五十年》。该书填补了我省文艺史论专著的一项空白。

三是参与省文联和有关协会组织的一系列文艺家深入生活、走访现代化建设工地和革命圣地的大型采风创作活动。主要有省曲协 1995 年组织的"全省曲艺创作人员赴三峡工地采风",省剧协 1997 年主办的"三峡戏剧采风笔会",2002 年与中国剧协联合主办的"中国戏剧家三峡行"采风,省文联主办的 1998 年"省文联部分文艺家赴荆江前线慰问抗洪军民"的采访,"省文联机关党员赴井冈山革命圣地瞻仰革命先烈"的采风,"省文联'重走延安路,弘扬民族魂'采风团延安行"采风,"省文联'走进西部'"采风等活动。尤其是 2002 年 5 月受党组委派率省文联"重走延安路,弘扬民族魂"采风团到延安、西安等地的采风,行程 3600 多公里,途经 3 市 5 县,深入革命圣地的农村民居、窑洞山沟中采风学习,召开文艺座谈会 2 次,总结座谈会 1 次,产生电视专题片 1 部、摄影、美术、文学、新闻作品共千余件,并以"学习延安精神,弘扬民族精神,繁荣文艺事业"为主题,在两省报刊上向文艺界同行发出了《倡议书》。采风活动收到了良好的社会效果,受到文艺家和文艺工作者的欢迎和好评。

四是坚持正确的办刊宗旨,努力抓了分管报刊的管理体制改革和阵地建设。1995 年我分管剧协后,见该协会主办的《戏剧之家》内刊多次申请公开刊号未果,经费困难,难以维继,便鼓励他们树立信心,不要气馁,继续向有关主管部门打报告申请刊号,并同他们一起跑出版局、财政厅等部门,不但争取到了公开发行刊号,而且还争取到了 30 万元办刊财政补贴专款,既壮大了戏剧阵地,缓解了办刊经费危机,又为该刊的发展打下了较好基础,受到戏剧界的欢迎。1996 年我分管《今古传奇》杂志社后,大力抓了杂志社管理体制和分配制度改革的深化工作,杂志社实行社长负责制,公开竞聘主编;职工实行全员聘任制,竞争上岗;分配制度上将职工的收入与个人履行的岗位职责和杂志社的两个效益挂钩,强化了激励机制和竞争机制,取得了很好效果,既增强了杂志社的活力,又扩大了刊物发行量,提高了刊物的质量和经济效益,得到了新闻出版主管部门和媒体的关注、重视和支持。1999 年,《今古传奇》由双月刊成功地改为月刊,实现了第一次飞跃;2000 年,在有关主管部门大力支持下,经新闻出版署批准,杂志社又成功创办了《今古传奇·故事版》,形成了一社两刊的格局,向逐步形成集团化经营迈开了第一步。我分管5年多来,因党组的支持和杂志社全体员工的共同努力,在历届湖北省优秀期刊评奖中,《今古传奇》都榜上有名,并连续两届蝉联"全国百种重点社科期刊"的殊荣。我还同省文艺理论家协会的同志一起下大力抓了该协会的评论刊物《文艺新观察》的创办工作,使全省文艺理论和评论工作者翘首期盼的《文艺新观察》第一期于2001年9月得以面世,给他们提供了新的用武之地。

五是协助党组主要负责同志认真抓了文联的机构改革,用足了政策,圆满完成了省文联的机构改革任务。机构改革是省文联党组2002年抓的一项最重要的工作,书记亲自主抓。我协助书记分管这项工作,主要做了以下事情:其一,同人事部和文联机构改革领导小组办公室的同志一起,在充分调研基础上,起草了文联机构改革实施方案。该方案经党组多次讨论、修改和在群众中反复征求意见,审定上报后很快得到了省委组织部、宣传部的肯定和批准。其二,积极争取有关部门的支持,努力落实机构改革的相关政策和省文联的编制、职数等指标。我同人事部负责人一道多次上门找各有关主管部门负责人陈述意见,沟通情况,提出要求,通过不懈努力,不仅落实了按政策给省文联核定的行政编制数,还超额批回了文联机关内设机构的领导职数和非领导职数;处级领导职数由11名增到14名;非领导职数由4名增到7名。同时,还通过找省编办反复做工作,将图编部改批成了省文联文学艺术院。其三,协助书记精心组织干部职工竞争上岗,确保了这项工作的顺利进行。其四,积极争取有关主管部门的支持,落实了省文联部分要求提前退休的事业编制人员搭车享受的改革优惠政策。

在做好本职工作的同时,我还坚持业余文艺创作和文艺理论研究及评论工作,创作、撰写并发表、出版了近百万字的诗歌、散文、游记、文艺论文及评论、人物专访、通讯、杂文、电视剧本等作品,部分作品还产生了较大的社会影响,在省、市级文艺评奖中获奖。2002年、2004年中国文联出版社先后出版了我的40万字的诗文合集《晓山诗文萃》和20万字的文艺论文及评论集《湖畔走笔》,对我30多年来的业余文艺创作和理论研究及评论成果作了个阶段性的归结。

最令我欣慰的是,在省文联工作期间我荣幸地参加了分别于1996年、

2001 年、2006 年召开的中国文学艺术界联合会第六、七、八次全国代表大会,不但多次亲自聆听了党和国家主要领导人的重要讲话,而且目睹了众多著名艺术家、大师的卓越才艺和不俗风采,这不仅是我做好文艺组织服务工作的强大精神动力,还将使我受益终生。

2010 年 12 月 12 日　于武昌东湖路翠柳街 1 号·景苏斋

《湖北文联 60 年》　湖北人民出版社　2010 年 12 月出版

探讨篇

探 讨 篇
TANTAOPIAN

坚持"二为"方向　关键在于实践

　　党的十一届三中全会以来,随着全党工作重心的转移,文艺工作也面临着新的形势和任务。党中央及其宣传文艺主管部门,在科学地总结历史经验的基础上和领导新时期文艺工作的实践中,及时调整了文艺工作的方针政策,特别是明确地提出了"文艺为人民服务、为社会主义服务"的总方针,用它代替了禁锢文艺事业多年的"文艺为政治服务"口号,给文艺事业注入了新的生机和活力,极大地促进了艺术生产力的发展。10多年来,各级党委、政府和宣传文艺主管部门,带领广大文艺工作者努力贯彻和坚持这一方针,文艺事业蓬勃发展,取得了显著成就。文艺创作不断繁荣,创作和生产出了一大批既具有强烈的时代精神和浓郁的生活气息,又具有鲜明的民族文化特色,为广大群众喜闻乐见的优秀文艺作品;文艺评论和理论研究工作逐渐活跃,推出了一批有价值的研究成果;多重文化建设大大加强,多渠道、多层次、多形式的群众文化网络已基本形成,丰富多彩的群众文化活动蓬勃开展;文艺事业建设有很大进展,文艺创作和文艺工作条件有了较大改善;优秀文艺人才成批涌现,文艺队伍不断发展壮大。这一切不仅标志着文艺出现了少有的繁荣景象,而且活跃了城乡人民的文化生活,对促进经济建设、改革开放和社会主义精神文明建设起了较好的作用。实践充分证明:"为人民服务、为社会主义服务",集中体现了社会主义文艺的性质和宗旨,是促进社会主义文艺不断繁荣和健康发展的正确战略方针,是社会主义文艺必须遵循的总方向。

　　在肯定成绩的同时,也应清醒地看到,我们的文艺事业与面临的形势和肩负的重任相比,还存在着较大差距,还不能很好地适应时代和人民的需求。特别是有丰厚生活文化内涵、洋溢着强烈时代生活气息和鲜明地方特色、能震撼人们心灵的力作太少。文艺创作和文艺工作中还存在不少困难和问题。不少作品明显存在远离现实、题材陈旧、内容贫乏、构思老套、人物形象苍白、语言粗俗等毛病；少数作品甚至胡编滥造，宣传凶杀、色情等庸俗、低级的东西，成为污染社会、毒害人民的精神垃圾。这些严重阻碍了社会主义文艺事业的繁荣和健康发展，给建设有中国特色社会主义文化造成了危害。要解决这些问题，除了进一步加强、改善党和政府对文艺的领导，为文艺工作、文艺创作创造更好的环境和条件之外，从文艺工作者自身来讲，最根本的问题是要从思想和行动上把坚持文艺的"二为"方向落到实处。

怎样落到实处呢？我认为关键是文艺工作者要真正解决毛泽东同志《在延安文艺座谈会上的讲话》中指出的"为群众的问题"和"如何为群众的问题"。

解决"为群众的问题"，就是解决文艺为什么人的问题，坚持"二为"方向，首先要解决好这个根本问题。毛泽东在《讲话》中指出："我们的文学艺术都是为人民大众的，首先是为工农兵的。"邓小平在全国第四次文代会上的祝辞中指出："人民是文艺工作者的母亲。一切进步文艺工作者的艺术生命，就在于他们同人民之间的血肉联系。忘记、忽略或是割断这种联系，艺术生命就会枯竭。人民需要艺术，艺术更需要人民。自觉地在人民的生活中汲取题材、主题、情节、语言、诗情和画意，用人民创造历史的奋发精神来哺育自己，这就是我们社会主义文艺事业兴旺发达的根本道路。"我国文艺发展的实践，包括许多优秀文艺作品和文艺人才成功的经验，都充分证明了毛泽东、邓小平上述论述的无比正确。近年来我国文艺创作繁荣发展的一个重要原因，就是文艺与人民的血肉联系在新的形势下得到了加强。就大多数文艺工作者来说，为什么人的问题应该说已基本解决了，有些还解决得比较好。但毋庸讳言，在部分文艺工作者中，这个问题尚未得到很好解决，有的是理论上或者说是口头上解决了，实践中并没有解决，有的甚至完全没有解决。几年来我国文艺创作中出现的片面追求"表现自我""为艺术而艺术"和"商品化"等倾向长期未得到有效根治，足以说明这个问题的严重性。因此，当前重新强调文艺工作者切实从思想和行动上解决为什么人这个根本问题很有必要。

要解决这个根本问题，一要进一步认真学习马克思主义、毛泽东思想，坚持用马克思主义、毛泽东思想指导自己的工作和创作,不能搞指导思想多元化。特别要刻苦学习马克思主义哲学,要从历史唯物主义高度,充分认识广大人民群众是创造历史的主人,是推动历史前进的动力,是社会的主体;充分认识社会主义是历史发展的必然,代表了广大人民群众的根本利益。从而真正从思想上明确坚持文艺为人民服务、为社会主义服务的必要性和重要性,时刻不忘自己的服务对象,自觉把为人民服务、为社会主义服务作为自己义不容辞的社会责任和历史使命。二要把坚持"二为"方向作为规范自己创作和工作的行动指南,真正从思想感情上与人民群众打成一片,努力描写和表现他们的思想、感情、愿望、要求、理想和从事四化建设的火热生活及光辉业绩,做人民群众忠实的代言人,做社会主义的忠诚卫士,为人民群众提供更多健康有益的精神食粮,以满足他们日益增长的精神文化需求,帮助人民群众同心同德地推动历史前进。

坚持"二为"方向,还要认真解决好"如何为群众的问题",即解决如何去服务的问题。这里最重要的是要处理好几个关系。

一要处理好文艺与生活的关系。"作为观念形态的文艺作品,都是一定的社会生活在人类头脑中的反映的产物。革命的文艺,则是人民生活在革命作家头脑中的反映的产物"。人民生活中存在着最生动、最丰富的文学艺术原料的矿藏,"它们是一切文学艺术的取之不尽、用之不竭的唯一的源泉"。毛主席在《讲话》中阐明的这一马克思主义原理,不仅深刻揭示了文艺创作的本质规律,而且长期以来一直指导着革命文艺工作者的文艺实践,他们积极投身火热的现实斗争,与广大人民群众同甘苦,共命运,从人民生活中吸取丰富营养,创作了大批优秀作品,涌现了许多优秀人才,取得了丰硕成果。但也应看到,文艺与生活的关系问题,在一部分作家、艺术家中并没有得到很好的解决。一段时间里,我国文艺界有些人由于受唯我主义、非理性主义等西方文艺思潮影响,出现了一股热衷于表现自我,表现所谓"主观的真实",描写人的"无意识"和纯粹的"生命冲动"等创作倾向,这些归根结底就是要否定生活是文学艺术的唯一源泉这一马克思主义原理。它与《讲话》提倡的马克思主义主张是背道而驰的,严重干扰了作家、艺术家和广大文艺工作者深入生活的努力,造成了创作思想混乱,阻碍了文艺创作繁荣和健康发展。因此,进一步清除上述错误创作思潮的影响,摆正文艺与生活的关系,积极投身到火热的现实生活中去,乃是当前作家、艺术家和文艺工作者面临的一项紧迫任务。

二要处理好主旋律与多样化的关系。社会主义的文艺是社会主义事业的重要组成部分。文艺要为人民服务、为社会主义服务,理所当然地应当把反映和表现社会主义时代精神作为文艺创作的主旋律。当前,我国人民正在党的领导下从事建设有中国特色社会主义的伟大事业,充分反映现代化建设和改革开放中人民群众的火热生活、精神风貌,表现和赞颂他们创造的辉煌业绩,激发其社会主义积极性和创造性,塑造社会主义新人,促进社会主义物质文明建设和精神文明建设,这是文艺义不容辞的责任,也是广大人民群众对文艺最迫切的需求。因此,我们的作家、艺术家和广大文艺工作者应该把创作的笔触更多地投向广大人民群众从事经济建设和改革开放的伟大实践,努力塑造现代化建设的创业者,表现他们有革命理想和科学态度、有高尚情操和创造能力、有宽阔眼界和求实精神的崭新风貌,以推动广大人民群众从事现代化建设的历史性创造活动,用自己的创造性劳动和高质量的精神产品,为反映、推动经济建设和改革开放事业作出更大的贡献。

当然,人民群众精神生活的需求是多方面的。我们的文艺不仅要高扬社会主义主旋律,奏出时代的最强音,激励人民群众以更高的热情投入四化建设的伟大实践,而且要满足人民群众不同层次的、多方面的、丰富的、健康的精神需求。因此,一切能够使人民群众受到教育和启发,得到娱乐和美的享受的作品,都应当在社会主义文艺园地里占有自己的位置。我们不仅需要艺术形式、艺术风格的多样化,而且也需要题材和主题的多样化。正确处理好主旋律和多样化的关系,在坚持多样化的同时,突出主旋律,使其相辅相成、相得益彰,这样,我们的文艺就能真正沿着"二为"方向健康发展,不断繁荣。

三要处理好内容与形式的关系。形式是为表现内容服务的。健康进步的生活思想内容只有用恰当的艺术形式表现出来,才能收到最佳的表达效果;反映中国社会主义生活的文艺作品,只有用适合中国老百姓欣赏习惯的艺术形式表现出来,才能为广大人民群众所喜闻乐见。那种单纯追求艺术形式,故弄玄虚,玩弄词语、结构,不讲文艺的思想内涵和社会功能的形式主义倾向,只会将文艺引入脱离生活、脱离群众的死胡同。我们的文艺创作要沿着"二为"方向前进,就要努力做到内容和形式的统一,健康进步的思想内容和尽可能完美的艺术形式的统一。这就要求我们的文艺工作者在向优秀的民族文化传统学习的同时,要细心地体察我国当代大多数人民群众的艺术欣赏习惯,进而去把握它,并使自己的创作逐步适应它,使作品的情节、结构、语言和艺术形象都能为他们所接受和喜爱。当然,这不是要我们去迎合低级趣味,对于部分群众低级、狭隘的艺术欣赏趣味,不仅不能适应它,还应用健康的艺术去加以引导,以逐步提高他们的艺术欣赏品位,使他们从中得到有益的收获。

四要处理好普及与提高的关系。这是解决如何服务的最重要的课题。文艺既然是为人民群众服务的,所谓普及,就是向人民群众普及,所谓提高,就是沿着人民群众前进的方向去提高。只有从人民群众的根本利益出发,我们才能找到普及和提高的正确关系。我们主张在普及基础上的提高,在提高指导下的普及。毛泽东同志在《讲话》中早就阐明的这些基本原则,今天仍然是我们必须继续坚持的。当然也应该看到,今天的人民群众文化知识水平和艺术欣赏能力与战争年代的革命根据地时期相比,已经有了很大提高。这对文艺的普及和提高都提出了更高的要求。就当今的情况而言,随着经济的发展和人民生活水平的日益提高,特别是广播、电视、录相等现代化传播手段的广泛普及,人民群众的精神文化生活的品位也相应提高。这种形势下,文学艺术单单满足人们的娱乐需求是远远不够的,还要满足人们更高层次的审美需求。这就要求我们的作家、艺术家和文艺工作者把工作的重点放到抓提高上来,要强化精品意识,在深入生活、学习民族优秀文化传统、吸收群众文艺创作精华的基础上,努力在生产具有中国作风、中国气派和浓郁的时代生活气息的名优文艺产品上下工夫,用高质量的艺术精品为社会主义文艺扩展覆盖面,增强感染力,满足人民群众高层次的精神文化生活需求,以陶冶他们的情操,提高他们的思想道德和文化水平,占领社会主义思想文化阵地。但又必须清醒地指出,我国人民的整体文化素质还不高,新老文盲在我国总人口中仍占有较大比重,他们的艺术欣赏能力还比较低;城镇基层单位和农村,特别是山区和边远地区,文化生活还非常贫乏,一些地区农民不但长年看不到戏,连电影、电视也看不到,不少农民说，现在是"吃不愁，穿不愁，一到天黑就发愁"。这些充分表明，我们的文艺普及任务是很重的。所以普及工作必须十分抓紧。我们的业余文艺工作者过去为文艺的普及做了大量工作，今后仍应继续发挥自己扎根在群众之中的优势，依靠群众，就地取材，千方百计开展丰富多彩的群众性文艺创作、展演活动，以不断活跃群众文化生活。同时还要虚心向专业文艺工作者求教，主动争取他们的帮助和指导，努力把群众性的文艺创作活动提高到新的水平。我们的作家、艺术家和专业文艺工作者，都应当把为基层群众特别是亿万农民输送健康有益的、为他们喜闻乐见的精神食粮作为自己责无旁贷的任务，一方面努力用自己创作、生产的艺术精品和高质量作品，满足群众的需要，为群众文艺创作做出示范；另一方面，应想方设法克服困难，深入农村、深入厂矿、校园和军营等基层单位，为群众创作和演出，同时注意帮助和指导群众业余文艺创作和文化活动的开展，并努力从中汲取有益的营养，对其中涌现出来的优秀作品和人才，应设法及时予以扶持和培养，使其得以更快成长，以推动群众业余文艺创作和文娱活动。普及与提高的关系处理好了，文艺如何为群众的问题才会得以真正解决。

　　总之，坚持"文艺为人民服务、为社会主义服务"的方向不是一句空泛的口号，而是党和人民赋予广大文艺工作者的神圣历史使命，需要我们的作家、艺术家和文艺工作者持之以恒地付出大量艰辛的劳动。认真从思想和行动上解决好了文艺"为群众的问题"和"如何为群众的问题"，就能使我们付出的劳动得到可喜的收获，就能保证我们的文艺事业始终沿着"二为"方向健康发展，出现名副其实的百花争艳、万紫千红的繁荣局面。

《不灭的明灯》　湖北人民出版社　1992 年 12 月出版

建设有中国特色社会主义文艺的根本

　　自觉地坚持文艺"为人民服务、为社会主义服务"的方向,这是建设有中国特色社会主义文艺的根本。

　　文艺为什么人的问题,是一个根本的问题,原则的问题,在很大程度上决定着文艺的性质和根本特征。毛泽东同志在《在延安文艺座谈会上的讲话》中指出:"文艺是为地主阶级的,这是封建主义的文艺"。"文艺是为资产阶级的,这是资产阶级的文艺"。"文艺是为帝国主义的,……这叫做汉奸文艺。在我们,文艺不是为上述种种人,而是为人民的"。这不仅精辟地阐明了各种不同文艺的性质和根本特征,同时也给革命文艺的繁荣发展指明了方向。

　　建设有中国特色社会主义文艺,同样要解决好为谁服务这个根本问题。长期以来,我国文艺战线遵循着一种观点,即"文艺从属于政治"。历史经验表明,提出"文艺从属于政治"的观点,虽然在特定历史条件下是必然的,并且也曾在民族解放和民主革命中发挥过积极作用,但随着中华人民共和国建立和社会主要矛盾转化,这一观点不够准确科学的方面越来越显露出来。而脱胎于这一观点的"文艺为政治服务"口号的提出,更易形成对文艺的功能和作用的曲解和误导。

　　文艺从根本上说虽然不从属于政治,但文艺是不可能脱离政治的。这是马克思主义的一个基本观点。邓小平坚持和发展了马克思主义、毛泽东思想中关于文艺与政治的关系的观点,对党中央提出的"二为"方向进行了全面论述,指出:我们之所以不继续提文艺从属于政治这样的口号,是"因为这个口号容易成为对文艺横加干涉的理论根据,长期的实践证明它对文艺的发展利少害多。但是,这当然不是说文艺可以脱离政治。文艺是不可能脱离政治的。任何进步的、革命的文艺工作者都不能不考虑作品的社会影响,不能不考虑人民的利益、国家的利益、党的利益。"

自觉坚持文艺的"二为"方向,一定要使文艺始终与人民群众保持血肉联系。这是建设有中国特色社会主义文艺的核心。

文艺与人民的关系,历来是马克思主义经典作家们十分重视和关注的重要问题。还在无产阶级文艺处于萌芽时期,马克思就提出了"人民历来就是作家'够资格'和'不够资格'的唯一判断者"(《马克思恩格斯全集》第 1 卷,第 90 页)的著名论断。列宁也鲜明地提出"艺术是属于人民的"(《列宁论文学与艺术》(二)第 912 页),革命文艺应当"为千千万万劳动人民"服务(《列宁论文学与艺术》第 71 页)。毛泽东同志继承和发展了马克思、列宁的光辉思想,对文艺与人民的关系问题作了更深入、系统、全面的论述,解决了文艺为人民群众和如何为人民群众这个根本问题、原则问题。邓小平针对文艺在社会主义现代化建设新时期面临的新情况、新问题,精辟地指出:"人民是文艺工作者的母亲。一切进步文艺工作者的艺术生命,就在于他们同人民之间的血肉联系。忘记、忽略或是割断这种联系,艺术生命就会枯竭。人民需要艺术,艺术更需要人民。"(《邓小平论文艺》第 8 页。下同)这不仅深刻揭示了文艺与人民之间血肉相联、彼此需要的亲密关系,而且一针见血地指明了忘记、忽略或是割断这种联系将会导致的严重恶果。这对那些主张文艺要远离时代和人民、要"淡化生活""表现自我"的错误倾向,既是严肃的批评,又是有力的警策。

生活是创作的源泉。文艺要保持同人民之间的血肉联系,就必须与人民生活息息相通。这就要求文艺工作者要满腔热情地投入人民群众火热的生活,并深切感受和体验这种生活,从中汲取丰富的创作营养,然后才有可能进入创作过程。邓小平指出:"自觉地在人民的生活中汲取题材、主题、情节、语言、诗情和画意,用人民创造历史的奋发精神来哺育自己,这就是我们社会主义文艺事业兴旺发达的根本道路。"(《邓小平论文艺》第 8 页)这个指示不仅精辟地阐明了人民生活与文艺创作的密切关系,而且深刻地指明了有中国特色的社会主义文艺事业兴旺发达的必由之路。

文艺要保持同人民之间的血肉联系,还必须努力反映和表现好人民的生活。对此,邓小平提出了一系列严格要求,他指出:"文艺创作必须充分表现我们人民的优秀品质,赞美人民在革命和建设中、在同各种敌人和各种困难的斗争中所取得的伟大胜利。"(《邓小平论文艺》第 6 页)还指出:"我们的文艺,应当在描写和培养社会主义新人方面付出更大的努力,取得更丰硕的成果。要塑造四个现代化建设的创业者,表现他们那种有革命理想和科学态度、有高尚情操和创造能力、有宽阔眼界和求实精神的崭新面貌。要通过这些新人的形象,来激发广大群众的社会主义积极性,推动他们从事四个现代化建设的历史性创造活动。""要通过有血有肉、生动感人的艺术形象,真实地反映丰富的社会生活,反映人民在各种社会关系中的本质,表现时代前进的要求和历史发展的趋势,并且努力用社会主义思想教育人民,给他们以积极进取、奋发图强的精神。"(《邓小平论文艺》第 6 页)这些重要指示核心内容有三点:一是文艺创作一定要歌颂我们的人民;二是要描写和塑造社会主义新人形象,用以激发广大群众的社会主义积极性;三是要通过有血有肉、生动感人的艺术形象,反映人们在各种社会关系中的本质,努力用社会主义思想教育人民。这不仅明确地回答了文艺如何正确地反映和表现当代人民的火热生活问题,而且为建设有中国特色的社会主义文艺指明了前进的方向。

全面贯彻"百花齐放、百家争鸣"的方针,弘扬主旋律,提倡多样化,大力繁荣文艺创作,用优秀的作品鼓舞人。这是建设有中国特色的社会主义文艺的主要任务。

全面贯彻"双百"方针对坚持"二为"方向,促进文艺创作的繁荣,建设有中国特色的社会主义文艺是至关重要的。一方面,文艺要为人民服务、为社会主义服务必须以全面贯彻"双百"方针、大力繁荣创作为必由之路。一花独放不是春,百花齐放春满园。只有"在艺术创作上提倡不同形式和风格的自由发展,在艺术理论上提倡不同观点和学派的自由讨论"(《邓小平论文艺》第 7 页),保证文艺工作者的创作自由,促使他们创作和生产出更多人民需要的多种层次、多种形式和多种风格的优质文艺产品,努力造成百花齐放、百家争鸣那样一种生动活泼的局面,文艺才有可能最大限度地放射出其内在的能量,才能最有效地发挥其特有的功能,满足人民和社会日益增长的对精神文化的需要。另一方面,贯彻"双百"方针又必须以是否对人民、对社会主义有益作为出发点。邓小平指出:"有些人把'双百'方针理解为鸣放绝对自由,甚至只让错误的东西放,不让马克思主义争。这还叫什么百家争鸣？这就把'双百'方针这个无产阶级的马克思主义的方针,歪曲为资产阶级的自由主义的方针了。"(《邓小平论文艺》第87页)因此,贯彻"双百"方针同坚持"二为"方向目标是完全一致的,必须以有利于更好地坚持"二为"方向为前提。

在社会主义市场经济条件下,全面贯彻"双百"方针,就是要弘扬主旋律,提倡多样化,大力繁荣文艺创作,多出精品,努力为人民提供更多健康有益的精神食粮,不断满足广大人民群众日益增长的精神文化生活需求,用优秀的作品鼓舞人。这正是在新的历史时期坚持"二为"方向和"双百"方针的集中体现。每个时代和社会,都有在其整个思想文化发展中居于主导地位的时代精神。作为社会生活的能动的审美的反映,文艺创作也必须有自己的主旋律。江泽民在《在全国宣传思想工作会议上的讲话》中指出:"弘扬主旋律,就是要在建设有中国特色社会主义的理论和党的基本路线指导下,大力倡导一切有利于发扬爱国主义、集体主义、社会主义的思想和精神,大力倡导一切有利于改革开放和现代化建设的思想和精神,大力倡导一切有利于民族团结、社会进步、人民幸福的思想和精神,大力倡导一切用诚实劳动争取美好生活的思想和精神。"这就是当代中国文艺创作的主旋律。广大文艺工作者必须自觉地大力弘扬这一主旋律,努力创作出更多更好的无愧于我们的时代和人民的好作品。新时期以来,我省许多作家、艺术家在这方面付出了辛勤劳动,取得了丰硕成果,创作和生产出了以长篇小说《新战争与和平》,中篇小说《凤凰琴》,楚剧《虎将军》,音乐诗剧《洪湖的女儿》,歌舞诗乐《楚韵》,土家族婚俗系列舞蹈剧《土里巴人》,话剧《同船过渡》,电视连续剧《汉正街》《儒商》等一批高扬时代主旋律的优秀作品,不仅对广大人民群众起了巨大的教育鼓舞作用,而且为进一步繁荣主旋律作品的创作,积累了经验,探索了新路。

在弘扬主旋律的同时,还要提倡文艺创作包括主旋律作品的创作在题材、形式、风格、表现方式上的多样化,"雄伟和细腻,严肃和诙谐,抒情和哲理,只要能够使人们得到教育和启发,得到娱乐和美的享受,都应当在我们的文艺园地里占有自己的位置。英雄人物的业绩和普通人们的劳动、斗争和悲欢离合,现代人的生活和古代人的生活,都应当在文艺中得到反映。"(《邓小平论文艺》第6页)只有这样,文艺的路子才会越走越宽,我们才能提供更多健康有益的丰富多彩的精神食粮,满足广大群众日益增长的文化生活需求,起到用优秀的作品鼓舞人,激励人们同心同德干四化的作用。

自觉坚持以社会效益作为一切文艺活动的最高准则,努力做到社会效益和经济效益统一,以适应社会主义市场经济发展的需要。这是建设有中国特色社会主义文艺的有力保障。

近几年来,随着改革的深化、开放的扩大、社会主义市场经济的发展和"两手抓"方针的认真贯彻,精神文明建设力度的加强,广大文艺工作者的积极性进一步调动起来了,他们在"二为"方向的指引下,自觉摆正社会效益和经济效益的关系,坚持把社会效益放在第一位,积极参与以"五个一工程"为龙头的重点精神产品的创作和生产,涌现了以"五个一工程"等权威评奖的获奖作品为突出代表的一大批既有良好的社会效益,又有较好的经济效益,高扬时代主旋律,深受群众欢迎和喜爱的优秀作品,促进了文艺的繁荣,不同程度地满足了广大人民群众日益增长的精神文化需求。特别是近年来戏剧等高雅艺术园地已开始出现好戏连台、佳作纷呈的景象,给文化市场注入了生机和活力,为建设有中国特色的社会主义文艺作了有益的探索。

但也要清醒地看到,社会主义市场经济体制的逐步建立,不仅给中国当代文艺带来了新的机遇,也使文艺的发展面临着新的冲击。随着商品市场的不断发展,人们注意力的转移、价值观念的变化和文艺自身市场竞争的加剧,文艺以原有的书本和舞台演出的方式独领风骚、独霸文化市场的局面已一去不复返。严肃文艺陷入困境,难以摆脱;通俗文艺蓬勃兴旺,春风得意。旧的文艺运行机制已不适应新形势的发展。文艺家的心态也在发生着急剧变化。文人"耻于言利"的传统观念被彻底打破,文艺家不再对谈商说钱感到有辱斯文。文化市场上有序与无序并存,鱼龙混杂,泥沙俱下,"一切向钱看"的阴风不息。这种形势下,文艺只有自觉地坚持把社会效益作为一切活动的最高准则,力求在创造最佳的社会效益的同时,努力做到社会效益和经济效益的统一,才能有效地抵制各种错误思潮和倾向的侵蚀,增强自身的免疫力和活力,适应社会主义市场经济的发展,保证沿着为人民服务、为社会主义服务的方向不断前进,为建设社会主义精神文明做出应有的贡献。当然,艺术生产要面对市场、适应市场,就不能不讲究经济效益。但讲究经济效益不能以牺牲社会效益为代价。我们要建设有中国特色的社会主义文艺就必须注重精神产品的价值导向。同时,文艺产品的社会效益和经济效益又是个十分复杂的问题。两者之间确有统一的一面,因为在通常情况下,一部文艺作品读者观众越多,经济效益越好,对社会的影响也就会越大。然而,经济效益和社会效益就其本质而言,二者并不能等同。有时经济效益上去了,社会效益却很差;有时经济效益不太好,社会效益却很好。尽管随着精神文明建设的加强和人民群众思想文化素质的提高,二者统一的程度会越来越高,但在目前人们的思想文化素质和社会风气还不那么尽如人意的时候,二者脱节、背离的现象还十分明显地存在着。因此,我们的文艺产品不能像物质产品那样简单地强调"群众需要什么,我们就生产什么",什么来钱,就搞什么,因为文艺产品虽有商品的属性,但它的本质不是商品,只是一种带有商品属性的精神产品,必须注意产品价值的导向性。邓小平说:"思想文化教育卫生部门,都要以社会效益为一切活动的唯一准则,它们所属的企业也要以社会效益为最高准则。"(《邓小平论文艺》第 68 页)还说:"对人民负责的文艺工作者,要始终不渝地面向广大群众,在艺术上精益求精,力戒粗制滥造,认真严肃地考虑自己作品的社会效果,力求把最好的精神食粮贡献给人民。"(《邓小平论文艺》第 7 页)我们只有不折不扣地按邓小平上述一系列指示精神办事,建设有中国特色社会主义文艺的奋斗目标,才有望得以顺利实现。

《宣传与政工》 1995 年第 8 期

论毛泽东文艺思想在新时期
的继承、发展与实践

　　毛泽东同志《在延安文艺座谈会上的讲话》(以下简称《讲话》)发表至今已五十五周年了。在长达半个多世纪的漫长岁月中,我国的文艺事业在毛泽东文艺思想指引下,得到了蓬勃发展,取得了辉煌成就,涌现了大批优秀文艺作品和人才,其间,虽然经历了一些风风雨雨,也有过波折和回流,但《讲话》的精神始终成为我国广大文艺工作者行动的指南。特别是党的十一届三中全会以来,以邓小平《在中国文学艺术工作者第四次代表大会上的祝辞》和江泽民《在中国文联第六次全国代表大会、中国作协第五次全国代表大会上的讲话》为主要标志,不仅使以《讲话》为代表的毛泽东文艺思想精髓得到了全面继承,而且使毛泽东文艺思想得到了丰富和发展。可以说,这三篇重要讲话是我们党三代领导核心,运用马克思列宁主义基本原理,分析和总结中国不同历史时期革命文艺工作的具体实践的产物,是马克思主义文艺理论发展史上的三座丰碑。

一

　　在马克思主义文艺理论发展史上,《讲话》是一部划时代的经典著作,它的发表既标志着毛泽东文艺思想科学体系的形成,又是马克思主义文艺理论在新的历史条件下的继承、丰富和发展。这部光辉著作,不仅运用马克思主义世界观和方法论,科学地总结了"五四"运动以来中国新文化运动的历史经验和革命文艺工作的实践,透辟地阐明了革命文艺在革命总战线中的地位和作用,而且把文艺发展的特殊规律放在整个意识形态乃至整个人类社会发展规律中加以研究和考察,抓住文艺与人民的关系这一核心问题,展开深入的剖析和论述,深刻地揭示了文艺的本质和发展规律,为革命文艺的发展和繁荣指明了前进的方向,成为用马列主义基本原理总结和指导中国革命文艺实践的第一座丰碑。

毛泽东文艺思想的核心是文艺和人民群众的关系问题,也即是毛泽东同志在《讲话》中指出的"一个为群众的问题和一个如何为群众的问题"(《毛泽东论文艺》,人民文学出版社,1966年6月版,第8页)。在《讲话》中,毛泽东同志依据历史唯物主义原理,把为人民群众服务首先是为工农兵服务作为革命文艺的根本性质和方向予以阐述,明确指出:"我们的文学艺术都是为人民大众的,首先是为工农兵的,为工农兵而创作,为工农兵所利用的。"(《毛泽东论文艺》,第20页)这不仅明确回答了文艺为什么人的问题,而且深刻揭示了文艺所以要为人民群众服务的实质。而要真正为人民群众服务,文艺工作者就必须站在无产阶级和人民大众的立场上,描写和表现人民群众的思想、感情、愿望、要求和理想,做人民群众忠实的代言人;就必须"长期地无条件地全心全意地到工农兵群众中去,到火热的斗争中去"(《毛泽东论文艺》,第17页),走与工农兵群众相结合的道路,使自己和人民群众真正从思想感情上打成一片,急群众之所急,想群众之所想,忧群众之所忧,乐群众之所乐,完成立足点的转变。总之,对文艺与人民群众的关系问题,毛泽东同志作了系统而明确的论述,继马克思主义经典作家之后作出了许多新的理论概括和阐述,丰富和发展了马克思主义文艺理论宝库。

以文艺和人民群众的关系为核心,毛泽东同志还根据马克思主义基本原理,在文艺与生活、文艺与政治、世界观与创作、内容与形式、普及与提高、继承借鉴与创造、歌颂与暴露、文艺的社会功利与社会效果、文艺批评的政治标准与艺术标准等一系列重大问题上发展了马克思主义文艺理论,完成了毛泽东文艺思想科学体系的构建。

新中国成立后,毛泽东同志又提出了"百花齐放、百家争鸣","古为今用、洋为中用"的方针和理论,使毛泽东文艺思想的科学体系更加系统、完善。半个多世纪的文艺实践充分证明,毛泽东文艺思想基本原理是正确的,是经得住时间和实践检验的科学理论。它以其不灭的真理光辉,成为指引我国社会主义文艺健康发展的指导思想。

二

党的十一届三中全会以来,邓小平关于文艺的一系列重要论述是新时期继承和发展毛泽东文艺思想的集中体现,是建设有中国特色社会主义理论的重要组成部分。特别是邓小平在《在中国文学艺术工作者第四次代表大会上的祝辞》中关于社会主义文艺性质、任务及其在现代化建设过程中的地位和作用的论述,关于对实现四个现代化是有利还是有害,应当成为衡量一切工作的最根本的是非标准的论述,关于人民是文艺工作者的母亲,人民需要艺术,艺术更需要人民的论断,关于尊重文艺规律,发挥文艺家个人的创造精神的论述,以及后来的关于文艺不从属于政治但也不能脱离政治、思想文化战线要坚持反对两种错误倾向等科学论断,都为毛泽东文艺思想增添了新的内容和新的生命力,为新时期党的文艺方针政策的调整和发展提供了理论依据,对加强我国社会主义文艺事业和精神文明建设发挥了强有力的指导作用,成为新的历史时期运用马列主义、毛泽东思想基本原理,总结和指导我国社会主义文艺实践的又一座丰碑。

邓小平文艺思想的核心是文艺必须为人民服务、为社会主义服务。围绕这一核心内容,邓小平作了一系列重要论述。

一是把文艺为人民服务、为社会主义服务紧密联系在一起看待,深刻阐明了社会主义文艺的性质、任务及其在现代化建设中的重要地位和作用。邓小平强调"我们要继续坚持毛泽东同志提出的文艺为最广大的人民群众、首先为工农兵服务的方向"(《邓小平论文艺》,人民文学出版社,1989年版,第6页),强调文艺工作者同各条战线上的干部和群众都要做"实现四个现代化的促进派"(《邓小平论文艺》,第5页)。他严肃指出:"同心同德地实现四个现代化,是今后一个相当长的时期内全国人民压倒一切的中心任务……对实现四个现代化是有利还是有害,应当成为衡量一切工作的最根本的一条是非标准。"(《邓小平论文艺》,第5页)这就清楚地告诉我们,在新的历史时期,文艺坚持为最广大的人民群众服务,最根本的一条就是要坚持为促进四个现代化建设服务。

二是精辟地阐明了人民与文艺工作者、人民与艺术的辩证关系,科学地揭示了社会主义文艺发展的根本规律。邓小平指出:"人民是文艺工作者的母亲。一切进步文艺工作者的艺术生命,就在于他们同人民之间的血肉联系。忘记、忽略或是割断这种联系,艺术生命就会枯竭。人民需要艺术,艺术更需要人民。自觉地在人民的生活中汲取题材、主题、情节、语言、诗情和画意,用人民创造历史的奋发精神来哺育自己,这就是我们社会主义文艺事业兴旺发达的根本道路。"(《邓小平论文艺》,第 8 页)这是继马克思、列宁、毛泽东等马克思主义经典作家之后关于文艺与人民的关系、关于社会主义文艺发展规律的最精辟最生动的科学论断。

三是高度尊重文艺的特征和规律,全面准确地阐明了文艺与政治的关系。邓小平主张文艺工作者和党的领导都要遵循文艺的规律。他一方面强调文艺的社会意识形态性,要求我们的文艺要自觉地服从和服务于社会主义现代化建设这一中心,努力用社会主义思想教育人民,另一方面又高度重视作为审美意识形态的文艺在整个社会意识形态中的特殊性,强调在文艺事业中,"绝对必须保证有个人创造性和个人爱好的广阔天地,有思想和幻想、形式和内容的广阔天地"(《邓小平论文艺》,第 7 页),强调"文艺这种复杂的精神劳动,非常需要文艺家发挥个人的创造精神。写什么和怎么写,只能由文艺家在艺术实践中去探索和逐步求得解决。在这方面,不要横加干涉"。"党对文艺工作的领导,不是发号施令,不是要求文学艺术从属于临时的、具体的、直接的政治任务,而是根据文学艺术的特征和发展规律,帮助文艺工作者获得条件来不断繁荣文学艺术事业……创作出无愧于我们伟大人民、伟大时代的优秀的文学艺术作品和表演艺术成果"(《邓小平论文艺》,第 10 页、第 9 页)。这些闪耀着真理光辉的论断,对新时期党的文艺方针政策的调整和文艺事业的健康发展产生了巨大而深远的影响。

四是继承和发展了毛泽东同志提出的"百花齐放、百家争鸣","古为今用、洋为中用","推陈出新"的方针和理论,阐明了思想文化战线要坚持反对两种错误倾向等重要思想。他反复强调我们要继续坚持"双百"方针,坚持在艺术创作上提倡不同形式和风格的自由发展,在艺术理论上提倡不同观点和学派的自由讨论。主张所有文艺工作者都应认真钻研、吸收、融化和发展古今中外艺术技巧中一切好的东西,创造出具有民族风格和时代特色的完美的艺术形式。他严厉批评了文艺界一些人曲解"双百"方针、抵制批评的错误倾向,尖锐指出,有些人把"双百"方针理解为鸣放绝对自由,甚至只让错误的东西放,不让马克思主义争。这还叫什么百家争鸣? 这就把"双百"方针这个无产阶级的马克思主义的方针,歪曲为资产阶级的自由主义的方针了。并旗帜鲜明地指出,思想文化战线要开展反对两种错误倾向的斗争,既反"左",也反右,"对于来自'左'和右的,总想用各种形式搞动乱,破坏安定团结局面,违背绝大多数人利益和意愿的错误倾向,要保持清醒的头脑,要运用文艺创作,同意识形态领域的其他工作紧密配合,造成全社会范围的强大舆论。引导人民提高觉悟,认识这些倾向的危害性,团结起来,抵制、谴责和反对这些错误倾向。"这些重要论述既丰富发展了马克思主义、毛泽东思想,又捍卫了马克思主义文艺理论、毛泽东文艺思想的纯洁性。

三

江泽民《在中国文联第六次全国代表大会、中国作协第五次全国代表大会上的讲话》,是继延座《讲话》和《在中国文学艺术工作者第四次代表大会上的祝辞》之后,中国共产党又一个关于文艺问题的重要马克思主义文献。这篇讲话高屋建瓴,统观全党、全国大局,充分肯定了十一届三中

1996 年 12 月作者参加全国第六次文代会联欢会时在人民大会堂宴会厅同我省代表团部分代表的合影

全会以来我国文艺工作所取得的伟大成就,旗帜鲜明地重申了社会主义文艺在精神文明建设中的重要地位和作用,科学地总结了我国社会主义文艺实践、特别是新时期文艺实践的经验教训,进一步阐明了我国社会主义文艺的性质和发展规律, 全面阐述了党中央对文艺工作的希望和基本要求,

回答了我国社会主义文艺发展中一系列根本性问题。

一是强调文艺工作要坚持以马克思主义作指导。江泽民指出："社会主义精神文明建设包括文艺工作,都要坚持以马克思列宁主义、毛泽东思想和邓小平建设有中国特色社会主义理论为指导。……对马克思主义的信仰,永远是我们事业发展和文艺繁荣的精神动力。"(《在中国文联第六次全国代表大会、中国作协第五次全国代表大会上的讲话》,《文艺报》1996 年 12 月 17 日。下文未注出处的引文均引自该文)江泽民要求文艺界的同志要认真学习马克思、恩格斯、列宁的文艺论著,特别要认真学习毛泽东《在延安文艺座谈会上的讲话》和邓小平的《祝辞》,指出这两篇讲话,集中体现了我们党的文艺思想、文艺路线、文艺方针,是我们党对马克思主义文艺理论的独特贡献,将长期对我们的文艺事业发挥指导作用。这不仅集中体现了江泽民对毛泽东、邓小平文艺思想的深刻认识、高度评价和全面继承,而且加深了广大文艺工作者对坚持用马克思主义、毛泽东思想指导文艺工作的重要性和必要性的认识,增强了学习和坚持马克思主义的自觉性。

二是重申了生活是文学艺术的源泉,文艺工作者必须坚持"深入生活、深入群众,向生活学习,向群众学习"的马克思主义文艺观,揭示了社会主义文艺发展和繁荣的深刻根源。江泽民说:"中国社会主义文艺发展和繁荣的最深刻根源,在中国人民的历史创造活动之中。"这一论断十分正确。因为,其一,人民是创造历史、创造文化的主人,人民生活中蕴含着文学艺术的丰富宝藏。这不仅为社会主义文艺的发展和繁荣提供了取之不尽、用之不竭的源泉,也为文艺家施展才华提供了广阔的舞台和很好的条件。其二,文艺工作者只有深入生活、深入群众,向生活学习,向群众学习,才能"认识社会发展的客观进程,认识人民群众的利益所在,认识人民群众的历史创造性和精神生活的进步",感受和把握时代的脉搏、人民的心声,写出真实反映时代风貌和人民情感的作品。其三,社会主义现代化建设事业,是亿万群众演出的艰苦创业、威武雄壮的历史活剧,是新时期广大人民群众最主要的历史创造活动。文艺工作者只有深入到现代化建设的第一线去,和广大人民群众从思想感情上打成一片,才能深刻认识、感受和反映这丰富多彩的时代和生活,在自己的作品和表演中真实地反映波澜壮阔的现实,深刻而又生动地表现人民群众改造自然、改造社会的伟大实践和丰富的精神世界，创作出无愧于伟大时代和人民的精品和力作来。其四，历史不断前进，生活之树常青。文艺工作者只有与时代、与生活息息相通，与人民群众保持血肉联系，"在人民的历史创造中进行艺术的创造，在人民的进步中造就艺术的进步"，才能不断写出"给人民以信心和向上的力量"的作品，满足人民群众不断增长的精神文化需求，肩负起以优秀的作品鼓舞人的重任。

三是提出了思想文化上也要独立，要走发展民族文化的道路这一关系我国文艺发展前途与命运的重大课题。江泽民同志说："历史和现实都告诉我们，国家要独立，不仅政治上经济上要独立，思想文化上也要独立。"这一光辉论断切中了改革开放时代我国文化战略的核心问题，既具有很强的现实针对性，又具有深远的战略指导意义。如何做到思想文化上独立呢? 江泽民要求我们，一要保持我们文艺的社会主义性质。他一语破的地指出："植根中国社会主义现代化建设的实践，反映中国人民创造自己新生活的进程和中华民族自强不息的精神，是中国社会主义文艺的立身之本。"二要保持我们文艺的民族特色。古今中外大量的文艺实践证明，没有鲜明民族特色的文化，在世界上是站不住脚的。我们的文艺"只有首先赢得中国人民的喜爱，具有中国风格、中国气派，才能堂堂正正地走向世界和屹立于世界文化之林"。三要采取分析的态度。要学习和借鉴世界各国的文明成果，博采众长，用以丰富自己的民族文化。

四是高度重视文艺评论的积极作用，生动地阐明了文艺评论与文艺创作的辩证关系。江泽民指出："文艺评论是文艺发展的重要动力，要在探索文艺规律和促进文艺繁荣、推荐优秀作品、批评错误的文艺倾向方面，在帮助人们区分真、善、美和假、恶、丑方面，发挥积极的作用。优秀的文艺创作和科学的文艺评论，杰出的作家艺术家和杰出的文艺评论家，仿佛孪生兄弟。"在这里，江泽民不仅对文艺评论工作提出了很高的要求，而且辩证地论述了文艺创作与文艺评论的密切关系。科学的说理的文艺评论对发展和繁荣文艺创作有着积极的促进、引导作用，而文艺创作的繁荣又为文艺评论的活跃提供了丰富的审美对象和广阔的舞台。进入新时期以来，我国的文艺评论工作有了较大发展，为促进创作繁荣作出了有益贡献。但也必须指出，文艺评论滞后于文艺创作、对创作引导不力的局面，评论与创作相隔膜、两张皮的不协调状况亟待改变。文学艺术史上大量事实证明,优秀的文艺创作和科学的文艺评论、杰出的作家、艺术家和杰出的文艺评论家,确实如同一对孪生兄弟,这在十九世纪的欧洲文坛最为典型。如果没有巴尔扎克、歌德、易卜生、哈克奈斯等的创作和作品,就难以形成马克思、恩格斯的文艺批评思想;没有普希金、果戈理、屠格涅夫、莱蒙托夫、冈察洛夫、陀思妥耶夫斯基等的创作和作品,也不可能产生别林斯基、车尔尼雪夫斯基、杜勃罗留波夫等一批杰出的俄国民主主义文艺思想家和评论家。而评论家真挚深切的理论力量对优化作家、艺术家的创作思想和表现手法,塑造和激发他们的人格境界又产生了十分有益的影响。这些都雄辩地证明了江泽民论断的正确。

总之,江泽民同志的这篇讲话不但思想深邃,情文并茂,具有很强的理论性、说服力和感染力,而且统观全局,着眼未来,具有很强的指导性,是指引我国文艺事业胜利迈向 21 世纪的纲领性文件。

四

进入新时期以来,我省的文艺事业同全国一样,在毛泽东文艺思想和邓小平文艺理论的指引下,呈现出欣欣向荣的局面。广大作家、艺术家和文艺工作者认真实践毛泽东文艺思想和邓小平文艺理论,不倦耕耘,勤奋创作,取得了丰硕成果。七十年代末、八十年代中,我省不仅涌现了长篇小说《李自成》《漩流》《丹凤朝阳》,报告文学《哥德巴赫猜想》《地质之光》,诗集《老水手的歌》,中篇小说《烦恼人生》《风景》《桃花湾的娘儿们》,短篇小说《南湖月》《第九个售货亭》《抢劫即将发生……》等一批使广大读者争相传阅、奔走相告的优秀作品,还涌现了京剧《徐九经升官记》、楚剧《狱卒平冤》、话剧《五(二)班日志》、汉剧《弹吉他的姑娘》、荆州花鼓戏《家庭公案》,歌舞《编钟乐舞》,电视剧《诸葛亮》,美术《楚乐》《火凤凰》《月牙儿》《大河寻源》,摄影《长江女神——白鳍豚》,杂技《顶碗》《椅子造型》等一大批令广大观众百看不厌、深受感染的艺术奇葩,同时,伴着这些优秀作品的诞生,一大批德艺双馨的优秀艺术家和文艺人才也脱颖而出。进入九十年代之后,随着党中央抓精神文明建设和重点精神产品生产力度的加大,特别是中宣部实施"五个一工程"以来，我省的文艺事业在省委、省政府的高度重视和大力支持下，有了更快的发展，文艺创作呈现出百花盛开的喜人景象。我省的文学创作有了长足的进步，这不但表现在作品量的增加，更表现在质的提高：在人们慨叹长篇小说"热"了几年却"花多果少"的时候，我省却涌现了《我是太阳》《新战争与和平》《威风凛凛》《孔子》《一百个中国孩子的梦》等一批在全国产生广泛影响的佳作；中篇小说创作在全国居于前列，产生了《村支书》《凤凰琴》《分享艰难》《父亲是个兵》《跪乳》等一批令读者扼腕叹服的力作；儿童文学创作成为全国的一方重镇，诗歌和报告文学各有佳作被领导机关称赏，散文创作异彩纷呈。我省的艺术创作更显出劲猛势头。戏剧创作不愧"戏剧大省"的美誉，楚剧《虎将军》《养命的儿子》，京剧《法门众生相》，音乐诗剧《洪湖的女儿》，歌舞《楚韵》《土里巴人》，话剧《同船过渡》等好戏连台；电视剧《儒商》《汉正街》《家在三峡》《总督张之洞》在全国赢得了亿万观众；美术、摄影、曲艺、杂技、书法等也各有不少精品佳作在全国性评比、竞赛中夺魁或受到嘉奖。这些精品力作成功的原因虽然不尽相同，但最根本的一条都是自觉或不自觉地遵循了毛泽东文艺思想、邓小平文艺理论的指引，正确处理了文艺与生活、文艺与人民、文艺与时代和政治、歌颂与暴露、内容与形式、普及与提高、继承与创新等方面的关系，特别在深入生活、深入群众，认真地观察生活，深刻地体验、感受生活，自觉地向人民群众学习，在人民生活中汲取题材、主题、情节、语言、诗情和画意，塑造血肉丰满、性格各异的艺术形象，用以生动地表现伟大的时代和人民，推动历史前进等方面狠下了工夫。实践证明，毛泽东文艺思想、邓小平文艺理论是指引文艺工作者不断攀登艺术高峰，沿着健康的艺术道路胜利前进的行动指南。遵循这一指南就海阔天空，背离这一指南就可能会步入歧途。过去的文艺发展史证明了这一点，今后的文艺发展史必将进一步证明这一点。要开创湖北文艺事业的新局面，广大文艺工作者和文艺主管部门都必须在贯彻执行毛泽东文艺思想、邓小平文艺理论方面付出更大努力。

一是要继续在学习、领会和运用毛泽东文艺思想、邓小平文艺理论上下气力，树立正确的人生观、价值观、艺术观，并用以指导自己的创作和工作。这对于保证作家、艺术家的创作沿着健康的方向发展至关重要。有同志说，近年来有些在读者中产生过广泛影响的作品，无论创作视野的开拓、生活容量的厚重、艺术创意的新颖等方面,都有突出的成就,但认真研读这些作品,总感到还存在某些令人无法忽略的缺陷,究其原因,恐怕主要反映在作品对历史或现实的理性认识和价值标准的把握上。这是切中要害的。因此,对这一点我们应有清醒的认识。

二是要进一步提高对深入生活、深入群众重要性和必要性的认识,扎扎实实地向生活学习,向人民群众学习。要继续发扬我省作家、艺术家关注现实、关注平民百姓的生活与命运的优良传统和一贯作风,想方设法争取一切机会投身到人民生活中去,特别是要投身到改革和现代化建设的第一线去,深刻体验、感受时代生活的脉搏和人民群众创造的业绩及其愿望要求,从五彩缤纷的人民生活中汲取丰富的创作营养,使自己的艺术创造与沸腾的人民生活息息相通,永远跳动着时代的脉搏,反映出人民的心声。

三是要找准自己反映、表现生活的立足点和艺术感觉,扬其所长,避其所短,努力形成并逐步强化自己的创作风格和特色。这方面我省不少作家、艺术家已付出了很大努力,取得了丰硕的成果,积累了有益的经验。方方、池莉、何祚欢、任常、彭建新等的"汉味小说",刘醒龙开掘乡土题材的现实主义系列佳作,邓一光描写军旅生活、洋溢着中华民族阳刚锐气的作品,刘益善的散发着泥土芬芳的乡土诗,董宏猷的充满童真和朝气的儿童文学力作,杨书案描写我国古代历史文化名人的系列长篇,唐小禾、程犁表现楚文化风韵的系列美术杰作,都为全国文坛所瞩目。他们成功的经验,勇于和善于开拓自己独具特色的艺术天地的精神,值得我省广大文艺工作者认真学习和借鉴。

四是要有耐得寂寞、甘于清贫,勇于在崎岖的艺术道路上不断攀登,百折不挠,执着追求,为艺术献身的精神。在市场经济蓬勃发展的今天,提高这方面的修养对于文艺工作者来说显得尤为重要。

除了文艺工作者自身的努力之外,党委、政府和文艺主管部门要采取真正得力的措施,为文艺工作者深入生活、从事创作排忧解难,创造必要的条件,以解除他们的后顾之忧,促使他们全身心地投入艺术创作,最大限度地解放艺术生产力。同时,要进一步强化导向机制和激励机制,促进优秀文艺作品和拔尖文艺人才脱颖而出。

　　总之,只要我们不折不扣地贯彻执行毛泽东、邓小平、江泽民关于文艺工作的上述三篇重要马克思主义文献的指示精神,认真扎实地在实践上狠下工夫,湖北文艺事业蓬勃发展的新局面必然会出现,江泽民预言的"中国社会主义文艺更加群星灿烂、百花争艳"的二十一世纪一定会展现在我们面前。

　　　　　　《跨世纪的湖北文艺》　长江文艺出版社　1998年5月出版

学习《讲话》 与时俱进

毛泽东同志《在延安文艺座谈会上的讲话》(以下简称《讲话》)在马克思主义文艺理论发展史上,是一部划时代的经典著作,它的发表既标志着毛泽东文艺思想科学体系的形成,又是马克思主义文艺理论在中国新的历史条件下的全面继承、丰富和发展。《讲话》发表60年来,以其不灭的真理光芒,照耀着中国革命文艺前进的航程,成为广大追求进步的作家、艺术家和文艺工作者探求真理,鞭挞邪恶,繁荣文艺,服务人民,创造辉煌的指路明灯。

党的十一届三中全会以来,以邓小平《在中国文学艺术工作者第四次代表大会上的祝辞》和江泽民在中国文联第六、七次,中国作协第五、六次全国代表大会上的两次重要讲话为主要标志,不仅使以《讲话》为代表的毛泽东文艺思想精髓得到了全面继承,而且使其得到了新的丰富和发展。随着改革开放进一步深化和我国加入WTO组织后带来的经济、文化等领域的深刻变化,我们面对的时代和社会生活或许有很大不同,但不论怎么变,《讲话》阐明的经过长期革命文艺实践检验的马克思主义文艺理论基本原理,是与时俱进、永放光芒的。

一、文艺为人民大众服务的方向不能变,进步的文艺工作者必须永远与广大人民群众血肉相连,做广大人民群众根本利益的代表。这既是新民主主义革命时期建设中国新文化的根本,也是今天建设有中国特色社会主义先进文化的根本。

毛泽东文艺思想的核心是文艺和人民群众的关系问题,也即是《讲话》中指出的"一个为群众的问题和一个如何为群众的问题"。这是由我们党的性质和根本宗旨决定的。文艺作为党的事业的一个组成部分,必须为保持党的性质,实现党的宗旨服务。人民群众是创造历史的主人,是我们党全心全意为之服务的对象。毛泽东依据历史唯物主义原理,在《讲话》中强调指出:"为什么人的问题,是一个根本的问题,原则的问题。""我们的文学艺术都是为人民大众的,首先是为工农兵的,为工农兵而创作,为工农兵所利用的。"这不仅明确回答了文艺为什么人的问题,而且阐明了革命文艺的根本性质,指明了前进方向。几十年来的革命文艺实践反复证明,《讲话》指明的文艺方向是惟一正确的方向。坚持了这个方向,我们的文艺就会受到广大人民群众的喜爱和欢迎,出现百花齐放、欣欣向荣、佳作纷呈的局面,成为推动历史前进和社会进步的动力。反之,偏离或违背了这一方向,文艺就会脱离人民群众,走弯路,甚至步入歧途。进入新时期以来,我们党提出的文艺为人民服务、为社会主义服务的方向,与《讲话》指明的文艺方向是一脉相承的。邓小平指出:"我们要继续坚持毛泽东同志提出的文艺为最广大的人民群众、首先为工农兵服务的方向。"(《邓小平论文艺》,人民文学出版社,1989 年版,第 6 页)"人民是文艺工作者的母亲。一切进步文艺工作者的艺术生命,就在于他们同人民之间的血肉联系。忘记、忽略或是割断这种联系,艺术生命就会枯竭。人民需要艺术,艺术更需要人民。"(《邓小平论文艺》第 8 页)这不仅直截了当地指明了"二为"方向与《讲话》阐明的文艺方向的承继关系,也是继毛泽东之后,关于文艺与人民群众关系的最生动的科学论断。江泽民不仅提出了"三个代表"的重要思想,要求共产党员和包括文艺工作者在内的各级干部认真实践"三个代表",而且《在中国文联第七次全国代表大会、中国作协第六次全国代表大会上的讲话》中殷切"希望广大文学艺术工作者牢记人民是文艺工作者的母亲" 这个真理,"充分认识最广大人民群众的根本利益,充分认识人民群众对文艺发

2001 年 12 月作者参加中国文联第七次全国代表大会时在人民大会堂大门前留影

展的基本要求"，虚心向人民群众学习，向生活学习，从人民群众的伟大实践和丰富多彩的生活中汲取营养，为人民提供最好的精神食粮。这有力地说明，即使人类已跨入了新的世纪，在建设面向现代化、面向世界、面向未来的，民族的科学的大众的社会主义先进文化的今天，我们党仍然是毫不动摇地坚持文艺为人民大众服务这一根本方向的。但就当前文艺创作现状而言，这个问题并没有得到很好的解决。新时期以来，我国文艺园地虽然涌现了大批描写改革开放和现代化建设火热生活和伟大实践，讴歌新的时代、新的人物的好作品，但总起来看，所占比重还不大，受广大人民群众普遍欢迎和喜爱的佳作还不多。著名文艺评论家张炯去年在《人民日报》上撰文尖锐指出："当前，我国文艺中出现'三多三少'现象，如写历史题材多，写现实题材少；写帝王将相、才子佳人、企业家和干部多，写普通工农兵和知识分子少；写个人爱情纠葛、多角恋等杯水风波多，而写社会主义伟大建设斗争及其豪情壮志少。这种内容方面的取向实际上都关系到我们的文艺能否有力地为人民、为社会主义服务的问题。"这是值得我们认真思索的。特别是大量写帝王将相、才子佳人、淫卖打斗的东西，充斥我们的期刊书店、舞台银屏，已引起广大有识见、有良知的读者、观众的强烈不满。而对占总人口百分之八九十的工农兵和其他普通劳动群众、知识分子，尤其是广大下岗职工和尚未脱贫的农民，他们的生存状况如何？为改革开放和现代化建设付出了多大代价？他们的要求和愿望是什么？我们的作家、艺术家则缺乏了解，缺乏热情，更谈不上去描写他们，讴歌他们。这是应引起我们高度警觉的。我们的文艺家如果忽略或是割断了同从事改革开放和现代化建设实践、创造历史的主体——广大工人、农民、士兵和其他普通劳动群众的血肉联系，艺术生命还会持久么？还能担当起建设先进文化的重任么？我想，这是不言而喻的。我们的作家、艺术家和文艺工作者只有自觉地长期地同人民大众保持着血肉联系，从他们身上汲取丰富的创作营养，并以自己的创作热情为他们服务，我们的艺术生命才会生机勃勃、青春永驻。

二、人民生活是文艺创作的唯一源泉的真理不能忘，深入生活始终是文艺工作者必修的功课。这是《讲话》的精髓之一，也是毛泽东文艺思想的一条基本原理。

《讲话》指出："一切种类的文学艺术的源泉究竟是从何而来的呢？作为

观念形态的文艺作品,都是一定的社会生活在人类头脑中的反映的产物。"
"人民生活中本来存在着文学艺术原料的矿藏……它们是一切文学艺术的
取之不尽、用之不竭的唯一的源泉。""过去的文艺作品不是源而是流,是古
人和外国人根据他们彼时彼地所得到的人民生活中的文学艺术原料创造
出来的东西。我们必须继承一切优秀的文学艺术遗产,批判地吸收其中一
切有益的东西,作为我们从此时此地的人民生活中的文学艺术原料创造作
品时候的借鉴。"但是,继承和借鉴决不可以替代自己的创造。因此,"有出
息的文学家艺术家,必须到群众中去,必须长期地无条件地全心全意地到
工农兵群众中去,到火热的斗争中去,到唯一的最广大最丰富的源泉中去,
观察、体验、研究、分析一切人,一切阶级,一切群众,一切生动的生活形式
和斗争形式,一切文学和艺术的原始材料,然后才有可能进入创作过程"。
在这里,毛泽东同志依据马克思主义存在决定意识的基本原理,不仅精辟
地阐明了文艺创作与社会生活的关系,揭示了文艺创作的客观规律,而且
深刻地阐述了文艺工作者深入生活的必要性和重要性,为他们指明了前进
方向,给中国新文艺的繁荣和发展开辟了正确道路。半个多世纪以来,数以
万计的进步文艺工作者,沿着这条道路阔步前进,积极自觉地投身到人民
革命和建设的火热生活中,与人民群众同呼吸,共命运,创造出了难以计数
的具有中国作风、中国气派的深受老百姓欢迎和喜爱的佳作精品,鼓舞了
人民的斗志,满足了群众的精神文化需求,谱写了中国新文艺的辉煌篇章,
为中华民族的解放、复兴和两个文明建设做出了不可磨灭的贡献。但也要
清醒地看到, 自上世纪 80 年代末以来, 我国文坛艺苑中也出现了远离现
实、脱离生活、鼓吹创作"向内转""表现自我""私人化写作"、闭门造车、胡
编滥造等不良倾向,这些既严重干扰了文艺的健康发展,造成了广大人民
群众对文艺的隔膜和冷淡,也引起了文艺界不少有识之士的尖锐批评和党
中央的高度关注。早在 20 多年前,邓小平就旗帜鲜明地指出:"自觉地在人
民的生活中汲取题材、主题、情节、语言、诗情和画意,用人民创造历史的奋
发精神来哺育自己,这就是我们社会主义文艺事业兴旺发达的根本道路。"
他坚信,"我们的文艺工作者一定会坚定不移地沿着这条道路不断前进。"
江泽民也在《在中国文联第六次全国代表大会、中国作协第五次全国代表
大会上的讲话》中强调说,"中国社会主义文艺发展和繁荣的最深刻根源,

在中国人民的历史创造活动之中"。文艺工作者只有坚持"深入生活、深入群众,向生活学习,向群众学习",才能"认识社会发展的客观进程,认识人民群众的利益所在,认识人民群众的历史创造性和精神生活的进步",才能"在人民的历史创造中进行艺术的创造,在人民的进步中造就艺术的进步",不断写出"给人民以信心和向上的力量"的作品,肩负起以优秀的作品鼓舞人的重任。跨入新世纪的第一年,江总书记在《在中国文联第七次全国

2001年12月第七次全国文代会期间作者在亚运村国际会议中心内留影

代表大会、中国作协第六次全国代表大会上的讲话》中再次明确指出:"文学艺术,是人类社会实践活动的生动反映,也是人类精神创造活动的重要表现。""历史上一切优秀的文艺作品都是反映人民最深刻的心灵呼唤和时代最迫切的前进要求的作品,都是隽永艺术魅力与现实社会进步相结合的结晶,都是文学艺术家的思想感情与创作灵感为时代和生活深刻感召的产物。"他希望文艺工作者牢记"生活是文艺创作的源泉这个真理",坚持深入生活,向生活学习,不断进行生活和艺术的积累,努力发现美和进行美的创造。这些充分说明,"生活是文艺创作的源泉",不是个一般的文艺观点,而是《讲话》的精髓之一,是毛泽东文艺思想的一条基本原理,也是我们党一贯强调和坚持的一个重要文艺思想。广大文艺工作者只有牢记这条文艺基本原理,始终把深入生活作为自己的必修课,积极自觉地投身到改革开放和现代化建设的伟大实践和火热生活中去,与时代和丰富多彩的人民生活息息相通,才能不断获取新的创作营养,创作出无愧于伟大时代和人民的精品力作来,永葆艺术青春。

三、文艺的神圣职责和美学追求不能丢,要力求把最好的精神食粮奉献给人民。这是党和人民赋予文艺工作者的历史使命、崇高职责。

《讲话》开宗明义指出:"我们今天开会,就是要使文艺很好地成为整个革命机器的一个组成部分,作为团结人民、教育人民、打击敌人、消灭敌人的有力的武器,帮助人民同心同德地和敌人作斗争。"还指出:"文艺作品中反映出来的生活却可以而且应该比普通的实际生活更高,更强烈,更有集中性,更典型,更理想,因此就更带普遍性。革命的文艺,应当根据实际生活创造出各种各样的人物来,帮助群众推动历史的前进。""一切革命的文学家艺术家只有联系群众,表现群众,把自己当作群众的忠实代言人,他们的工作才有意义。"在这里,毛泽东同志不仅深刻鲜明地阐明了文艺和文艺工作者肩负的神圣职责,而且对文艺作品应有的美学品格和追求作了生动精辟的阐述。革命战争年代和新中国成立后的一段时期,我国文艺工作者遵循《讲话》阐明的文艺职责和美学原则,积极主动地投身到革命战争的洪流和社会主义建设的热潮中,与工农兵大众从思想感情上打成一片,拿起笔作刀枪,自觉地为革命战争和社会主义建设服务,创作出了许多源于生活而又高于生活,既鲜明地体现了文艺的神圣职责和美学追求,又具有中国作风、中国气派,深受老百姓欢迎和喜爱的文艺佳作,塑造出了大批各种各样性格鲜明、血肉丰满的艺术典型人物,为帮助人民群众同心同德地从事革命斗争和社会主义建设,推动历史前进,发挥了巨大作用。今天,我们面对的时代和社会生活与五六十年前虽然有很大不同,但文艺作为意识形态,作为上层建筑的一个组成部分,它所肩负的使命职责和应有的美学品格与追求并没有根本改变,只是随着时代的前进和历史的发展,对其具体的内涵进行适当的调整增删而已。我们党的文艺路线、方针、政策也是如此。新时期以来,我们党的文艺方针、政策尽管作了较大的调整和补充,但这并不意味着党的文艺路线、方针改变了,其主要内容与《讲话》的精髓基本上是一致的。邓小平说:"文艺发展的天地十分广阔。不论是对于满足人民精神生活多方面的需要,对于培养社会主义新人,对于提高整个社会的思想、文化、道德水平,文艺工作者都负有其他部门所不能代替的重要责任。""文艺创作必须充分表现我们人民的优秀品质,赞美人民在革命和建设中、在同各种敌人和各种困难的斗争中所取得的伟大胜利。""要通过有血有肉、生动感人的艺术形象,真实地反映丰富的社会生活,反映人们在各种社会关系中的本质,表现时代前进的要求和历史发展的趋势,并且努力用社会主义思想教育人民,给他们以积极进取、奋发图强的精神。"(《邓小平文选》一九七五至一九八二年,人民出版社,1983 年 7 月第 1 版,第 181—182 页)江泽民也多次强调:"文艺是民族精神的火炬,是人民奋进的号角。在培育和弘扬民族精神方面,文艺可以发挥独特的重要作用。"他在第七次全国文代会、第六次作代会上的讲话中,号召广大文艺工作者,"自觉投身改革开放和现代化建设的伟大实践……努力创作出弘扬民族精神和我们时代的进步精神的作品,用以教育人、鼓舞人和鞭策人,为繁荣社会主义文艺的百花园,为培养一代又一代有理想、有道德、有文化、有纪律的社会主义新人作出自己的贡献。"并指出:"这就是我国当代文艺工作者肩负的庄严使命。"他希望广大文艺工作者"努力继承和发扬中华民族的优秀文化传统,继承和发扬五四运动以来形成的革命文化传统,积极学习和借鉴世界各国人民创造的一切先进文明成果,坚持古为今用,洋为中用,与时俱进,推陈出新","立足自我,博采众长",创作出无愧于我们伟大时代和人民的优秀作品,努力"为人民提供最好的精神食粮"。邓小平、江泽民的这些精辟论述,与毛泽东在《讲话》中关于文艺的职责和美学品格与追求的论述,精神是血脉相通的,这雄辩地说明,坚持文艺的神圣职责和美学追求是我们党的一贯主张,是党和人民赋予文艺、文艺工作者的历史使命和崇高职责。值得注意的是,近年来,在一些文艺领域,一部分文艺工作者中出现了淡化文艺功能、消解文艺职责的思潮,在个别艺术领域,甚至出现了审丑现象,这是与文艺的本质特征、与党和人民对文艺的要求,与文艺工作者的良知良心背道而驰的。一切有良知和良心的中国当代文艺工作者,都应牢记文艺的神圣职责和美学追求,自觉地肩负起党和人民赋予的庄严使命和崇高责任,努力用自己的文艺创作去实践这一使命和责任,力求把最好的精神食粮奉献给人民。

四、文艺批评的引导作用不能松,必须大力加强文艺理论建设,积极开展文艺评论。这是保证社会主义文艺沿着正确轨道健康发展的有效途径。

文艺批评与文艺创作,如车之两轮,鸟之两翼,缺一不可。文艺批评与文艺创作,相互促进,共同发展,比翼双飞,并肩繁荣的现象,在古今中外的文艺发展史上屡见不鲜。毛泽东在《讲话》中对文艺批评问题给予了高度重视,在指明文艺批评的重要作用之后,着重就批评的基本标准即政治标准和艺术标准及其二者的关系等问题,进行了系统深刻的论述,一针见血地指出:"政治并不等于艺术,一般的宇宙观也并不等于艺术创作和艺术批评的方法。我们不但否认抽象的绝对不变的政治标准,也否认抽象的绝对不变的艺术标准,各个阶级社会中的各个阶级都有不同的政治标准和不同的艺术标准。但是任何阶级社会中的任何阶级,总是以政治标准放在第一位,以艺术标准放在第二位的。""我们的要求则是政治和艺术的统一,内容和形式的统一,革命的政治内容和尽可能完美的艺术形式的统一。缺乏艺术性的艺术品,无论政治上怎样进步,也是没有力量的。因此,我们既反对政治观点错误的艺术品,也反对只有正确的政治观点而没有艺术力量的所谓'标语口号式'的倾向。我们应该进行文艺问题上的两条战线斗争。"(《毛泽东论文艺》人民文学出版社 1966 年 6 月版第 26 至 27 页)这些论述不但有鲜明的针对性,澄清了当时延安文艺界一部分文艺家中在开展文艺批评问题上的一些模糊认识,而且有很强的指导性,为其后开展健康的文艺批评指明了方向。建国后,在《讲话》精神的指引下,我国的文艺批评工作虽然有了一定的进展,对文艺创作也发挥了一定的引导作用,但总的来说,文艺批评还不能适应文艺创作发展的需要。与文艺领域中来自"左"的和右的干扰相比,健康的科学的有说服力的主流文艺批评还相对显得有些乏力。特别是近十多年来,我国文艺批评园地的空间大都被泡沫化的文艺批评所挤占。泡沫化批评不仅解构了以"诗言志""文以载道"等为核心内容的人文价值观,颠覆了马克思主义的文艺观,搅乱了文艺批评的标准,而且以追新逐异、标牌树旗、吹捧炒作、党同伐异为能事,掀起了一股食洋不化、诋毁传统、蔑视权威、甚至鼓励淫卖的晦涩浮躁之风。与此同时,一些媒体为泡沫化文艺批评的膨胀和泛滥推波助澜,大开绿灯,以致在文艺批评的某些领域、某些问题上是非混淆,甚至美、丑颠倒,使主流文艺批评的声音越来越小,文艺批评的前进方向迷雾重重。面对这种局面,许多严肃正直的批评家只好三缄其口,导致文坛上一度发出了批评"缺席""失语"的呼声。这种状况,既不利于文艺创作的繁荣,也无助于广大读者观众鉴赏水平的提高,更有害于文艺批评的健康发展,理所当然地遭到文艺界大多数人的抵制和冷淡。同时,也引起了党中央的高度重视。江泽民在全国第六次文代会、第五次作代会上的讲话中指出:"文艺评论是文艺发展的重要动力,要在探索文艺规律和促进文艺繁荣、推荐优秀作品、批评错误的文艺倾向方面,在帮助人们区分真、善、美和假、恶、丑方面,发挥积极的作用。优秀的文艺创作和科学的文艺评论,杰出的作家艺术家和杰出的文艺评论家,仿佛孪生兄弟。"在这里,江泽民不仅深刻地阐明了文艺评论的重要作用,对文艺评论工作提出了明确要求,而且用贴切的比喻,生动地阐明了文艺评论与文艺创作的辩证关系。迈入新世纪后,为加强文艺评论工作,中共中央宣传部专门召开了评论工作会议,对文艺评论工作作出了重要部署。不仅如此,江泽民在第七次全国文代会、第六次全国作代会上的讲话中再次强调:"要适应时代特点和结合实践要求,努力加强文艺理论建设,积极开展文艺评论,大胆进行文艺理论和文艺评论的创新,为我国文艺事业的健康发展提供正确引导。"党中央的指示精神不仅及时拨正了文艺评论的航向,也给逐渐弱化的主流文艺评论队伍注入了强心剂。广大文艺评论工作者应乘势而上,充分认识自己肩负的重要责任,动员各方面的力量,大力加强文艺理论建设,积极开展文艺评论,团结拼搏,勇于探索,用科学的说理的文艺评论,为社会主义文艺的健康发展保驾护航。

此外,《讲话》中关于文艺工作者必须学习马克思列宁主义、学习社会,并在学习的过程中逐步转变自己的思想感情,提高自身素质等重要思想,对今天中国的文艺工作者来说,仍具有重要的指导意义。

总之,《讲话》在马克思主义文艺理论宝库中是一座划时代的里程碑。它阐明的马克思主义文艺理论基本原理,不但是指引新民主主义革命时期中国革命文艺工作者批判旧文化、建设新文化的强大思想武器,也是指引新世纪我国文艺工作者建设有中国特色的先进文化的指针。它的思想光芒将永远照耀我们沿着社会主义文艺康庄大道前进。

《戏剧之家》 2002 年第 3 期
《文艺新观察》 2002 年特辑
《马克思主义美学研究》 第 6 辑 2002 年 12 月

肩负神圣使命　建设和谐文化

——学习胡锦涛《在中国文联第八次、中国作协第七次全国代表大会上的讲话》札记

胡锦涛同志在全国第八次文代会、第七次作代会上的讲话,高屋建瓴,统观全局,内容丰富,思想深邃,是一篇充满辩证思考和哲理、充分体现文艺工作和文艺创作规律,对构建社会主义和谐社会、建设和谐文化、繁荣文艺事业具有很强指导作用和实践意义的马克思主义纲领性文件。

一、讲话主题突出,观点鲜明,思想深刻,是指引广大文艺工作者团结奋进、开拓创新、繁荣文艺创作、建设和谐文化的指针。

胡总书记重要讲话的主旨是动员和号召各级党委及其领导的文艺界

2006 年 11 月作者在人民大会堂全国文代会、作代会上留影

人民团体,团结带领全国广大文艺工作者,努力繁荣社会主义先进文化,建设和谐文化,为建设社会主义和谐社会作贡献。通篇讲话除开篇部分向全体与会代表和全国广大文艺工作者致意和问候,并对文艺工作在党和人民事业中的重要地位与作用、以及文艺事业取得的辉煌成就等,作了精辟阐述和充分肯定外,绝大部分篇幅都是围绕为什么要建设和谐文化、建设什么样的和谐文化和怎样建设和谐文化等问题展开论述的。讲话高屋建瓴、高瞻远瞩,主题很突出,观点很鲜明,道理讲得很透彻,具有很强的说服力、启迪性和指导作用。

比如论述为什么要建设和谐文化和建设什么样的和谐文化时,讲话着重阐明了三点:一是阐明建设和谐文化是适应国内外形势发展的要求,"找准我国文化发展的方位,创造民族文化的新辉煌,增强我国文化的国际竞争力,提升国家软实力"的需要(注:引文见胡锦涛在文代会、作代会上的讲话。下文所有引文均引自这篇讲话。)。二是阐明建设和谐文化是建设社会主义和谐社会的需要。强调"要更好地构建和谐社会,就必须在社会主义先进文化引领下,大力建设和谐文化,广泛动员人民群众投身和谐社会建设。和谐文化既是和谐社会的重要特征,也是实现社会和谐的精神动力。建设和谐文化,是构建社会主义和谐社会的重要任务,也是构建社会主义和谐社会的重要条件"。三是对建设和谐文化提出明确要求,阐明建设和谐文化同提高全党和全国各族人民思想道德素质的密切关系。指出我们建设和谐文化,就"要牢牢把握社会主义先进文化的前进方向,建设社会主义核心价值体系,弘扬民族优秀文化传统,发掘民族和谐文化资源,借鉴人类有益文明成果,倡导和谐理念,培育和谐精神,营造和谐氛围,进一步形成全社会共同的理想信念和道德规范,打牢全党全国各族人民团结奋斗的思想道德基础"。这些论述,不仅观点鲜明,见解精辟,具有很强的理论概括力和说服力,而且富有时代精神和前瞻性,既简明深刻地阐明了为什么要建设和谐文化的原因,又使我们对和谐文化的内涵和建设什么样的和谐文化的要求有了较清晰的了解,具有很强的启迪性和指导作用。

怎样建设和谐文化?讲话指出:一要坚持正确的指导思想和为人民服务、为社会主义服务的方向,贯彻"双百"方针;二是全国广大文艺工作者,都要担负起繁荣社会主义先进文化,建设和谐文化的神圣使命;三是各级党委及其领导的文艺界人民团体，要大力加强和改善对文艺工作的领导，不断提高领导文艺工作的水平和能力。特别是胡主席语重心长地对"有理想有抱负的文艺工作者"提出的四个"一切"的殷切期望和要求，更是建设和谐文化的关键，不仅指明了文艺工作者奋斗的方向，而且为他们深刻阐明了怎样担当起时代赋予的神圣使命，投身建设和谐文化伟大实践的具体丰富的内涵。广大文艺工作者真正做到了这四个"一切"，和谐文化、乃至和谐社会的建设便大有希望，成就斐然。

　　二、讲话文风质朴，以理服人，既充满辩证思考和深邃哲理，又深刻揭示了文艺工作和文艺创作的规律，具有很强的导向性和实践性，充分体现了党和人民的领袖以人为本，尊重知识、尊重人才的崇高情怀和良好风范。

　　胡主席作为全党全国人民的领袖，在发表讲话的前后，分别给台上、台下的与会代表深深一鞠躬。我身临其

第八次全国文代会期间，作者在中国军事博物馆参观《长征》手稿墙时留影。

境，同全体与会代表一样，被他这一鞠躬深深感动。这是历届文代会、作代会上罕见的镜头，它充分体现了党和政府对广大文艺工作者的信任、尊重和关怀。在讲话中，胡总书记像一位循循善诱的导师，始终面带微笑，用委婉亲切的语调，总结古今中外文艺工作和文艺创作的成就和规律，阐明发展社会主义先进文化、建设和谐文化、繁荣文艺事业的重要性、必要性、奋斗目标、方针政策和具体要求，以理服人，思想深邃，见解新颖独到，既充满唯物辩证法的哲学思考，又具有引领文艺实践的导向性和实践性。如讲话指出："一切受人民欢迎、对人民有深刻影响的艺术作品，从本质上说，都必须既反映人民精神世界又引领人民精神生活……"强调"既反映""又引领"，就精辟地阐明了什么才是真正受人民欢迎、对人民有深刻影响的艺术

作品。如果只强调反映人民的精神世界,忽视引领人民的精神生活,这样的艺术作品不可能都对人民有深刻影响,有的甚至会产生消极影响,因为"人民精神世界"是有高低之分的。又如在论述继承和创新问题时,讲话强调:"推进文化发展,基础在继承,关键在创新。""不朽的文艺经典,往往既渗透着历史积淀的体验和哲理、又蕴含着时代孕育的理想和精神,既延续着传统艺术的特点和优势、又创造着新颖鲜活的内容和形式。不善于继承,没有创新的基础;不善于创新,缺乏继承的活力。在继承基础上的创新,往往是最好的继承。"在这里,锦涛同志以卓越的马克思主义洞察力,运用唯物辩证方法,科学地总结了继承与创新的关系和发展规律,揭示了不朽的文艺经典形成的秘诀,论述简明扼要、逻辑严密,见解独到、新颖、精辟、深刻,既具有很强的思辨色彩和理论深度,又具有很强的导向性和实践性,是马克思主义文艺理论发展史上关于继承与创新问题的最能反映文艺发展规律、最符合时代精神、最具有艺术创造导向性和实践性的科学阐释和理论概括。

在第八次全国文代会上,作者和著名表演艺术家田华合影。

三、自觉肩负时代赋予的神圣使命,为繁荣社会主义先进文化,建设和谐文化献智出力,是当代我国广大文艺工作者应尽的职责。

人类文艺发展的历史证明,一切进步的文艺家,都是时代的歌手、人民忠实的代言人、人类灵魂的工程师。当代中国,广大文艺工作者自觉肩负时代赋予的神圣使命,正是履行自身职责的需要。

首先,是当好时代歌手的需要。当今中国,现代化建设、市场经济和改革开放的大潮持续高涨,成就辉煌;社会面貌日新月异,新的人物、新的事物层出不穷;新的矛盾、新的问题也不断涌现。新的时代催生着新的文化。

胡锦涛指出:"繁荣社会主义先进文化,建设和谐文化,为构建社会主义和谐社会作出贡献,是现阶段我国文化工作的主题。"也是当代中国"广大文艺工作者的庄严使命"。在社会主义先进文化引领下,大力建设和谐文化,广泛动员人民群众投身和谐社会建设,是党的号召,时代和人民的召唤。广大文艺工作者,作为我国文化工作和文艺创作的主力军,责无旁贷。文艺工作者只有积极投身反映和讴歌时代的文艺创造活动,"踏准时代前进的鼓点,回应时代风云的激荡,领会时代精神的本质","坚持把个人的艺术追求融入国家发展的洪流之中,把文艺的生动创造寓于时代进步的运动之中",才能当好时代的歌手,他的工作和创作,才能具有蓬勃的生命力,产生巨大的感召力,作出无愧于时代的业绩。

其次,是做好人民忠实代言人的需要。人民群众是创造历史的主人,既是物质文明、精神文明、政治文明和社会文明的创造者,也是其享有者和享受者。"一切进步文艺,都源于人民、为了人民、属于人民。一切进步文艺工作者的艺术生命,都存在于同人民的血肉联系之中。人民创造历史的活动,是文艺创作的丰厚土壤和源头活水。"文艺工作者作为人民群众忠实的代言人,只有牢固树立人民群众是历史创造者的历史唯物主义观点,在贴近实际、贴近生活、贴近群众,深入改革开放和现代化建设第一线过程中,了解他们,熟悉他们,始终保持与他们的血肉联系,不断培养和增进对他们的感情,坚持以最广大人民群众为服务对象和表现主体,关心群众疾苦,体察人民愿望,把握群众需求,通过形式多样的艺术创造,为人民讴歌,为人民呼吁,才能真正反映出人民的心声,抒发人民的感情,源源不断地创作出人民满意和欢迎的优秀作品,满足人民群众多层次、多样化、多方面的精神文化需求,为建设和谐文化,构建和谐社会作出切实贡献。

再次,是履行人类灵魂工程师职责的需要。人类文明发展史证明,文艺具有强大的社会感染力,文艺作品对社会的政治、经济、文化、军事、法律、宗教等的发展,特别是对人民群众思想道德和心灵的培育和塑造,有着潜移默化的巨大促进作用与消蚀作用。文学艺术发展的历史表明,只有经受住人民群众检验,又能给予人民群众以美的享受和深刻启迪的作品,才能成为思想内容和艺术技巧双佳的经典之作;只有既具有高尚精神追求又具有高超艺术修养和才华的文艺家,才能创作出这样的艺术精品,成为人民群众欢迎和推崇的人类灵魂工程师。当今社会,我国文艺工作者要使自己成为真正的人类灵魂工程师,就必须始终牢记时代赋予的庄严使命和艺术工作的社会职责,努力加强学习,积累丰富知识,不断加强自身的思想道德和艺术修养,提高精神境界,忠于祖国和人民,"坚定社会主义信念,自觉实践社会主义荣辱观,倡导真善美,鞭挞假恶丑,恪守职业道德,弘扬职业精神",努力攀登人生和艺术的高峰;就必须大力发扬创新精神,积极开拓文艺的新天地,正确处理继承与创新的关系,大力弘扬中华民族的优秀文化传统和五四运动以来形成的革命文化传统,积极学习和借鉴世界各国人民创造的一切文明成果,博采众长,推陈出新,同时坚持解放思想,实事求是,与时俱进,大力推进文艺观念、内容、风格、流派的积极创新,大力推进文艺体裁、题材、形式、手段的充分发展,努力创作出更多具有中国特色、中国风格、中国气派的优秀作品,以不断增强文艺的时代感和吸引力;就必须严肃认真地考虑自己作品的社会效果,坚持传播先进文化,抵制落后腐朽文化,弘扬人间正气,塑造美好心灵,力争把最好的精神食粮奉献给人民,努力以自己的作品丰富人民群众的精神生活,提高人民的精神境界。只有如此,文艺工作者才能为繁荣社会主义先进文化,建设和谐文化、构建社会主义和谐社会作出有益的贡献,才不愧为人类灵魂的工程师。

2007 年 1 月 3 日　于武昌东湖路翠柳街 1 号·景苏斋

《文艺新观察》 2007 年第 1 期

开拓创新　进一步繁荣湖北文艺创作

十一届三中全会以来，我省的文艺创作虽然取得了很大成绩，涌现了一批优秀文艺作品和文艺人才，但离时代和人民的要求还有一定的距离。如何在党的十四大精神鼓舞下，进一步繁荣我省的文艺创作，提高文艺作品的质量和文艺队伍的素质，开创文艺事业的新局面，以适应建设社会主义市场经济新形势的需要，这是当前我省文艺界亟待研究解决的重要问题。如何解决呢？我谈几点不成熟的看法。

第一，作家、艺术家和一切有志于文艺创作的同志，都要进一步提高对深入生活的认识。也许有同志会说，我们就生活在基层，天天泡在生活里，还怕没有生活？这种理解是似是而非的。其一，你所接触的生活面毕竟太小，很难反映生活的全貌；其二，你所接触的生活有没有代表性，能不能反映当代社会生活的主流和本质还值得研究；其三，你尽管掌握了一些生活素材，但不一定深刻认识和感受了这些素材；其四，时代是前进的，生活是发展的，生活中会不断出现新的情况、新的问题，需要我们去发现、认识和感受。就拿当前来说，随着邓小平视察南方重要谈话的发表、党的十四大的召开、改革开放和经济建设步伐的加快，我国已进入了建立社会主义市场经济体制的新阶段，这不仅会使我们遇到许多前所未见的新情况、新问题，而且会引起人们的价值观念、行为规则、生活方式、精神状态、是非标准的深刻变化。因此，对生活不能浅尝辄止。

第二，要进一步增强学习、实践马克思主义文艺理论、毛泽东文艺思想、邓小平建设中国特色社会主义理论和党的文艺方针政策的自觉性，学会用马克思主义的立场、观点和方法观察生活、认识生活、反映生活。从生活素材到文艺作品，要经过复杂的筛选、剪裁、加工、冶炼、熔铸过程，这就要求作者有正确的观念、深邃的思想、敏锐的眼光和卓越的识辨能力。这里的关键是作者在观察生活、认识生活、从事创作的过程中要处理好几个关系。

首先，要处理好文艺与时代和人民的关系。坚持文艺的"二为"方向，不是一句空洞的口号，而是文艺工作者从事文艺创作实践的行动指南。但要使它在创作实践中真正发挥指南作用并非一件易事，这里最根本的还是要解决一个为什么人而创作的问题。目前存在的问题是：或者对广大人民群众从事改革开放和现代化建设的火热生活缺乏热情，采取轻描淡写甚至不闻不问的冷漠态度；或者忽视服务对象的要求，只写些自己感兴趣的东西；或者急功近利、急于求成、粗制滥造；或者怕下苦功，怕担风险，只在远离现实的故纸堆中找素材，编些老掉牙的、甚至低级趣味的故事，如此等等。要创作出能充分展现时代和人民精神风貌的高质量的文艺作品，创作人员必须具有强烈的社会责任感和使命感，真正把自己当作时代和人民的忠实代言人。十四大报告中指出："精神文明建设必须紧紧围绕经济建设这个中心，为改革开放提供强大的精神动力和智力支持。"文艺事业是精神文明建设的一个重要组成部分。因此，要十分重视文艺作品的社会效益，努力创作内容健康向上特别是讴歌改革开放和现代化建设的具有艺术魅力的精神产品。同时，对那些政治上无害，艺术上较好的文艺作品，只要群众欢迎，就要让它存在和发展。我们的任务是要用丰富多彩的精神产品千方百计地满足广大群众日益增长的文化生活需求。在文艺问题上既要警惕右，但主要是防止"左"。在如何满足广大群众对文化生活的迫切需求上，我们一定要有高度的责任感和紧迫感。

其次，要处理好文艺与生活的关系。有社会责任感的文艺家应该选取那些有积极意义的、体现了时代和社会主流、本质的事物来写；写出来总要能给人以鼓舞、以激励，给人一些有益的启迪和教益，而不应是相反。与此紧密相连的是歌颂与暴露问题。歌颂什么，暴露什么，这对今天的文艺家来说，应该是不言而喻的。但在一部分同志的创作实践中，这个问题尚未得到很好的解决。当然，这不是说我们不可以写消极、阴暗的东西，这些东西也可以写，关键是站在什么立场、怎么去写。对于进步的文艺家来说，应该是站在人民的立场、党的立场，去揭露它、鞭笞它，以引起社会和人民的警觉及"疗救的注意"，而不是去展览它，甚至渲染它。

再次,要处理好内容与形式的关系。反映中国的现实生活,只有用适合中国老百姓欣赏习惯的艺术形式表现出来,才能为当今的人民群众所喜闻乐见,这里最重要的是要细心体察当代大多数人民群众的艺术欣赏习惯,进而去把握它,并使自己的创作逐步适应它,使作品的情节、结构、语言和艺术形象都能为他们所喜爱。常常有这样的情况,同样的题材和生活素材,在不同的作家、艺术家笔下,会产生截然不同的艺术效果。就戏剧等综合艺术来讲,它的矛盾设置、剧情结构、场景变换、音乐舞美的设计、台词唱腔的锤炼等,都具有很深的学问、很高的技巧。艺术修养深、表现技巧高的艺术家,就处理得恰到好处,引人入胜,扣人心弦,催人泪下,收到雅俗共赏、曲高和众的效果。反之,则很难达到这样的效果。

第三,要有勇于探索、开拓创新、甘于吃苦、乐于奉献、锲而不舍、精益求精的精神。真正的开拓创新,我想应该坚持这么几点:一是要在继承民族优秀传统的基础上进行。创新不是凭空臆造,如果对民族文化优秀传统的ABC都不懂,或者对民族文化采取虚无主义态度,这样的开拓创新只能是无知妄说。二是对民族文化传统要取其精华,去其糟粕,并加以熔铸改造,使之服务于现实,坚持"古为今用"。我们要继承和发扬的是那些经过改造熔铸后能为现实服务的有艺术生命力的优秀传统,对那些陈旧、腐朽、窒息人们思想、心灵的文化糟粕和繁琐程式等,应坚决抛弃。以戏剧创作来说,这些年,我省的戏剧创作如果不走在继承民族戏剧优秀传统基础上的开拓创新之路,就不可能出现好戏连台的局面。当然剔除文化糟粕不能简单从事,必须采取十分慎重的态度。三是要做到"洋为中用"。弘扬民族文化的优秀传统,绝不意味着排斥外来文化,要开拓创新还应积极地借鉴、吸收对我们有用的外来文化。但这种借鉴、吸收必须立足于本民族的实践,从思想内容到艺术形式,都要根据建设有中国特色社会主义文化的需要加以检验和考察,用马克思主义的立场、观点、方法加以分析、鉴别、选择和改造。四是要反复磨炼,经得起失败和成功的考验。创作是复杂而又艰苦的劳动,害怕吃苦、不愿奉献的人是干不成的。"十年磨一戏",从某种意义上说,许多好作品是反复"改"出来的,千锤百炼"磨"出来的。

第四,从文化艺术主管单位及其领导方面讲,要多做创作的规划、重点创作项目的实施和文艺队伍的建设等方面的组织、协调、服务工作,尽力为作家、艺术家和文艺工作者的创作、深入生活、学习和进修创造必要的条件。具体说来要着重做好以下几方面的工作：

一是要充分认识和发挥荆楚地区的优秀民族文化、人文资源和创作力量等方面的优势，认真作好文艺创作规划。在制定长远规划和近期计划时，要注意突出重点、统筹兼顾；既要鼓励多创作内容健康向上特别是讴歌改革开放和现代化建设的具有艺术魅力的精神产品，又要维护政治上无害、艺术上较好，群众欢迎的文艺作品的正常生产。突出重点是对各个艺术门类的创作规划和计划不能平均用力，要分出层次和档次。各部门、各地区都要根据中央精神，结合本地本单位物质文明、精神文明建设的实际和创作优势，每年确定一批能反映地方生活特色和时代精神的项目，采取有力措施，保证它们预期完成，搞出自己的重点作品。同时，也利于纠正各地盲目争上同类题材的创作，各自为政、分散作业、大同小异，质量不高、资金浪费等不良倾向。统筹兼顾是对文化艺术各个门类的创作规划和计划要通盘考虑、全面安排，不能顾此失彼，更不要相互撞车；要切实改变当前一些部门和地区在部分艺术门类的创作上无长远规划和近期计划、放任自流、自生自灭的状况。

二是对需要集中力量攻关的重点精神产品，要搞艺术生产力的优化组合，集中优势兵力进行攻关。搞重点精神产品的创作和生产如同搞经济建设的重点工程一样，离不开社会各方面的支持和支援。宣传文化主管部门应发挥自己在精神产品生产中的牵头作用，做好各有关方面的组织协调工作，把关系理顺，把各方面的力量组织起来。各有关单位应从加强社会主义精神文明建设、建设有中国特色社会主义的文化的高度，充分认识抓重点精神产品生产的重要意义，自觉地从人力、物力和财力上给予必要的支持，以保证重点精神产品的顺利创作和生产。特别是对讴歌改革开放和现代化建设的重点精神产品的生产，要在扶持经费和创作力量的安排上实行倾斜。

三是要制定和完善有利于促进文艺创作繁荣的文艺经济政策，为作家、艺术家和文艺工作者创造能够潜心创作的外部环境。长期以来，由于政策不配套，文艺单位和团体因经费拮据，住房、办公、医疗条件差，正常的艺术生产和业务活动无钱开展的状况难以改变；文艺阵地缺乏、文艺工作者发作品难、出书难的问题得不到解决。这种状况严重束缚了艺术生产力的发展,影响了文艺创作的繁荣。因此,有关党政部门应全面贯彻落实党中央关于两个文明建设一起抓的方针,制定有利于促进文艺创作繁荣和文艺事业发展的经济政策,对文艺创作和文艺事业实行扶持、奖励、轻税、免税等倾斜政策,鼓励文艺单位大力开展"以文补文""多业助文"活动,以增强文艺事业自身的"造血"功能,促进文艺创作的进一步繁荣和文艺事业的健康发展。

四是要注意扶持业余文艺创作,努力发现和培养重点业余文艺创作人才,不断壮大文艺创作队伍的阵容,形成浩浩荡荡的文艺创作大军。有了这支大军,我省文艺创作的进一步繁荣就大有希望。

《湖北社会科学》　1993 年第 5 期

市场经济与湖北文艺的发展

　　建设有中国特色社会主义文艺是一项宏伟工程,有许多理论和实践问题需要作深入、系统的研究和探索,这有赖于广大文艺工作者的共同努力。在这里,我只想就市场经济条件下湖北文艺发展面临的几个理论和实践问题,谈几点想法和看法,以就教于广大专家和读者。

一、关于弘扬主旋律

　　我们的文艺创作究竟应该以什么样的作品来为人民服务、为社会主义服务,对此,邓小平早已从建设有中国特色社会主义的全局出发,多次论述并赋予文艺创作要描写和讴歌新的时代、新的人民的历史使命,明确要求文艺创作要歌颂人民,要描写和塑造社会主义新人形象,用以激发广大群众的社会主义积极性,要通过有血有肉、生动感人的艺术形象,反映人们在各种社会关系中的本质,努力用社会主义思想教育人民。他语重心长地告诫文艺工作者,要"在艺术上精益求精,力戒粗制滥造,认真严肃地考虑自己作品的社会效果,力求把最好的精神食粮贡献给人民"(《邓小平论文艺》第 7 页)。江泽民代表党中央对我国当代文艺创作鲜明地提出了要"弘扬主旋律"的要求,号召广大文艺工作者要努力创作出无愧于我们伟大时代和人民的优秀作品,用优秀的作品鼓舞人。邓小平、江泽民的指示给文艺创作指明了前进方向。弘扬主旋律从根本上讲是在新的历史时期坚持"二为"方向和"双百"方针的集中体现,也是"二为"方向和"双百"方针应当具有的鲜明时代特征。每个时代和社会,都有在其整个思想文化发展中居于主导地位的时代精神。文艺创作有自己的主旋律,本是题中应有之义。江泽民在《在全国宣传思想工作会议上的讲话》中指出:"弘扬主旋律,就是要在建设有中国特色社会主义的理论和党的基本路线指引下,大力倡导一切有利于发扬爱国主义、集体主义、社会主义的思想和精神,大力倡导一切有利于改革开放和现代化建设的思想和精神,大力倡导一切有利于民族团结、社会进步、人民幸福的思想和精神,大力倡导一切用诚实劳动争取美好生活的思想和精神。"这就是当代中国文艺创作的主旋律。凡是倡导和弘扬了这些思想、精神的文艺作品,都应该是表现主旋律的作品。这一主旋律应当成为当代文艺创作的最强音。

经过一段时间的讨论和实践,这个问题在湖北文艺界,认识已逐步趋于一致。应当说,近年来,我省文艺各门类的创作中,都出现了一批表现主旋律的作品,其中也不乏上乘之作。从中我们不难看到,这些作品已不同程度地呈现出现代社会特征,各种价值观念的冲撞和扭结,各种人物心态、人情世态的刻画和展示,各种现代生活图景和气息的勾勒和描摹,形成了较之以往远为纷繁复杂的生活形态,出现了新的人物,新的世界。从总体上看,由经济体制变革引发的社会转型期,为湖北文艺的内容和形式带来了与时代发展相适应的更移变化,以高扬时代主旋律为己任,正成为我省文艺家们的自觉行动。

应当指出的是,我省表现主旋律的作品中,真正堪称精品的还为数不多。有的题材、内容都好,但因失之肤浅或缺乏艺术感染力,读者和观众反应并不热烈。究其原因,当然是多方面的,诸如生活积累、人生感悟、价值取向、审美观念、艺术追求等等。其中最重要的我认为还是生活积累和艺术追求两条。创作者对所写的生活是否真正熟悉,并有深切的体验和感受,是否做到了厚积薄发并能扣动读者观众的心弦;是否有严谨的创作态度,并在艺术上精益求精;是认真研究和考虑了群众的欣赏习惯、接受能力并加以适应和引导,还是只埋怨群众不懂艺术,甚至认为群众对主旋律作品存有逆反心理……这些都是影响主旋律作品质量的重要因素,都需要我们的文艺家在艺术实践中认真加以思考和解决。

同时,在弘扬主旋律方面还要澄清一些不易觉察的模糊认识。在一些作家、艺术家的观念中,程度不同地把一切有益的、健康的文艺作品都等同为表现主旋律的作品;或是把一切高雅的、严肃的作品,也都等同为表现主旋律的作品。这两种误解,一种使主旋律失之宽泛,一种把主旋律囿于偏颇。现在似乎有一种错觉,好像只要是从事或支持高雅、严肃艺术,就是在抓"主旋律"作品的创作,只要是高雅的、严肃的艺术作品就可以往"主旋律"这个筐里装,以致高雅、严肃的艺术创作中远离现实、疏离生活的倾向长期得不到克服。这种模糊认识不廓清,将会模糊我们弘扬主旋律的目标。

弘扬主旋律还必须处理好与多样化的关系。弘扬主旋律与提倡多样化是相统一的。一花独放不是春,百花齐放春满园。在弘扬主旋律的同时,还要提倡文艺创作包括主旋律作品的创作在题材、形式、风格、表现方式上的多样化,只要是能够使人们得到教育和启发,得到娱乐和美的享受的文艺产品,在文艺园地里都可以占有一席之地。文艺的路子要越走越宽。只有这样,才能创造出更多健康有益、丰富多彩的精神食粮,满足广大群众日益增长的文化生活需求。

二、关于高雅文艺

高雅艺术具有较高的思想价值、艺术价值和学术价值,是一个民族文化素养的标志,是一个国家文化艺术的主体,是一个时代文化艺术的代表和象征。它作为具有积极审美态度和审美功能的、高品位的文艺,其价值在实现的过程中,必然表现为商业价值和历史价值。在市场经济条件下,精神产品一般不是直接由社会分配,而主要是通过间接的商品的形式进行交换,通过商业价值的实现来满足消费。对此,我们不能否认。只是,商业价值的高低与文艺作品的艺术品位、艺术价值的高低并不能等同。

处于社会经济转型期的文艺,其原有体制和格局受到冲击,出现一定程度的震荡、失衡、失序,应当说是正常的。其实,高雅文艺的窘况不只我国独有,它是一种世界性的文艺现象。问题在于,面对这种状况,我们不应放任自流,无所作为。

江泽民提出要抓长篇小说、影视和少儿文学"三大件"的创作,号召全社会都来支持高雅艺术,这给高雅艺术的发展提供了极好的机遇。我们认为国家和社会对高雅文艺都应给予强有力的扶持,实行政策倾斜:一是国家要养;二是社会要资助;三是要提供优惠的文化经济政策促其自身不断增强发展活力。要通过这些措施促进高雅文艺健康发展。高雅文艺的主要目标不是创造经济效益,而是创造代表我们时代精神的文化艺术精品。在今天,高雅文艺就是要着重积极反映和热情讴歌人民群众在艰苦卓绝的革命斗争中、在从事改革开放和现代化建设中的英雄业绩和创造精神,引导人们特别是青年一代发扬中华民族传统美德,树立正确的世界观、人生观和价值观,树立正确的理想和信念。这就是高雅文艺的价值之所在,也是高雅文艺应有的崇高追求。因此,政府和各有关部门有责任帮助高雅文艺实现其价值。与此同时,我们也要积极地推动高雅文艺自身的改革,包括它的体制、创作思想和艺术形式等的改革。要建立一种强化高雅艺术自我发展能力的机制,使之适应时代的发展和人民的需求。作家、艺术家们应该认真研究读者观众的需求,以高度的历史责任感,处理好雅与俗的关系,把自己的艺术追求同读者观众的需求结合起来,有机地统一起来。一方面要使高品位的作品更具有趣味性和可接受性,从而赢得更多的读者和观众,另一方面,创作又不能媚俗,不能降低文化品位,要把着眼点放在提高大众的审美能力,提高全民族的文化素质上,并且要有勇气、有决心为此作出长期不懈的努力。总之,新的经济体制的建立和逐步完善将为文艺的发展铺设道路,高雅文艺是无须悲观的。

三、关于艺术"走向市场"

文艺是上层建筑的一个重要组成部分,它应该而且必须适应经济基础的变革。但是,如何适应,却不是简单一句把艺术推向市场所能包容得了的,必须从理论上加以认真探讨。

从一般意义上来说,参与市场流通、交换和消费的大多数文艺产品,作为社会的精神财富,都具有商品属性。但必须明确,这些产品本质上都不是商品,而是带有商品属性的精神产品。因为,首先,艺术生产不同于物质生产,虽然在客观上也有为交换而生产的一面,但从根本上说,它是作家、艺术家充满激情和独特人生体验的精神创造,是艺术家本质力量的生动体现;其次,作为具有意识形态色彩的文艺产品,其使用价值的实现与消费者的主观因素关系极大;再次,文艺产品不可能像物质产品那样精确地计算社会必要劳动时间,因而,大部分文艺产品的价格不能反映文艺本身的实在价值。此外,从实践的情况来看,即使在文艺经济市场十分成熟的国家,许多文艺产品也难以真正、普遍地实现等价交换。因此,在我国目前的历史条件下,并非一切文艺产品都具有商品属性,同时,即使是具有商品属性的,也还同时具有不同于物质产品的非商品性。文艺产品的本质属性,一是意识形态属性,二是审美属性。前者是决定它是否具有社会主义性质,后者决定着它与其他文化产品的本质区别。

基于此,一方面,我们不能无视市场的存在,进入市场的文艺产品必须遵循市场经济的规律,努力适应市场的需求,另一方面,又要充分尊重艺术生产的规律,而不能不加区别地、盲目地把一切文艺产品全部推向市场,完全根据市场法则来决定其兴衰。

江泽民指出,精神文明建设要为物质文明建设提供精神动力和智力支持。文艺当然是靠高质量、高品位的好作品来提供这种动力和支持。文艺的主要职能不是为经济建设提供资金,而是为改革开放和现代化建设提供思想保障、文化氛围。为达到这个目的,目前的当务之急,一是有关部门应根据不同的文艺类型(高雅或通俗、品悟陶冶或消遣娱乐;非赢利性或赢利性等等),制定相应的文化经济政策,并通过适当而必要的政策倾斜,以扶持高雅的、非赢利性的文艺事业,使之得以生存和发展;二是各种类型的文艺生产部门,也应该逐步使自身传统的运作方式朝着市场经济的运作方式转变,自觉地、有意识地注意文化市场的需求,以满足人民群众日益增长的文化生活需求。

四、关于文艺立法和文化经济政策

市场经济的发展,改变了包括文艺在内的文化事业由国家统包统管的旧的体制,打破了旧的格局,给文艺注入了新的活力,促进了文艺的繁荣。但它同时也产生了两个负面效应:一是公益性文艺事业,代表国家整体艺术水平和从事传统艺术表演的文艺团体处境艰难;二是文化市场比较混乱。这种状况,决定了当前解决文艺发展问题的重点,应是大力扶持公益文化事业和有较好的社会效益但缺乏市场竞争力的文艺,国家要运用法律的、经济的等手段,加强对文化市场的管理和调控。

第一，应当有健全的文艺立法，并要采取强有力的措施予以贯彻执行。国家应明文规定对反对和违背四项基本原则、严重危害人类生存和人们身心健康的文艺产品要坚决禁止出版和传播，对违法的要给予严厉的打击和制裁。要把文艺的管理纳入法制的轨道。这方面，近年来各级党委、政府和有关部门已做了大量工作，制定了不少文化法规，也在实践中发挥了一定的作用。但总起来看，文艺立法还有待进一步健全和完善，有法不依、执法不严、互相推诿、不负责任的现象还相当严重，文化市场管理中的漏洞和死角还很多，这种状况亟待改变。

第二，党和政府及各有关部门应大力扶持严肃艺术和高雅艺术，特别是要通过制定相应的文化经济政策和文艺奖励政策，对文艺的创作、生产和经营实行有力的调控和引导。比如，政府及其有关主管部门可以筹集一定数额的资金直接投入文艺的创作生产，以集中有限的财力扶持重点；还可以通过多种途径，建立各种文艺基金，为重点文艺创作提供固定的补贴财源。也可以采取通过银行对有偿还能力的重点文艺创作项目提供低息或政府贴息贷款、国家按照不同的艺术门类制定并实行差别税率等间接投入的方法，对主旋律作品和高雅文艺的创作、生产予以扶持。同时，对为社会主义精神文明建设作出突出贡献、产生巨大社会效益的文艺精品和杰出文艺人才，应依照有关的奖励政策给予重奖，以促进更多的优秀作品和文艺人才不断涌现。此外，政府还可以引导社会各方面赞助高雅文艺，打破国家独办高雅文艺事业的格局，逐步形成国家、集体、个人共同兴办高雅文化艺术事业的新格局。

第三，要充分发挥文艺评论的作用。文艺评论既是一门科学，又是一种价值倾向性很强的引导手段。它一方面帮助欣赏者正确理解文艺作品，提高其审美趣味和鉴赏水平，另一方面，它又是对创作者的一种必要的反馈调节机制，它以先进的、合乎广大人民利益的价值观为导向，帮助作者总结创作上的得与失，引导创作者创作出无愧于时代、无愧于人民的好作品。因此，要大力发挥它在文艺实践中的引导作用。

总之，文艺事业的发展，离不开正确的舆论导向，离不开经济的支持，离不开科学的文艺批评，更离不开正确的文艺路线、方针、政策的指导、扶持。有关文艺的政治方针和经济政策，是构成党和国家文艺方针政策的两翼,是党和国家的路线、方针、政策体系的重要组成部分。从政治的角度看,我们已有"二为"方向、"双百"方针和弘扬主旋律、提倡多样化等方针政策的规范,也有了江泽民代表党中央提出的"提倡、允许、限制、反对"的原则;从经济对策的角度看,中央和省里虽然已制定了一些文化经济政策,采取了一些调控措施,但仍需进一步配套和完善。从有利于形成文艺事业的良性循环机制考虑,国家对文艺事业的不同艺术品种的创作生产与经营,则宜采取区别对待、分别决策、重点倾斜、分类管理的原则,逐步通过立法的手段使之规范化、法制化。若如此,社会主义文艺事业就有望真正步入良性循环的轨道,更加繁荣昌盛。

1995 年 6 月 1 日初稿　10 月 14 日二稿
《文化转型与文艺》 华中理工大学出版社　1996 年出版

强化精品意识　突出地域特色
提高创作水平

　　近几年来我省电视剧创作与生产有了一定的发展,创作和生产出了一些好作品,有些作品在全国性的权威评奖中获奖,如电视剧《儒商》获中宣部 1993 年度"五个一工程"入选作品奖,《还是汉正街》获中宣部 1992 年度"五个一工程"提名奖,戏曲电视片《神算计》《法门众生相》等获广电部戏曲片"飞天奖",还有一些电视剧作品在省内外获奖。同时还涌现了一批乐于献身电视剧艺术创作的优秀人才。但从总体状况看,我省电视剧的创作、生产还不能适应物质文明建设和精神文明建设发展的形势,还不能满足时代和人民群众的需求,特别是具有强烈的时代精神、浓郁的生活气息和地域文化特色、能扣动亿万观众心弦的电视剧力作太少,这与我省在全国所应处的地位不大相称。这些年,我因工作关系,阅读了不少我省作者创作的电视剧本,也看了一些我省拍摄的电视剧。其中当然也有些好的或比较好的作品,但就总体水平看,有待进一步提高。如何进一步繁荣电视剧创作,改变我省电视剧创作滞后的状况,这是我们时常议论和思考的问题。针对这个问题,我想说几点不成熟的看法。

　　一要抓好剧本创作,提高电视剧作品的思想内涵和艺术品位

　　剧本是一剧之本,在很大程度上影响着电视剧作品的思想深度和艺术品位。剧本的优劣是由多种因素决定的。其中最主要的我觉得有如下几点:一是生活的积累,二是思想内涵的开掘,三是人物形象的塑造和情节、细节、语言的提炼、展现。丰富的生活积累是写好剧本的基础、前提。厚积薄发、驾轻就熟,写出来的东西才不会无病呻吟、生编硬造,才厚实、顺畅,绘声、绘形、绘色,给人如临其境、如历其事、如见其人之感。可有些电视剧剧本却不是这样,读来如堕五里云雾之中。这些剧本或者抓住一鳞半爪的生活素材,加以扩展生发,显得单薄空洞;或者随心所欲地编造,弄出些与实

际生活不大相干的"生活"故事来。这样的作品不但引不起读者、观众的共鸣,反而会倒他们的胃口。

当然,有了丰富的生活积累不一定就能写出震撼人心的作品。这里的关键是善于对生活素材的丰富思想内涵进行深层开掘,选取具有新意的最佳切入视角。一部高层次的作品,除了给读者、观众以认识和娱乐的功用之外,还得给他们以有益的启迪和教益,要"以高尚的精神塑造人,以优秀的作品鼓舞人"。这就要求我们的作品一定要表现一些能触动社会和人生敏感神经、并能催人奋进的思想内涵,给人以教育和鼓舞。这不但是弘扬主旋律、实现作品的功利目的的需要,也是作品取舍和扭结生活素材的需要,成功的电视剧作品在这方面都是十分下功夫的。《渴望》《篱笆·女人和狗》、《情满珠江》《北京人在纽约》《中国商人》等优秀电视剧作品无一不是如此。这无疑是与这些电视剧的剧本在这方面下了功夫分不开的。相比较而言,我省近年来拍的一些电视剧作品,其思想内涵的开掘则比较浅,给读者和观众心灵的震撼力不是很大。这自然也与这些电视剧剧本产生的基础有很大关系。

人物形象塑造得成功与否,对电视剧的质量影响很大。对电视连续剧、尤其是长篇电视连续剧来讲,要塑造好人物形象,我觉得最重要的是要把握和展示好人物、特别是剧中主要人物的性格和命运。首先是要把握好人物的性格和命运。在构思阶段,编剧或导演对剧中人物、特别是主要人物的性格特征、命运发展史要大体做到心中有数。其次是要调动一切艺术手段,把人物的性格特征和命运发展史表现好,展示好,努力造成使读者和观众如见其人、如闻其声、为人物的命运揪心的艺术效果;人物的言行、特别是主要人物的言行要为表现其性格和命运服务,不能为编故事而编故事,为写事写景而写事写景,忘了塑造人物形象、展现人物性格和命运这一根本任务。但在创作实践中这种只注意编故事、叙事写景,忽视塑造人物形象的现象并不少见,特别是一些新涉足电视剧创作的业余作者,这方面的问题更突出一些。这些年,电视剧剧本创作园地成了一块热土,许多业余作者都想到这里一试身手。仅近两年送到我们文艺处的电视剧剧本就多达数十部,这对繁荣我省的电视剧创作无疑是好事,但另一方面,又的确存在剧本质量不高、品位较低的问题。因此,亟待引起我省电视剧有关主管部门、制作单位和广大电视剧工作者的重视,应采取有效措施,努力改变这种现状。

二要高标准、严要求,大力强化精品意识,在提高电视剧作品的思想性、艺术性和可观赏性上下功夫

电视剧是综合艺术。一部优秀电视剧的诞生,不但需要编剧提供一个思想、艺术品位较高的剧本作基础,还需要导演、演员、摄像、灯光、舞美、音乐和剪辑师等的共同努力,要调动一切艺术手段,使剧本在二度创作中得到完美的表现和升华。这就要求剧组全体工作人员心往一处想,劲往一处使,共同为创造出高质量的电视剧作品而竭尽全力。当然,仅有一股精神、一股干劲还是不够的,剧组成员、特别是主创人员必须要有较高的艺术修养和造诣,对剧中表现的生活、人物要比较熟悉并有较深的体验,还要有必要的资金和设备作保证。但有没有这股精神和干劲是大不一样的。有这股精神和干劲,大家的思想和行动就会比较一致,就会乐于为艺术奉献,勇于探索、甘于吃苦、一丝不苟、精益求精,为出高质量的电视剧精品而共同努力,不达目标不罢休;就能充分发挥各自的创造才能,使剧本的思想、艺术意蕴得到充分的展现,创造出高质量的艺术佳品。缺乏这种精神和干劲,求名求利,甚至争名夺利,就形不成乐于为艺术奉献的创作集体,就必然影响作品的艺术质量。比如说经费使用问题,现在拍一集电视剧动辄十万元、十几万元,这些钱应该说数量不少,但实际直接用在电视剧作品创作摄制上的资金并不很多,绝大部分资金是用在吃住和支付劳务酬金、各种补助费上了。这不是说不该支付这些费用,而是说在资金分配比例上不同的创作集体就会有不同的算法。一个艺术事业心强的创作集体,可能会想方设法从吃、住、行乃至发放劳务费、补助费等方面节省下每一元钱直接用在作品的创作摄制上,尽力保证艺术创作经费的需要,决不以牺牲作品的艺术质量来节省开支。一个求名求利、甚至争名夺利的创作集体,其算法可能恰好相反,他们往往对作品艺术创作和生产的直接投入经费压了又压,有的为了多省点钱下来,甚至不惜砍戏、砍景、租用低档设备,以牺牲作品的艺术质量为代价,说白了无非是有关人员想多得点眼前利益。这当然搞不出高质量的电视剧作品。有些电视剧作品艺术质量上不去,还因为创作者在提高作品的艺术性和观赏性上下功夫不够,创作者对自身的艺术鉴赏喜好考虑较多,对观众的艺术鉴赏喜好考虑较少,拍出来的作品与广大观众的观

赏兴趣差距较大。因此,必须大力强化精品意识,增强献身艺术的自觉性和责任感,认真研究广大观众健康的观赏习惯,在弘扬主旋律的前提下,努力提高作品的艺术性和观赏性。我们的电视剧制作单位的领导和广大电视剧艺术工作者要树立这样一种雄心:越是弘扬主旋律的作品,越是要下决心把它搞成最好看最耐看的作品。大多数人树立了这样的雄心,并坚持不懈地去做,我省的电视剧艺术精品才有望不断涌现出来。

三要加强组织协调工作,做好题材规划,突出湖北地域文化特色

近几年来,从一些电视剧创作搞得比较好的兄弟省市来看,做好这方面的工作至关重要。我们湖北值得写的题材很多,地域文化资源十分丰富,我们不但拥有辉煌灿烂的荆楚文化遗产、巴楚文化资源可供开掘,还涌现出了众多的文化名人、革命豪杰,历史上发生过许多可歌可泣的动人故事;今天,我们湖北又是国家经济建设的重地,国家的骨干企业、重点工程在全省各地星罗棋布,广大人民群众正在从事现代化建设的伟大事业,英雄人物层出不穷。这些给我们的电视剧艺术工作者提供了广阔的用武之地。近年来,我省电视剧艺术工作者在发掘具有湖北地域文化特色的题材方面做了不少工作,也取得了一些成绩。比如我们拍的《汉正街》《还是汉正街》和正在筹拍的《新汉正街》,在开掘汉味题材方面就是比较成功的尝试。在反映我省革命领袖人物和英烈题材方面我们也创作出了不少作品。但总的说来还布不成阵势,还未形成集团冲锋的力量,还没有很有影响、很有震撼力的集束系列电视剧作品推向全国。我们的电视剧创作还基本上停留在零星分散的个体作业、各自为政的阶段,题材的选择,形式的确定,风格的表现,随意性较大,语言也缺乏鲜明的地域文化特色,还没有树立集团作战的意识。这种状况亟待改变。这不是要取消电视剧创作的个体作业,而是要对个体作业式的创作活动加以引导和组织。一方面有关主管部门和电视剧制作单位要加强组织协调工作,定期作好题材规划,并量力而行,在形式上采取大、中、小型作品并举的方针,切实保证创作规划的顺利实施,这样每年就能有计划地推出一批反映湖北的优势题材、突出湖北地域文化特色的系列电视剧作品。另一方面剧作者也要自觉地增强集团作战意识,尽量少搞那些通用题材,把主要精力用在创作反映湖北独有的优势题材上,并在突出湖北的地域文化特色上狠下功夫。这样坚持数年,我相信一定能收到更好

的效果。

　　要提高我省电视剧创作的水平,除了上述三点之外,优秀创作人才的发现和培养,必要的创作资金的筹集,是两个至关重要的问题,这需要有关主管部门和社会各界的共同努力。这几方面的工作做好了,我想我省的电视剧创作可能会出现一个新的局面。

1994 年 12 月 21 日　于武昌

《声屏瞭望》 1995 年第 1 期

对经济体制转换时期
通俗文学发展的一些思考

近几年来通俗文学热仍然势头未减，不仅通俗文学报刊时有增加，而且一些纯文学刊物，乃至文艺理论报刊，也相继改旗易帜，纷纷向通俗文学靠拢。可以说通俗文学是近几年文学界最活跃、最引人注目，同时也是遭受社会舆论贬斥最多的一个文学门类。虽然通俗文学取得了有目共睹的成绩，以一批又一批既具有一定的思想性，又具有较强的可读性和娱乐性的作品，赢得了众多的读者，满足了多层次人民群众对文化生活的需求，并且以其可观的经济效益，保证了自身的生存和发展，促进了文学创作的繁荣，但也要清醒地看到，伴随着通俗文学热的升温，也引发了许多发人深思的问题，不少作者、编者和出版者为追求更大的经济效益，不惜迎合部分读者的低级趣味，创作、编辑和出版过程中的"媚俗"倾向有的还相当严重，更有甚者，则打着搞通俗文学的旗号，贩卖抢劫、凶杀、色情、卖淫、贩毒、吸毒等低级庸俗、淫秽下流的货色，造成了很不好的社会影响。这些精神垃圾严重败坏了通俗文学的声誉。

因此，认真总结通俗文学创作的成败得失，汲取以往的经验教训，寻找一条在经济体制转换形势下适合自身健康发展的道路，已成为通俗文学所面临的一个亟待解决的课题。为了求得对这个问题的一些理性的认识，下面我想谈三点不成熟的看法。

一、反思历史，研究现状，认真寻找通俗文学的立足点，真正确立通俗文学在整个文学大家庭中的地位、价值、功能，这是通俗文学得以健康发展的前提。

长期以来，关于通俗文学在文学大家庭中的地位、价值、功能也就是"立足点"的问题一直没有得到很好解决。近几年来，尽管通俗文学以其旺盛的生命力和广泛的读者群在文学百花园中争得了一席之地，文学界部分人对通俗文学的反感情绪、排斥倾向有所缓解,但凭心而论,通俗文学的地位仍然不高,其作品很难在权威性的文学评奖中获奖,通俗文学作家也很难得到文学界和社会的普遍重视,视通俗文学为低级的、等而下之的文学品类的社会偏见仍然有很大市场。这一方面固然是由通俗文学作品泥沙俱下、粗制滥造、佳品力作甚少等自身缺陷所致,另一方面则是因蔑视、排斥通俗文学的世俗偏见造成的。这种观念严重阻碍着通俗文学的发展。其实,无论从历史上看,还是从现实来看,都可得出这样一个结论:一部中国文学史,就是一部高雅文学和通俗文学相分相争、并进共荣的历史。从中国古代小说创作发展状况来看,分为文言小说和白话小说两大类。前者由于给大众设置了语言障碍,难于为大众所接受,属非通俗小说;后者则是用白话写给大众读的,属通俗小说。就其创作成就来讲,《水浒传》《三国演义》等通俗小说名著的艺术成就远远高出文言小说作品。很显然,写中国古代文学史不写《水浒传》《三国演义》等通俗小说名著是不可思议的。从中国当代小说创作发展的状况看,赵树理等通俗小说大家的作品在中国当代文学史上同样占有很高的地位。

就整体而言,高雅文学与通俗文学代表了我国文学的两个不同层面:高雅文学偏重于审美,着眼于提高,具有较高的思想价值、艺术价值和学术价值,是我国文学的主体和标志,代表我国文学的发展水准。而通俗文学则偏重于娱乐,着眼于普及,显示我国文学的普遍水平。两种文学各有分工,形成不同特点,承担不同任务,不能顾此失彼,更不能抬此压彼。没有着眼于探索提高的高雅文学作先导,通俗文学就失去了奋斗目标,难于进一步提高,文学事业就无法向前发展;没有着眼于普及的通俗文学,就难以体现我国整体的文学积累,旨在提高的高雅文学就会失去坚实基础;两者相辅相成,缺一不可。通俗文学不仅能为我国文学提供厚实的文化积累,推进高雅文学的进一步发展,而且还能够在提高大众普遍的鉴赏能力的同时,促进全民族整体文化素质的提高。因此,通俗文学在文学园地中的地位、价值、功能是不容抹杀的。确认了这一点,通俗文学才能在文学百花园中找准自己的位置,更健康地向前发展。

二、加强通俗文学理论研究与理论建设,认真总结通俗文学创作的规律和得失,进一步明确生存方式、发展战略,切实加强对创作的引导和指导,是通俗文学健康发展的重要条件。

就现阶段来看，通俗文学的理论研究大大滞后于通俗文学的创作实践。一方面对通俗文学发生、发展、生存的根本依据及创作基本规律缺乏深入系统的研究和明晰科学的认识。另一方面一些好的、比较好的作品没能得到及时的评介、推荐和传扬。与此相反，一些不健康的错误的文学倾向及作品也没有得到及时的批评、制止，以致于商品化、庸俗化的思潮泛滥成灾。这对通俗文学的健康发展极为不利。

加强通俗文学理论建设，目前最紧迫的有这样两项工作：一是关于通俗文学的基本理论研究。它包括从理论上寻找通俗文学发展、生存的根本依据和基本方式；包括对通俗文学的性质、特征及种类的研究；还包括对高雅文学、通俗文学两种不同类型的文学异同方面的研究等等。二是关于作家与作品的评论和研究。它包括对作家队伍的现状、素质、创作潜力等的分析；包括对具体作品的评论和整体发展状况及趋势的综合研究，同时，还应包括对于通俗文学发展史的史论性研究等等。

当前，尤其需要文学评论界来总结与评介新时期通俗文学发展的成败得失、功过是非，以利于通俗文学沿着更明确、更高尚的目标走向更大的繁荣和发展。

三、强化精品意识，不断开拓创新，大力提高作品的质量，努力创造自己的"名优特"产品，是确保通俗文学健康发展的关键。

精神产品同物质产品一样，受不受顾客欢迎，能不能畅销不衰，关键看产品的质量。通俗文学要保持经久不衰的艺术生命力，征服更多的读者，必须切实强化精品意识，把提高作品的思想、艺术质量摆在首位。这既是市场经济条件下广大读者的强烈呼声，也是通俗文学进一步适应新的形势，求得更大的繁荣和发展的需要。

今天，通俗文学的发展遇到了前所未有的有利条件：一是从中央到地方都强调要弘扬民族优秀传统文化，这一总体背景有利于督促我们的作者和编者以更积极的态度来继承、发扬传统通俗文学中具有现代意义的东西，以丰富通俗文学的创作营养，提高其创作水平；二是当今西方图书市场引人注目的畅销书现象也给我们的作者、编者以新的刺激和启迪，我们可以比本世纪初更清醒的态度从这些畅销书中吸取有益的经验，作为发展社会主义通俗文学的参照；三是，半个多世纪以来的革命的大众主流意识文学和近几年来的探索文学积累的丰富创作经验，也为当代通俗文学创作提供了有益的思想和艺术营养。除了这些有利条件之外，更重要的是通俗文学创作还必须深深扎根在人民生活的沃土之中。那种脱离人民生活的土壤，靠想象和推理编造、甚至胡编滥造的"作品"是谈不上艺术质量的。因此，通俗文学的创作要切实在提高作品的生活含量和思想内涵上下功夫，要力求通过引人入胜的传奇故事、有血有肉的传奇人物和活泼生动、通俗质朴的语言，表现沸腾的人民生活气息和跳动的时代脉搏，反映人民的呼声、愿望和追求，使读者在娱乐之中受到鼓舞和启迪。我们的作者和编者能自觉地在这些方面下一番功夫，能从这些有利条件中吸取有益的创作营养，我相信通俗文学创作完全有可能开辟出一片新的天地，推出更多更好的作品，保持其旺盛的艺术生命力。

《通俗文学评论》 1995 年第 3 期

繁荣文艺创作　弘扬民族精神

　　党的十六大胜利闭幕了！这是一个团结的大会,胜利的大会,是动员全党和全国人民与时俱进,继往开来,团结奋斗,共创美好未来的空前盛会。江泽民同志所作的十六大报告,高屋建瓴,统揽全局,主题鲜明,重点突出,思想深邃,文风朴实,是指引全党和全国人民在新世纪全面建设小康社会,开创有中国特色社会主义事业新局面的政治宣言和行动纲领,也是指引我们做好文艺工作,争取更大繁荣的有力法宝。

　　贯穿报告始终的一条红线是坚持贯彻"三个代表"重要思想,这是报告的灵魂。报告总结的我们党13年来取得的十条基本经验,联系党成立以来的历史经验,归结起来就是我们党必须始终坚持贯彻"三个代表"重要思想。报告阐明的"四个必须",又是在新形势下继续贯彻"三个代表"重要思想,开创中国特色社会主义事业新局面的根本要求。我们学习领会十六大精神,关键就是要深刻理解和牢记这些基本经验和根本要求,并用以指导自己的工作和言行,做"三个代表"的实践者和带头人,为实现党的宏伟目标而努力奋斗。

　　我们文艺工作者,岗位在思想文化战线上。江泽民在报告中指出,全面建设小康社会,必须大力发展社会主义文化,建设社会主义精神文明。要牢牢地把握先进文化的前进方向;要把弘扬和培育民族精神作为文化建设极为重要的任务,使全体人民始终保持昂扬向上的精神状态。这既是党中央对广大思想文化工作者发出的号召,也是我们文艺工作者义不容辞的光荣任务和责任。

　　民族精神是一个民族赖以生存和发展的精神支撑。一个民族,如果没有体现自己强大凝聚力和生命力的民族精神的支撑,这个民族就失去了自己的精神支柱,就经不起风浪的考验。而民族精神的形成,则要靠每个对本民族有责任感有爱心的人,尤其是这类从事精神产品生产的人的培育和创造。在这方面我们文艺工作者负有更多的责任。

要履行好这方面的职责,最重要的就是要坚持以"三个代表"重要思想作指导,牢牢把握先进文化的前进方向,继续在坚持文艺的"二为"方向和"双百"方针,弘扬主旋律,提倡多样化,繁荣创作,以高尚的精神塑造人,以优秀的作品鼓舞人等方面下功夫。

一是文艺工作和文艺创作中始终要坚持把社会效益放在首位,在此前提下努力实现经济效益和社会效益的统一。过去十多年来,我们省文联无论是在抓文艺创作、文艺活动和开展文艺评奖中,还是在主办文艺报刊中,始终是坚持这样做的,推出了一批又一批既有较高思想性又有一定艺术性的优秀作品和"德艺双馨"的人才,涌现了不少先进典型。这些优秀作品、人才和先进典型,在促进创作繁荣、文艺人才成长和文艺产业发展等方面都发挥了较好的导向作用。今后,要进一步发扬成绩,克服不足,开拓创新,把这方面的工作做得更好。

二要进一步坚持深入生活、深入群众、深入改革开放和现代化建设第一线,汲取丰富的思想创作营养,提高文艺工作者的素质和文艺创作、文艺工作的水平。要努力表现和反映火热现实生活中涌现的体现爱国主义、集体主义、社会主义思想和改革开放、开拓创新、民族团结、社会进步精神的新人物、新事物和新风貌,用健康有益的精神食粮,满足人民群众日益增长的文化需求,自觉为促进社会主义现代化建设和精神文明建设服务。

三要继续强化精品意识。文艺精品、力作,是弘扬和培育民族精神最有效的载体,也是衡量优秀文艺人才最重要的标志。要采取有效措施,组织和鼓励文艺家尽最大的努力,创作和生产出更多具有深厚民族文化底蕴、闪耀着时代精神光芒的文艺精品力作,为建设先进文化,弘扬民族精神,培养"四有"新人,开创有中国特色社会主义事业新局面提供强大的精神动力和智力支持。

四要用科学的态度对待民族传统文化和外来文化。对民族传统文化,我们要取其精华,去其糟粕,很好地继承这份珍贵的文化遗产。我们还要认真研究和借鉴世界各国的文明成果,从中汲取营养,为我所用,发展自己。要大力开展文化交流工作。通过文化交流,把世界各国优秀的文化成果引进来,以开阔我们的视野,丰富活跃我们的文艺园地,同时,也把我们的优秀文艺作品和人才及其负载的民族精神推介出去,以提高和扩大其影响力。

五要积极开展文艺理论研究和文艺评论工作,大力加强对文艺创作和文艺鉴赏的指导和引导。文艺创作的繁荣和发展,广大人民群众文艺鉴赏水平的提高,离不开文艺理论的指导、文艺评论的引导和促进。要适应时代发展,结合实践要求,努力加强文艺理论研究,积极开展文艺评论,大力推介宣传优秀作品、优秀人才,发展先进文化,旗帜鲜明地批评不健康、甚至错误的文艺作品和创作倾向,坚决抵制和批判腐朽文化,以帮助文艺工作者、广大人民群众提高创作和鉴赏水平,促进社会主义文艺事业的繁荣。

总之,只要我们坚持在工作中自觉地贯彻和实践"三个代表"重要思想,牢牢把握中国先进文化的前进方向,把弘扬和培育民族精神作为文艺创作的极为重要的任务,与时俱进,大胆创新,努力为广大文艺家和文艺工作者营造良好的创作和工作氛围,切实把多出优秀作品和人才的中心任务抓好抓落实,就一定能为繁荣文艺事业,弘扬民族精神,建设有中国特色社会主义文化,实现中华民族的伟大复兴,做出自己的贡献。

2002 年 11 月 15 日　于东湖之滨
《湖北文艺界》　2002 年第 6 期

高扬旗帜　铸造灵魂　力创精品

——重学习近平《在文艺工作座谈会上的讲话》浅见

习近平《在文艺工作座谈会上的讲话》(下文简称《讲话》)继承、丰富、发展了马克思列宁主义文艺理论和毛泽东文艺思想,展现了中国特色社会主义文艺理论的新成果、新形态,有力地推动了马克思主义文艺理论中国化的发展进程。《讲话》紧密联系古今中外文艺创作和文艺思潮发展演变的实际,生动精辟地阐明了中国特色社会主义文艺理论和文艺创作的精髓、灵魂及其所应遵循的基本原则,指明了广大文艺工作者必须肩负的神圣使命和天职,是促进有中国特色社会主义文艺事业更快更健康繁荣发展、加快宏大的德艺双馨文艺人才队伍成长壮大的新的纲领性文献。

高扬社会主义核心价值观的旗帜
做以文艺铸造人类灵魂的工程师

习近平在《讲话》中号召:"广大文艺工作者要高扬社会主义核心价值观的旗帜,充分认识肩上的责任,把社会主义核心价值观生动活泼、活灵活现地体现在文艺创作之中,用栩栩如生的作品形象告诉人们什么是应该肯定和赞扬的,什么是必须反对和否定的,做到春风化雨、润物无声。"(见《习近平总书记在文艺工作座谈会上的重要讲话·学习读本》第 26 页。后文引文均引自该书)这既是党中央和习总书记对广大文艺工作者的高度信任和殷切期望,也是对文艺在社会主义精神文明建设和物质文明建设中的独特重要作用的充分肯定。文艺工作必须肩负起这个重任,发挥好文艺在两个文明建设中的独特作用,必须更认真、深入地学习《讲话》,吃透精神,把握精髓,并用以指导自己的文艺工作和文艺创作实践。

《讲话》指出:"核心价值观是一个民族赖以维系的精神纽带,是一个国家共同的思想道德基础。"

中华民族在几千年的长期实践中,培育和形成了独特的思想理念和道德规范,有爱祖国、崇仁爱、重民本、守诚信、讲辩证、尚和合、求大同等思想,有自强不息、勤劳节俭、敬业乐群、扶正扬善、扶危济困、见义勇为、孝老爱亲等传统美德。这些就是中华民族数千年来一脉相承的精神追求、精神特质、精神脉络、核心价值观。

改革开放以来,我国经济快速发展,现代化建设取得骄人的成就,人民生活水平提高也很快。同时,我国社会正处在思想大活跃、观念大碰撞、文化大交融的时代,也出现了不少问题,其中,较突出的一个问题就是一些人价值观缺失,观念没有善恶,行为没有底线,什么违反党纪国法的事情都敢干,什么缺德的勾当都敢做,这方面的问题如果得不到有效解决,改革开放和社会主义现代化建设事业就很难顺利向前推进。

党的十八大从国家、社会、公民三个层面提出"富强、民主、文明、和谐,自由、平等、公正、法制,爱国、敬业、诚信、友善"的社会主义核心价值观。《讲话》强调指出:"我们要在全社会大力弘扬和践行社会主义核心价值观,使之像空气一样无处不在、无时不有,成为全体人民的共同价值追求,成为我们生而为中国人的独特精神支柱,成为百姓日用而不觉的行为准则。"这是党向全国人民发出的新号令,也是文艺工作者应自觉肩负的神圣使命。

爱国主义是中华民族精神的核心,也是社会主义核心价值观中最深层、最根本、最永恒的抒写主题。拥有家国情怀的作品,最能感召中华儿女团结奋斗。纵观我国文艺发展史,许多彪炳史册、激励后人的爱国篇章,穿越时空,历久弥新。无论是范仲淹的"先天下之忧而忧,后天下之乐而乐",还是林则徐的"苟利国家生死以,岂因祸福避趋之";无论是谭嗣同的"我自横刀向天笑,去留肝胆两昆仑",还是鲁迅的"寄意寒星荃不察,我以我血荐轩辕"……这些闪光的诗章,无不饱含爱国真情,深深地震撼着人们的心灵,鼓舞着一代代人的报国情怀。当代文艺更要把爱国主义作为文艺创作的主旋律,引导人民树立正确的历史观、民族观、国家观、文化观,增强做中国人的骨气和底气。

真、善、美不仅是文艺的永恒价值,也是社会主义核心价值观的重要内涵。艺术的最高境界是让人动情动心,让人们的灵魂经受洗礼,让人们在欣赏艺术的过程中发现自然的美、生活的美、心灵的美,使灵魂得到净化和升华。孟郊短短 30 字的《游子吟》之所以流传千年而不衰,就在于它生动地讴歌了伟大的母爱。文艺工作者要通过文艺作品传递真善美,传递向上向善的价值观,引导人们增强道德判断力和道德荣誉感,向往和追求讲道德、尊道德、守道德的生活。

优秀文艺作品承载着真善美。"真"是指文艺要按照艺术规律,将社会的真实、历史的真实及作家、艺术家的真诚体验表现出来。文艺的真实性,并非是照相式的对生活的简单照搬,也不是生硬的逻辑推理和科学判断,而是通过"真实地再现典型环境中的典型人物",表现对社会生活及其生存环境内蕴的认识和感悟。"善"是指文艺要反映出对生命的尊重、对理想道德的追求、对幸福生活的向往等,体现社会生活中的道德力量。文艺作品中缺少了善,其潜移默化的教育作用也无从谈起。"美"是指文艺要在真和善相统一的基础上,给人以精神上的愉悦,具体体现为语言美、形象美、精神美、意境美和形式美等。文艺的美是对现实美的升华,既有对人们情感愉悦、心境娱乐或生理快感的满足,也有对人们审美旨趣、精神境界、道德情怀的提升,从而发挥文艺重要的美学功能。"真"是文艺作品的生命之基,"善"是文艺作品的价值之本,"美"是文艺作品的魅力之源。其文艺价值的根基始终是真善美的有机统一。

文艺创作不仅要有当代火热现实生活作源泉,而且要有优秀文化传统的血脉。《讲话》强调:"中华优秀传统文化是中华民族的精神命脉,是涵养社会主义核心价值观的重要源泉,也是我们在世界文化激荡中站稳脚跟的坚实根基。"世界政治多极化、经济全球化、文化多元化的趋势深入发展,各种思想文化交流更加频繁,文化在综合国力竞争中的地位和作用更加凸显。这种形势下,民族的、本土的优秀文化传统具有不可替代的重要价值。但同时,也出现了一些否定中华文化、歪曲中国历史的言论和作品。这些乱象和不良创作倾向,无论是对文艺的繁荣发展,还是对民族文化的传承发扬,都十分有害。《讲话》一针见血地指出:"如果'以洋为尊'、'以洋为美'、'唯洋是从',把作品在国外获奖作为最高追求,跟在别人后面亦步亦趋、东施效颦,热衷于'去思想化'、'去价值化'、'去历史化'、'去中国化'、'去主流化'那一套,绝对是没有前途的!"文艺工作者必须坚守中华文化立场,坚定不移地在创作中贯注中华文化的强健血脉，延续好中华文化这个"根源"。

文艺在培育和弘扬社会主义核心价值观方面具有独特作用。文艺是铸造灵魂的工程。好的文艺作品应该像蓝天上的阳光、春季里的清风一样，能够启迪人们的思想、温润人的心灵、陶冶人生，能够扫除颓废萎靡之风。培育和弘扬社会主义核心价值观，是要做净化、升华人们心灵的工作。要让社会主义核心价值观成为人们普遍认同的价值追求、共同遵循的行为准则，关键是要入脑入心。优秀文艺作品所具有的强烈感染力和感召力，能有效地将传统核心价值观和社会主义核心价值观传递给受众，使受众在艺术的享受中、在审美的愉悦中，潜移默化地受到感染和熏陶。这已被歌曲《游击队歌》《我为祖国献石油》《年轻的朋友来相会》，歌剧《白毛女》《洪湖赤卫队》《江姐》，电影《永不消逝的电波》《霓虹灯下的哨兵》，现代京剧《智取威虎山》《红灯记》等一大批广受人民群众热烈欢迎、深深喜爱的经典文艺作品强大久远的艺术感染效应所印证。

文艺工作者是以文艺铸造人类灵魂的工程师。拿什么样的文艺作品去铸造人们的灵魂呢？清代戏曲理论家李渔说："凡作传世之文者，必先有可以传世之心。"文艺工作者不仅要在文艺创作上追求卓越，精益求精，而且要在思想道德修养上追求卓越，自律自省，更应在践行社会主义核心价值观上身体力行，努力做到言为士则、行为世范，坚决抵制文艺创作中出现的各种不良倾向，自觉高扬社会主义核心价值观的旗帜，实现核心价值观在自己的文艺创作生产中的全方位贯穿、深层次融入，通过艺术化的审美创造，使核心价值观化质成文、升华为美，转化为具体丰富的作品题材和内容，融化为生动感人、活灵活现的故事情节、细节和鲜活的绘声绘形绘色的语言，塑造出性格鲜明、情感真挚、心灵美好、血肉丰满的艺术典型形象，让人民群众在阅读、收听、观赏这样的优秀作品的文化熏陶中感悟、认同社会主流价值，彰显信仰之美，以增强社会主义核心价值观的吸引力和感召力，使他们的心灵得到净化和升华，从而鼓舞激励他们更自觉地为实现中华民族伟大复兴，建成富强、民主、文明、和谐、美丽的社会主义现代化强国的中国梦而努力奋斗。

自觉坚持以人民为中心的创作导向

文艺为什么人的问题,是一个根本的问题、原则的问题,涉及文艺的本质,是一切文艺创作思想和创作活动的前提和"总开关"。《讲话》指出:文艺必须坚持以人民为中心的创作导向。文艺作品优秀与平庸的差异、先进与落后的分野,都取决于对这一问题的认识和选择。文艺工作者任何时候都不能放弃对为什么人问题的严肃叩问。

坚持文艺的"二为"方向,是决定文艺事业前途命运的关键。《讲话》指出:"社会主义文艺,从本质上讲,就是人民的文艺。"我们党为适应不同历史时期的发展需要,对文艺工作都提出了新的战略指导思想,作出过新的决策部署。但一以贯之的,是始终都突出人民在社会主义文艺中的中心地位。毛泽东同志说:"我们的文学艺术都是为人民大众的。"邓小平说:"我们的文艺属于人民"。江泽民要求广大文艺工作者"在人民的历史创造中进行艺术的创造,在人民的进步中造就艺术的进步"。胡锦涛更旗帜鲜明地提出:"只有把人民放在心中最高位置,永远同人民在一起,坚持以人民为中心的创作导向,艺术之树才能常青。"这些具有战略指导意义的思想,彰显了中国化马克思主义文艺观的根本特征,反映了我们党领导文艺工作的优良传统,是繁荣发展社会主义文艺事业的根本遵循。

《讲话》指出:"人民既是历史的创造者、也是历史的见证者,既是历史的'剧中人'、也是历史的'剧作者'。"这一光辉论断,用通俗生动的比喻,深刻阐释了人民群众在社会历史发展中的主体地位,揭示了人民是历史的创造者、建设者、享有者和主人,是推动历史前进、汇聚历史沧桑变化的决定力量的真理。文艺来自于人民,既为人民所创造,也为满足人民审美需求而产生和发展。在中外文艺发展史上,不少有良知的文艺家表现出体恤民众、关怀民生的宝贵情怀,创作了很多表现普通劳动者生活、在人民中世代流传的经典作品。唐代诗圣杜甫的"三吏""三别",白居易的《卖炭翁》等佳作都为历代人民熟知和传诵。建国后,沿着文艺为人民服务的道路,文艺家们创作了大批抒写人民情怀,讴歌革命英雄主义精神和积极投身新中国建设的创业精神的优秀作品,《红岩》《红日》《红旗谱》等佳作给人们留下了无数普通革命者英勇斗争、流血牺牲、生动感人的英雄形象;《创业史》《平凡的世界》等力作则描绘了新中国广大普通劳动者的崭新生活和在时代巨变中的进取精神。奥斯特洛夫斯基的名著《钢铁是怎样炼成的》,精心塑造的保尔·柯察金这位既是伟大的无产阶级革命英雄,又是深深扎根在革命队伍中具有常人爱憎的普通一兵的平民英雄形象,深深感动和教育了一代又一代中国人。这些优秀作品成为激励鼓舞历代仁人志士和人民群众为改变国家、民族和自身命运而英勇奋斗的宝贵精神食粮,成为他们战胜敌人、克服困难、提升自我、改变命运的精神法宝。

文艺离不开人民生活的源头活水。《讲话》指出:"人民是文艺创作的源头活水,一旦离开人民,文艺就会变成无根的浮萍、无病的呻吟、无魂的躯壳。""人民生活是一切文学艺术取之不尽、用之不竭的创作源泉。"这一重要论断,既是对马克思列宁主义、毛泽东思想文艺观的核心原理的全面继承和发展,又深刻揭示出文艺与人民生活关系的本质,形象地表达了人民生活对于文艺创作的极端重要性。作家、艺术家既要懂得人民需要文艺,更要时刻铭记文艺需要人民。要切实解决好"为了谁、依靠谁、我是谁"这个重要问题,自觉地从广大人民群众从事现代化建设伟大实践的创造智慧、可贵精神和高尚情怀中汲取营养、产生灵感,从人民生活的无尽矿藏中挖掘创作素材,以不断满足人民群众的文化生活需求来确定自己工作、创作的目标和价值。这样,艺术生命才能生机勃勃、永不枯竭。

坚持以人民为中心的创作导向,必须重视人民在文艺的价值评判和审美活动中的主体地位。《讲话》指出,要把人民作为文艺审美的鉴赏家和评判者。作品好与不好、有没有价值,人民的评判始终是最高标准。文艺作品归根到底是写给广大人民群众读的、演给广大人民群众看的,文艺作品的思想成就和艺术成就,应交由人民来评定。人民群众喜欢不喜欢、接受不接受、认可不认可,决定作品的成败。古往今来,一切艺术经典和传世之作,都是因为人民群众的认可和喜爱,才最终获得自己的历史地位。要尊重群众的评判,接受人民的检验。这应是文艺家的根本立场,也应是评判文艺作品优劣的重要尺度。

坚持以人民为中心的创作导向,文艺必须热爱人民。《讲话》说,有没有感情,对谁有感情,决定着文艺创作的命运。如果不爱人民,那就谈不上为人民创作。鲁迅就对人民充满了热爱,表露他这一心迹最有名的诗句,就是

"横眉冷对千夫指,俯首甘为孺子牛"。只有热爱人民,才能满怀激情地调动所有艺术灵感去表现人民、服务人民。文艺工作者要想有成就,就必须自觉与人民同呼吸、共命运、心连心。

深入群众、深入生活,不仅要"身入",更要"心入""情入"。著名作家柳青辞去长安县委副书记职务,定居皇甫村 14 年,扎根群众中,做老百姓的忠实代言人,潜心创作出深受千百万读者欢迎和喜爱的名著《创业史》的经验,很值得今天的文艺家们学习借鉴。文艺工作者不能以自己的感受代替人民的感受,要像柳青那样,始终把人民的冷暖、人民的幸福放在心中,把人民的喜怒哀乐倾注在自己笔端,讴歌奋斗人生,刻画最美人物,坚定人们对美好生活的憧憬和信心,努力创作出受人民群众欢迎和喜爱的优秀作品。

努力创作无愧于伟大时代的优秀作品

《讲话》指出,优秀文艺作品反映着一个国家、一个民族的文化创造能力和水平。"衡量一个时代的文艺成就最终要看作品。推动文艺繁荣发展,最根本的是要创作生产出无愧于我们这个伟大民族、伟大时代的优秀文艺作品。""文艺工作者应该牢记,创作是自己的中心任务,作品是自己的立身之本,要静下心来、精益求精搞创作,把最好的精神食粮奉献给人民。"这些重要论述,深刻地阐明了推动文艺繁荣发展的工作着力点,指明了文艺工作和文艺工作者的中心任务。

创作生产优秀作品是文艺繁荣发展的根本,优秀文艺作品是作家、艺术家的立身之本。文艺家的中心任务是要静下心来,潜心创作,通过创造性、个性化的劳动,为人民踏踏实实地出作品、出精品。只有创作出社会承认、世人称道、后世流传的优秀作品,作家、艺术家才能获得应有的社会尊重,才能被历史铭记。一部中国文艺发展史充分证明了这个道理。屈原、司马迁、李白、杜甫、苏轼、关汉卿、曹雪芹等的名字之所以被人们传颂、为后世敬仰,就是由于创作出了流芳千古的优秀作品。

考察一个国家、一个民族一定时期的文化创造能力和文艺发展水平、繁荣程度,更要看作品。文艺作品的价值取向、审美质量、创新高度、形象塑造、语言表达,优秀作品产生的频率和规模及其在社会上、世界上的影响力,能充分反映出各自国家、民族文化创造的能力和水平。一部优秀文艺作品,就是民族文化创造智慧的结晶,也是民族文化创造能力的范本。阅读它,鉴赏它,就是在感受这个民族的文化创新能力和文化创造水平。评价一个国家、一个民族是否有充沛的文化创造力,主要看是否有源源不断的文艺创新和优秀文艺作品。

不仅如此,国家与民族的文化创造力和水平,还体现在名家大师群峰并起,不断为后世文艺创作提供典范样本;体现在经典名作交相辉映、各领风骚的生动格局上。这些名家大师及其经典作品,或树立标杆、建立法度,或引领风潮、开宗立派,或独辟蹊径、自成绝响,使得艺术园地花繁叶茂、争奇斗艳。苏轼的"大江东去浪淘尽"、柳永的"杨柳岸晓风残月",分别成为豪放派和婉约派的典型代表作。巴尔扎克的《人间喜剧》、列夫·托尔斯泰的《战争与和平》等,以深广视野、丰厚内容、鲜活的人物形象,把现实主义文学推向高峰。

就我国的传统戏曲来说,艺术大师梅兰芳将京剧艺术精华集于一身,创演了《贵妃醉酒》《霸王别姬》《洛神》《宇宙锋》等一大批经典剧目,发展并提高了京剧旦角的演唱和表演艺术,开创了旦角也可成为舞台第一主角的时代,形成了具有独特风格的表演艺术流派,对中国京剧艺术的发展起到了承前启后的作用。一出《天仙配》,使黄梅戏成为家喻户晓的曲调。《花木兰》《朝阳沟》唱遍大江南北,使豫剧大放光彩。

努力为人民创作思想性、艺术性和观赏性有机统一的优秀作品是作家、艺术家的天职。怎样的作品才是优秀作品呢?《讲话》指出,能"传播当代中国价值观念、体现中华文化精神、反映中国人审美追求,思想性、艺术性、观赏性有机统一",有筋骨、有道德、有温度,追求思想精深、艺术精湛、制作精良的作品都是优秀作品。优秀作品不拘于一格、不形于一态、不定于一尊,只要有正能量、有感染力,能温润心灵、启迪心智,传得开、留得下,为人民群众所喜爱,就是优秀作品。这些重要观点,既为检验每件文艺作品、考量评价每位作家、艺术家提供了标准,又为创作生产优秀作品提出了重要原则。

优秀作品应有筋骨、有道德、有温度,能承载起体现中华文化精神、传播中国价值观念、反映中国人的审美追求的重任。有筋骨,就是作品要表现崇高的理想信念、非凡胆识和浩然正气,用优秀作品挺起民族的脊梁。毛泽东同志高度赞扬鲁迅先生的骨头是最硬的,"是在文化战线上,代表全民族的大多数,向着敌人冲锋陷阵的最正确、最勇敢、最坚决、最忠实、最热忱的空前的民族英雄"。这种精神上的硬度和韧性,正是伟大作家、艺术家之所以伟大的根本所在,也是一切伟大作品之所以伟大的艺术特质。有道德,就是作品要承载和展现高尚的价值追求,传达积极健康的道德观念、激发人们的道德自觉,提升人们的道德水平。当今的优秀作品,应积极传播当代中国价值观念,激发人们自觉遵循道德标尺,把积极向上的精神追求和道德观念传递给人民。有温度,就是要努力体现人文关怀,以作品蕴含的情感热度提升人民社会生活的温度,给人以心灵的慰藉和精神的激励。优秀作品要在生动形象地呈现人民对美好生活的向往和劳动的艰辛同时,把中国人的审美追求反映出来,要歌颂大爱大美,传递人间真情,更好地温润人们的心灵,激发人们产生共鸣。

优秀作品应追求思想精深、艺术精湛、制作精良,力求做到思想性、艺术性、观赏性有机统一。思想精深在于作品具有深刻的洞察力和思想性,能深刻揭示社会的本质和发展趋势,深刻体现对人生理想和价值的崇高追求,站在思想和理想的高度,去理解现实、烛照现实、洞察人生,为人们正确认识社会和世界提供有益参考。艺术精湛体现在以审美的方式观照和反映生活、把握世界、传播思想,按照艺术规律精心塑造出富有个性又血肉丰满的艺术形象,使精深的思想如盐溶于水一样渗透进典型的艺术形象之中。制作精良体现在以严肃的艺术态度和严格的艺术标准,对作品的选材、构思、表达、语言等的每一个环节、情节、细节和每个角色、每句台词、每段旋律的精心设计演绎,用心打磨推敲上,是"讲究"而不是"将就",是精益求精而非粗制滥造。力求作品的思想性、艺术性和观赏性完美融合、和谐统一。

生活的丰富性、情感的复杂性、文化的多样性、文艺创作的差异性,决定了优秀作品既要有阳春白雪、也要有下里巴人,既要顶天立地、也要铺天盖地,以尽力满足不同层次和类型的读者观众听众的审美需求。

优秀作品不拘于一种风格。邓小平说:"雄伟和细腻,严肃和诙谐,抒情和哲理,只要能够使人们得到教育和启发,得到娱乐和美的享受,都应当在我们的文艺园地里占有自己的位置。"（《邓小平论文艺》第 6 页）文艺作品需要黄钟大吕的正大庄严来激励斗志，也需要浅吟低唱的舒缓伸展来安抚身心。以唐诗为例，既有《春江花月夜》的华丽典雅，也有《卖炭翁》的平易直白；既有"绿树村边合，青山郭外斜"的闲适安逸，也有"大漠孤烟直，长河落日圆"的苍茫廖廓。这些作品风格迥异，却各臻佳境，皆成文艺精品。

优秀作品并非只有一种样式。短章有清绝精悍之美，长篇有丰腴博大之雄。中国古典优秀作品的大花园中，既有唐宋八大家的散文，也有明清小说的"四大名著"。中国现代文学史上，鲁迅直逼人心的小说《狂人日记》堪为经典，曹禺思索复杂人性的话剧《雷雨》同样载入史册。

优秀作品也不囿于一种题材。文艺创作的题材无比广阔，历史与现实，过去与未来，古今中外之万事万物，无不可写。不仅可以描绘重大事件、风云人物、宏大场面，反映恢宏主题，记载时代风云，也可以小中见大，讲述凡人小事，记录身边感动，描绘细腻情感，开掘心灵世界，向"小题材"要"大作品"。鲁迅的《一件小事》，齐白石的虾蟹鱼虫、花鸟蔬果画作，都是这类作品的经典。齐白石笔下的墨虾，灵动鲜活，情态各异，寥寥数笔就勾勒出盎然的情趣，表达出对生灵之美、生活之美、自然之美的热爱。

力戒浮躁、志存高远、耐得寂寞、潜心创作，是作家、艺术家出力作、出精品的必经之路。改革开放以来，文艺家创作生产力获得了解放，涌现了大批脍炙人口的好作品。但相比数量的快速增长，作品的质量与人民群众的期待还有较大差距，既叫好又叫座的精品还不多，存在着有数量缺质量、有"高原"缺"高峰"的现象，存在着抄袭模仿、千篇一律，机械化生产、快餐式消费等问题。

要效法先贤，胸怀大志，走出名利，积极投身伟大时代这个最大舞台，生动书写中国人民的火热生活，为民族写史、为时代立传、为人民放歌，攀登艺术高峰，努力创作出更多振聋发聩、传之久远，又为人民所欢迎和喜爱的力作精品来。

对艺术要抱有敬畏之心。杜甫说，"文章千古事"。常香玉信奉和践行"戏比天大"。作家、艺术家应像他们那样，以赤子情怀对待艺术、对待作品、对待读者观众。敬畏艺术，就会把创作作为毕生专注的事业，排除一切干扰，以"语不惊人死不休"的精神对待文艺创作，用心用情用功地打磨作品，千锤百炼，使作品从形式到内容，从表象到精神都力臻完美，拿出最好的精神食粮奉献给人民。

把创新精神贯穿文艺创作生产的全过程，是促进创作繁荣、出力作精品的又一重要条件。"诗文随世运，无日不趋新"（赵翼）。文艺创作是观念和手段相结合、内容和形式相融合的深度创新，是各种艺术要素和技术要素的集成，是胸怀和创意的对接。这是一种带有强烈个人色彩的精神活动，艺术的无穷魅力存在于作品的新颖独特之中。自觉坚持探索创新，是作家、艺术家能取得非凡艺术成就、作出卓越贡献的一个重要原因。

自觉创新、大胆创新，是一切有作为的作家艺术家的共同特点。清代诗人郑板桥的书斋有副名联："删繁就简三秋树，领异标新二月花。"他主张诗要"自出手眼，自树脊骨"，反对雷同、沿袭。北宋文坛领袖人物苏轼不仅在诗、文、书、画方面开拓、创新，而且在词作方面另辟蹊径，开创了"豪放词"之先风。

造就大批德艺双馨的文艺名家，建设一支宏大的文艺人才队伍，是促进文艺创作持续繁荣，优秀作品源源涌现，推动文艺不断创新的根本保障。《讲话》指出："繁荣文艺创作、推动文艺创新，必须有大批德艺双馨的文艺名家。要把文艺队伍建设摆在更加突出的重要位置，努力造就一批有影响的各领域文艺领军人物，建设一支宏大的文艺人才队伍。"随着我国经济社会发展和人们思想文化素质提高，文艺创作已经进入空前大众化阶段。但在人民群众心目中，有影响力的代表性名家大师还不多。这种形势下，习总书记强调上述重要问题，抓住了根本，为促进文艺创作繁荣、加速文艺人才队伍建设提供了巨大的精神动力，指明了前进方向。

还要用全新的眼光看待新的文艺组织、文艺群体。近年来，民营文化工作室、民营文化经纪机构、网络文艺社群等新的文艺组织大量涌现，网络作家、签约作家、自由撰稿人、独立制片人、独立演员歌手、自由美术工作者等新文艺群体十分活跃。新情况新变化给文艺队伍建设提出了新课题。这些文艺群体数量巨大、年轻、有活力，他们中间蕴藏着巨大的创造能量，其中一些人很有可能成为未来文艺舞台的主角。因此，各有关主管部门要适应形势发展，解放思想、转变观念，以更开阔的胸襟、眼界，更创新的思路，把吸引团结新的文艺群体作为突破口，用全新的眼光和全新的政策、方法团结、吸引他们,引导吸收他们成为文艺人才队伍中的重要组成部分,成为繁荣社会主义文艺事业,源源不断地创作生产出文质兼美的优秀作品、为人民奉献优质精神食粮的生力军。

2017 年 10 月 2 日　于武昌东湖路翠柳街 1 号·景苏斋
《长江文艺评论》 2018 年第一期(02)摘要发表

附录

激情岁月　哲理人生
——邹明山诗集《人生进行曲》序(摘录)

张永健

鲁迅曾说:"艺术品其实是艺术家的思想与人格的表现。"

诗集《人生进行曲》是作者用质朴的诗行印在人生道路上的深深足迹。它清晰地勾划出了一个出身贫苦农家的有志少年是怎样成长为新中国的大学生、大学教师、文艺界负责人的生活道路和跋涉轨迹;也摄下了一位在党的阳光雨露滋润下成长起来的知识分子,在时代风雨中拼搏,在生活激流中航行的矫健身影。它让我们重温"开国大典"的喜悦,高唱"春天的故事"的赞歌,深感"走进新时代"历史使命的沉重……

钟嵘评陶渊明的诗时曾说:"每观其文,想其人德。"

邹明山同志与我曾先后是大学的同学和同事,现在省文联工作。他给我最深刻的印象是,有强烈的事业心和责任感,办事极其认真,待人热情诚挚,是一位值得信赖的朋友。他的诗集《人生进行曲》里既有对国家大事、世界大事的评述,也有对日常生活琐事的感悟;既有对领袖和英雄人物的颂扬,也有对平民百姓和亲人的爱怜;既有对祖国山川的歌咏,也有对社会人生的思考。这些诗都是真情的抒发,洋溢着昂扬奋发的激情,给人以奔向美好明天的精神力量,这是他人品与诗品的艺术结晶。

诗集中的扛鼎之作《人生进行曲》是一篇融哲学、人学、社会学、诗学于一体的,关于"人"的价值与意义的长篇抒情诗。长诗除序曲与尾声外,分为七章,逐章展示了"人"漫长而曲折的人生历程,其间充满了平坦与坎坷,欢乐与艰辛,幸福与灾难,善良与邪恶。由于人们各自的生活环境、人生目标的不同,因而各人的价值追求有别,建树迥异,——或为"国家之栋梁",或为"社会之蛀虫"……。长诗尾声所吟唱的"无限风光藏险峰／人生价值在拼搏"是贯穿全诗的主旋律,也是诗人所倡导并积极实践的为国为民的进取人生。这首关于"人"的富于哲理思考的长篇抒情诗,形象而充分地体现了作者的人生观、价值观、爱情观。由于诗人准确地把握了"人"成长的各个阶段不同的心理和生理特征,并且给予绘形绘色的诗意表现,更为突出的是,诗中还有大量的篇幅对古今中外的各种人在政治、经济、科学、文化各个领域的壮举与劣迹,进行了正反对举,警示人们善于辨别真假、善恶、美丑,因而全诗既能给人以理性的启示,又能给人感情的陶冶,还能给人以丰富的历史文化知识。这是一篇哲理性、知识性、抒情性与形象性合而为一的难得之作,对"人"作如此深入细致的、历史的、社会的、生理心理的、形象艺术的描述,就我的视域所见,可能是当今诗坛上不可多得的。

《晓山诗文萃》 中国文联出版社 2002 年 6 月第一版

华美辞采　高尚情操

——序邹明山文集《人间随感录》(摘录)

涂怀章

　　我读着邹明山先生的文集《人间随感录》,心潮激荡,脑海里不断浮现出那幅世界著名雕塑作品《思想者》。掩卷之后,我更强烈地感到,他就是高尚可亲的思想者,一位正直、严谨、热情的文艺理论家。

　　《人间随感录》所表达的思想,就是作者赴祖国各地和海外考察以及长期从事文艺领导工作实践中思索的结果。其间,对伟大祖国和英雄人民的深情与挚爱,对党的文艺路线、方针、政策的理解与阐释,对人文精神的认识与呼唤,对各种事物现象提出的见解与主张,都是社会主义精神文明建设和社会主义文艺建设的宝贵财富。

　　过去,我只领略过作者很多理论文章的精彩,此次阅读本书第一辑,才知道他的散文这么漂亮。写景状物,放言骋怀,情感浓郁,音调和谐,词采华茂。无论是航行在黄金水道——长江之上,游览苏、杭、沪等地的名胜,还是在大西北采风,或是在东南亚国家(或地区)访问,他都写出了融思想和艺术于一炉的美文。中山陵、灵谷寺、中华门、秦淮河、虎丘、苏州园林、大运河、六和塔、灵隐寺、鼓浪屿、天山、天池、赛里木湖、火焰山、葡萄沟等,以及启德机场,狮城诸景点,在他的笔下,都闪耀出美学与思想的光彩。他的描画始终是真切生动的,叙事达情,斐然成章。不仅善于抓取物象特征,随着感情的驰骋自如地绘写景致的变幻,同时显示了广博的知识面和深厚的人文学识功底,对每一处风土人情、地理习俗、历史文物、知识典故既有详细的介绍,又有对古今诗词恰到好处的引用,更有寄情山水、颇富思想深度的议论。例如,在《上海掠影》中,作者看到正在升高的电视塔和脚手架,仿佛觉得一串光彩夺目的明珠正从浦东这个晶莹闪光的玉盘中冉冉升起,进而想到"九百六十万平方公里的神州大地何尝又不是一个巨大无比的玉盘呢,那一座座正在长高的现代化城市不也像一颗颗璀璨的东方明珠正在这光芒四射的玉盘中缓缓升起吗?"再如:作者激情浩荡地赞美了西湖灵隐奇妙绝美的建筑与景观之后,看到菩萨脚下如潮的长跪不起的顶礼膜拜者,不禁想起了清代大学者孙嘉淦的《南游记》中一段文字:"……佛法入中国千余年矣!愚民绝其父子之天性、饮食男女之大欲而为僧,自宜求成佛,而佛又必不可成;不成佛而徒自苦,奚取于为僧?……"他感叹道:"可悲的是,时至二十世纪的今天还有这么多的步后尘者……透过这兴盛的香火我们不应该深长思之么?"这是在教我们独立思考,不盲目崇拜偶像。整个文集中,读者随处可以饱览明丽的山光水色,感受优美动人的情思,而且,伴着作者的联想,人们还领会到动心动容的佳妙诗词和精彩议论,从而得到思想的收获。他的文字既重情又重理,情令人感动,理使人于感动之后精神有所提升。

《晓山诗文萃》 中国文联出版社 2002 年 6 月第一版

永葆诗心

——读《晓山诗文萃》有感

樊 星

收到邹明山先生惠赠的《晓山诗文萃》，那难忘的一幕又浮现在眼前……

去年春天，我与邹明山先生同赴北京，参加"当代文艺论坛 2001 年会暨中国文联 2000 年度文艺评论奖颁奖会"，同住在西藏大厦的一个房间里。开会期间，我注意到他常常在笔记本上写着什么。我原以为他只是记日记，后来一问才得知，他一直保持着勤记笔记的习惯。无论是开会，还是观光，他都尽可能地将所见所闻、所思所感记在笔记本上。"我这人记性不好，所以只能尽可能记在本子上，以免遗忘。"说这番话时，他真诚、朴素的神情就深深刻在了我的记忆中。后来我渐渐得知，他一直是很想成为一名职业作家的，但繁忙的公务使他不得不全力以赴，有时，为了筹备一个会议，为了准备一份材料，加班加点、熬通宵都是常事。尽管如此，他仍然忘不了文学的梦想。平时勤于练笔，或写诗，或著文，无论发表与否，一直不曾松劲。知道他的这一追求后，我对他肃然起敬。于是，我感到这本《晓山诗文萃》显得分外沉重——它是一个文化宣传工作的领导干部永葆诗心的证明。它是繁杂的事务也终究磨灭不了追求文学的真情的证明。

在这本诗文合集中，真实记录了作者的人生足迹：从上个世纪 60 年代刚参加工作时的青春热情（如《在夏收日子里》、《暴风雨》中那样的诗作）到三十年后包揽世间沧桑的哲理感悟（长诗《人生进行曲》），从游历大好河山的处处足迹（见收入《山水吟》和《人间秀色》诸辑中的诗文）到记录人生五味的真情感慨（见收入《亲情曲》辑中的诗篇），一切都显示着作者热爱生活、热爱自然、自强不息、珍视亲情的美好情操。有人主张文学贵在创新，也有人主张文学贵在真诚。两种主张，各有其理。在我看来，邹明山先生的诗文是以真诚为特色的。这真诚二字是他为人的风格，也是他追求文学的动力所在。如《雪夜接妻下班未归杂咏》和《送伞》二篇,就令人过目不忘:在漫天风雪中偕幼子等候下班的妻子,在雷雨中提前下班去为上小学的女儿送伞,两首诗,以朴素天成的语言真切展示了作者为夫、为父的责任感,将那平凡又动人的家庭亲情写出了真切感人的力度,有电影画面般的现场感。那一份动人之情,非有亲身体验者不能写出。又如《四姐》的结尾中那几句——"我亲爱的四姐呀,/你何必这样苦自己,/想不转!/人生老来该偷闲,/不要硬撑充好汉",也句句朴实,字字亲切,充满了真诚的亲情,也透出日常生活中的民间幽默感。在我看来,像这样一些朴实无华又自然天成的作品,是这本诗集中最感人的篇章。将那些平凡而温馨的人生经历写下来,既是人生的一份珍藏,又是诗心的一次提炼。这样的文学作品,都是人们记录自己人生体验的结晶。从这个角度看去,可不可以说"为人生的文学"也应该包含"为亲情的文学"的涵义呢?我以为是可以的。尤其是在这人情日渐淡漠的浮躁时代中,"为亲情的文学"是那些热爱生活的人们的重要精神寄托。

看得出来,这本诗文集中作者用力最精的,是那些游记。无论是寻访文化名胜,还是游历自然美景,作者都能从容道来,于移步换景的讲述中,显示了那份爱自然、爱生活的诗心。其中,又以《晨眺赛里木湖》、《鄯善沙漠公园之旅》等篇更显得精美。作者曾执教于大学中文系,他的游记自然也体现出对古今游记名篇的研习心得:写景则笔触灿烂,抒情又寄意遥深,在忘情山水间,体会天人合一的美好情感,品味超越尘嚣的愉悦,可谓乐莫大焉!在中国的古典诗文中,山水诗、游记占了相当大的比例。写的人多了,出新意当然就越来越不容易了。然而,可贵的是:无论有多少前人的山水诗和游记摆在那儿,爱自然、爱生活的人还得写自己的诗文。这是诗心的证明。这也是爱心的证明。走一地,记一地;看一处,写一处;积得多了,就是自我生命的见证。

合上此书,我的眼前又浮现出在西藏大厦的那个房间,邹明山先生坐在席梦思床上,以膝作案,认真记录生活的背影……他真诚地追求文学的精神,在这一场景中得到了最典型的体现。

同时,我还记得:以他在高校执教、在省委机关工作多年的经历,他的生活积累还大有潜力可挖。关于时代的变迁,关于知识分子的活法,关于机关干部的命运,关于湖北文坛的往事……还有许多人生值得大写特写……

我真诚地期待着邹明山先生的文学创作更上一层楼!

《长江文艺》 2002 年第 12 期

赤红的炭火

杨艳艳

　　文学赋予了作家邹明山一笔宝贵的财富,并使他从中获得了无穷的力量和快乐。

　　1943年7月出生于湖北黄冈的邹明山,从少年时代就一直做着文学梦,他也时时期待自己有朝一日能成为职业作家、职业诗人。但生活却跟他开了一个很大的玩笑,当他心中的诗情像山涧的清泉开始涌动的时候,命运却把他带进了黄冈县农业科学研究所的门坎。那是1962年的春天,繁忙、枯燥的工作和鲜花烂漫的旷野在他心中构成了别样的风景。在其后至今的41年间,他上过大学并留校任教,在省委宣传部工作,最后又在省文联担任领导工作,可以说经历的风吹雨打不少,人事变化颇大。但少年时埋在心中的那团炭火,始终没有熄灭过。在紧张的工作之余,他仍然追寻着自己的文学梦想,在生活中采集文学的浪花,在岁月里燃烧诗情,创作和撰写了数百篇(首)诗文,在各类报刊发表了数十万字的诗歌、散文、文学评论等作品,最近中国文联出版社从他的数百篇诗文中精选出150篇,编辑成《晓山诗文萃》一书,出版发行。

　　《晓山诗文萃》分上编和下编,上编题目《人生进行曲》,下编取名《人间随感录》。《人生进行曲》收集的都是诗歌作品,这些诗行留下了作家邹明山印在人生道路上的深深足迹,它质朴而浪漫,理性而又不断跨越激情,它清晰地勾划出了作者成长过程中的跋涉轨迹,将一个知识分子热爱生活、热爱祖国的真挚情感渲染得淋漓尽致。可以说《人生进行曲》是一部熔哲学、人学、社会学、诗学于一炉的,完满体现了"人"的价值和拓展了个人经验的长篇抒情诗。它的字里行间都闪耀着理性的光芒和激情的火花。《人间随感录》收录的主要是邹明山创作的散文、随笔和文学评论作品。这些作品一部分是以祖国的大好河山为描写对象,一部分是他长期从事文艺领导工作实践中思索的结果。该编既表达了作者向往自然、热爱自然的良好愿望,又有对人文精神的认识和呼唤,更有对当今各种文艺思潮和社会现象发出的属于自己的判断和声音,他的这些愿望、认识、呼唤、判断和声音都发自他的内心,没有一点矫揉造作,而是情真意切,真知灼见。

邹明山虽然没有实现当职业作家的梦想,但他凭借自己的才华和努力为我们社会创造大量的精神财富,他取得的这些成绩比许多职业作家一点也不逊色。他现在在工作之余,还在不断地抒发着他心中的豪情,不断地在文学这块沃土上耕耘,我们期待他有更多更好的佳作问世,我们更希望他那心中的炭火越烧越旺。

《文艺报·作家论坛周刊》 2002 年 10 月 19 日

后 记

　　《晓山文艺评论选粹》的书稿收集、改写、选编和出版,得到了省文联党组、主席团领导,省文艺评论家协会和省文联文学艺术院负责同志的大力支持和热情帮助,他们不仅将该课题及时选入 2017 年"湖北省文联重点文艺扶持项目",予以督促指导,还批拨扶持专款,资助拙著的选编和出版,使该项目得以按签约规定期限于 2017 年 10 月底前顺利完成。值该书稿送出版社审读、付梓之际,我特地向省文联党组、主席团领导和文联各有关部门负责同志及工作人员表示衷心感谢!

　　该书的出版印刷还得到了武汉出版社总编邹德清先生、责任编辑万小平和传奇书局主编池的先生、黄晓姝女士等的鼎力支持和热情帮助,对他们为本书出版付出的辛勤劳动,我在此表示最诚挚的谢意!

　　由于自己学识有限,理论修养不深,加上年老文思失敏,视力严重衰退,本书在选编过程中一定存在较多不足,甚至难免错漏,诚请专家和读者不吝批评、指正。

邹明山

2018 年 3 月 12 日　于武昌翠柳街 1 号·景苏斋